流沙刑

莫琳・派森・吉莉特
Malin Persson Giolito
郭騰堅——譯

STÖRST AV ALLT

作者用VR式的細節推進，帶領讀者穿梭法庭和「我」的回憶，層層還原出那場校園槍擊案、與其對映的瑞典社會縮影：原來人生的眞相就像一次樂透，那會決定你成爲贏家，或者成爲階級底下的難民。

——作家 張渝歌

十八歲的瑪雅是人見人愛的好女孩，家境成績兼優，爲何會成爲一場校園槍擊案的唯一生還者，還要上法庭受審？《流沙刑》以公聽會紀錄的形式，透過瑪雅年輕叛逆的口吻，娓娓述說她從一場錯誤的戀愛，捲入瑞典首富之子的家庭暴力，終至最後的命案悲劇。律師作家莫琳．派森．吉莉特以劇力萬鈞之筆，戳破了瑞典社會富裕祥和的表象，探討正義、法律和階級等議題，寫來舉重若輕，極富敘事魅力。

——國際版權經紀人 譚光磊

一本非凡的眞正傑作……文筆精妙，字裡行間滿溢狂怒與張力，以精準銳利、強而有力的俚俗口語寫成，鮮有其他作者能出其右。

——瑞典《今日新聞報》

令人震驚……吉莉特高明地描繪出一道精細的敘事線，勾勒出一個性格難以捉摸、引發讀者好奇卻不盡然會喜歡的主角。

——《書單》雜誌

爐火純青的對話、無可抗拒的氣勢，呈現出一個無比眞實的故事，活靈活現躍然紙上。

——《書架自覺》評論

登峰造極的小說傑作。

——《寇克斯評論》

層次井然、直截了當的劇情鋪陳，承襲了露絲·倫德爾的傳統，習慣快節奏、大量曲折情節的美國讀者可能會受吸引或受挫。無論如何，吉莉特的小說令人難以忘懷，又予人身歷其境感。

——《出版者週刊》

《流沙刑》是一部以走味的室內遊戲爲起點的小說……小說採取法院庭審的敘事結構，但明顯有著更宏觀的視野，點明了瑞典潛在的經濟危機與種族對立。

——《紐約時報》書評

……令人驚豔不已的新小說……女主角在某些方面與《龍紋身的女孩》神似。她的故事，檢驗了西方富裕社會腐蝕人心的效果。書名《流沙刑》也暗示著一個將毫無警覺的人們吸入、吞噬、毀滅的世界。我們跟著敘事軸線，逐步了解瑪雅的律師是否能拯救她，以及她最後會不會入監服刑。吉莉特讓我們猜了好久，而結果也合乎我們料想。

——《華盛頓郵報》

《流沙刑》是一部犯罪動機小說，而非「誰是凶手」型的推理小說。瑪雅到底做了什麼——或者該說，她沒做什麼？派森·吉莉特藉由這位年輕女性，提出更廣泛的質疑，同時尋找答案。什麼是「眞相」？什麼又是「正義」？一個保持穩定的社會，能坐視不平等發展到什麼樣的程度？

——《當代世界文學》

構思巧妙、筆觸細膩。喜歡犯罪驚悚小說的讀者，絕對不可錯過這部傑作！

——《圖書館期刊》

吉莉特的筆鋒，帶領我們踏上心理懸疑之旅。

——《內在》雜誌

驚悚。

——《時代》雜誌

《流沙刑》是一部對恐怖校園槍擊案多層次、扣人心弦的研究。充滿懸疑的庭審劇情，就是要挖掘出「眞相」。這部心理懸疑小說令人想一睹爲快。而書中對養尊處優青少年生活的檢視與描繪，尤其犀利、深刻。

——《波士頓先驅報》

想像一下史迪格．拉森（Stieg Larsson）遭遇《地球上最危險的地方》（The Most Dangerous Place on Earth），你會對充滿深入視角、洗練尖銳的描繪筆法有著充分的理解，而這部小說就是《最危險的地方》想要達到的境界。吉莉特不只編織出一個無比尖銳、令人心悸的故事，甚至還精準、絕妙地處理了嚴重的社會與經濟問題，令我正襟危坐，將她筆下的段落一讀再讀。

——《NAVI書評》

教　室

丹尼斯倒在左邊那排長凳上。一如往常，他穿著印有廣告的T恤，大賣場撿來的廉價牛仔褲，腳上的運動鞋鞋帶還是鬆脫的。丹尼斯是烏干達人。他號稱自己十七歲，看起來卻活像個已經二十五歲的肥男。他修讀汽修班課程，住在索倫蒂納[1]一座專收他這種「未成年」難民的寄養家庭中心。薩米爾就倒在他的旁邊。我和薩米爾同班；他通過了學校舉行的國際經濟與社會科學特殊課程檢定，我們才成爲同學。

班導師克利斯特，就倒在講桌旁；他自命不凡，總想要「讓世界變得更好」。他的咖啡杯早已從桌上滑落，咖啡滴在他的褲管上。艾曼達就坐在不到兩公尺遠的窗戶下方，身體靠著暖氣架。幾分鐘前，她全身還是喀什米爾羊毛衣、白金鍊、涼鞋的打扮。她在我們接受堅信禮時收到的鑽石耳墜，仍然在初夏的陽光下閃閃發亮。但現在看到她，你可能會覺得她全身泥濘。我坐在教室正中央處的地板上。瑟巴斯欽，全瑞典頭號富豪克萊斯・法格曼的兒子，就倒在我膝前。

教室裡的這幾個人，很不協調。我們這些人通常不會一起混。或許會在計程車罷工時的捷運站月臺上，或是火車的餐廳車廂上遇到，但不會在教室裡。

一陣類似臭雞蛋的氣味飄過；灰濛濛的空氣裡，散發著濃濃的硝煙味。除了我以外，所有人都中彈了。我所受到的，不過就是一塊瘀傷。

1 Sollentuna，位於斯德哥爾摩省中北部的郊區。

案件代碼：
B 147/66 審訊

地方檢察官
對瑪麗亞・諾貝里的起訴

開庭首週：星期一

1

第一次見到法院室內時，我覺得很失望。那次是我們班級旅行的訪程。我很清楚，瑞典法官不會是頭戴假鬈髮，身穿長袍的佝僂老頭；被告也不會是穿著橘色囚衣，嘴角噴著口沫，腳踝銬著腳鐐的瘋子。不過，我仍然很失望。那個地方，有點像社區醫院和會議中心的混合體。我們搭乘一輛散發出腳汗與泡泡糖味道的出租巴士，到達法院。被告滿頭都是頭皮屑，衣服皺巴巴，被指控逃漏稅。除了我們班（當然，還有克利斯特），旁聽席上只有其他四個人。但是那裡座位很少，克利斯特只能從外面的走廊多搬來一張椅子，才有位子坐。

今天，情況可不一樣了。我們身處瑞典最大的法庭。法官們坐在天鵝絨面高椅背的暗色桃花心木座椅上。正中央椅子的靠背比其他椅子的還要高。那是首席法官的座位，他被稱為「首席法官」。他前面的桌子上，擺著一把手柄包覆毛皮的大頭錘。每個座位前方都有細長的麥克風豎起。看似橡木製成的壁板，彷彿有數百年的古老歷史；這裡的「古老」，是正面的意涵。座位間的地板上鋪著暗紅色地毯。

我從來就不想面對群眾；我從來不願加入聖露西慶典的唱詩班，或參加什麼才藝比賽。但現在，這裡面卻已座無虛席。而他們全都是為我而來；我就是焦點。

我身旁，坐著我那些個來自桑德暨賴斯達迪斯律師事務所的辯護律師。我知道，桑德暨賴斯達迪斯這名字聽來很像一家古書店，店裡還有兩個大汗淋漓、戴單片眼鏡、穿絲質大衣的男同志，手提煤油燈，步履蹣跚，拍掉發霉書籍與動物標本上的灰塵。不過，他們可是全瑞典最專精於刑案辯護的律師事務所。一般刑事犯都只有一名疲倦不堪的公派辯護人；而我的律師則帶上了一整票興奮的職員，還穿著模仿秀演員常穿的那種西裝。他們在斯德哥爾摩舊城區艦橋路上一間超炫的辦公室，工作到凌晨時分，每個人都至少有兩支手機，除了桑德以外。他們活像以為自己在演美國電視劇，用一副「我好忙，我很重要」的表情，吃著外帶的中國菜餐盒。桑德暨賴斯達迪斯律師事務所的二十二名職員中，沒有人名叫賴斯達迪斯。叫這名字的人早就死了，想必是死於心臟病，死因想必也是「我好忙，我很重要」。

現在，我的三位律師都在這裡：名人彼得·桑德，以及他的兩位同事。當中最年輕的是個小妞，髮型凌亂，有穿鼻洞卻沒戴鼻環。也許桑德不准她戴（「馬上把這垃圾給我拿掉！」之類的）。我管她叫「菲迪南」。菲迪南認爲，自由主義就是一種髒話，比核能發電還要危險。她想證明自己的性別地位獲得提高，因此戴著惹人厭的眼鏡；她認爲資本主義是我的錯，所以對我很厭惡。前幾次見面時，她把我當成機上一名瘋狂的時尚部落格作家，拿著一個保險已拉開的手榴彈。「好的——當然！」她說話時，完全不敢看著我。「好，好——別擔心！我們會幫妳的！」感覺像是我在威脅：要是你們膽敢在我點的有機番茄汁裡加冰塊，我就把所有人都炸飛。

另一位助理律師是個有著啤酒肚的四十來歲男子，一張圓臉活像煎餅，臉上的微笑彷彿在說「錄影帶在我家裡，我可是照字母順序將它們排好，鎖在保險櫃裡的」。啤酒肚男子理著短短的小平頭；老爸總嘮叨著，說沒有髮型的人是信不過的。但是老爸這個說法，想必也是從電影上「剽竊」來的，而不是自己想到的。老爸好俏皮，好愛說笑。

我第一次見到啤酒肚圓臉男時，他的眼神定在我鎖骨正下方，強迫自己把厚重的舌頭縮回嘴裡，愉悅地斷聲說：「小姑娘，這怎麼行呢？妳看起來比十七歲大得多了。」如果桑德當時不在場，他想必就要喘息，甚至流口水了。讓口水一路從嘴裡流下，滴到有夠緊的西裝背心上。我懶得告訴他：我成年了，滿十八歲了。

現在，圓臉男坐在我左手邊。他還把公事包，以及裝滿紙張與卷宗夾的滾輪行李箱一起帶來了。已經清空行李箱，山一般的卷宗擺在他面前的桌上。他留在行李箱裡的，只有一本書（《一舉搞定——贏家的藝術》）和一把從小內袋突出來的牙刷。老爸和老媽坐在我後方第一排的旁聽席上。

那次考察不過是兩年前的事，卻已如永恆一樣久遠。我們班在出發前還先演練了一次，目的是要讓我們「了解場面的嚴肅」以及「能了解現場情況」。我很懷疑這樣做是否有效。不過我們從那兒離開時，克利斯特說我們「很守規矩」。他本來很擔心，以為我們會克制不住，開始咯咯傻笑、喧鬧、玩手機。他以為我們會像那些無聊至極的立法委員，準備呆坐在那邊玩手機遊戲、垂著頭呼呼大睡。

當克利斯特說明，法院審判不是兒戲，會嚴重影響人們的生命時，聲音可是肅穆極了（「各位，給我聽好！」）。我還記得他的聲音。直到法院宣告判決，任何人都是清白的。他一再重複。克利斯特說話時，薩米爾正襟危坐靠在椅背上，用一種所有老師都愛得不得了的方式猛點頭。他點頭的神態彷彿在說：「對，我都懂！你說的我全——都懂！你說得眞對，眞行，我沒有什麼要補充的。」

直到法院宣告判決，任何人都是清白的。這是什麼鬼話？從一開始，無罪的人就無罪，有罪的人不就已經犯罪了嘛。法院會弄清楚事情發生的經過，而不是判定什麼是眞的，什麼又是假的吧？警察、檢察官、法官們事發時都不在場，不知道誰幹了什麼，可不代表法院事後就能自作主張。

我記得，我跟克利斯特這麼說過。法院一直都在犯錯，強姦犯老是被判無罪。即使妳被大半個難民收容所的人強姦了，兩腿間還被插了一整箱的空酒瓶，他們就是不相信女生的話。針對性侵向警方報案，簡直是餿主意。而這也不代表：什麼事都沒發生，強姦犯啥事都沒幹。

「事情沒那麼簡單。」克利斯特說。

老師的回答都是些陳腔濫調：「很好的問題……」「我有聽到你說的……」「這種事不是黑白分明的……」「事情沒那麼簡單……」這些全都指向一點：他們連自己在講什麼都不知道。

不過好吧，如果要知道眞相、知道誰說謊這麼難，我們無法確定時該怎麼辦？

我曾在某個地方讀到：「我們所選擇相信的，就是眞相。」這聽來眞是更混亂了。好像某人就能決定眞假了？難道事情的虛實眞假，會因爲你問的對象而有所不同？是的，只因爲我們相信的某人說了些什麼，我們就可以決定：事情就是這樣，可以「選擇相信它是眞的」。怎麼會有人想到這麼白痴的事？如果有人告訴我，他「選擇相信我」，我馬上就知道，他其實非常確信我完全在說謊，只是假裝成相反面罷了。

事到臨頭，我的律師桑德看起來最漫不經心。「我站在妳這邊。」他只這樣說，擺出一副國字臉。桑德是那種喜怒不形於色的人；有他在，一切輕鬆自然，都在掌握之中。沒有情緒上的爆發，不表現情感，更不會笑到岔氣。他出生的時候，八成也沒有哭叫。

桑德和我老爸正好相反。老爸從來就不是什麼自己所希望成爲的「酷男」（套他自己講的）。他睡覺時會磨牙，觀看國家隊的足球比賽時還會站起來。有次，鄰居在一週內停車停錯位置四次，老爸對著區公所辦公的迂腐老頭們大發雷霆；面對複雜難懂的電費合約與電話銷售員，他更會直接開罵。電腦、海關護照檢查站、爺爺、烤肉架、蚊子、人行道上沒鏟的積雪，排隊搭電梯的德國人和法國服務生，都是他痛罵的對象。任何事物都足以令他興奮，張嘴尖叫，猛力敲打門板，叫別人去死一死。相反地，桑德發怒的最明顯徵兆（或者說，從生氣轉爲暴怒）只是皺皺眉頭，咂一下舌頭；這會兒，他的同事們就會驚慌大亂，開始結結巴巴，忙著搜找紙張、書本或其他他們覺得能讓他高興的東西。要是爸爸沒有氣急敗壞，反而冷靜、沉默下來，媽媽很可能也會有這種反應。

桑德從沒對我發過脾氣。對我所提的事情他從未感到激動；要是發現我說謊，或是我有所隱瞞，他也不會惱羞成怒。

「瑪雅，我站在妳這邊。」有時，他聽來比平常更累；但是，這樣就夠了。我們從來不提「眞相」。

最主要的，我覺得桑德只在乎警方和檢察官所提出的證據，是很聰明的做法。我不需要擔心他究竟是眞想把工作做好，或者只是虛應故事。他彷彿只是把所有的死人、所有罪行和所有焦慮換算成數字；如果等式不能成立，他就贏了。

也許，我們就該這樣做。一加一，不等於三。下一個問題，謝謝。

但是，這幫不了我什麼忙。一件事，要嘛就曾經發生過，要嘛完全沒發生過；就這麼簡單。其他那些拐彎抹角、旁敲側擊的花招，還不都是哲學家和（很顯然地）其他律師在玩的。還是那句老話：「事情沒那麼簡單……」

不過我記得，在那次到法院觀摩以前，克利斯特可眞是堅持到底，使出渾身解數逼我們聽話。直到法院宣告判決，任何人都是清白的。他就把這行字寫在黑板上：法治基本原則。（薩米爾又點頭了）克利斯特要我們做筆記，抄下來。（雖然薩米爾根本不需要做筆記，他還是乖乖抄了。）

克利斯特喜歡用短句學到精華，然後反過來提出問題。兩週後我們測驗，一個正確的答案可以拿到兩分。爲什麼不是一分？因爲克利斯特認爲，這種背誦式的習題還是有灰色地帶，你可以做到「幾乎答對」。一加一當然不等於三，但你既然還知道用數字作答——我就給你半分。

總之，克利斯特帶我們到法院觀摩，已經是兩年多前的事了。瑟巴斯欽直到最後一年才加入我們班；他沒去那次觀摩，之後必須重新去一次。那時候，我在學校過得其實很愜意，和班上同學，以及從一年級以來各個不同的科任老師，都處得不錯。化學老師約拿，講話聲音有夠低，總是紀不起來學生叫什麼名字，等公車時，背包還低低垂到腹部。法文老師瑪莉．露易戴著眼鏡，頭髮髮型活像蒲公英，總是狂吸著一小片止咳藥，嘴巴噘得像小野莓一樣小。體育老師佛利格總是剪著小平頭，整個人看來宛如一塊剛上過亮光漆的木質甲板，性別不明，頸上掛著哨子，寬闊、閃亮的小腿刮得乾淨，身上總散發出毛圈襪和別人的汗臭味。頭髮漂白、心不在焉的莫琳則是數學老師，面帶不滿，經常遲到；她每週平均請兩天病假，臉書上的大頭照，擺著一張自己身著三點式比基尼泳裝，比現在年輕、體重至少少二十公斤的照片。

然後，就是這位克利斯特．史文生了。他非常投入，神情彷彿在說「來吧，我們就在瑪莉亞廣場見。現在，表決！」不過，他整個人卻像馬鈴薯泥拌奶油醬搭配炸肉排一樣平凡無奇。他以爲搖滾音樂能讓世界免受戰亂、疾病與饑荒之苦；作爲一個老師，他講話的聲音異常激動、投入。這種聲音唯一的用途，就是讓一條狗聽話，開始搖尾巴。

每天，克利斯特總會帶一整個眞空瓶，裝著在家裡煮好的熱咖啡到學校來；咖啡裡加了許多牛奶和糖，活像流質的粉底霜。他把咖啡倒在自備的馬克杯（「全世界最好的爸爸」）裡，將杯子帶進教室，還在上課時續杯。克利斯特喜歡規律：每天都做一樣的事，最喜歡的歌還要一放再放。想必他從十四歲以後，就每天吃一樣的早餐，某種長途滑雪時吃的玩意兒：燕麥粥加越橘果醬和優酪乳（「一天三餐，早餐最重要！」）。他每次和朋友（麻吉）碰面，想必都會喝啤酒與一點烈酒。每週五，他會和家人吃墨西哥玉米捲餅；有什麼大事值得慶祝的時候，他會和「老婆大人」一起上街角的披薩店（還會幫孩子準備繪圖紙和粉筆），共享一瓶店裡最具特色的招牌紅酒。克利斯特很沒想像力，總是參團出遊，食物裡從不加香菜，煎東西只用奶油。

從一年級起，克利斯特就是我們的老師；每星期，他至少會抱怨一次天氣是多麼古怪（「現在眞是季節不分了」）。每年深秋入冬，他總會抱怨街上的聖誕節招牌，怎麼越來越早掛出來（「夏季航班的渡輪一停駛，艦橋路上很快就會擺出美輪美奐的聖誕樹了。」）。

他會抱怨八卦晚報（「這種狗屎，怎麼會有人讀？」）和 Strictly Come Dancing 舞蹈實境秀、瑞典歌謠祭、Paradise Hotel 實境秀（「這種垃圾，怎麼還有人想看？」）。他把我們的手機視爲眼中釘、肉中刺（「你們是母牛嗎？聊天室整天叮噹響，你們乾脆把鈴鐺掛在脖子上好了……那些垃圾有什麼好玩的？」）。每次抱怨時，他看起來都非常怡然自得，覺得自己很年輕，很「酷」（對，不只我老爸會用這個字）。彷彿他能對我們說「該死的狗屎！」，就證明了自己可以和學生打成一片。

每喝完一杯咖啡，克利斯特就會把一小塊口含菸塞在上唇下方，把殘餘物放在一張小紙巾上，再將它們扔進垃圾桶。克利斯特非常講究秩序與規矩，就連用口含菸也不例外。

之後，在逃漏稅經濟犯的審判結束後，我們回到學校時，他顯得非常滿意。他覺得我們「表現很好」。克利斯特總是只感到「滿意」或「擔憂」，不會大喜過望，更不會暴跳如雷。每逢遇到背誦式習題，克利斯特總願意至少給半分。

克利斯特死時，姿勢差不多就像我妹妹蓮娜睡得最熟時的樣子：雙臂抱頭，膝蓋彎曲，身體低低地躺著。在救護車趕來以前，他就已經出血不止了；我也好奇，他的老婆和孩子們是否會覺得實情並不單純。由於法院仍沒表示我有罪，所以我是無罪的。

開庭首週：星期一

2

我今天穿的衣服是媽媽買的。不過，我還眞想穿畫有卡通裡壞蛋道頓兄弟的條紋睡衣。我想搞化裝秀。女生其實一直都在搞化裝秀，扮成打扮出眾的大美女，或是穩重精明的女孩。或是那種「我才不在乎自己看起來怎樣」的隨興女孩，頭髮隨便綁成一個朝天髻，穿沒有鉤環的棉質胸罩，還有幾乎太單薄的T恤。

老媽努力把我打扮成一個稀鬆平常、沒犯什麼錯，卻在這兒出現的十八歲小女孩。然而，我的短上衣卻緊貼住胸口。在看守所，我的體重直線上升，上衣的每顆鈕釦之間隔著又小又圓的豁口。我活像個披上醫生白袍，在購物中心裡追著別人不放的護膚產品推銷員。嗯，妳別以爲自己騙得了人。

「噢，親愛的，妳看來眞美。」老媽從後方旁聽席最前排的座位上對我低語。她老是這樣，沒完沒了地誇獎我，而她還預期我會接受她這些垃圾般的誇獎，然後進行垃圾分類。這些誇獎都是無中生有，我既不「美麗」，也沒有「很會畫畫」。放學以後，我其實不該多練唱，或是參加戲劇課的。媽媽這種宣稱，在我聽來是更大的羞辱。這證明她根本搞不清楚我到底在行什麼，或是什麼時候才眞的比較漂亮。我媽對我沒什麼興趣，導致連她對我的誇獎都不符合實情。

老媽對事情的理解與掌握度，低落到超乎你的想像。最後這幾個月，當她再也無法假裝自己希望我「站住，好好談談」我每天的生活時，她居然會催促我：「妳可以去外面走動走動。」嗯，去外面走動走動？我的年齡已經可以投票，在酒吧、夜店買醉了。從三年前開始，我已經可以合法地和人幹砲了。她以為我想怎樣？和鄰居玩躲貓貓？一、二、三、四——鬼來了！在花園裡跑得氣喘吁吁，只為了躲在同一株樹叢下，躲在同一個衣櫃裡，躲在車庫同一座壞掉的遮陽棚下。「玩得開心嗎？」當我回來、衣服上散發出大麻味時，她還問：「親愛的，妳要不要把夾克掛在地下室？」

昨晚，我和媽媽通過電話。她的聲音比往常活躍。當別人聽她說話，或是她同時做別的事情時，才會使用這種聲音。老媽幾乎隨時都在做別的事情，收拾東西、搬動東西、擦乾、分類。她始終非常緊張，全身上下散發出不安感。她就是那樣子，這可不是我的錯。

「一切都會好轉的。」她說。還重複了好幾次。這幾個字互相牽絆在一起。我沒什麼話好說，只是聽著她那有點高亢的聲音。「一切都會好轉的。不要擔心，一切都會好轉的。」

桑德試著說明在審訊過程中會發生的狀況，以及我該做哪些準備。在看守所裡，我還得看完一部由讓人無言的演員主演，關於對兩個在酒吧裡打架的小夥子進行審訊的教育片。被起訴的一方最後針對起訴書的一半內容，遭到定罪。我們看完影片以後，桑德問我有沒有什麼問題。我說，沒有。

我對全班那次針對逃稅案審訊到法庭觀摩的印象是：那裡還眞安靜。所有人都低聲交談，乃至於其他所有聲音都被放大——清喉嚨的聲音、關門聲，以及椅腳刮擦地板的聲音。假如有人忘記無聲模式，在裡面弄出一堆聲音，那聲音就會像電影放映廳裡熄燈、示範新安裝的立體音響系統一樣，震耳欲聾。

就在一切靜寂時，逃漏稅的經濟犯坐著，撫弄著前額那肥厚的瀏海。檢察官宣讀起訴書時，經濟犯望著自己的辯護律師，憤怒地哼了幾聲。我還記得，我覺得他是隻猴子。他幹嘛假裝驚訝呢？檢察官和猴子的辯護律師輪流說話，把同樣的內容詳細、反覆講了兩三次，還一直清喉嚨。這整件事，感覺眞煩。倒不是因爲一切「都不像電影上那樣演」，而是所有人看來都百無聊賴——就連罪犯本人，似乎也難以專心。事實上，大家看起來就像雜牌演員，根本沒背熟自己的台詞。

不過，薩米爾覺得一切都不荒謬。他在那張坐來不甚舒服的椅子上屈身向前，手肘架在膝蓋上，皺著眉頭。他的拿手絕活就是：顯示自己多麼嚴肅，對重要的事情會愼重以待。薩米爾覺得，這些身穿聚酯纖維的蠢蛋，眞是他這一生所聽過最引人入勝的演說家。克利斯特對法庭和認眞的薩米爾都滿意極了。薩米爾不需要張開嘴巴，就能舔克利斯特的屁眼。我和艾曼達事後就拿這一點來取笑他。我們喜歡嘲笑薩米爾。但是，拉伯拍拍薩米爾的肩膀，好像薩米爾是他最小的兒子，剛在足球比賽裡踢進致勝的一球。「薩米爾什麼都知道，」拉伯說著，薩米爾則咧嘴笑。「他什麼都知道。」

＊

我上高二時，在家裡也過得相當愉快。老媽和我繼續談著無關她覺得我幾點鐘該回到家的事。老媽很以我爲傲；至少，她對自己教養我的方式感到驕傲。她拿自己的「有效辦法」來說嘴，好逼使我做出能讓她的生活變得更容易的事。她淨講一些像是：我四個月大時就能一覺到天明；第一次吃固態食物時，我就能握住湯匙，把「所有東西」全吃完等等的故事。我覺得幼稚園好無聊，想早點開始上學。我在年滿八歲前就想自己獨自上學，還「喜愛」獨自一人在家，不需要大人陪伴。老媽說，在讓我坐上眞正的雙輪腳踏車以前，她就先讓我操作練習用的平衡腳踏車；幸虧有這樣做，日後她才從不需要彎腰扶住後座的置物架，防止我摔倒。然後我就「咻！」直接開始騎腳踏車了；而她只需衣著飄逸地走在一旁，音量適中地笑著。我倒是從不知道，媽媽到底做了什麼，讓我的生活變得容易。不過當時她堅信，因爲她一路都做了對的事情，我才會這麼容易照顧，而且沒發生問題。

我想，今天在法庭上，也會是一片寂靜。不過，和審訊那個逃稅經濟犯相比，情況截然不同。許多重要人物在室內等著重大事情發生，空氣很不流通。檢察官和律師群想必都戒慎恐懼，生怕一不小心就把事情搞砸。不認識桑德的人，永遠察覺不出他是否緊張；不過，他今天其實是很緊張的。

他們要達成自己的任務。煎餅圓臉男講到自己對狀況發展的想法時，會提到「機率」和「我們的機會」。一副好像他是籃球隊教練，我是球隊的中鋒。他想要贏。桑德咂了一下舌，圓臉男才乖乖閉嘴。

今天的審訊就從首席法官的唱名開始。他在麥克風前清了清喉嚨，人們停止對彼此耳語，安靜下來。法官確認該到的所有人是否都到了。我倒不需要點名回答「有」，首席法官對我點點頭，高聲朗讀出我的名字。然後，他朝我的辯護律師群點點頭，也朗讀出他們的名字。他說話很慢，但並沒有昏昏欲睡的感覺；他是如此嚴肅，以至於那難看西裝上的針線縫合處就要爆裂開來。

法官對我們表示歡迎（他還眞的這樣說了）。我可沒回答「謝謝，很榮幸能到這裡來」這種話，因爲我不應該、也不需要回答他。不過，我相信自己夠守規矩。我看起來大致體面、合宜。我既沒微笑，也沒哭泣，更沒用手搔抓鼻孔或耳朵。我背脊保持挺直，設法避免讓短衫的鈕釦鬆開。

當首席法官告訴檢察官可以開始陳詞時，她看來是如此投入，我還以爲她會站起來。然而她只是拉動一下椅子，身子向前靠近吸管狀麥克風，按下一個按鈕，然後清了清喉嚨，彷彿做好準備要發言了。

就在進入法庭以前，我們坐在外面爲律師群提供的等候室裡。煎餅圓臉男表示，好多人想擠進審訊大廳，人多到必須排隊。他近乎驕傲地宣稱：「就像一場演唱會一樣。」桑德看起來很想揍他一頓。

這一點都不像演唱會。我不是什麼搖滾樂巨星。衝著我而來的，不是什麼瘋狂樂迷，而是一群食腐動物。當這些攝影記者把我擺在首頁新聞時，死屍味會散發出來，這讓土狼們更加興奮。

然而，桑德仍然希望審訊過程公開。即使我這麼年輕，他還是要求讓媒體進場採訪，讓外界人士入場旁聽。這倒不是要讓圓臉男繃緊神經，而是「關鍵在於，不要讓檢察官一手主導審訊的報導」。這很明顯意味著他想有所表現；但他可能也認爲，我的憎恨者在聽完「我的故事」以後，會改變對我的看法。桑德錯了。這一點影響都沒有。他們就是喜歡痛恨我。痛恨關於我的一切。就像一場演唱會一樣？要說煎餅圓臉男曾經去過類似夏天斯堪森戶外博物館大合唱的現場音樂會，簡直不可能。我打賭，他八成只能在完美的家用自小客車裡，聽著經典搖滾頻道，跟著哼唱廣告片的配樂。

這件事情發生後一星期，大約九個月前，動物島[2]發生了暴動。幾個青少年搭捷運到摩比，在那裡轉搭606號公車坐了八站，一路來到動物島中心的廣場。他們要「揪出那些狗娘養的！」用更婉轉的說法來講，就是「把黑鬼們揪出來」。一般來說，郊區暴動都發生在那些屬於幫派分子的破落街角、廉價國宅、青少年休閒育樂場，還有那些已經改邪歸正、現在擔任「青少年活動領導人」和「社區安寧守望相助主任」職務的前飛車黨分子——沒有哪個腦袋正常的雇主會想聘用他們。報上出現「郊區暴動延燒」的標題時，通常意味著被燒成廢鐵的汽車殼，那多半是有著聖誕樹形狀芳香劑、沒有投全額保險，只要其中一邊後視鏡壞掉就折價售出的出租車。不過，這次情況可不是這樣。

廣場上，以及位於海灘路上瑟巴斯欽家旁邊的全面戰爭式衝突，持續了三天三夜；五十多人參與了第二天晚上的衝突。桑德邊說，邊讓我看報導文章。

廣場上由老太太經營的小店窗戶被砸得粉碎。他們偷了什麼？女用緊身衣、蘇格蘭格紋襯衫、水晶玻璃瓶？被趕出法格曼家的別墅以後，他們又往哪去了？衝向我們的房子？他們找到這裡來了嗎？老媽認爲，對她第一個看到、坐在文德路 Coop 超市門口、包著滿是尿騷味的毛毯、搖著杯子乞討的乞丐，「友好地問候展現尊重」很重要。那麼，她又怎麼對待拎著球棒、燃燒彈的暴民呢？「嘿，你們好啊！祝你們有個愉快的一天。週末愉快喔！」就在隸屬中央部門的警政署派鎮暴警察到我們家外面來「維持秩序」那幾天，我很好奇媽媽對他們說了些什麼。「嗨，你們都好嗎？」

桑德給我看過的報導文章上，都在質疑「爲什麼會發生這種事」。他們想了解我和瑟巴斯欽「象徵」著什麼，我們「表現」了什麼，以及我們所做的事又「導致」了什麼。是不是因爲發生的事情實在太過引人反感，才會爆發衝突？他們是否因爲自己很窮，而我們太有錢才發怒？還是一群幫派小混混想找理由打架（而剛好瑞典足球聯盟六月分是休賽季，沒理由鬧事），才藉機滋事？不管怎樣，幫派分子不准進入法庭旁聽。

旁聽席的人潮多半是新聞記者，許多人用筆記型電腦打字。這裡禁止攝影；想必他們進入大廳以前，都得交出自己的手機。無論如何，還是有一部分記者用紙筆記錄。

這裡還有一個可憐的書記員。人們或許會覺得我是某個從狄更斯小說中冒出、身上滿是跳蚤、可能

2 Djursholm，位於斯德哥爾摩省北方的 Täby 市，是全斯德哥爾摩省人均收入最高的首善之區。

會被送上絞刑臺的年輕人，或是從某一本老舊廉價小說裡冒出的愛維拉·瑪第根[3]。「喔，即使是我們身處的今日，悲慘的事仍在發生」[4]我們在小學高年級時就唱這種歌曲。當然，艾曼達唱到哭出來；她哭的時候表情好可愛，幾乎看不出來她很難過（「很討人喜歡！」），而這讓她獲得比平常更多的關愛。

艾曼達被形容成我最要好的朋友。報導文章、電視新聞、案件初步調查，甚至連我本人的律師都這麼說。我最好的朋友。

除了瑟巴斯欽以外，和我私交最密切的人，難道就是艾曼達嗎？是的。除了瑟巴斯欽以外，和我交談最多的人，難道就是艾曼達嗎？是的。我臉書上兩百六十張照片裡，她是否都在我身旁？在他們檢查我手機通聯紀錄的六個月期間，我是不是一天平均和她聊天兩小時？她在一百多則 Instagram 的貼文上，是不是都把我標爲「永遠的好朋友」？對，對，沒錯。

我愛艾曼達嗎？她就是我最要好的朋友嗎？我不知道。

3 Elvira Madigan，出生於今日德國北部的北歐舞蹈家、女騎士與馬戲團藝人。
4 這是瑞典作家 Johan Lindström Saxon 根據愛維拉·瑪第根被情夫射殺事件，所寫歌曲的前兩句歌詞。

3

開庭首週：星期一

無論如何，我喜歡和艾曼達相處。我們幾乎總是形影不離。我們在教室、學校餐廳裡都坐在彼此旁邊，我們一起寫回家作業，更一起蹺課。我們說班上討人厭女生的壞話（「我們不是壞孩子，但是……」），一起在健身房的跑步機上跑動，卻又不知要跑向何方。我們一起化妝、一起購物，一聊就是好幾個小時，聊天從不間斷。我們笑的方式，就像電影裡面那些女生一樣：其中一個趴在另一人的床上，另一人則站在床墊上，穿著短到不能再短的睡衣，把梳子當成麥克風，哼唱一首好聽的歌，或是模仿學校裡某個書呆子蠢女孩講話的樣子。

我們一起狂歌縱舞，艾曼達很快就喝得爛醉。酒醉，總是有固定模式可循：咯咯笑，哈哈大笑，跳舞，摔倒，再笑一下，倒在沙發上，流出熱淚，一路直下耳畔。嘔吐之後，終於要回家了。這種情況下，總是由我來照顧她，而不是她來照顧我。

我覺得跟艾曼達在一起很舒服，能夠渾然忘我，拋下一切。和她在一起的時間，「人生得意須盡歡」這句話，竟變得如此自然。還有，她慣用的「金髮美女耍笨小技巧」，眞是能把人逗得開懷大笑。如果有人問她，她覺得天氣會怎麼樣，她會回答「我要穿人字拖！」或是「我要穿連身褲襪」。如果天氣非常冷，她會說「這眞的很滑雪後派對」，然後會身穿發熱緊身褲、雪地太空靴和兔毛衣領的羽絨外套到學校來。

人們很容易就會說，艾曼達有夠膚淺。沒錯，她的確無法像正規報紙上那些專欄作家一樣，寫文章賺外快。她覺得「弱勢族群受到迫害很糟」「種族主義很糟」「貧窮眞是糟透了」。她像個口吃者那樣，把正面的評語都重複一次：非常非常好，超級超級棒，眞是有夠小小小。（喔，最後那個好像還重複兩次喔？）她對政治、性別平等或其他任何政治問題的看法，全部都建立在她所看過那三集半的《監察最前線[5]》電視劇上（她還看到哭出來）。當她觀看 YouTube 網站上，一支關於全球最肥胖男子，三十年來首度走出自己家門口的短片時，還說：「眞噁！我現在不想看，還是看新聞就好。」

艾曼達最喜歡談論的主題，就是自己的焦慮。她會身體往前傾，小聲地說她的厭食症和失眠症有多麼難受（「眞的有夠有夠難受」）。有一段時間，她一再說明自己「必須」避免綠色和數字「九」，她「必須」避免走在人行道的邊緣（「唉唷，這也不是我能選擇的，我得這樣做，不然我覺得自己會死，是眞的眞的會死。」）有時候，如果沒有收到預期的反應，她還會拉高音量。我們有次試著煎薄餅當下午茶點時，她皮膚上弄出了一個燒傷疤痕；她假裝這疤痕是別的意外弄出來的，她「不願意談這件事情」。她想讓別人覺得，這疤痕是她自殺未遂留下的。我想表達眞相，但她完全無動於衷。

但是不管怎麼說，事情並不僅止於她說謊——這沒那麼簡單。當然，她有時覺得人生眞是難受。而且她覺得，擔心錯過公車，就是一種焦慮症；而她只是在十分鐘內吃了兩百公克的堅果巧克力，就認爲自己有暴食症。

當然了，艾曼達被自己的媽媽、爸爸、診療師，甚至照顧她愛馬的管理員給寵壞了。不過，這和服裝、配件倒沒有關係，而是和其他方面有關。她對自己的父母、師長，甚至上帝在內的所有權威的態度，和對待豪華旅館裡櫃檯接線生這種服務人員的態度，是一模一樣的。從鼻頭粉刺、弄丟的耳環到急診醫療，甚至永生，她都期望自己能獲得幫助。上帝到底存不存在，對她一點都不重要；但是，祂必須幫助她患了癌症的表弟，因爲表弟「超級、超級可憐」，而且「有夠有夠可愛，即使他是個禿頭男」。她覺得有問題的人很可憐，但如果別人不覺得她也很可憐，她就會受不了。

而且，她只顧自己。她花了好多時間悉心維護自己及腰的長髮，比照顧自己病危垂死的外祖母還用心得多。人們覺得她很和善；但是，她其實並不眞的那麼和善。她總會問妳兩次，咖啡裡要不要加牛奶（「妳眞的確定？」）這會讓妳覺得自己很肥。她會說「我眞想像妳一樣，輕輕鬆鬆，都不用在乎自己外表看起來怎麼樣」以及「嘿，妳眞的很上相耶」，還希望別人之後會跟她道謝。她完全不理解，別人會把這種話當成是羞辱。

當然了，她覺得「政治超級重要」，但對政治又沒那麼投入到會受感召，加入青年團、參加露營活動、一起穿短褲射飛鏢。她也從來不想把頭髮染黑，或對貂皮養殖場縱火，或甚至只是讀一篇關於臭氧層破裂、珊瑚礁萎縮的報導。薩米爾的老爸曾經因爲自己的想法與見解被當局監禁，甚至刑求；因此所有老師都認爲，薩米爾一定很積極參與政治。艾曼達則絕對不是這麼一回事。

要是艾曼達體重超過「六十公斤，比如說」，她就打算動減肥手術；對她來說，政治的意涵，就是

5 《監察最前線》（Uppdrag granskning），由瑞典國家電視臺 SVT 斥資拍攝的新聞性影集。

省議會應該幫她支付手術費。「考量到我們繳那麼多稅」，這「不過就是一項權利罷了」。還有，當她說「我們」時，這個代名詞可不包括她的媽媽。因爲，她能從媽媽那邊領到的零用錢，只有每次她在ICA超市用現金購物時找回的零錢。她會把這些錢存進銀行，稱它爲「買鞋基金帳戶」。艾曼達對這個帳戶嗤之以鼻；她告訴我，她非常輕視這個帳戶。她只覺得自己的老媽很白痴。這倒不是因爲老媽會突然決定爲全家在十一月初秋假期間，下手預訂頭等艙與豪華旅館的杜拜假期。而是因爲她必須偷偷把這些小筆金額私藏起來，不經過媽媽同意，偷偷幫自己買一條新牛仔褲。

至於艾曼達如何和爸爸與他的錢合而爲一，成爲「我們」的一部分，以及她對自己爲國家總體經濟的貢獻有什麼看法，她可是從來不提。

這一切發生前幾個月，我們在政治學概論課和克利斯特進行討論時，談到切．格瓦拉。

「即使我對中東國情不了解，」艾曼達說：「我還是覺得，虐殺兒童眞是噁心，不人道。」教室裡，薩米爾坐在她斜後方。她等了好一會兒，然後薩米爾才意識到，她是在針對他。

「所以我其實覺得，你是恨美國人的。」兩人目光終於交會時，她這麼說。

我已記不得克利斯特說了什麼，只記得薩米爾盯著我看。直盯著我，而不是艾曼達。他覺得艾曼達不知道切．格瓦拉是誰，是我的錯。她連拉丁美洲、巴勒斯坦和以色列都分不清楚。而她還以爲，薩米爾對美國有不共戴天的仇恨。

當然嘍，艾曼達對政治的投入就像迪士尼頻道那樣膚淺，有時我們實在很難苟同她眞的非常、非常有魅力。我們之間絕少聊政治，這話題讓我感到頭痛；而當艾曼達發現，別人察覺到她其實不知道自己到底在講什麼的時候，她就會惱羞成怒。

然而有好多次，當我躺在她的地毯上，聽著她「哦，我們現在身處／一部絕妙的青少年電影；我們跳進頂篷拉下的車內／還不用先開門」那熱情洋溢的歌聲，就像聽電梯裡背景音樂那樣專注時，我想到我們之間是如此不同，卻又何其相似。艾曼達假裝自己很投入，而我則假裝不在乎。我們是如此擅長假裝，以至於騙過了包括我們自己在內的所有人。

我會覺得她很蠢嗎？案件初步調查中，發現了一封由艾曼達傳給瑟巴斯欽的簡訊。這是在他和她死前四天所傳的簡訊。「別難過，」她如是寫道：「這個春天，很快就會變成回憶了。」

檢察官還沒談到艾曼達。她刻意把這部分保留到後段的高潮，現在她集中處理瑟巴斯欽的事。

瑟巴斯欽。瑟巴斯欽。瑟巴斯欽。她會用上數天數夜來討論他，每個人都會談到他。一直談，不斷地談。這整件事中，就數瑟巴斯欽最有搖滾巨星的派頭了。桑德讓我看過媒體找到並公布的照片。瑟巴斯欽那張黑白的班級照片，至少登上全世界包括《滾石雜誌》在內二十家報章雜誌的封面或頭版。不過，還有其他照片。在這些照片中，他嘴角叼著香菸微笑著；他喝得爛醉，額頭上滿是汗珠；他站在小船的船艉處，我們駕船穿過動物園泉水運河，駛向羽毛列島[6]，我則斜斜坐在下方，探頭向他張望。那次出遊還有另一張照片，薩米爾坐在我旁邊，視線遠離我們張望著別處。他的神情彷彿在說：是我們逼他一起去那裡的。他待在我們附近，都快要暈船嘔吐了。艾曼達坐在另一側，貝齒雪白，長腿曬成了古

6 Fjäderholmarna，是接近斯德哥爾摩市中心，隸屬利丁厄（Lidingö）自治市所管轄的小型列島。

銅色，風勢將她濃密的長髮吹往正確方向。當然了，丹尼斯不在這些照片中。不過，瑟巴斯欽喜歡在丹尼斯喝得爛醉時用手機照他。這案子的初步調查，就有查到瑟巴斯欽手機裡幾張丹尼斯的照片，我不知道媒體怎沒弄來這些照片。事實上，也不乏兩人同時入鏡，喝得一樣醉、一起發酒瘋、高聲鬼吼的照片。瑟巴斯欽在每張照片裡都帥得令人嫉妒；而丹尼斯，看起來就只是丹尼斯。

檢察官說，瑟巴斯欽所有的行爲，導致我們今天必須「齊聚一堂」。因此，她會繼續深入談到瑟巴斯欽的行爲，而不講別的。我不知道自己怎麼聽得下去。不過，分心可是很危險的，因爲，聲音就會在那時響起。

那是他們進入教室把我拉走，瑟巴斯欽的頭顱摔在地板上的空洞聲響，只要我一不專心，這聲音就會鑽回我的腦海，大聲轟鳴。我將手指甲壓進自己掌心，試圖從那一幕脫身。但是，這一點幫助都沒有。我就是無法擺脫那一幕。我的大腦總會又將我拖進那間該死的教室裡。

我睡著時，有時會夢見這情景。那正好是在他們出現以前。他躺在我膝上，我使出全力，用手止住他的血。不管我怎麼用力壓，他仍血流如注，勢不可當。那就像試圖止住根基鬆動的水管流出的水柱一樣。你們可知道，血是會噴出來的？只憑雙手根本壓不住？每天晚上一次又一次，我仍然可以感覺到，瑟巴斯欽的雙手逐漸變得冰冷。一切發生得很快。我也記得克利斯特斷氣時的情景；那聽起來就像把蘇打水灌入下水道一樣。我本來不知道，人是可以回想到別人皮膚的觸感和聲音的；但這是辦得到的，因爲我一直都這麼做。

*

我努力避免和那些專程來到法庭只爲了看我的人，產生眼神接觸。我走進去時，甚至沒看著老爸。

但我經過時，老媽的眼神還是盯上了我。她的眼神中有種我感到陌生的成分：她朝我微笑，頭晃到一邊，嘴唇抽動著，彷彿想提醒我，昨天她在電話裡說了什麼。那是一副「嘿，一切都會沒事」的微笑。但是，就在我把眼神轉開前的一微秒，她顫抖了，輕輕地顫抖了。

就在這一切發生以前，老媽最艱鉅的任務，就是在飲食中完全排除碳水化合物。她的體重升降是如此迅速，人們還以爲那就是她的職業；當她終於能控制飲食時，她可是非常引以爲傲的。而現在，她人就坐在這裡。絕大部分的內容都在初步調查報告書裡了。內容，不只和那一天的事有關；它牽涉到我們的舞會，瑟巴斯欽做了什麼，而我又做了什麼。它也和艾曼達有關。我老媽很愛艾曼達。而至少在一開始的時候，她也很愛瑟巴斯欽，不過現在她已不願再承認這一點了。

我很好奇，老媽是否相信「我的故事」，是否「選擇」相信它。但她從沒提到這一點，而我也沒問。我怎麼能問呢？自從九個月前的拘留偵訊以來，我就沒再見過老爸和老媽了。即使我們通過電話，那感覺還是相當陌生。

這眞怪啊，不是嗎？我和爸媽齊聚一堂，竟然已經是九個月以前的事了。即使那時，我們也沒有眞的見到面；我只是透過那教室般大小的偵訊室和旁聽席座位之間的玻璃窗，看見他們。他們在旁聽席上坐了整整一刻鐘之久，法官才說明：偵訊過程必須祕密進行，包括老爸和老媽在內的所有人都必須被請出去。

我在偵訊時哭個不停。我們一進去，我就開始哭了。我感覺自己就像一頭被強迫灌食的鵝那樣「正常」，那樣不舒服；老爸和老媽看起來驚恐得不得了。

偵訊時，媽媽穿著一件我先前沒見過的短上衣。那天，一切都尚未明朗時，我很好奇她會以怎樣的衣著出現。在她知道實情以前。你們或許認爲，她會打扮成一個完全知道一切只是個大錯誤、自己女兒一點錯也沒有的母親。但我覺得她其實是打扮成一個一切都做得很對、不管到底發生了什麼事都不能責怪她的母親。

偵訊是在我進入看守所後三天進行，我只希望自己不要哭得太凶。我眞想把窗玻璃全砸碎，這樣才能問媽媽一些無關痛癢的瑣事。

我想問她：那時我去找瑟巴斯欽以後，她有沒有把我的床鋪弄整齊？譚雅禮拜五不上班。警察來的時候，床是否依然整齊？可是在那之後呢？發生了什麼事？譚雅有打掃過嗎？還是老爸老媽就像那些孩子早死、就讓孩子房間原封不動三十年的父母一樣，禁止她進入我的房間裡？

我希望老爸老媽這樣做，我希望他們這樣告訴我：我那天離家以後，一切完全一如往常，警察到家後也沒翻動什麼東西。人生，我的人生，之前的生活都被冰封起來保存，包覆在一層層木乃伊專用的繃帶裡。如果我能平安度過這一切，再度回到家，我希望能認得出自己。

不過，他們當然無法這麼說。媽媽有沒有把床鋪弄整齊，或許也不重要了。我已經知道，警察做過居家搜索，當他們第一次對我進行問話時，爸媽就這麼說了。他們也提到，警察扣押了我的電腦，以及我交給醫院的手機（我還得交出我在每一處網路論壇、每一個應用程式、我進過的每一個網站密碼）。當我問到他們還拿走什麼時，得到的回答是「大部分的東西……iPod、紙張，還有……書籍、床單，妳舞會上穿的衣服。」「什麼衣服？」我眞的這麼問了，而爸媽也回答了，好像這是天經地義的事，一點都不奇怪。「妳的洋裝、胸罩、內褲。」

他們連我那條髒破的小內褲都拿走了。爲什麼？我眞想把玻璃窗砸個稀爛，要求老媽給我一個解釋，因爲我不想問桑德這件事。「媽，他們幹嘛拿走我的內褲？」這就是我想問她的。怒火中燒時，我不想和桑德講話。

老爸和老媽又怎麼處理那些被警察留下的東西？這，我也想知道。我很好奇，譚雅是否已將我其他衣物上的氣味全都洗掉。我一直覺得，她喜歡懸掛已洗好的衣物。把縐紋理平，將針線縫合處拉直，抹平皺褶處。上下顚倒地懸掛毛衣，讓衣袖無助地向下垂掛，呈現全然放棄的鬼樣子。襪子則是成雙以曬衣夾固定，方便之後分類。

我想知道，爸媽是否就讓譚雅將我留下的一切清理乾淨；還是媽媽會在早上瞧著那把我總是忘記收好的奶油餐刀，才猛然想到：她剛剛還在這裡，現在卻消失了。

「媽媽？」我眞想直接高聲尖叫，「現在是怎樣，發生什麼事了？」

但是，這中間隔了一道玻璃窗。在法官將所有旁聽者都請出去以前，我根本來不及問。我沒有得到任何回答，反而就這樣被拘留起來。

遠在這一切發生的很久以前，我曾問過媽媽一次：爲什麼她從不問我重要的事情。「妳是希望我問什麼？」她反問。她連猜都不想猜。

今天，她和老爸被允許留下，甚至還有保留席可坐（我猜，想必是最前排、離我最近的「最佳」座位——即使我們之間相隔了好幾公尺）。老媽變胖了。她仍然打扮成一個什麼錯也沒犯的母親，但是誰知道呢？也許她一直靠暴飲暴食來自我安慰？大口吞下混合了奶油、乳酪和番茄醬的油膩義大利通心粉，猛吃單一碳水化合物。考慮到我幹的好事，她是有理由犯錯——包括讓體重上升。大家都能理解。

反正不管她是胖是瘦，他們還是輕視她。

老媽緊張時，脖子表面就會出現褐斑；只要她試著說明自己的意思，就會變得緊張。這時想要專心聽她說什麼，簡直不可能；大家只會直盯著她頸部的褐斑。也許這就是媽媽爲什麼絕少描述自己想法的原因。這太危險了。她會執著追問老爸的想法。要是老爸心情好，就會跟她分享。這樣一來，才不會整晚一直聽到老媽叨念：「我們彼此不再交談了。」

我實在無法理解，她一方面擔心別人不太願意和她多講話，另一方面卻又從不敢問別人的感受。但是，我從未因爲她搞不清楚狀況而憎恨她。我只憎恨她不想了解更多。而我最恨的，就是她告訴我我有怎樣的感受。

「我知道妳很擔心。」「我知道，妳眞的好害怕。」「我能了解這種感覺。」

我媽眞是個白痴。「我眞希望自己能代替瑪雅。」她說過這種話嗎？不管怎樣，都不是對我說的。

開庭首週：星期一

4

總檢察官麗娜．派森說了又說，老天爺，不知道她還要說多久。她還帶了兩名參與調查的警員。原告的律師群就坐在他們旁邊，為了聲請損害賠償而在場。他們面前的桌上也堆疊了一大落文件夾，活像一座小圖書館。室內有兩個大螢幕，一個在我後方的牆面上，另一個則在他們後面。目前那裡只見一排文獻與檔案，一切感覺混亂不堪，活像一堂準備不周到的社會科學課。

艾曼達的父母不能和檢察官坐同一桌，其他家屬也不行。我想，他們只能坐在旁聽席。或是在隔壁房間觀看第三個大螢幕，了解審訊的最新動態。也許，他們並不想和我共處一室。

桑德說過，檢察官有「義務說明」我們為什麼會在這裡。她認定我做了什麼，以及為什麼要聲請最高處分。

桑德曾經對我說過：「考量到妳的年齡，妳被判的刑期最多不超過十年。」根據法律，不能對未滿二十一歲的人判處無期徒刑。不過，如果我被判刑十四年，出獄時也三十二歲了。煎餅圓臉男也提過那些寫信、打電話給他和桑德的人。（我從他的聲音就能聽出，圓臉男非常自豪，不只桑德有收到恐嚇信，連他也有收到。）他甚至還談到那些半夜潛入我們家庭院，在大門潑糞的人。老爸和老媽只能在上班前，用高壓水管將糞便沖刷掉。他是趁桑德不在場時，聊到這些的。

所以我知道那些納稅人，也就是負擔檢察官薪水的人，除了彼得．桑德，也許還有我的爸媽以外，他們都覺得十年、十四年有期徒刑是不夠的。他們認爲，就連無期徒刑也不夠。他們並不以毀掉我的人生爲滿足。他們要我死。

桑德說過今天不會有太大的進展，不過當檢察官朗讀出遇害者姓名時，我聽見有人哭了起來。

我可沒料想到這一點。總檢察官麗娜．派森還沒來得及念完這些姓名，法庭裡就噪聲大作。有人嚎叫起來。是艾曼達的媽媽嗎？不會吧，她的聲音不會是這樣。也許，他們把丹尼斯的媽媽或祖母都找來了，用飛機載她來這裡，好讓她能夠坐在這間刷白的房間裡，就像諾貝爾獎音樂會上的皇后拉蒂法[7]一樣。

那哭聲聽起來非常專業。就像有個頭上纏繞黑頭巾，雙手伸向空中凝望天際，整個身子擋住電視攝影機鏡頭的瘋子，在某人上校車引爆自殺炸彈，把自己和五十個兒童炸飛時厲聲尖叫。這裡有這樣一個女人在場嗎？她能通過安檢站嗎？

有件事情倒是可以確定，在下一個暫停休息時間，這些新聞記者就會拿這哭聲大作文章了。他們會加以報導，「現場直擊」並在推特上狂發文。在一百四十個字母以內描述所見所聞。我以前那些「同窗好友」會回覆這些推文，也許還會加個哭哭的繪文字，表示他們感同身受。我很納悶，他們之中究竟有多少人一路跟到這兒來，排上幾個小時的隊，好搶到個位子，「保存」這件沒發生在他們身上事情的「回憶」。

我可不想聽這個，但又不能離席，所以只能把手掌按壓在桌上。檢察官滔滔不絕，說了又說。我希望她能收尾了。但她提了一下關於艾曼達的事，關於薩米爾、丹尼斯、克利斯特……瑟巴斯欽和他爸爸的其他事。首席法官看來很緊張；他隨意撥弄著面前桌上的木槌，怒視其中一名警衛。

檢察官無視哭聲繼續說。她在螢幕上點出學校的團體照，觀眾中傳出的人類嚎叫聲慢慢消逝，轉成某種別的聲音；想必警衛已經叫她閉嘴。我的喉嚨感到一陣燒灼，不得不用一隻手掌蓋住雙唇，才能制住自己不跟著發出聲音來。檢察官眞該學習怎樣更簡潔好記地表達自己；她講的每個句子都不夠短，無法被放進推特文裡。即使這已經是她認爲我該受什麼處罰的「總結」了。這場審判預計進行三週；桑德提到這件事時，我還想說怎麼可能這麼久。但是，考慮到連總結都可以這麼長篇累贅，時間其實很緊迫。

我仍然沒轉身，反而低頭望著椅凳。我心想，記者八成也會報導這一點。他們會報導，我聽著死傷者的名單，也聽見了哭聲（那該死的哭聲！），卻全然無動於衷。他們喜歡做如是想：我冷若冰霜，泯滅人性。

對我的辯護律師群來說，我整個人就是個大問題。不只是煎餅圓臉男覺得我看起來比實際年齡老而已。我個子太高，太強壯，胸部太大，頭髮也太長。健康的牙齒，昂貴的牛仔褲。總之，不像個孩子。

我今天沒戴手錶，也沒戴任何首飾珠寶，反正那都是多餘的。離開看守所以後，我的身分標記就像

7 Queen Latifah，美國黑人女藝人，活躍於音樂、電影與電視演出，曾獲金球獎和葛萊美獎等多座獎項。

在阿爾卑斯山區待上一星期後，雙眼旁的曬痕一樣明顯。那個檢察官到底講完了沒有？我想休息換衣服，得把這件該死的緊身上衣換掉才行。桑德說過，他至少每兩個小時會要求一次暫停。現在總該是時候了吧。我要趕快衝進我們四個人的專屬房間，菲迪南還可以問我要不要來杯咖啡。又是咖啡。我已經成年了才能坐在這裡，而每個成年人都喝咖啡。當然，除了煎餅圓臉男以外——他是所有我見過超過十五歲的人當中，唯一還喝熱巧克力的，他連看守所會議室自動販賣機的熱巧克力都喝。他用紅色雙唇嘖嘖喝著，還把食指伸到杯底摳挖殘留的糖塊。

我得出去，我得離開這裡。

我把肩膀往下壓，感覺好像肋部有劇痛。我想到在家的最後一頓早餐。管他的，想什麼都好，只要不用聽檢察官講話就好。我一如往常走進廚房。老爸老媽都在那裡；爸爸讀著報紙，媽媽站著大口喝她賴以為生的綠色泥漿狀液體。她把甘藍菜、菠菜、青蘋果、酪梨全放一起，用一台高達九千克朗的特製原汁攪拌機榨成汁。在她開始喝這種果菜汁以前，她喝的是一家美國網路健康飲食店生產的特製茶。她每天早上喝，還搭配一塊用四顆蛋白煎的蛋卷。這樣一星期下來，意味著冰箱裡多了二十八個硬掉的蛋黃；譚雅每週都得把這些壞掉的蛋黃扔掉。

「我真的不能吃蛋黃。」老媽總笑著對譚雅這麼說，好像她聽得懂這個笑話。「不過譚雅，妳或許想要吃這些蛋黃？」

每次和譚雅說話，媽媽都會用同一種緩慢的聲調，像是對著一個頑固的小孩。然而對我妹妹蓮娜或其他小孩，她從不這麼說話。她對子女說話是一種音調，對管家又是另一種。就連一場規模不大的小屠殺也改變不了這件事；正所謂堅持到底。一個屁眼裡插著鉛彈的不倒翁——這，就是我媽。

她常會假裝和譚雅是好朋友，類似同事的關係。這也是爲什麼她總是問譚雅要不要吃點什麼。我從沒看過譚雅吃東西，除了半杯水以外，我也沒看過她喝別的東西；她會靠在水槽邊站著，盡快將水灌入口中。或者說，上廁所；我也從沒看過譚雅上廁所。也許她在我們家的花圃上拉屎，在我老媽的青綠色果菜汁裡撒尿？或者，她會憋到回家才解決這些問題。我始終很好奇，老媽到底覺得譚雅該怎麼處理這些壞掉的蛋黃？該像洛基[8]在重要的拳賽前吃補品那樣，把它們一口全吞下？還是帶回家，給家裡那些蓬頭垢面的小鬼做成蛋酒？我們從沒見過譚雅的子女，但出於和問候乞丐相同的理由，老媽還是把他們的名字記了下來。*伊蓮娜最近好嗎？莎莎在學校適應得不錯吧？*

最後一天的早餐桌上，擺著鮮榨的果汁（一如往常是柳橙）、奶油、起司、切片的番茄和黃瓜，還有咖啡和炒蛋的味道——我沒看到炒蛋，但我覺得是炒蛋。那頓早餐看起來活像獻祭儀式。拔開的收音機插頭軟趴趴地擺在砧板旁邊，彷彿被切斷的身體部位。在在意味著：*我們必須談談*。他們想要和我認眞長談。*有人打電話告訴他們嗎？是警察嗎？有人打電話報警嗎？*我才不想談談。我拒絕了。老媽望著我，什麼話都沒說；我別開眼神，一個字都不回。這時我的電話響了。是瑟巴斯欽。

我答應過，我們要開車一起去學校。「妳得這麼做」。他很堅持。我本來不想，其實還是不想。但我也不想待在這裡。在我胡亂套上鞋子、抓起鑰匙以前，竟然還來得及想到：*誰要來把這些全吃掉？*我的鑰匙還擺在玄關桌上。譚雅會把食物封上塑膠保鮮膜，收進冰箱嗎？不過譚雅週五不上班。而在她回

8 一九七六年由席維斯．史特龍編劇兼主演的電影《洛基》，主角是費城一名落魄潦倒的拳擊手。

來上班以前，警察早就在我們家裡搜查過一輪了。

「我趕不及了！」我對老爸老媽尖叫。「我們今天晚上再談。」我一點都不想再和他們講話。他們懂什麼？一切都太遲了。

總檢察官麗娜·派森說了又說，而我還沒轉過頭看看觀眾們。我可不想看到艾曼達的媽媽，或其他希望我被關一輩子、最好判死刑的人；他們希望我至少被監禁起來，然後牢房鑰匙就可以丟了。對於桑德有關證據、事發過程、因果關係、動機與其他一切的論述，他們有什麼理由感到絲毫興趣呢？嗯，連我都不感興趣。

而我也不想看見那些新聞記者。我知道他們的打算。他們想說明我的情況，說我是怎樣的一個人，成長過程這樣，父母那樣，我「心情不好」，「喝了太多酒」，「抽大麻」，聽了太多「壞音樂」，交到壞朋友，我「不是個普通女孩」。我確信其中部分屬實，其他部分則無法理解。

他們並不想知道發生了什麼事，只想把我塞進一個框框裡，越小越好。這樣，就更容易拒絕承認我的存在。他們希望說服自己：我們沒有任何共同點。這樣一來，他們晚上就能夠高枕無憂。他們就能相信，發生在我身上的事，永遠、永遠、永遠不會發生在他們身上。

總檢察官麗娜·派森（她第一次旁聽警方對我的一次訊問時，還說「請叫我麗娜」）戴著俗氣的耳環（眞品鑽飾售出時，還得要有簡直像免費附贈的武裝保全在場），留著不平的瀏海，眉毛像用鋼珠筆畫的。她滔滔不絕，說了又說，繼續說。我的腦海開始嗡嗡作響，再次用手擦嘴。腋下感覺黏黏的，不知道別人是否看得出那裡的汗漬深漬。派森緊張地按選一份文件。對她來說，協調這些動作展示那些該死的照片，彷彿是一項超凡的練習。但現在，她在一張照片上前後拉動一個小點，指出要展示給所有人看的部分。

桑德可沒說過，現在就要展示照片。這只是開場而已，檢察官就已經在放照片了。這個「開場」還要多久，到底有完沒完哪？我得離開這裡。我看著桑德，他卻沒回望我。現在，她正放映一張學校地圖。宛如迷宮的走道、教室、最接近的緊急逃生門、大禮堂。地圖上沒有顯示，學校走廊的天花板究竟有多高，也顯示不出，即使是五月底陽光燦爛的早晨，裡面究竟可以有多暗。

琵巴斯欽的某個提袋就在我的置物櫃裡找到，她指著示意圖上我置物櫃的位置，再指著教室最後面那一排通往運動場的門。那天，這些門是上鎖的。我猜這是為了說明警方為什麼沒走這條路（媒體針對這一點批評警方）；不過，走哪條路其實幾乎沒差。當他們通知警方時，一切早就完事了。她指著那扇向外通往走道的門。它只是關上並沒鎖上，但直到一切都已太遲時，才有人將它打開。除了警察以外，是否有人能夠協助？怎麼協助？如果有人能幫忙，那又會是誰？她更換圖片，擺上教室平面圖。我垂下雙眼。她講多久了？感覺已經好幾個小時了。

這位「叫我麗娜」講得還眞徹底。我讀過初步調查報告書（至少是絕大部分的內容），而她已經對我做分析，甚至解剖了。「叫我麗娜」把我大卸八塊，嚼碎我的肉，掏出我的五臟六腑，還嗅聞我內臟的味道。「叫我麗娜」每個星期都針對我召開記者會，有時甚至一天連開好幾場，一連數月。她連我該死的內褲都分析了。

「叫我麗娜」——這個死醜八怪麗娜．派森很確信，她對我瞭若指掌。從她的聲音就聽得出來。每個字都像是塵埃落盡的寶石。她依序將它們展示在燈光下。她心滿意足，非常確信她對我的一切、我是誰、我做了什麼以及爲什麼，都知之甚詳。她沒指著我；但那只是因爲她不需要這樣做罷了。各位，瞧瞧瑪雅・諾貝里：兇手，怪物！她就坐在這裡！

大家已經在看著我了。

羈押聲請書上，檢察官註明了（她認定）我的犯行、應該被處的刑罰；聲請書共計十一頁，描述相當詳盡。此外還有附件，關於受害者的詳情：他們是誰、他們發生了什麼事、我又做了什麼、我開槍打了哪些人、瑟巴斯欽又開槍打了哪些人，以及爲什麼一切全是我的錯。聲請書還包括照片與法律報告書。以及那些聲稱認識我、知道事情來龍去脈能夠說明的人，所進行的談話內容。總檢察官麗娜・派森說了好長一個故事。它從頭到尾一氣呵成；即使大家還沒聽見故事本身，他們都相信這是眞的。

我很納悶媽媽說「一切都會沒事」時，她到底是什麼意思。

開庭首週：星期一

5

總檢察官麗娜・派森終究還是說完了。然後，輪到受害者的律師群說話。我被索賠，不過金額並不高。這些律師只有一人講話超過兩分鐘。他們全部說完以後，桑德終於問道，是否要暫停，休息一下。對此，主審法官看起來比我還要解脫。我們走了出去。我在中間，菲迪南和煎餅圓臉男在我兩側，桑德帶頭。

我們來到他們分配給我們的房間，關上門。門外上面還用膠帶貼著一張寫著「被告」的紙片。他們到底想要「告訴」我什麼資訊？說明什麼？法院是要讓眞相水落石出的地方，卻難以直接說出事情的原貌，不敢用正確名稱來稱呼這些事情。眞是詭異。

「妳要不要來點什麼？」菲迪南問道。我沒答腔，等著她繼續說下去。「咖啡好嗎？」

我搖了搖頭。我想要白色百合。如果我大聲這麼說，菲迪南可能會昏倒，因爲她沒啥幽默感，也不認爲我是喜歡白色百合花的那種人。所以，我什麼也沒說。

整段休息時間桑德始終站著，他也沒說什麼。我們房間就有附設的廁所，通常它會作爲其他用途，但我想那就是我們可以待在這裡的原因：不必和其他人共用廁所；或者，其他人不必和我共用廁所。我們輪流使用洗手間；輪到我時，馬桶座圈已經變得暖熱。

一片沉靜，沒有人在喝咖啡。菲迪南拿起一瓶水啜飲。審訊已經持續了兩小時以上。檢察官的總結耗了一小時又四十七分鐘。

十二分鐘後，我們回到法庭。煎餅圓臉男重重甩上門，震飛了門上的紙片。菲迪南又把紙片貼好。我忘記要求換衣服了。

我們再次坐定，桑德正準備開口說話時，我聽見老爸清了清喉嚨。我須努力克制自己不轉頭望向他。我專心聽桑德說話。我們並肩而坐，他還塞給我筆記本和筆，要我把所有我覺得奇怪，或是想問他的問題全都寫下來。

「妳覺得這些正確，」他一再強調，我都忘了他講過幾次。「是很重要的。」

我喜歡桑德；不過，有時我搞不懂他是什麼意思。或者更精確地說：我了解涵義，卻很少理解背後的想法。

這些是正確的？他或許是指，我覺得滿意？我不得不問他到底是什麼意思。但我其實大可不管這麼多，因爲他長篇大論地回我說，他在「提出我的陳詞」時，如果他說了「和我對事情發生經過看法有出入」的東西，我就得「指出來」。

後來他停住口，我想他也察覺自己的話聽起來有多白痴。他看了我一會兒才說：「如果我說了什麼讓妳覺得生氣、害怕、惱火或其他類似感覺的東西，妳得告訴我。不過在我講話的時候，妳不能直接說出來，不要讓檢察官和法官們聽見。寫下來，我們之後再談。」

還有一點是我弄不太懂的。就是他說在開庭審訊期間，想要談到（「提出」）的事情。我覺得困擾，顯然他在我不在場的時候討論我，和煎餅圓臉男、菲迪南以及其他所有同事「擬定策略」；他們那些同事每個都長得很像，我根本分不清誰是誰。他們坐在律師事務所辦公室的長桌前，討論「策略」。我猜想，他們也就是在那時候對外賣的中國菜餐盒撥來弄去的。

「瑪雅．諾貝里承認部分關於犯行的描述，但否認犯行。」桑德說著。我心想，會不會有人認爲這意味著我是無辜的；或者有人被說服我其實沒犯錯。我也納悶著，該在紙上做什麼筆記，才能讓桑德的說明更加清楚。

桑德說我必須信任他，而他對我是完全地「開誠布公」。我還有別的選擇嗎？我仍然不知道，這一切要怎麼樣才說得通，才正確。

桑德有一整組不同的眼神，他會針對不同的對象調整這些眼神。他會用專注但感到無趣的眼神直視說話者；看來他對什麼都不驚訝，對方想說的話他全都料到了。警方訊問我的時候，他就用這種眼神看著他們。我喜歡想像，新聞記者提出他無權回答的問題（「強制緘默」）時，他就這樣瞧著記者。此刻，他就用這樣的眼神看著法官和檢察官，禮貌地表示厭倦之意。

而他望向煎餅圓臉男的眼神就更糟了。當圓臉男說出「要怎麼收穫，先那麼栽」或「瞎貓碰上死耗子」這種話時，桑德就會露出「你覺得這樣很好玩嗎？煩死了」的表情。這種時候，大家只能祈求他別再怒目相視了。相較於此，他咂舌、隨便說些什麼，都算很好了。

絕大多數人，或多或少都體驗過桑德非常失望、期望更高卻因別無選擇而必須忍受的眼神。有時候，菲迪南會被他投以相反（幾乎意味著他很滿意）的眼神。顯然他對於她不笨感到很驚訝，因此這種眼神也很接近羞辱。桑德沒注意到菲迪南看著他的眼神，或者說，他根本不在乎。

不過，我喜歡彼得．桑德看著我的方式。他不希望我對他說的笑話發笑、問他在做什麼或他對事情的看法。桑德從來不會想要偷瞄我的胸部。他只對我說什麼感興趣，致力完成任務。僅止於此。

我不需要擔心他會覺得聽我描述很麻煩。也不用擔心會傷害他，或是我可能會讓他有什麼感覺。他以對成人，或值得被當成成人的方式看待我。我猜想，這就是桑德對待委託人的眼神。也是他成為名人的原因之一。

我對桑德很「滿意」。

要是我問起，老爸會說因為他「公認是最好的」，所以選他。聘用桑德很貴嗎？想必比我能想像的還貴，但老爸永遠不談這個。因為「大家都不談這個」；而老爸也明確遵守，哪些事大家會做、哪些不會做。

這倒不是說，老媽靠家庭庇蔭，老爸則是暴發戶。他們認為自己有品味，但其實並非如此。無論如何，媽媽在有錢的環境下成長。外祖父憑藉一種用於膝關節手術的儀器，為自己賺了許多錢。當他還在攻讀醫學學位，整個醫藥產業還沒意識到他的發明不僅新奇還很實用時，他就靠這儀器獲得了專利權。一、兩年內它就變成了「必需品」（套句老媽愛說的話）。在「全世界」，「大家」都使用它（還是老媽的話）。外祖父就靠這新發明，變得「富得流油」（媽媽絕對不這麼說，倒是外祖父盡可能常說這句話）。

外祖父與金錢的關係，就像他和天氣的關係一樣。錢就在那兒，不管他怎麼花用，就是用不完——想想，這該是多大的福氣，人生得意須盡歡。也許外祖父的這種態度，使老媽在金錢上變得附庸風雅。

意思就是，她認爲讓大家覺得她比實際上有錢最重要。老媽努力藉由假裝對金錢一笑置之，來做到這一點。

媽媽常說，我們家裡那些古董都是跟著她的「家族」傳下來的。比方說，她不知道廚房裡的鐘究竟是好看，還是又醜又怪。當有人談到那只鐘，或只是不巧朝它投去一眼時，她便從鼻孔裡噴出笑聲；講到「家族」兩個字時，還會翻白眼，好像她是被迫和這些遺物共處，她那些已經作古的老祖宗才能安眠於九泉之下。

她從來沒提過那些作爲破產抵押資產、外祖父從布考威斯基拍賣行收回，之後厭倦了扔在我們家的家具。這倒不是有意騙人，反正也沒人相信媽媽是自己假裝成的那個人。但是她仍然繼續假裝。而大部分人還是很客氣的，不會戳破她演的戲。

老爸的錢則完全屬於暴發戶類型，而他所擁有的並不足以墊補他的身分。不過在高中最後一年，他就讀於烏普薩拉市區外的一所寄宿學校，而他那一本正經、超級無趣、出身中產階級的雙親，則在一項針對北非開發中國家的專案中處裡灌溉業務。他以爲自己在寄宿學校學到了融入環境的技巧，認爲自己知道該怎麼做，上流社會的人才會把自己當成一分子。不過，他可是大錯特錯了。

老爸現在想必相當害怕，他的眞實面貌即將攤在眾人眼前。報紙上稱他是「投資經紀人」。也許這名號能唬住一些人，還眞說不準呢？不過，所有還有點分量的人都知道，「經紀人」這一行頂多只能幹到三十五歲。之後，你就得用自己的資本來打拚了；不然就會像乳房低垂和靜脈曲張的女侍一樣，困窘不已。我有次曾聽老爸說過：「我是顧問，負責提供建議。」他邊說還歪嘴一笑，隱約在說：這太複雜了，很難進一步解釋。他名片上印的頭銜是「資產管理人」。這個字的意思當然不是「投資經紀人」，不過也差不多了。

我總是聽到人們說我像老爸。只要我氣急敗壞時，老媽就這樣對我說；而當我領到成績單時，老爸就這樣告訴我。不過，此刻法庭內的一切都指出，從今以後，老爸只能以「殺人犯瑪雅的老爸——投資經紀人」的名號自滿了。嗯，恭喜。

我很好奇，老媽到底最害怕什麼。是我接下來可能的遭遇，還是已經發生在她身上的事？其實我壓根不在乎，只是不想蓮娜擔驚受怕。一想到蓮娜會有多麼害怕，就像想到那間教室一樣糟糕。

以前我難以入睡時，通常會把蓮娜挪到我的床上。有她在身旁，我總會感覺舒服得多，甚至直到最後這幾個星期也是如此。睡覺時的微汗讓她的頭髮蜷貼在頸上，即使頭髮髒，她聞起來還是那麼香。我會假裝是她做了惡夢，跑來找我。有時我也對她這樣說：「妳做了惡夢耶，記得夢到什麼嗎？」這時她就會望著我，先是困惑，然後描述惡夢。夢中常出現媽媽的身影和我們家的屋子，詳盡、極度無趣又不連貫的夢境；有時會出現新玩具、蝴蝶結，也許還有一、兩條狗。蓮娜最想要的就是一條小狗。我希望爸媽已經幫她買了一條，讓牠睡在她的床上。但是，我最希望的還是她睡在我的床上，她進去躺下，會感覺比以前好些。

我試著去想，蓮娜應該不知道發生了什麼事。她不需要待在這裡，也就與這一切無關。但是，這麼做的效果並不好。因爲我無法假裝，不知道發生什麼事的人就比較不害怕。我知道這是什麼感覺；實情正好相反。

「瑪雅否認針對她的指控。她並沒有以足以導致法律責任的方式參與。她對瑟巴斯欽・法格曼的計畫並不知情，也並無他人告知她這些計畫。她並未教唆，或犯下足以導致法律責任的過失行爲。她缺乏任何形式的意圖，包括過失致死意圖。瑪雅承認在犯行說明書上註明的地點，扣動了上面所註明的武器，但那屬於自我防衛。因此不應判處她有罪。」

導致、教唆、過失致死意圖……這些字眼在我的腦海嘎嘎作響。桑德用這種方式說話的時候，我怕得要命，因爲聽起來很像在找藉口，我們使用法律詞彙和怪異字眼，避免談到眞相。無論如何，就是不能談眞相。

我想說話，不管會帶來什麼後果。最糟糕的已經發生過了。我懷疑，桑德是否準備跟檢察官一樣來個長篇大論。但我不這麼覺得。他似乎快說完了，而現在才過了十一分鐘。我不知道這樣是好是壞，但我還是感到害怕。人們難道不會覺得他這麼簡短，是因爲無話可說嗎？我用手壓著筆記本，鋼珠筆筆尖抵住紙張。但我什麼都沒寫。三分鐘後，桑德就說完了。

事實上，從我關上我們教室的門到最後一槍發射，前後還不到三分鐘。這一切爆發後，警察花了十九分鐘才趕來，衝進教室。

他們開門的時候，到底有多少人從那兒衝進來？救護車人員、警察，是的，一狗票的警察。穿著靴子，戴著面罩，手持重型武器。其中一個踩住我的手臂，另一個踢了我的手。有人在地上拖行我，把槍從我手中拽開。到處都是噪音。來了一大堆人，眞煩。他們有尖叫嗎？我想有吧。不過我記不得我是否說了什麼。在挪動我以前，他們先把瑟巴斯欽拉開了。他們先把他拽開，一秒鐘後才搶走武器。我還納悶為什麼呢。

他們把我放在擔架上，有人在我身上罩了一條毯子。我不知道自己是不是他們抬出去的第一個人。我不這麼覺得。

一分鐘，也許一分半鐘。槍擊，就持續了這麼長的時間。初步調查報告書中有寫，我不需要特別記住這一點。然而，我還是對時間的計算感到困惑。有時我回想起來，覺得這一切十秒鐘就結束了；有時，我又覺得自己在裡面待了數年之久。就像《納尼亞傳奇》一樣。他們開錯了衣櫃的門；和白女巫戰爭了幾年之後回到原地時，竟只過了不到一分鐘。

從我關上教室的門到它再度被打開，總共經過了十九分鐘。顯然這與實情相符。如此充裕的時間足以讓一切結束。不過，這當然也和怎麼樣才算「開始」有關。不只是槍擊，而是這整件事情。警方和檢察官說，我和瑟巴斯欽早有預謀，我們的孤立、憤怒一路發展下來，不過導火線還是前一天晚上的舞會，那最後一次爭吵。那些聚在法庭外面互相扔擲鵝卵石的人不僅痛恨我，還有我所象徵的一切；想必他們會說，這一切都是從資本主義、皇室或是執政聯盟開始的，或是從我們拋棄北歐神話信仰，或其他連邏輯都兜不攏的理由開始的。

只有我知道。我知道，一切就從瑟巴斯欽開始，也在他身上結束。

我人生最初的記憶之一（不僅止於對瑟巴斯欽的記憶），就是看見瑟巴斯欽坐在樹上。我和媽媽從托兒所回家的路上，會經過法格曼家。他才五歲，但大家都好喜歡他。他留著波浪狀的半長髮，在前額捲成瀏海。他會提出嚴肅、令人無言以對的問題，漫不經心，卻始終保持主動。所有男生都想跟他玩，所有女生都在背後談論他。就連我們托兒所的老師都會用嫉妒的眼光，怒視著可以在出門前幫他扣上夾克鈕釦、繫好圍巾，從烘衣櫃裡掏出一雙好雨靴的人。瑟巴斯欽還習慣指著他那天最中意、看得最順眼的老師：安奈麗，來幫我。蕾拉，幫我把襪子脫掉。

瑟巴斯欽從他的樹上位置高聲喊我。最重要也最關鍵的是，我記得自己竟然無力回應。老媽一定說了些什麼，關於庭院、房子以及他是誰家的兒子。（她興奮地對我耳語：嘿，那不是瑟巴斯欽．法格曼嗎？你們在托兒所同班啊？好像她還不知情，卻又想展現出完全了解情況的樣子。）不過我記得，聽見他喊我名字時，我全身感到一陣觸電般的顫抖。

「瑪雅。」他語氣堅定，不是在和我打招呼。我沒有回應，媽媽想必有回應。「嗨，瑟巴斯欽！」她可能還說了類似「小心，不要從樹上掉下來！」的話；我則將手抽了回來。我不要她插手。這跟她一點關係都沒有，她千萬別來搗亂。

才過了一星期，我們在遊戲間玩的時候，就親了彼此臉頰。有時我會想著這一點，我們從來沒有玩耍（連在托兒所裡都沒有），只是彼此親熱愛撫。他和男生，就玩男生玩的遊戲：踢球，彼此傳球，也許還會蓋些東西，用積木堆成塔，再拆掉。但他和我的關係始終非常肉體。他會抱住我、撫摸我，嗅著我的頭髮，觸碰我手臂的內側，將毛毯拉到我們身上，彼此身體依偎著，吸著我的鼻息。由於暖熱與缺氧，我感到頭暈目眩。就連在托兒所，他也很難和女生們玩一般的遊戲。當年五歲的瑟巴斯欽「接管」了我。這持續了大約一到兩星期，然後，我必須等上整整十三年，他才再度發現我。

在這之間，這麼多年以來，他和別人玩耍，和別人在一起，還高出我一個年級；我知道他是誰，但他卻不記得我。我想念當時在一起的情景嗎？嗯，那是當然的。

「妳不能決定，他們要怎麼看待瑟巴斯欽。」桑德一而再、再而三對我耳提面命，我都聽到不想再聽了。「別人會怎樣記住他，不關妳的事。我們要集中在妳身上。我們必須確保這場審判，就是針對妳所能負責的問題。就這樣——沒別的了。」

我所能負責的問題。好像和瑟巴斯欽做過的事情一點關係都沒有。好像還眞能把這兩者切割得乾乾淨淨，一刀兩斷似的。但檢察官還眞不這樣想。這位「叫我麗娜」檢察官認爲，兩者是一體的。也許我該在筆記本上寫下，我覺得她是對的？

開庭首週：星期一

6

蘇絲從看守所來到這裡；今天的流程結束時，她就在停車場等著我。她身穿某種制服，對著我微笑，嘴咧得比平常還大，牙齒潔白到看起來反而像淺藍色。那些牙齒在她曬成古銅色的臉頰上顯得很不搭調；好像伺機準備從臉上逃走。蘇絲問我今天情況怎麼樣，我沒法回答，只是走進車內，闔上眼皮。

我獲准帶走筆記本，我還將它抓在手上。我一個字都沒寫，只是隨筆塗鴉。一堆彼此交疊、相切、覆蓋的圓圈圈，有大有小，不斷地轉轉轉。

蘇絲走進後座，坐在我身邊。我感覺她從側面望著我，卻一語未發。她就讓我靜靜待著。

情況怎麼樣了？

桑德講到教室的時候，我聽得不那麼仔細。但我還是注意到，他開始講到我。「瑪雅。」每次講到任何一個涉案人時，他都確保連名帶姓；但提到我時，他就只稱我「瑪雅」。只有「瑪雅」，不加姓氏——始終如此，即使那只是暱稱，我的全名是瑪麗亞。「瑪麗亞」可以是政客、作家、醫師，或殺人犯。不過，瑪雅倒是很可愛，一點都不傷人；她可是一頭小白貓，是無尾貓彼得[9]的女友。檢察官稱我「被告」，偶爾稱我「瑪雅·諾貝里」，就是不稱我「瑪雅」。而在旁聽我的訊問時，她可是一直稱我「瑪雅」。

「重點在於，」桑德說明道（看來在桑德的世界裡，「重點」可眞多啊），「院方必須好好認識瑪雅。」

我覺得，桑德的構想應該能達到我們大家（包括桑德自己在內）所預期的效果。不過簡單地說，他還是藉由法律界的行話提到了我老爸、老媽，還有學校。成人的世界背棄了我；自從瑟巴斯欽進入我的生命以後，我就遭遇困境；我陷在泥淖中，無法自拔，這件事發生的時候，我才「剛滿」十八歲。

桑德說，我「還不太成熟，相當聰慧」，但是很「脆弱，容易被操控」。桑德對我做過智力測驗，讓我和兩個心理醫師談過話。他手上有一堆報告書，說明我是誰，爲什麼會做出這些事，以及爲什麼沒做根據檢察官說法，應該做的其他事情。

車子開上高速公路時，蘇絲握住我的手，我則靠著她的肩膀。我在學校的課業表現很好。我的好表現太自然了，以致老師提問、我舉手時，老師會微笑，卻不讓我回答問題；因爲，我不需要再證明什麼了。像我這樣的學生，頭上都罩著特殊光環。從一年級開始，我就散發出這種魅力。從開學第一天、老師測驗拼字而沒告訴我們這是考試，但我還是全對；從我學會書寫體（即使我們不需要學書寫體）起；從我第一次要求老師多給我幾份答案紙開始。全班之中，就只有我需要多的答案紙作答。

我很聰明，而所有老師都認爲，這是因爲他們教得好。老師們宣稱，他們是「爲了我這樣的學生而活」；因爲，學生的聰慧終究無法當薪水。

噢，抱歉，我以前是這樣的一個學生。現在，已非如此。現在，我則是學校教育全盤崩潰、解體的最有力證據。桑德或許可以描述我有多麼「聰明」，一路講到下個禮拜；不過，他也不能改變這個事實，在這裡我是拿不到優等A的。

而「聰明」的含意是利害參半的；至少，當你宣稱自己只是剛好待在一間滿是屍體的教室，卻沒做錯事時，就是如此。桑德告訴我智力測驗的結果時，他的聲音中帶著一點遺憾。彷彿我還不知道這是個壞消息，彷彿我在這些年來都沒盡力假裝自己很平庸。

我所做的，就跟所有女孩一樣：抱怨一切跟自己有關的事，考前假裝很緊張，考後假裝難過不已。「天哪，我沒寫完最後一題。只隨便亂寫，結果一定糟透了。」我對老師、對朋友、對男生，對其他大人都裝得自己很天眞，假裝自己很笨，就是爲了不讓自己看起來志得意滿，讓別人有「哼！她以爲她是誰啊」的感覺。我夠聰明到能夠了解，太聰明其實毫無意義；不只全無意義，甚至會變成不利因素。

今天一整天下來，桑德對智力測驗隻字未提。他反而談到我如何被操控，我「遭到的對待」如何「影響」了我，以及「瑪雅無法預知後果」，「讓那些眞正必須負責的人負責是至關緊要的」。最重要的是，必須記住「我們現在討論的是法律責任」。最後他還放慢聲音，降低音量，讓大家注意聆聽。

「各位，不要被騙了。」他顫著聲音說，大律師彼得．桑德想要告訴全法庭的人，他對這次審訊有

9《無尾貓彼得》（Peter-No-Tail）是一部瑞典兒童卡通片。主角彼得是一隻靠後天勤學彌補先天缺陷（沒有尾巴）的貓。

多投入情感。他告訴新聞記者，這是他「最後、也最重要的」案子，不是在開玩笑的。那顫抖的聲音在說：對桑德而言，我這個委託人非比尋常。我是瑪雅。無辜，卻遭到指控。然後，桑德提高音量，聽來有點生氣和反感。「瑟巴斯欽．法格曼，」他憤憤地說：「應該單獨承擔所有法律責任。」

然後他暫停，手擺在我的肩上停住，等待所有法官望著我們。即便此刻我在車內，蘇絲坐在旁邊，我依然感受得到他的手有多麼厚重。

而後他說：「我們都希望有人爲這場悲劇負責。想要有個解釋本來就是人性。但是，並沒有足夠證據可以起訴瑪雅。應當負起責任的，是瑟巴斯欽．法格曼；而他已經死了。」

爸爸再次清了清喉嚨。媽媽哭了。我倒吸了一口氣。

我、老爸和老媽，把戲劇化的時間點拿捏得完美無缺；而桑德則適時地補充法律陳述。

我們在看守所建築前拐彎，車速減慢，蘇絲準備出示通行證時，我的頭痛又直往額頭竄了。我吞了一口口水，坐起身來挺直腰桿，睜開眼睛。

「我很好，」車子駛入看守所大門時，我告訴蘇絲：「我很好。」

救護車，醫院

7

整塊區域都被封鎖了。他們用擔架把我抬出教室往救護車走時，我看見在稍遠處聚集的大批人潮；看見沿著通往學校的上坡路，警方用來封鎖凶案現場的藍白色塑膠條隨風搖曳。我想像著，牛欄和玉米田之間想必樹立了封鎖人群進入的鐵柵。

他們把我塞入車內時，我又聽見一聲救護車警笛聲。是往學校去，還是離開？

我記不起來，救護車是開哪條路將我從學校送進醫院的。我看不到外面。我躺在擔架上蓋著毯子，一心只想回家。我假裝救護車只是抄捷徑，我們很快就會到達阿爾托普[10]，黃色燈光整晚照亮著柔軟整潔的慢跑道。老媽總是說：「很實際」；我們將會駛過高爾夫球場，「轉個彎就到了，很實際」（還是老媽的話）；前角灣還有那些剛上漆、新下水，準備駛入斯德哥爾摩群島區的船隻，「我們就住在天堂隔壁」（是的，還是老媽的話）。

三週前，瑟巴斯欽把船停在那兒；篝火節時，我們就在那裡留宿。瑟巴斯欽睡著時，我抬頭望著被霧氣籠罩的天窗。那完全是最近的事，我也知道救護車並未載著我回家；然而此刻，我比以前更想看到自己熟悉的事物：北草園的曲面屋頂網球場，通往維克多．里德伯格中學陡峭到腳踏車都騎不上去的步道，瓦薩小學，橡樹角的多岩小徑，巴拉庫達的狹長海灘，兩側樹木林立的皇宮斜坡，還有老爸一週前才買的吊床。只要我能看見這些，就表示什麼都沒發生。但是，救護車沒有車窗，而且車速非常快——

不斷地遠離再遠離。

現在，學校會不會被封鎖起來？畢業典禮該怎麼辦？會取消嗎？艾曼達的畢業派對呢？她是我們所有人當中最後一個舉辦派對的，而且她還說，我一定得上去致詞一下。妳一定得致詞，一定，一定！現在，她的派對要怎麼辦下去？她不是死了嗎？我聽到她已經死了，聽到他們大家每個人都掛了，是這樣沒錯吧？我看著他們死掉。就在剛才，我們都還活著；突然，除了我以外的所有人全掛了。

那時是幾點鐘？我和瑟巴斯欽經過動物島廣場時，派對結束才幾小時嗎？我們已經談完了，無話可說，他走在我前面，不想跟我並肩同行。我看見麵包店外的看板翻倒了，他們就這樣把它放過夜嗎？天氣很暖和，眞是個溫暖的春天，簡直像夏天。長達一個多星期的暖和天氣讓人覺得浪費，彷彿等暑假時，不會再有剩。和瑟巴斯欽散步時，我一直赤腳走在柏油路上；因爲腳痛，所以我用一手提鞋，抓著腳踝處的綁帶。我試著用另一手牽他，但他把我推開。然而我還是相信，他已經氣消了，平靜下來了。他看來似乎已經平靜很久了。這不過是幾個小時以前的事情吧？現在，瑟巴斯欽死了嗎？

那次散步，我們走上韓瑞克·帕爾瑪大道；整條路空無一人，卻明亮一如白晝，我們很快就要到學校和大家見面，丹尼斯、薩米爾，還有其他人。但當時，我們兩人在那兒獨處。沒有人走在我們前方或後方，更沒人經過我們身邊。別墅聳立在高地上，車輛停在緊閉的車庫裡，門緊鎖著，還加裝了警鈴。

10 Altorp，隸屬斯德哥爾摩省北部動物島市的一個城區。

整個動物島好像被遺棄了；我沒有聽見任何鳥鳴聲或清晨的聲響，一片寂靜。一片死寂；我心想，就像原子彈爆炸後那幾分鐘一樣。我怎麼會想到原子彈呢？我是那時就想到，還是在事後、現在才想到的？現在一切都結束了。一切都完了。

從學校到醫院，一路上我都躺在救護車的擔架床上，只能聽卻看不見。車子開了好一會兒，我又聽到從遠處傳來警笛聲。嗚警笛意味著情況緊急吧？還沒結束嗎？還有人活著嗎？

「他們不是全死了嗎？」我問旁邊的警察，我記得是他把我抬進車內的。那警察沒有回答，他連看都不看我一眼。他已經對我有了恨意。

醫療人員戴著乳膠手套脫去我的衣服，並把它們塞進不同的袋子裡。好幾個小時過後，我才終於能洗澡。前後有三名醫師、四名護士檢查過我，才放我進入淋浴間。我只轉開熱水開關，鑽進蓮蓬頭的水柱下；水柱正緩慢轉向滾燙，但我卻完全感受不到水溫的變化。我還是洗不掉身上的血腥味。浴室的門敞開著，沒有浴簾，一名女警倚著門框，在我淋浴時全程盯著我。他們做了一大堆採樣，戳了我的指甲，還用金屬儀器和超大根棉花棒在我身上、體內刮擦。即使我沒有任何問題，還是被迫在醫院待了一整晚。

很久以後我才理解，警察來跟我談話時，其實就是在偵訊我。很久以後我才搞懂，為什麼我只能和警察講話，為什麼醫師和護士會用一種連表示同情都懶的聲音說「我們不能和妳談這個」。很久以後我才搞懂，為什麼非得拖上好幾個小時，我才能和爸媽見面。

我床邊坐著另一名女警，她手握著警棍手柄不放。我被脫去衣服放到床上時，問了她我爸媽是否死了。我實在不知道自己怎麼會這樣說，「我爸媽死了沒？」但這顯然讓她非常緊張。她打了通電話，第一個女警就回來了，就是那個有著像男生一樣瘦削的臀部、把頭髮燙成八〇年代髮型、帶著錄音機的女警。她瞇細雙眼，問我爲什麼會好奇自己爸媽死了沒有。我爲什麼會想要知道這個？爲什麼，爲什麼，爲什麼？直到往後，我才弄懂她爲什麼覺得納悶。

兩名警員輪流坐在醫院裡盯牢我。老爸和老媽可以來探望我五分鐘，當時應該很晚了，也許已經是半夜。另外一名警員陪著他們進來。我的小房間裡就擠了六個人，老媽坐在我病床的最外側邊緣。她一語不發，什麼也沒問，「發生什麼事了？」「妳做了什麼？」，甚至連「妳還好嗎？」都沒問。她也沒說一切都會沒事，或是告訴我現在該怎麼做，該怎麼做我才不會死，哪怕我說過自己快死了。也許我還眞想死？老媽只是哭著。以前我也看她哭過很多次，但從沒這樣。她好像變成了另外一個人，看起來變形失眞，驚懼不已。我想她怕的是我。我相信她不敢問我或對我說任何話，是因爲她對我的回答感到恐懼。

也許警方（或桑德）要求他們不要提出任何問題，或談到我會發生什麼事；但是我媽本來就不曾告訴我該怎麼做。她總是努力皺著僵硬的眉頭，試著「講道理」。在所有的母親類型中，她最常選的就是「體貼型」。這一型的母親會向自己女兒表示，她理解她已經成熟，可以自己負起責任。老媽其實並不這麼想，她只是認爲，讓別人覺得她是這種人很重要。不過，這還眞不是顯示自己是個傑出老媽的好場合。在那種場合、那種時間點上，能成功證明自己是好媽媽的機會簡直微乎其微。爸爸站在她背後，他也哭了。我以前從沒看他哭過，就連在外祖母的葬禮上他都沒哭過。

「我已經打電話給彼得・桑德了。」他說。毫無爭論餘地。

其實我知道律師彼得・桑德是何方神聖。大家或許都知道他是誰，當他爲殺童犯或強姦犯辯護時，就會上報紙和電視新聞。八卦雜誌與週刊也會刊出他參加電影首映會，以及諾貝爾獎晚宴的新聞；不止諾貝爾獎晚宴，就連瑞典國王私下辦的派對，他也是座上賓。他還上過一大堆其他電視節目，經常以專家身分談論那些沒能請到他辯護的審判。

這可能很有意思。他可是我唯一聽聞過的律師，是眞實存在的人物，而不只是在電視、電影中高喊「閣下，我反對！」他不是一般人，他和國王有私交，活脫是出自這片虛僞土地的一號人物。

我只是點點頭。

老媽也點點頭。她擤擤鼻子，點點頭，歇斯底里地點頭如搗蒜。彷彿藉由點頭她才撐得下去，或至少能閉上嘴。我很擔心，要是我不假思索就開口，恐怕會尖叫不止。我牢牢地閉上嘴。點頭，或搖頭。點頭居多。

就這麼辦，我想。閉嘴。啥都別說。

老爸往後退了半步；我突然覺得他會要求我道謝。就像我小時候那樣，他會聲音降低半個八度問道：「瑪雅，這時候妳該說什麼？」但他並沒這樣做，而是離開了。

我本來想，他們可以待久一點的。警方想必很樂意聽到一段爸媽和女兒之間親情洋溢的對話。但情況卻非如此。老爸和老媽離開了。我不覺得他們想要久留。

老媽離開前抱了我一下，她的指甲深深嵌入我的上臂。我趨身向前想要回抱她，卻有點太遲，她的胸骨撞上我的鎖骨。要是我的身高沒比她高，她或許能親吻我的額頭，或是做出一些充滿母愛的舉動。但現在不可能了。我把身子抽離她時，看到她的眼眶全成了粉紅色，就像實驗用的白老鼠。老媽臉上的妝全都被淚水沖淨，之後也沒再補妝。足見此事影響之大，以及它有多深不可測。

他們離開後，一名護士走進來，給了我兩顆裝在塑膠杯裡的藥片。我把它們塞進嘴裡，從另一個較大的塑膠杯喝了點水吞下去。然後她就離開了，門沒關。我床邊仍坐著一名制服警員，另一名警員則待在房門口。

他們想必以爲，我會受不了自己的所作所爲，感到羞愧而打算自殺。不過，這又是另一件花了我一、兩天才弄明白的事。我開口喊護士，從嘴裡擠出「謝謝」。但我其實或許應該道歉的。我本來該死卻沒死，反而苟活了下來。對不起，我眞的很抱歉。我不是有意要這樣的。我保證，我眞的想死。

我不知道在這第一晚，自己是否有入睡，我想沒有。但我成功地讓自己保持沉默閉上嘴，也沒尖叫出聲。

隔天早上兩名警員來到醫院。我已經被徹底檢查個透了，也欲哭無淚了。那名瘦削的燙髮女警回來了，還帶著一名眼神像在瞪人的較年輕男子。他在她背後保持半步的距離。也許，坐在我房門外的就是他。不管怎樣，他看來像剛睡醒。他依序盯著我們看，最後目光停留在我身上。我眞想要回瞪他，直到他被迫把眼神轉開爲止；不過我沒能這樣做。我累了，彷彿隨時都會睡著。

警察看來並不急，不過他們仍不打算坐下。一名醫師帶著一份文件進來，由女警在文件上簽字。他們說我不需要更衣，可以直接穿著醫院的睡衣上車。等我們抵達目的地時，我再換衣服就好。我的個人衣物、手機、電腦、iPod，家裡和學校置物櫃的鑰匙，全被警方扣押了。

我要求上廁所和刷牙。他們同意了，但是燙髮女警跟著我進浴室。當我脫掉醫院給的內褲準備小便時，她轉身不看；但擦屁股時，我發現她從鏡中望著我。

我沒問他們，我還得在這裡待多久。我們離開房間以前，警察取來一副手銬固定在我的手腕上，把一根手指插在我的手腕和金屬中間，確保手銬沒套得太緊。然後，在我的腰間纏上一條腰帶，手銬藉由鏈條和腰帶連在一起。我並不認爲自己能回家。但也許直到那時，我才了解我們要上哪兒去，儘管我最震驚的，還是被銬上手銬這件事。

「你們眞的有權這樣做嗎？」我問道。「我只是個……」我本來想說我只是個孩子，或至少只是個青少年。不過我後悔了，欲言又止。

醫院外早就聚集了大批新聞記者。就在醫院大門口，站著四名手持相機的男子，以及四名把手機抓得緊緊的女子。不遠處，還又站了兩、三名新聞記者。

當我走出門外時，他們可沒大叫，而是馬上就進入狀況。外祖父一套上橡膠雨靴，他養的小獵犬就會伸挺鼻子，開始汪汪亂吠。我就是這些新聞記者的雨靴。攝影機快門閃動的聲音聽來很遙遠；我先是想到，他們應該被要求保持在「適當距離」以外。然而現在，他們就待在我無須見到他們的位置。

我正等著便衣女警打開灰色轎車的車門，準備上車之際，其中一名新聞記者問我感覺怎麼樣。他的聲音很低，我甚至沒發現他站得如此接近。我退縮了一下。

「謝謝，很好。」我脫口而出，忘記該閉上嘴。開口說出的話，簡直比開始失控尖叫還要糟糕。我全身上下都感到：錯很大。「我是說……」而且還試著補充說明。這時，我看見新聞記者的雙眼瞇細。他可不同情我。

女警抓住我，她絕對不想讓我開始交談。

「妳的朋友們死了……」新聞記者開始說，但被打斷。

「現在閉上你的鳥嘴！」燙髮女警的表情像是要把記者海扁一頓。「不准再問你那些蠢問題。否則就是妨礙調查。懂不懂？」

事後我才了解，燙髮女警擔心，記者會把警方還沒對我說的話先透露給我。警方希望在說出這些話時，觀察我的反應。但在當下，我以爲她在生我的氣，甚至比之前還要生氣；我臉紅了。我可不是什麼身材纖細的美女，也沒有凝脂雪膚；我臉紅的樣子一點都不可愛。我呼吸困難，身上散發出汗酸味，豆大的汗珠留下鹽漬。不過我還是裝作若無其事，挺直背脊。

就在燙髮、扁臀、指甲平直的女警在口袋翻找著汽車鑰匙，新聞記者努力想解讀警察的話究竟是什麼意思時，我感到風將我那散開的頭髮向後吹拂。燙髮女警蓋在我雙手手銬上的夾克，掉落在地上。我就站在那兒，身穿大得誇張的醫院病人服，沒穿胸罩，尖挺的乳頭正對著最接近的攝影師。要不是手銬還被牢牢繫在腰帶上，我早就開始揮手了。我會做出「耶——我是世界百米賽跑冠軍！」的瘋狂手勢，手臂伸直，五指張開，指向靜默的「群眾」——其實那根本不是什麼群眾，只是一打震驚不已、沒刷牙，身上還穿著昨晚舊衣服的記者。

我坐進車內時，全身疼痛。衣服接觸到皮膚，產生灼燒般的刺痛感。彷彿被水母咬、蕁麻疹或第三級灼燙傷時化膿的水疱——媽呀，說多痛就有多痛。我覺得自己在顫抖。我緊緊貼著斜搭在雙臂與雙手上的安全帶，將身子從燙髮女警身旁轉開，直到車子駛離停車場、上了高速公路以後，才又開始呼吸。

後面還跟了三輛車，它們保持距離。我看不見他們瘋狂打電話給編輯部，看不見他們擺弄手機、上傳照片的情景；但是，我知道他們在搞什麼。

我的照片。瑪雅・諾貝里，動物島區嬌生慣養的臭婊子，和現實生活脫節的瘋子。凶手。瑪雅・諾貝里就只是個發瘋的殺人凶手。不然警察怎會如此反應，一個十來歲的青少年，怎麼會需要被銬上手銬，以這種方式帶走？不消幾分鐘，我就會登上新聞的跑馬燈，鏡頭從十四個角度照下，而且主題完全一樣。

燙髮女警很快就鎮定下來，似乎並不在意我們被跟蹤。她把一小包口含菸塞到唇下，用舌頭將它往裡面捲。她下巴伸挺，遞出口含菸盒，作勢問我要不要吸。我搖了搖頭。

老天爺啊，我心想，現在我們兩個真要被迫變成「好朋友」了嗎？我真希望自己在上路以前有記得要頭痛藥。或者，至少吃點他們給我的早餐。我突然發現自己好餓。我最後一次吃東西是什麼時候？應該是昨天吧。但是，除了和一個警察在陽台上一起抽菸以外，我什麼都記不得了。當我問起時，沒有人大驚小怪。他們花了一會兒才決定我可以到哪個陽台上透氣；又過了好一會兒，他們才掏出一根香菸給我。除此之外，他們覺得一切正常。這一切對我來說，要想不再偷偷摸摸抽菸，就是來一場大屠殺。

可是，今天我有吃早餐嗎？沒有。昨天的午餐呢？肯定沒吃。晚餐呢？嗯，我想沒有。

我把前額貼在玻璃窗上，閉上雙眼。即使戴著手銬，我多麼希望向這些新聞記者揮揮手。這樣一來，國王的朋友（桑德）就可以引述，我患了精神病了。

案件代碼：
B 147/66 審訊

地方檢察官
對瑪麗亞·諾貝里的起訴

8 開庭首週：星期二

所有案件的審判都遵循著相同模式。關於該由誰發言、發言的順序，都有明確規定。桑德全都對我說明過，我也仔細地聽了。因爲我不想被嚇到，想對一切都做好準備。

第二天早上，我們在那個門上本該貼著「凶手」字條的房間見面時，還不到九點半；不過桑德暨賴斯達迪斯律師事務所，已經派人從市中心東礦區[11]購物中心的餐廳，取回了今天的午餐。食物是冷的，不過看上去還是比我過去九個月來吃過的所有東西，好吃一百萬倍。桌上，咖啡壺旁邊擺著一堆薄荷巧克力、一碟方糖和小瓶裝的牛奶。我吃完早餐不過兩小時，但我還是把巧克力吃個精光，還把錫箔紙捲成小圓珠，堆成一座小金字塔。我完全沒問有沒有人想嘗嘗巧克力，倒是問了我能不能抽菸。桑德要求我「自我克制」（典型的桑德措詞），因爲我們一出房間鐵定會被記者包圍，而且「從安全性的觀點來看會有問題」。

不過，菲迪南倒是問我要不要口含菸。嗯，菲迪南當然用口含菸，想必她也不刮腋毛。我在看守所時，有一、兩個警衛看來也相信，口含菸和茂密的體毛是邁向女權運動抗爭的正確方向。還有，稍許的體味是自然美的一種表徵。菲迪南用一種更有教養的方式，提醒了我這些點。她遞給我的不是小袋裝的口含菸，而是散裝的；我一點都不驚訝。

「不了，謝謝。」我說。過去這九個月來，我從其他女性手上接受的口含菸量，已經超過大多數人一輩子需要承受的量了。

「妳不知道抽菸很危險嗎？」煎餅圓臉男直接在我耳邊嘶吼。「吸菸的人會早死的。」

我無法判斷，他是不是在開玩笑。

不管怎樣，檢察官今天要談到我的死亡——關於我本該死掉的事。

她的論述如下：瑟巴斯欽和我，決定對那些背棄我們的人進行報復。我們在一個提包裡藏了炸彈，另一個提包裡塞了槍枝，開車到學校準備大開殺戒。直到瑟巴斯欽死了，大屠殺才告終。根據這種校園槍擊案的模式（或者說，依往例判斷），我本來也該死的；但是我卻沒死。一個或好幾個瘋子決定對同學報復，持槍到處掃射，直到最後再也受不了，或是警方來到現場。最後通常是以他們持槍互射，飲彈自盡，或被警方打死告終。當然，前提是他們不能臨陣脫逃。活下來的，都是懦夫、膽小鬼。而我呢？此刻還活得好好的，正高坐在斯德哥爾摩地方法院一號法庭外面。一個懦夫。檢察官想必已經針對我，做出這樣的評斷。

我對煎餅圓臉男說的話沒回應。一名保全打開門，告訴我們現在可以進去了。就在桑德正在收拾自己的東西時，我還在用捲好的錫箔紙蓋起最後一輪金字塔。菲迪南再次問我，要不要來點口含菸。我搖

11 Östermalm 位於斯德哥爾摩中央車站正東方，是重要的商務金融區。

搖頭。看來我一定是一副好想抽菸的樣子。

「尼古丁口香糖耶！」她歡快地高叫著，靈光閃現。菲迪南甚至還有時間在自己的提包裡翻找，直到桑德咂了舌。桑德絕對不會准許我在審判進行時嚼口香糖。我們走進法庭坐定位。

那位「叫我麗娜」氣色非常好，臉頰紅潤發光。也許她今天一大早就站在法院外的階梯上，召開了記者會。天氣很好，陽光普照卻清冷。我也敢下注賭她會非常樂意在法院大門階梯處，召開戶外記者會。嘿，驚悚鉅片的超級大人物來嘍！或者，她該不會是走路到這裡來的，因爲每天規律運動很重要？要我猜的話，麗娜．派森一定是走樓梯而非搭電梯，而這讓她可以在每天的午茶休息時間，吃上兩塊糕點或是個別袋裝的賓治酒點心卷[12]。「叫我麗娜」看起來就像有購買國債，買了額外退休保險，不靠學生貸款就一路念完法學學位（欠債的人就沒有自由之身可言！）。不需多費心思，我就能想像她家（住在連棟屋）大概是什麼光景：松木壁板客廳，兒童床上方掛著捕夢網藝品，玻璃櫃裡裝著全瑞典最大套的陶瓷青蛙組。現在，又輪到她發言了。又來了。我對總檢察官麗娜．派森簡直厭惡透頂。

九個月以來，新聞和電視節目不斷報導這件事；除了我以外，大家——對，就是大家都發言過了，並且在黃金時段大哭。每個人都能召開記者會，想在哪層樓開就在哪層樓開，而我的律師和家人卻被禁止發言。這時候——不巧又是檢察官發言，這眞像是被戴奧辛汙染的鮭魚排上塗了臭酸奶油，禍不單行。現在，她就要來談談那個本該舉槍自盡、卻不敢這樣做的大屠殺凶手的故事。一個不敢承擔後果的懦夫，一個以爲自己可以溜之大吉的傢伙。就是我。

桑德大可解釋到嗓子發啞，但我還是不懂，怎麼會是她先發言。檢察官至少會花上一天攻訐我，或者兩天。然後，我們講完以後，又輪到她了。她會傳喚證人，一個接一個，他們都有一個共同點：就是都同意我是個怪物。

今天，想必又是「檢察官麗娜．派森日」，眞不知道這種日子還有多少天。她全包了。老媽臉色慘白，看起來就像上了小丑妝；老爸則額頭泛光。桑德完全放鬆下來，他本可在自家客廳裡，和邀來的客人們高談闊論。不過，這場雞尾酒會我可沒受邀。我被開腸剖肚，大卸八塊放在餐桌上。他們要大快朵頤的就是我，用蛋糕刀一塊塊分切。

我們必須聆聽。接下來要看照片、素描、武器、調查報告書。還要瀏覽我的電子郵件、簡訊、臉書狀態更新。瞧瞧我打電話給誰、講電話講多久。還要談談我電腦的儲存內容，以及我在學校的置物櫃。甚至還要研究我寫在某本教科書封面裡的筆記，引述了某首詩的內容：「當一切無可期待，便無須再承擔什麼了」。根據檢察官的說法，這意味著殺人與求死的宿願。下週，麗娜．派森會傳喚證人出庭，他們將會描述並說明「一切」。假如「叫我麗娜」可以自己作主，我看就連我穿過的內衣褲都會在庭內傳閱，供眾人嗅聞呢。

他們讓我最後一個進來。我坐在自己的位子上，盯著桌面。要跟爸媽講一下話根本不可能，感謝老天。更遑論讓他們擁抱我、觸摸我，幫我撫平頭髮了。要是他們可以這樣做，煎餅圓臉男會很高興；因爲新聞記者全盯著我的一舉一動，煎餅圓臉男對記者們的目光沒有意見——只要他能操控他們該看什麼

12 Punsch-roll是一種外裹綠色杏仁膏的瑞典糕點，混合碎餅屑、奶油和可可製成菸捲狀，並加入賓治甜酒增添風味。

的話。如果老媽能夠幫我把瀏海從面前撥開，將髮絲攏回我耳朵後方，煎餅圓臉男想必會大喜過望。

就我記憶所及，她一直都這麼做。每次動作都清晰到彷彿照了相——用食指與拇指把頭髮塞到耳朵後方，簡直就像YouTube上會看到的連續影像。三十年來，拍照的主題始終如一；關於冰河如何融解，或是一個年輕正妹如何在吸食冰毒兩年後，變成一個牙齒掉光的老太婆的影片。一堆靜物照，迅速依序地一閃而過。瑪雅撫平頭髮綁好。羽毛一般，短短的嬰兒頭髮，長一點的小女孩鬈髮，我在托兒所拍團體照那天自己動手剪的瀏海。還有沒先徵求媽媽同意就染了頭髮那次；以及參加堅信禮前，請她幫我把頭髮燙成波浪狀。我頭戴仲夏節花環的照片。聖露西慶典[13]的話劇表演。還有橡皮筋綁好的辮子。還有用監獄洗髮精洗過、整整十一個月沒剪過的超長頭髮。

新聞記者將會小心檢視，老媽有沒有當眾關愛我。實際上，煎餅圓臉男會爽到噴屁。我坐在自己的座位上，空洞地凝望著。麗娜．派森打開她的麥克風，擴音器響起了劈啪擦聲。

「歡迎各位。」首席法官表示，成功地讓自己聽來帶有憾意。然後，他把場子交給檢察官。她的雙頰依舊泛紅。

「在凶案發生數天前，甚至數小時前，被告的行爲皆已構成教唆殺人……」她逐字朗讀起訴書：「……她的行爲導致瑟巴斯欽．法格曼……」

她爲什麼要一直讀下去？要老太婆記住她起訴我的理由，眞有那麼難嗎？所以說，笨蛋也可以當檢察官嘍，這怎麼可能？

「諾貝里和法格曼共同計畫的第一步，就是在同一天早上，於動物島綜合高中412號教室展開攻擊。這導致了第一起凶殺案。」現在她放下文件，甚至連老花眼鏡都摘下來了。「我將會說明，被告如何主動參與該計畫的準備與執行。」她繼續說下去。

「我們最後一個發言是有優勢的。」菲迪南這麼說過。她錯了，大錯特錯。等到檢察官把這些全說完，沒有人會想聽我們說什麼。沒有人會想看著我，更不要說讓我講話了。但是，我對此無能為力，啥都不能做。

我們要講些什麼都不重要了。沒人會聽懂我講什麼，更沒有人會同意。我們大家玩的是同一個遊戲，只是角色不同。

桑德要談談「我的說法」。但是到那時，一切都太遲了；那時，他們早已做出決定了。

檢察官繼續聒噪，說我們——我和瑟巴斯欽是一夥的。說他是我男友。檢察官表示，我深愛瑟巴斯欽，其他一切都變得不重要了。為了他，為了我們的愛情，我什麼事都肯幹。

麗娜．派森繼續說，她會如何證明自己是對的。「我將會傳喚下列證人……」「關於證詞……」吧啦吧啦……「證物……」吧啦吧啦。菲迪南狀似同情地斜瞥了我一眼。別再瞪了。煎餅圓臉男把兩個文件夾的位置對調。安靜坐好。我很納悶他們兩個為什麼會坐在這裡，根本毫無意義啊。菲迪南的出線，

13 每年十二月十三日（一年中日照時間最短的一天）瑞典的重要節日，各級學校會安排合唱與話劇表演等活動。通常被視為瑞典聖誕慶祝活動的開端。

其實是爲了證明我並不仇恨有色人種。有一次我忍不住問她，爲我辯護她有什麼想法。她緊張得要命，我還以爲她要尿褲子了。她結結巴巴地說，這是「極爲獨特的機會」。她「很榮幸受此重任」，並「希望她的經驗能夠成爲助力」。

狗屎，她完全在鬼扯淡。對於我和這場審判的一切，菲迪南可是恨之入骨。她火的是，自身經驗明顯不夠格擔任我的律師，卻還得坐在法庭裡。她討厭的是，她跟我的案子「相稱」，這意味著她必須在所有新聞記者和嫉妒不已的同事面前全力以赴——即使她出生在松茲瓦爾[14]，也在瑞典信義會受洗，仍看起來像桑德的貧民區回教徒代表。而顯然她心中所想卻絕對不會說出口的，則是她只喜歡關於這場審判的一點，就是我們穩輸不贏。

麗娜·派森繼續滔滔不絕。

「請參閱附件第十九和第二十條。根據法醫檢驗報告，被告瑪麗亞·諾貝里使用二號武器所開的最初兩槍，導致艾曼達·史坦的死亡。幾秒鐘以後，被告再度擊發二號武器，請參閱附件第十七和第十八條。根據法醫檢驗報告，這兩槍導致瑟巴斯欽·法格曼死亡。」

我們「承認這部分關於犯行的描述」。意思是，這是眞的。我把他們全殺了。我殺了艾曼達，殺了瑟巴斯欽。而這可不是因爲愛。關於這點，我們想怎麼說它都行——但事情仍舊是我幹的。

14 Sundsvall，瑞典中北部城市。截至二〇一六年止，人口約為十萬人。

9
開庭首週：星期二

我從沒針對這件事賭錢，不過總檢察官麗娜．派森還眞排除萬難，在午餐前解決了自己的陳詞。午餐後（菲迪南搶在我們吃午飯前，衝過去把食物加熱），她要開始展示各種書面證據。各種千奇百怪、五花八門的驗屍報告，文件、警方的筆記、各種奇怪的地圖、會議紀錄、實驗室檢驗結果、摘錄、報告書；我實在沒法全記在心裡，也越來越難專心聽講。麗娜．派森高聲朗讀，麗娜．派森逐字逐句高聲朗讀，麗娜．派森的聲音眞是有夠煩，到了結尾處幾乎沙啞了。麗娜．派森本該清清喉嚨的，她卻沒這樣做。

聲請羈押的文件也不過十一頁，但檢察官囉哩囉唆，搞得像是有一萬一千頁。至少，如果你把所有的調查文件都計算在內，總數大概就是那個規模。

我一整天都不准說話，又不能從這裡拔腿開溜，必須坐在這裡承受。我試著不聽醜八怪麗娜講話。她高聲讀出我們之間的簡訊。那些由我寄給艾曼達、瑟巴斯欽和薩米爾的簡訊。那些由艾曼達、瑟巴斯欽，喔對了，當然還有薩米爾傳給我的簡訊。同時，她還把我們的簡訊對話序列投影在大螢幕上，讓所有人都一目了然。對於能整理出這一切資料，她可是心滿意足。儼然成爲了她的教育學！

我記得，艾曼達生前曾給我看過一封她外祖母寫的信。信中註明她外祖母希望自己在棺木中要怎麼打扮，在教堂裡又該播放什麼音樂。那是某個特別的四重唱組合所唱的經典樂曲。艾曼達和我從沒聽說過那個合唱團和樂曲。但艾曼達提到，問題出在她外祖母最要好的閨密先死了，葬禮上就播出同一首歌，所以她外祖母不得不想點新的音樂，她可不想被人認爲沒創意。當然那首曲子播出時，她外祖母已經死了，而她那個閨密死更久了。但是對艾曼達的外祖母來說，不要成爲模仿者就是這麼重要。

即使死了，大家還是想獨樹一幟，別出心裁，眞叫人費解。噢，不行，千萬別像在烏拉瑞爾批發行[15]購物的鄉巴佬一樣，播放《每一天》[16]這種音樂。一定要特別，令人終生難忘。爲了不要在安息之時還受平庸、陳腐的羈絆，一定得有個可憐蟲以經典的重金屬吉他伴奏，高唱〈淚灑天堂〉。就像其他那些「私人」葬禮一樣。

就連走到人生終點時，人們還是很可悲。這可一點都不特別。

而現在，艾曼達死了。艾曼達、瑟巴斯欽，還有其他所有人。我沒辦法參加他們任何一個人的葬禮。當然了，看守所不准我外出參加葬禮，並不是最大的阻礙。不過我還是想知道，這些葬禮什麼時候舉行。於是桑德就告訴我了。只有瑟巴斯欽的葬禮，桑德什麼也沒透露，因爲那是祕密進行的。

我很好奇，瑟巴斯欽有沒有跟別人談過，希望怎樣安排自己的葬禮。想必沒有。他只講死亡，從不談之後會發生什麼事。不過，艾曼達倒肯定對自己的告別式該如何舉行，有一大堆想法。但她幹嘛先計畫這種事呢？

籌辦瑟巴斯欽的葬禮鐵定是一項艱鉅的挑戰。既不能寄邀請函，更不能在報上登訃聞。謝絕送花，也請您想想無國界醫生組織的付出。

但是，總有些什麼安排吧？應該只有那些和他最親近的人，私下出席了葬禮，誰知道那是些什麼人，畢竟我跟他爸爸無法參加。不知道他們播放了什麼音樂。有沒有播瑟巴斯欽老爸最喜歡的歌曲？他最常聽的一首。牧師降臨學校，有個小子犯規了。憂鬱的傻小子，憂鬱的傻小子。不曉得他們給他穿什麼樣的衣服。我敢說，每個人都該有自己「最愛的T恤」。因爲大家都認爲，所有死掉的青少年，總有一件自己最愛的T恤吧。

我想，他們會讓瑟巴斯欽穿西裝。克萊斯的祕書麥利斯，大概得去買。一件昂貴、顏色低調的西裝，拿來火葬一個大屠殺凶手，眞是再理想不過了。

要我猜的話，葬禮大概會在教堂舉行，之後直接入土爲安，或是到某個祕密海域，讓瑟巴斯欽的哥哥把他的骨灰隨風灑落。總之就是不能有墓碑，否則萬一遭人破壞，又要上新聞了。

我也好奇，瑟巴斯欽的媽媽是否被叫了回來，不管是從瑞士的勒戒診所、非洲的慈善工作，或是在她兒子心理狀況日漸惡化之際，她所待的任何鬼地方趕了回來。

我可以想見她現身的模樣：超大的太陽眼鏡，以及做過蜜蠟、雷射除毛的肌膚，光滑剔透有如水母一般。或許還帶了一朵橘紅罌粟花，好放到棺木上？她絕對不會帶玫瑰花，玫瑰花在葬禮上太平庸了。不過很詭異的是，讓老太婆看起來像綠頭蒼蠅的太陽眼鏡，卻被認爲時尚別致。

---

15 以瑞典為總部的中低價位批發行與百貨公司。

16 〈*Day by Day*〉是瑞典女詩人 Linda Sandell 遭喪父之痛後，於一八六五年寫成的福音聖歌。

總檢察官麗娜．派森正在放映從教室所拍攝的照片時，我聽見老爸在座位上動來動去。我不用看就知道，他難以坐定太久。可是，在她播放瑟巴斯欽掃射時被監視器錄下的畫面，以及我從他家把一個提袋搬到車上、而後坐在瑟巴斯欽身旁副駕駛座的影片時，整個法庭都鴉雀無聲。從影片上看起來，我似乎覺得那個袋子很重（也的確是）。事後，他們在我的置物櫃裡找到了這只提袋。但是，那顆炸彈從來沒有引爆；根據專家的鑑定報告，它「品質粗劣」，不足以引爆。不過麗娜．派森的目的，是把我們兩個描繪成擁有無數資源的大怪物；專家證詞不符合她的目的，所以她乾脆不引述。

那天早上我最後一次走出家門時，就從未跟蓮娜道別了。她還在睡。也許，那天早上就是要讓她睡到自然醒。不管怎樣，我多麼希望能進去看看她；我好喜歡看蓮娜的睡姿（她總是趴著睡，雙手握拳放在枕頭上）。我努力回想自己最後一次看見她是什麼時候，我們那時談了什麼，她當時的穿著和模樣。但我就是記不起來。

老爸鐵定是請了三個星期的假，才能全程旁聽審判。不知道他是否得在安檢處交出手機，而我也想知道，當他們在這裡的時候，蓮娜又在做些什麼。她在外祖父家嗎？不曉得外祖父對這件事會怎麼說。他會不會告訴蓮娜我在哪裡？外祖母還在世的時候，她和外祖父的關係大致是這樣的：外祖父陳述一些事情，外祖母則提出一大堆後續問題，好讓外祖父充分說明。倒不是她需要知道更多事實才能了解，只是因爲外祖父很喜歡說明事情。外祖母過世時，外祖父看起來很洩氣，困惑無助。我們還是繼續提出毫無必要的問題，但是一切都不一樣了。外祖母過世時，他的年事已高；葬禮時，他的身姿已經有些不穩了。而現在他就只是個老頭（雙眼渙散無神，膝蓋腫脹），他再也不會長距離散步，鬆開狗的頭圈讓牠們四處奔馳，或是用整隻手指著那些應該能確認品種的植物。我不知道外祖父還能不能回答關於我的問題。我更不知道蓮娜敢不敢問起我的事情。

我最想念的，就是蓮娜了。我夢想著，她把柔軟如樺樹葉的小手搭在我的手臂上，望著我問爲什麼。我眞想說：我不知道。只是，蓮娜提出的問題我勢必無法回答。所以，我不想再見她了。

當「叫我麗娜」高談闊論時，我因爲一直抬著頭，脖子變得僵硬起來。現在，她談到我們——我和琵巴斯欽在那個感覺像是核武戰爭剛劃下句點的晚上，互傳的簡訊內容。我眞想高聲尖叫。

對！妳說的我都知道，該死的說教老太婆。閉嘴！

現在，她又逐字逐句讀起起訴書。

「檢察官根據下列犯行，要求判處被告……」她開始嘰哩呱啦說起來。「教唆謀殺……」吧啦吧啦……「謀殺或二級謀殺，或致人於死……」吧啦吧啦，吧啦吧啦。不管怎樣，感覺上她用了整整一刻鐘，朗讀所有可以用來治我的罪名。

我心想，琵巴斯欽的葬禮一定很獨特。而艾曼達葬禮上播的，百分之百是〈淚灑天堂〉。

看守所
最初數日

10

在看守所完成註冊後大約一小時，我第一次和桑德見面。我在會客室等了幾分鐘，他才進來。我坐在四張大人椅的其中一張，瞪著孩童遊戲區。那裡擺著一張小桌子、損壞的娃娃車、塑膠咖啡杯具組，還有幾本被撕爛的童書，像是繪本跟亞斯楚・林格倫[17]的經典作品。幸好蓮娜從沒來這裡探望我，不用玩這些看守所的破爛玩具。

每次跟桑德見面，我們都會先握手，第一次也不例外。第一天，那種感覺很像他是我的客人，但我卻不知道拿什麼招待他。我倒了一杯水給他，儘管雙手顫抖，但水沒有灑出來。

第一次見面時，主要都是他在說話。他問我「對這些指控有什麼看法」。但我並不知道有哪些指控。想必警方有告訴過我，但是當下我卻記不起來他們是否真的說過。

「妳涉嫌……」當他察覺我有多麼困惑時，他的聲音聽來相當驚訝。我試圖解釋，但越描越黑。

桑德點點頭，要我循序漸進，一次講一件事。「今天稍晚」或是「之後」，一切就會明朗，我們可能得先聽聽，警方有什麼話說。

「妳涉嫌謀殺罪的理由相當充分。」之後，他用非常平和的聲音說，「不過在今天，妳涉嫌的程度還有可能再提升。」他如此說明，彷彿那樣可以讓一切更容易理解。

而在離開之前，他交給我一個裝滿衣服的提包，裡面全是我的私人衣物。他一定是從我老媽那裡拿到的。這倒是出乎我意料的實用物品。我還沒來得及放聲大哭，桑德就先走掉了。

我回到房間時，房裡擺了一個裝著冷掉食物的托盤在等我。我把提包放在囚室地板上，什麼都沒吃。有人建議加熱盤裡的食物，我說不用了，就兀自仰躺在床上，痴痴盯著天花板好幾個小時（他們每半小時就來察看我，因爲擔心我會尋短）。然後他們進來告訴我，警方要偵訊我了。早上那個負責把我載出醫院的燙髮女警，又回來了。她這回又帶了一個新同事。當然了，桑德也在場。他剛回來。現在，他還帶了菲迪南進來。她伸出不斷冒汗的手，雙唇發乾自我介紹說，她叫「艾雯」（沒提到姓氏）。燙髮女警換過了衣服，但看起來卻像是用錯誤的水溫洗過。他們在一間特別偵訊室等我。

即使我完全不需要了解偵訊的內容，但我還是讀過了紀錄文件，對細節記得一清二楚。好幾個月以來的這些日子，我唯一能做的好像就是搖頭或點頭。當時我或許一無所知，但現在我記得一切。

青少年看守所的偵訊室和「我的房間」位於同一棟樓，甚至就在同一層樓。玻璃窗上還結著霜。我完全辨識不出窗外的景物，完全只是一片泛著顏色的霧氣，以及無以名狀的陰影。這是瑞典十一月傍晚的陰影？還是半夜呢？可是現在快六月了，爲什麼沒有陽光？我記得自己當時是這麼想的。他們眞的可以在半夜訊問嫌犯嗎？所以我問了，現在幾點鐘。

「妳肚子餓了嗎？」燙髮女警的同事問。他們整天只會嘮叨食物。吃、吃、吃。想必瑞典的罪犯都

17 Astrid Lindgren，瑞典著名的繪本作家，代表作品有《長襪子皮皮》、《強盜的女兒》等。

是一幫貪吃鬼。我搖了搖頭。

這位警察同事回答我，現在是五點。早上五點？儘管心裡納悶，我卻沒有多問。不管怎樣，外面總該天亮了吧。現在還是五月不是嗎？

他繼續表示，等我們完成這些問話，就會替我準備晚餐。喔，原來是晚上。我倒是不餓。我很難想像自己還能夠再進食。

我坐在某種手扶椅上。桑德、菲迪南和燙髮女警那位男同事一起坐在一般桌子前的一般椅子上。這名男警員沒有穿制服，而是穿著有點像睡衣的東西，似乎是一條沒燙過的西裝褲。他自我介紹，而我馬上就把他的名字忘得一乾二淨。他前一天有跟著到醫院嗎？我記不得了。但是，難道我該記住他嗎？看他那副頭髮，鐵定一星期沒梳理了；至少在理論上，這應該會讓人難忘。他清喉嚨的聲音，深深刻印在每個不得不聽這聲音的人的大腦皮層上。屋子裡，有人身上散發出昨天的菸味，想必就是這位仁兄了。我再問了一次他的名字，他清清喉嚨又說了一次。我還是沒弄懂。但那不重要，我邊想邊點頭。

燙髮女警表示，訊問會全程錄影。她指指斜置在門上方的攝影機，另一具攝影機則擺在對面。她聽起來比她同事機敏；即使她只是穿著超市賣的牛仔褲，但顯然她才是調查的負責人。我朝她點頭的同時，發現我椅子側邊與襯墊之間的接縫處，塞了一塊乾掉的鼻屎。

我沒法正常坐著。我無法理解，他們怎麼會希望我半躺坐著。我可不想向後靠，這樣很難呼吸；但是，我想不出該怎麼解釋，所以還是向後靠了。我感覺到自己的雙下巴浮現，只好再度坐起身。我不得不坐在椅子邊緣，才不至於滑下去。

燙髮女警說了我的名字。她常讀我的名字。瑪雅。聽起來活像電訪客服人員。「嗨，瑪雅。針對罪責問題，妳的看法是否改變？瑪雅，沒有嗎？瑪雅？」有時她試著讓自己聽起來語帶憐憫，就會用那種「讓——我——看——看，他——碰——妳——的地方——是——洋娃娃——哪裡？」的聲音。

「瑪雅，妳是否可以告訴我……說明一下妳是怎麼捲入這一切的？瑪雅？妳覺得自己爲什麼會在這裡，瑪雅？我希望妳能夠了解，瑪雅，我們必須……」

然後，那種電訪員式的聲音又回來了。

「妳還好嗎，瑪雅？要不要喝點什麼，瑪雅？妳覺得，我們現在可以開始了嗎，瑪雅？妳覺得，妳是不是能……瑪雅……瑪雅？」

我搖了好幾次頭。當她看來困惑不已時，我就點頭，直到她又繼續說話爲止。

她掏出一張白紙和一枝很鈍的鉛筆。這我就眞的不瞭了。她是想讓我用紙筆寫下我的答案嗎？嗯，她以爲我是聾了還是啞了嗎？

當我什麼都不做時，她就開始在紙上塗鴉。一幅素描。先是一個長方形，一間教室，教室裡又畫一個長方形，講台，還有課桌。她標出通往走道的窗戶和門的位置。邊畫邊問問題。但一會兒過後，她就放棄了關於教室的問題。接著她又試了幾次想讓我談談，我之前做了些什麼。「瑪雅，妳早餐吃了什麼？妳是怎麼到學校的，瑪雅？」

是老媽載我到學校的嗎？搖頭。搭公車到學校嗎？搖頭。跟瑟巴斯欽一起到學校嗎？點頭。我猜想，這些都只是某種暖身用的問題。談些別的事情。原地慢跑，伸展一下肌肉。

「瑪雅，瑟巴斯欽是妳男朋友。」她突然說道。這聽來不像是個問題，我猝不及防。不知道爲什麼，但我沒想到她會問到這個。這太俗濫了。她會像電視上演的那樣，亮出死者的照片嗎？我猜想，她會開始把屍體照片像撲克牌般攤在桌上。畫下標出那些死屍輪廓的素描。艾曼達、薩米爾、瑟巴斯欽、克利斯特、丹尼斯。

我閉上眼睛。他就在那兒，雙眼直視看穿我。那雙我的皮膚永難忘懷的手。他的身體，整個人，粗糙和柔軟的部位，強硬堅挺的部位，他的氣味，以及他進入我體內時的感覺，我感受到他的重量。這，就是最極致；他，壓在我身上。直到他們把我從教室弄走以前。將我們拆散。抬走他的屍體。

瑟巴斯欽，我強迫自己去想。她希望我談談瑟巴斯欽。別無其他。

不行，我想。只管點頭就是。「嗯。」啥都別說。

我的腦中響起狂哮。我用雙手按住頭，以免它崩裂四碎。

瑟巴斯欽常聽他老爸最喜歡的音樂，眞的很常聽、一直聽。我們第一次接吻時（不是在托兒所，是第一次眞正接吻的時候），他稱我是「甜美的瑪莉．珍[18]」。當時我還不知道那是什麼意思，而那也是他老爸最喜歡的歌曲內容之一。我剛坐上偉士牌機車，戴上安全帽，他就這麼說，還取下嘴裡的大麻菸遞給我。下唇上的唾液閃動。我搖了搖頭。老爸和老媽鐵定在某扇窗戶後面監看我們，我不懂，他怎麼敢這樣。不了，謝謝。然後他就吻起我來，身子前傾，用舌頭撐開我的雙唇。當他抽離時，就把大麻菸塞在我半張開的嘴裡。「瑪雅。」他耳語道。我深吸了一口，沒有咳嗽。他讓我吸了三口，然後再度親吻我。瑟巴斯欽吻了我，而我就在離自己父母幾公尺的地方吸起大麻。

我本來可以點頭的。「嗯。」他是我男朋友。或是搖搖頭，「已經吹了。」無論如何，他們不會懂的。

他喜歡讓我戴上他的耳機，在親吻我的同時，讓我聽著他老爸最喜歡的歌曲，用雙手愛撫我的肌膚。抱住我，不放開我。他拒絕放開，拒絕讓我離開，拒絕放手。

他是我男朋友嗎？這種問題根本不值一哂。

「我告訴他，我撐不下去了，」我耳語道。我不確定她是否聽見我的聲音。「這段感情，必須結束。」

我們最後一次散步的時候，我眞的這麼說過吧？或者，我只是想想而已？

我記不得燙髮女警是否有看著我，但我記得她的聲音放慢了。

「聽好，」她開口了。「妳得了解，在我們對妳採取這些措施以前……妳剛滿十八歲，沒錯吧？」

我其實不需點頭，但還是點頭了。她確實知道我的年齡。

「嗯，年輕人遭拘押隔離，並全面受限制，這種做法確實不常見。但妳要了解，這表示還有其他事情有待釐清，不只是妳曾否和幹出這種事情的男人……瑟巴斯欽……交往。還有更多事情必須理清楚。」

我點頭。桑德坐直了起來。

「妳指的是什麼？」他問道。

「等我們研究完手邊資料後，會再詳細說明這個部分。但我們還有更多事要處理；現在，眞的只能拜託妳，一次把所有事情都告訴我們，這是爲妳好。我相信妳可以說出更多有別以往的內容。」

我隨即點頭，卻又反悔地再度搖頭。桑德緊繃起來。

18 《Sweet Mary Jane》是瑞典歌手 Peps Persson 於一九六八年發行的唱片專輯名稱。

「現在，我要對妳再追加一條罪嫌。」

就在她說出這些話以前，突然每個字好像都比之前更重要了。

「這和你們，妳和瑟巴斯欽到學校以前，發生了什麼事情有關。跟瑟巴斯欽的爸爸有關。」見我一語不發，她繼續往下說。「妳需要和妳的律師談個幾分鐘嗎？我們可以先暫停，休息一下。」

我搖搖頭。

「妳想跟律師談一下嗎，瑪雅？」

「不。」我說。我爲什麼需要這樣做？

接著她就提到，在我過去瑟巴斯欽家、準備和他一起開車去學校前大約一小時，瑟巴斯欽所做的事情。她談著，描述著，提問著。嘴巴動來動去。越問越多。

我什麼都沒說，反倒張開了嘴。然後，就開始了。尖叫。別無其他——只有尖叫。我一發不可收拾。

11

直到喉嚨開始灼痛、身體停止運作，我才停止尖叫，離開教室整整三十二小時以後，我終於睡著了。我需要的，只不過是一次歇斯底里的崩潰，一名身穿西裝的醫師在我的手臂上打了一針。但這一覺睡得並不久。我醒來時，腦海裡傳來一陣尖銳聲響。片段的音樂和歌詞，出自我不復記憶的某處。

我沒有回到一開始被帶進來的地方——「我的房間」，而是置身監看牢房。儘管我從沒親眼見過，但無庸置疑我現在就置身其中。這裡連窗戶都沒有，只有一張橡膠床墊，擺在和馬桶座一樣大的地面排水口旁的地板上。他們八成以為我會嘔吐。有一面牆則被模糊不清的鏡子完全覆蓋。

我試著不去看鏡子，因為我知道，他們就在鏡子後方監視著我，彷彿我是水族箱裡的一條魚。我轉而瞪向天花板，等著天花板崩塌下來，或者變得像優酪乳一樣柔軟，然後像傷口一樣裂開，從中伸出一隻手往下把我拉起，脫離這裡。但是，老爸和老媽絕對不會這麼做。現在他們怕我；我在醫院裡就看出來了，他們怕我怕得要命。他們女兒可是個殺人犯，她活該，她該死，咦，她怎麼還沒死？我爸媽還活著嗎？現在我才了解，為什麼我這麼問的時候，警察的表情是如此詭異了。

*

其實，我屬於那種會哭的人。在電影院看到有小嬰兒的廣告片時；或是有人歌聲甜美到讓歌唱比賽選秀評審震驚地起立鼓掌，說「就是現在！你嶄新的人生開始了！」時。我會因為某人自發的善舉而哭，也會因爲說不清原因的怒氣而哭。電影結局悲劇？我會哭。好結局呢？我也會哭。我就是這樣的一個人。但我現在沒哭。沒什麼好哭，也沒什麼好做的。如果還存在其他選項，或者狀似不公不義，悲劇結局才會夠悲愴。如果悲劇結局根本不可避免，就沒啥好哭的了。

我不覺得自己能再次睡著。我覺得自己會躺在床墊上，等待永恆。一條來自水族箱卻被沖上岸的魚。但突然間，我感到自己冒汗不止。頭髮上、雙腿間，全身濕透。我冷得打哆嗦，雙手手掌冷到發疼。我渾身發冷，根本無法動彈。裡面沒有毛毯，我的寒顫越來越嚴重。皮膚發癢。頭皮發癢，手掌也發癢。

我束手無策，只能望著牆壁上的鏡子。我知道，到處都是人。我感覺得到他們在鏡子後面繞著我移動，他們望著我，而我卻看不見他們。他們就圍繞著我在其中游動、肚皮朝上瀕死漂浮的玻璃水族箱。上宗教學課程時，我們曾談到一個在博物館展出金魚的瘋狂丹麥藝術家。每個攪拌器裡都裝了十條金魚。參觀者可自行按下「開啓」鍵開始攪拌。嘰——！只要一秒鐘，金魚冰沙就好嘍。他們用攝影機監視我嗎？是的，那當然了。他們需要告訴我，他們在盯著我嗎？才不呢。他們剝光我衣服，插針注射我不需要的藥物以前，根本不用問我一聲。我沒有閉上眼。周遭全是我看不見的隱蔽人們；他們有時，經常，三不五時開門，我會忘記他們，記得他們。有時，還會有人進來觸摸我，他們的手牢牢定在我皮膚上。嘰——。

我怎麼可能睡得著？就憑塑膠杯裡那一小片白色藥丸，怎麼可能讓我放鬆下來。打一針？免談。我可不能冒這個險。只要我眼睛閉上，又會全部回想起來。

警方曾要我從頭開始講。然後他們告訴我，克萊斯被槍擊了。瑟巴斯欽最先殺害的就是他。那天早上我到瑟巴斯欽家裡時，克萊斯．法格曼已經死在廚房裡了。

「瑪雅，妳對克萊斯有什麼看法？」

「瑪雅，他對妳做了什麼？」

「瑪雅，妳有什麼想法？當克萊斯這樣做的時候，妳怎麼想？」

「瑪雅，請妳談談，妳跟瑟巴斯欽是怎樣談論他爸爸的？」

「我們是否能談談，妳回家以後，傳了什麼簡訊給瑟巴斯欽？」

他們早就知道了，而這正是他們一問再問的原因。

他們說：我和瑟巴斯欽早已決定，他爸爸非死不可。其他所有人，也都得死。

「瑪雅，爲什麼他們全都得死？」

他們說：瑟巴斯欽和我決定要一起死，我們預想的結局就是如此，但是我沒膽。他們說，畏懼死亡很正常。

「當妳了解到這意味著什麼時，妳害怕嗎？瑪雅，妳在何時了解到，一切將劃上句點？」

我連這是怎麼開始的都搞不懂呢。現在，我人躺在這裡，躺在一間別人可以盯著我看，而我卻看不見別人的囚室裡。這還沒完呢。

在許多所謂一開始的某一次，我和瑟巴斯欽喜歡待在泳池屋裡。它就位在房子左翼。和泳池建築相通的空臥房從來沒人使用，但房裡那寬大的雙人床被褥卻總鋪得整齊，給人一種清爽的感覺。到處都是擴音器，天花板上，地板各處，每個角落都有。泳池屋的音響效果最好，音樂聲會蓋過泳池設備的低沉嗡嗡聲。所有那些歌詞、旋律，都再熟悉不過了。是他的，我的，屬於我們的歌。在我們身旁流瀉縈繞，包圍了我們。

我覺得自己神志恍惚起來；我納悶著他們到底對我注射了什麼。我的頭嗡嗡作響，那種感覺很像轉開收音機，每個頻道都試聽個五秒鐘，再換下一個頻道。調到某個頻道時，眞正的聲響，各音頻之間的爆裂聲便隨之傳來。白噪音。聲音。白噪音。聲音。

我聽克萊斯說過，他唾棄嗑藥的傢伙。這只是他痛恨瑟巴斯欽的原因之一。

我一手撫摩粗糙的囚房牆壁（它一點都不像優酪乳）時，心想這都多久以前的事了。一定是像永恆那樣久遠了。或者才剛發生不久？是的，前一天晚上我嗑了東西；事發時我焦慮不安，緊張亢奮卻又恐懼。克萊斯很粗暴、沒品，我恨他。他對我很粗暴，對瑟巴斯欽更粗暴。得有人告訴瑟巴斯欽：他老爸有問題。*他有病，腦袋壞掉了*。所以我才對瑟巴斯欽說了那些事情。*所以他才做了那些事嗎？*

我在床墊上坐起身，察覺到自己光著腳。腳底下的地板清涼，幾近柔軟。在我還押時，他們把我的醫院拖鞋換成了一雙很像涼鞋、沒有鞋帶的鞋子。可是現在，連這雙鞋也不見了。在文德路圓環邊的電纜上，常會掛著運動鞋。我從哪裡聽說過，在紐約，如果電線桿上掛著鞋子，表示在那兒可以買到海洛因。在動物島，根本不需要站在街上受凍，就買得到毒品了。老爸和老媽在圖書室的雪茄盒裡，就藏了現成的大麻菸捲。它們被鎖在櫥櫃裡，又舊又乾，我很懷疑它們還能不能抽。但是對我爸媽來說，只要知道家裡還藏著這種東西，就夠興奮的了。*以防萬一*。彷彿他們就是那種可能落實「*以防萬一*」、「*我*

們動手吧！」和「有何不可？」的人。不曉得警察搜索我們家的時候，是否有找到他們私藏的菸，或是老媽有來得及扔掉它們。或許他們會推說那是我的。我寧可抽兔子便便，也不想去突擊搜查老爸老媽那可悲的藏匿處。

我躺在地板上，頭部就在排水口上方。我已經很久沒有這麼昏，這麼不省人事了。我已經不幹這種事了。對吧？總之，幾乎是不幹了。而瑟巴斯欽氣我的眾多原因之一，就是我會說「不」。我的確說了「不」對吧？我的確有喊停對吧？

腦袋嗡嗡作響，我覺得很不舒服。

瑟巴斯欽常打電話給一名男子，爲了「叫計程車」、「訂披薩」或者「清理游泳池」。視情況而定。這些代號從來就不難理解。「兩個義大利厚餡披薩，乳酪多加一點。炸洋蔥圈。一瓶芬達。我們有四個人。」不過，接下來他就和丹尼斯搭上線了。之後，他就不需要這個「披薩外送男」了。

在毒品方面，丹尼斯的創意還眞叫人驚豔。

我該說嗎？警方會想知道瑟巴斯欽是怎麼弄到毒品的嗎？我該說，都是毒品惹的禍嗎？讓他們這麼認爲好嗎？桑德希望我說嗎？我該提到那些派對嗎？瑟巴斯欽辦的派對棒極了。他就是傳奇。其他人的想像僅止於父母的陳年紅葡萄酒和貝里尼唐培里儂香檳王；他們認爲，付錢給一票身穿比基尼泳裝的十五歲女孩、讓她們在年度單身漢晚宴上端盤子，就很了不得了。但瑟巴斯欽可不然。他租用了擴音器、專業DJ、遊艇、馬戲團隊、電視明星主廚、煙火秀、一名來自拿坡里的披薩師傅。還有一次，他用飛機把一名YouTube網路紅人從紐約載來，跟我們一起開派對。YouTube網紅爛醉如泥，言語不清；

不過，他和艾曼達一位喜愛騎馬的同好上了床，兩週後便在網路上發布標題爲「和瑞典人開趴！」的影片，點閱數超過兩百萬次。

瑟巴斯欽簡直沒有極限。大家都超愛他辦的派對。大家都愛他，愛和他有關的一切，至少一開始是如此。大家都想跟他在一起，但是我比任何人都親近他。瑟巴斯欽就是更想和我在一起，而不是別人。

沒有了妳，他撐不下去的，瑪雅。

瑟巴斯欽和我在別人吃完飯以前，就離開了晚餐桌。其他人還在跳舞時，我們就離開了舞池，走進泳池屋裡，從裡面把門反鎖，讓其他人在外面開趴。我們想讓他們滾回家時，瑟巴斯欽就會把電源切掉。音樂一停，大部分人就會離開。我們裸體躺在泳池屋的地板上，聽著泳池設備嘶嘶作響。這些設備連接到某座獨立電源，從不關閉。

瑟巴斯欽選擇了我。這很難理解，我永遠弄不懂爲什麼，他應該要選個更漂亮、更與眾不同的妞。然而，從他選擇我的那一刻起，我就是一切。我變得獨特。老爸和老媽完全不知如何自處，他們喜出望外。瑟巴斯欽！他們永難置信。

一開始，他們其實是因爲瑟巴斯欽而感到高興。我該說嗎？警察會想知道，大家多愛瑟巴斯欽嗎？以及，瑟巴斯欽有多愛我？當我背棄他時，他仍然愛我；也因爲愛我，他再次選擇了我。他比任何人都還要愛我。我愛瑟巴斯欽。

但是，我恨他爸爸。我恨死了克萊斯．法格曼。我巴不得他死掉。

12

我待在監看牢房裡過夜。我的嘴巴就靠在排水孔旁邊；過了一會兒（一小時還是兩小時？），我再次在床墊上坐起身來。我睡著了嗎？尖叫了嗎？我再次醒來時，又過了多久？我不知道，不過頭部的感覺不一樣了，感覺牆壁越來越硬。我把身體蜷成一團，低語著他的名字。起初，那滋味如此甜美，但不久之後，就像融化在舌尖上的糖霜一樣，它黏附在上顎，嘴裡充滿苦澀的膽汁，我就在離排水孔相當遠的地方，嘔吐起來。有人進來把嘔吐物沖掉。那人給了我一杯水，把我的嘴巴擦乾，又走了出去。

當我的情況穩定到可以回到「我的房間」（它有窗戶和一張床，但我仍然被隔離）時，燙髮女警便繼續問話。一開始，燙髮女警總是主導對我的盤問，她的同事們只能提出幾個零星問題，坐在角落摳著指甲，三不五時進行輪替。

看來警方認爲燙髮女警非常適合和我談話。她可是「年輕女性」。我則是覺得，她有夠可悲。每次問話開始時，她總是生氣蓬勃。也就是那時，她會一直喊我的名字。聽起來就像兒童節目主持人一樣快活。到了問話的尾聲，她就越來越累，也越來越惱怒。這時聲音就會降低一整個八度，講起話來開始像翻譯得很爛的犯罪影集。

「眞的？那妳怎麼解釋這些簡訊？」

「我聽見妳說的了，瑪雅，我聽見了。但我有點難以理解，如果妳沒這個意思，爲什麼要這樣寫？妳常說一些口是心非的話嗎？」

在某些方面，她讓我想起了蓮娜剛出生時，老媽強迫我拜訪的那位心理醫師（她認爲我的妹妹這麼晚才出生，對我會是個問題）。這位心理醫師讀過「ABC情緒模式」，認爲應該等待患者自由訴說，這樣我才會告訴他我私藏的心事，避免陷入尷尬的沉默。

湯髮女警經常使用相同招數。跟面對心理醫師時一樣，常會落到我們兩人沉默無語，呆坐在偵訊室裡的狀況。在心理醫師辦公室時，可能有十分鐘都沒人說半個字。但在這裡不會持續那麼久，因爲桑德會抗議（「如果你們不提問，我的委託人就無法回答」，「你們不能指望我的委託人能猜到你們想知道什麼」）。即便他似乎認爲，我一語不發，而警員呆坐在那兒直盯著咖啡冷掉的塑膠杯，已經成了一齣可笑的荒謬劇。有時候連桑德都保持沈默，靠著那不甚舒適的椅背，雙手合十，闔上眼睛，好像已經入睡或是陷入沉思，而那當兒，他的鐘點費還在繼續往上跳呢。

當我偶爾回答某個問題，比如關於前一天晚上的派對、和克萊斯吵架、我的簡訊，或我們在電話裡都談些什麼、什麼時候決定一起到學校，或是我回家前幾個小時的那次散步講了些什麼。過沒幾分鐘，湯髮女警就又提出一模一樣的問題。

「我才剛回答過這個問題。」我說。

「我很希望妳再談一次。」湯髮女警說。

這時，桑德就會發出嘆息聲。

燙髮女警會被惹惱，有時甚至惱羞成怒，不過她總能把持住自己，從不會大吼大叫。她總用同樣濕潤的眼神盯著我看：不慍不火，不和善也不空洞，純然空白無表情。她的同事們就比較沉不住氣了。一旦他們高聲說話，燙髮女警就會不容分說立刻請他們出去，好像那不是個命令似的。她會請他們去拿些東西，水、紙、一些洋芋片，或是「一點熱飲」。所以她的同事們只能控制音量、瞪著我，才能留在這裡。

最惡劣的就數一名二十五歲的男子。他在第一週快結束時加入，而他對我的恨意，遠遠超過他對昔日所有曾經拒絕過他的女孩的恨意；看得出來他的床上功夫非常差。但是，他沒讓燙髮女警看到他瞪我的眼神。因爲如果被她看到，他大概已經被強制休假，或至少被安排到檢查民眾駕車是否超速的其他單位了。

我又怎麼知道他恨我？因爲他讓我想到有一次，我帶瑟巴斯欽參加外祖父舉辦的狩獵。外祖父的狩獵同好，是七個吃飽喝足的 CEO；他們在森林裡打盹，午餐前就喝醉了，還撒謊說：*噢不！我沒有傷到公鹿，只是射偏了而已*。這樣一來，他們就不必用獵狗去追蹤負傷的獵物；獵狗跑得很快，才跑十公尺，就滿嘴血腥味了。我得和瑟巴斯欽留守崗位，沒辦法繼續開車。

瑟巴斯欽有時會和他爸爸一起打獵，所以他們給了他不錯的定點，儘管他可能還太年輕，不足以完全勝任。外祖父見到我們很高興，他用大人的方式跟瑟巴斯欽打招呼，還瞇起眼睛打量瑟巴斯欽把來福槍扛上肩的樣子。瑟巴斯欽比平時還要沉默。當我們圍著狩獵領隊，站成一圈聽取說明時，他看起來也比平常冷靜許多。我們步行前往指定地點時，他彷彿是隻身而行，幾乎在神遊。我們站定位等待獵物接近我們的地盤，他搖身一變爲我從沒見過的人，彷彿他的體內血液正在沸騰流竄。我就在他旁邊，但就算我用拳頭捶他的手臂，恐怕他還是渾然不覺我就在旁邊。瑟巴斯欽的全副心神都在森林上，都在他即將殺死的獵物身上。然後，一頭鹿在我們面前現身，像慢動作般轉頭朝向我們，瑟巴斯欽同時站起身，身體往前傾，舉起來福槍。我本以爲他要直衝向前，用槍管抵住獵物的喉嚨。但是，他直接開槍了。他迅速開了兩槍，那頭鹿還沒來得及發現我們，就已經側躺在血泊中了。瑟巴斯欽走上前，蹲在鹿的旁邊，我以爲他會從口袋掏出一把刀，割開牠的皮，只爲了讓雙手沾上鮮血，近距離體驗鹿的瀕死過程。但是，他也沒這樣做。他只是急促喘息，濕髮貼在額頭上。事後他受到誇獎，外祖父對我微笑，好像這應該歸功於我。但我託詞胃痛，沒吃晚餐就去睡了。

當那名男警員趁燙髮女警沒注意到而瞪著我時，我就想到瑟巴斯欽那次狩獵的表現。我被拘押、被監禁一點都不重要；這個男警員需要宰了我，才能用血腥讓自己平靜下來。我想告訴他，他讓我想到瑟巴斯欽，只爲了看他會怎麼反應。不過，我終究沒有這樣做。

案件代碼：
B 147/66 審訊

地方檢察官
對瑪麗亞・諾貝里的起訴

13 開庭首週：星期五

我從囚室裡那張寬八十公分的床上起身，然後按鈴。從我的床位到門口有一公尺半的距離。小時候我總是希望自己生病，這樣一來，就可以整天賴在床上，想吃什麼就吃什麼（白吐司塗橘子醬），看書（《哈利波特》）、滑手機上網、看電影、聽音樂。

我不想上法庭去。如果他們認爲我生病了，也許我就可以留在這裡？留在我的「房間」裡。

我在女子看守所整整蹲了兩個月。在這之前，我在青少年看守所待了七個月。正常情況下，只有男生能被關在青少年看守所；但是，由於「特殊原因」（也就是我們不必遵守規定的司法行話），我還是得待在那裡。無論如何，都必須讓被拘禁的男性遠離女性；甚至，那或許就是最初導致他們被關的原因。但是，他們爲我破例。扯了一大堆特殊原因，諸如女子看守所已經人滿爲患，我畢竟得受隔離，不能和別人有任何往來。「針對這種情況」，青少年看守所有更好的「資源」。一堆諸如此類的話。但其實主要是想昭告「外界」，他們對我可沒有特別禮遇。他們有特殊理由將我列爲特殊個案處理，好向大眾保證，他們沒給我任何特殊優惠。

在放風場上，同看守所的另一名囚犯在我旁邊連續高聲叫罵了二十四次「賤婊子，該死的賤婊子！」（對，我真的數過）以後，我不得不換看守所。我從沒看到他長什麼樣子，只是最後他的聲音變得沙啞不已。也許他們是為了他，才把我弄走。

但對我來說，差別並不大。兩個看守所的房間幾乎一模一樣。廁所牆上的塗鴉倒是不一樣，但一模一樣的金屬水槽上方，也裝著一模一樣的金屬把手。沒有座圈的馬桶也是金屬製的，松木家具也長得一樣。這裡也有男囚犯，他們被安置在別處，所以我從沒看過他們。

我在床上坐起身來，等著被放出去。假如有人在我從醫院被載到看守所、解下手銬，換掉病人服穿上生硬的綠色長褲和同樣生硬的綠色運動衫、以及白色內褲和白色胸罩時就告訴我，我會在這裡待上至少九個月，想必我會把這些話當成耳邊風，更完全無法理解。我會做的，還是跟一開始時一樣：等著離開這裡。

當時，我還相信自己過幾小時就能回家，除了看守所的囚服，我什麼也沒穿。粗硬的布料摩擦著皮膚，不願適應我的身體。即使桑德帶了我自己的衣服來給我，我還是穿著囚服。「我的衣服代表我的身分。」艾曼達常用一種自以為很聰明（而且是別人發明這句話）的口氣這麼說。當我來到這裡時，才了解到她說得對。我甚至不想看自己的衣服；穿上一件過小的胸罩，以及一條鬆緊帶垮掉、在我換上時裂開的內褲，顯然更合乎邏輯。看守所的囚服，代表我不需要再當自己。這真是天大的解脫。這是第一個好處。

那麼，「我的房間」又怎麼樣呢？我囚房的毛毯散發著灰塵味和無香味洗衣精沒加柔軟精的味道。感覺不是很舒服，不過至少不會被爆料說浪費公帑。

每兩星期，我會收到一只內裝一支牙刷、一小塊肥皂和一條迷你牙膏的紙袋。每兩星期，他們就會問我需不需要衛生棉。是那種兩公分厚、有夠短的衛生棉。每次我都會點頭說：好啊，謝謝。我把這些衛生棉收在沒有門的衣櫃裡。每次守衛在我身後鎖上門時，我都看得出他們在想什麼。好可憐的小富婆。當我陷入崩潰狀態，受到持續監控時，他們幸災樂禍。對這個沒有羽絨枕頭就沒辦法露營的小妞來說，看守所鐵定比水刑還要糟。眞奇怪，這個來自滑手機世代的草莓族，怎麼沒有更常發作、崩潰？

天花板正下方，我床腳邊的一個角落有電視插頭，卻沒有電視機。床頭小桌旁還有一個安全插座，卻沒有鬧鐘。他們不想讓我干擾調查過程，因此設下許多限制。初步調查結束以後，他們放寬了一部分限制，但絕大部分限制仍未解除。桑德說，直到法院發布判決以前，他們會繼續全程盯住我，我們束手無策。特殊情況。跟我有關的一切，都屬於特殊情況。我的腕錶在醫院就被他們拿走了，我實在不知道這只腕錶是要怎麼干擾調查？我更不知道它為什麼仍然是個問題。但是跟他們爭這個是沒有用的。

「妳要選擇妳的主戰場，」桑德的口氣聽來好像是早晨電視節目裡的婚姻顧問。在我轉移到服刑地點以前，我都得忍氣吞聲。怪妳自己嘍，妳這小賤婊子！妳這超——有——錢——的——小——婊——子！因此，我得按鈴叫警衛進來，就只是為了問現在幾點鐘。

我起身，又按了一次鈴，這次按久一點。要是他們認為我很麻煩，大可以把我的腕錶還我，或是把顯示時鐘的收音機接上。讓我知道一下時間過得多麼緩慢，是有多危險啊？

不管怎樣，現在我起碼可以讀報紙了；顯然桑德評估過，這是一項值得力爭的權益。另外，他還把我在初步調查期間錯過的報章內容補給我，他認為我必須知道報紙上寫了什麼（「他們對妳的指控，比妳實際上被起訴的事情還要多，就連法院也不敢否認這一點」）。但是，我只能拿到平面媒體的報紙。我不能用網路，所以不能藉由推特了解網友針對我發了什麼樣的文章。不能讀到「#瑪雅#殺人狂#動物島大屠殺」的推文。不准用谷歌搜尋，不准上臉書，不准接收匿名的聊天室簡訊，沒有那些黑色的螢幕截圖，上面寫著：妳——去——死。

這是第二個好處。

我第三次按下那該死的電鈴，然後躺在床上，等著他們前來開門。我躺下時，就能觸及房間另一端的桌角。彷彿只要我伸展雙臂，就能撐在牆壁上。這眞不像在家裡，我終於逃離了那噁心，令人反胃的家。這是第三個好處。

我們住在一小片空地上的新式樓房裡，旁邊圍繞著擁有百年以上歷史的別墅。因此，我們住的樓房，有點虛有其表。我第一次見到它時，還以爲需要3D眼鏡，才能看清它眞正的模樣。當我們入住時，大廳裡還有一座迷你噴泉。它就佇立在那兒，汩汩地噴了一、兩個星期；然後，四個波蘭工人才來把它拆掉，在整個大廳（而不僅是噴泉拆除後留下的孔隙）鋪上新地板。老爸說，當初買下這片空地、蓋了這棟房子的人「是DJ這一行的」，他是「那種不演奏樂器，也不自己寫歌的音樂家」。

這位「音樂家」把車道建得夠寬廣，讓悍馬車可以一路開到屋前。然而他忘記把彎道也建得大一點，導致車子無法順利轉彎。老爸總說：「這想必就是他們住不到一天，就把房子賣掉的原因。在美國，不用學會倒車，也可以考到駕照的。」

這是老爸最喜歡的故事之一；他一講再講，我都忘記他講過幾次了。每次他講完，自己還會乾笑。我想，這證明世上還有比他更超級的暴發戶。或許，他只是因爲自己從來沒機會開悍馬車，心生嫉妒而已。我老爸超想當個很酷的時髦人士，穿西裝和T恤，穿鞋時不穿襪子，成爲「某種音樂家」，或是身價數百萬的科技新貴，不用爲了喜歡八〇年代那些在邁阿密拍攝的影集而感到羞恥。

然而，老爸卻超擔心感冒會影響他參加馬拉松的賽前練習。他西裝褲下穿著吸濕排汗的美麗諾羊毛製及膝長襪。每週五午餐後，他就會解下領帶，掛在辦公椅椅背上，然後才繼續工作。就是這樣，老爸的耍酷程度，也就僅止於此了。

我仍然被禁止會客，老爸和老媽不能到這裡「關懷」我。這是第四個好處。

我第四次起身，在電鈴上整整按了五秒鐘，還自己算了一下秒數，以免膽小退卻，太快就鬆手。一瓶麥芽酒、兩瓶麥芽酒、三瓶麥芽酒，就像外祖母在暴風雨來襲時，在閃電與雷聲之間計時那樣。我這裡聽不見鈴聲，但我知道外面的警衛會聽見鈴聲。很高亢、刺耳的鈴聲。那一定很惱人。但是，我沒生病，而我又不知道該怎麼做，才能讓別人相信我有病。所以，就這麼做吧！

蘇絲昨晚保證過，吃早餐前第一件事會讓我先去洗澡。「妳一醒來就洗。」她說。我已經變得非常善於辨認黑夜何時消逝。現在應該是五點鐘了，應該能說服警衛，現在並不會太早。

*我的說法。換我了。*不過，不是今天。也許是星期一吧。

桑德保證，今天不會發生什麼決定性的大事。檢察官將會結束書面總結，所花時間遠比預期的還要長，我們被耽擱了。檢察官舉證完，桑德才會開始陳詞。但是就算輪得到他說話，我除了坐著聽以外，什麼事都不用做。因為參審們（我猜，還有律師群）都想早點在週五下班陪自己的小孩，我應該會很早就回到看守所。桑德保證，整個週末我可以清靜無事，休息，補眠，不需要上法院，不需要聽「叫我麗娜」、煎餅圓臉男或其他人說話。

其實，今天我並不需要裝病的；就算要裝病，也是桑德獲准進行陳詞以後的事。那時候，我就可以提出我的「說明」了。週一或週二，週二或週一，這取決於我們今天來得及講多少。我只要坐在平常坐的座位上，桑德說過我不需要移動位置；因爲他們沒有針對證人設置可以望著群眾的小隔間。他也保證過，我不需要把手按在聖經上發誓。不過，他會提出那些我們已經演練過無數次的問題，我要對著電源已經開啓的麥克風直接回答。所有我說的話都會被錄下；那些待在那裡，只爲了瞪著我看的人，現在全都可以聽我開口說話了。

通常我總要等上一段時間，警衛才會來開門；但很少需要等這麼久。即使知道反覆按電鈴會讓他們心煩氣躁、氣急敗壞，我還是又簡短地按了三下。警衛不會睡著了吧？也許還沒五點鐘，也許現在才四點？如果現在還沒超過三點鐘，我就不能沖澡。也許他們眞的被惹毛了，要強迫我等到最後一刻。

如果我今天生病了，整個審判流程就會順延一天。屬於我的那一天會被順延。也許，就算沒人要請我吃果醬三明治，現在就「生病」仍然不失爲一個好主意？我不想整個週末都窩在這裡，我也知道週末一過，就該是我在法庭上發言了。但我還眞不知道該怎麼假裝生病。他們不可能讓我獨處，擺一支體溫計在我旁邊的，這樣太危險了。我會把體溫計咬碎，把裡面的液體吞下去，自我了斷。一、兩個星期以前，隔壁囚室的女生才剛吞了一枝筆。他們必須用救護車送走她，走道上一團亂，就連我們這些窩在自己囚房被隔離的人都注意到了。我要蘇絲告訴我發生了什麼事。對於那女生竟然這樣做，她感到震驚不已。

在看守所的最初幾個星期，他們對我全天候監視，怕我自殺。當我在囚房時，三不五時就會有警衛進來，問「情況怎麼樣」。其中一個警衛塞給我午餐，另一個警衛取走空空如也的午餐盤後，開門，瞪了我半秒鐘，才再關上門。他們就是不讓我閒著。一天二十四小時都這樣搞。不敲門。鑰匙在手上噹啷噹啷響著。開門。瞪著我。關門。

一開始我覺得他們好像每五分鐘就來一次，有時又覺得他們每次檢查都隔了幾個小時，因而讓我感到緊張。所以每次他們進來，我就開始問：現在幾點鐘。我只是想知道。如果時間已經是晚上，而我一無所知，我也會害怕的。我努力想說服自己，我可以從窗口望見天色變暗。然而，由於我一開始記不住自己最近一次睡著是什麼時候（也許我已經一連睡了好幾晚，卻忘得一乾二淨；也許，昨天我還住在家裡呢？）我就要求知道時間，並用一枝（有夠短的）筆，寫在一名警衛給我的便條本上（不知道爲什麼，他們不認爲我會吞下便條本。也許，他們覺得本子太小，就算我吞下去，也不會有太大的危險）。

第三天或第四天，他們給我一整疊過期一年以上、給男生看的雜誌，那是關於戰爭、經濟、汽車輪胎、裸體正妹的刊物，如果這些主題都合併在一起，就更理想了。過了幾天左右，他們送來了《菜鳥從軍》[19]漫畫書，以及三本破爛的平裝書。我翻了翻，從前面翻到後面、又從後面翻回前面，但就是讀不下去。

過了幾週以後，我在中世紀般的監獄、活像個無期徒刑罪犯（比如說不梳頭，用血淋淋的殘餘指甲在囚室的水泥牆上，刻出刑期剩下的天數）的日子終於結束。而且大約過了一個月以後，我就可以讀到報紙上關於退休險、淡啤酒和護髮產品的廣告，還能看懂它們。我保留了便條本。當他們把我轉移到女子看守所時，我帶著便條本，部分原因是提醒自己，感覺比較正常了；另一部分原因是不想忘記，一切都是由例行公事組成的。但是最主要的原因是，我記下警衛每半小時就進來一次。總之，想尋短的話，時間很充裕：更確切地說，是整整二十九分鐘。即使我不知道該怎麼做才能死，時間充裕的事實還是讓我心安。那塊被固定在水槽上方的不鏽鋼盤（鏡子）是打不破的，沒法用它來割腕。床上的毛毯（還有一條在架子上）用奇怪的蓬鬆材質做成，看起來更像眞空吸塵器吸起的塵團，而不是一塊布料。我的床單甚至是紙做的。要用它們上吊根本不可能。桑德交給我的提包有一條肩背帶，警衛已經將這條背帶拆掉，帶走了。我可能來得及用自己的T恤或褲子弄成一條臨時代替的繩索，但我卻不知道該把自己綁在哪裡。靠我這一側的門板沒有把手，牆上或天花板上也都沒有鉤子。我從來就不想自盡，所以也從不費心思量該怎麼做。看守所的警衛似乎認爲我應該會想要死。或許，他們是對的。

就在我準備再度按下電鈴時，警衛來了。他的惱怒程度就和我所想的一樣。五點半了。我睡得比自己想的還要久。我可以洗澡了，就用我從看守所販賣部買的肥皀和洗髮精洗澡。

老媽試過，想將一整個提包的美容用品寄給我，但他們不准桑德把它交給我。他們想必是擔心老媽在睫毛生長液裡偷塞毒品或一些鼓勵的話，這我怎麼知道？（老媽覺得自己那有殺人嫌疑的女兒，應該要照顧好自己的眼睫毛；這一點，倒是沒人有意見）。

我看了看他們不交給我的物品清單，如果我不服，可以申訴。管他的，我決定不要選擇戰場。

好聰明的小富婆呀。

19《*Beetle Bailey*》，是美國漫畫家 Mort Walker 於一九五〇年代繪製，以美國陸軍為主題的連環漫畫。

14 開庭首週：星期五

當我洗完澡回來時，穿好衣服，早餐盤裡裝的是味道和塑膠一樣的果醬乳酪麵包卷，以及我從來不喝的醋茶。蘇絲鑽進我的房間，我則站在那塊不鏽鋼盤前，盡可能地化妝。她坐在我的床沿觀看；我其實還是被准許收下老媽寄來的睫毛生長液，現在正在塗抹。蘇絲會帶我到法院去。

蘇絲很少在大清早、夜間或週末上班。此外，她在週五下午也常常早退。但是今天不行；她身穿警衛制服，要載我從法院回來。有時候她在換完裝以後，還會進來說聲再見。這時，她常會穿背心上衣，磨損的牛仔褲，臉上有著閃亮的紫色眼影，拔除雜毛的雙眉被漆得烏黑。蘇絲是那種會使用快速現金貸款，只爲了包機到泰國度假的人；半年後，皮膚仍然呈古銅色的她，因爲把整份薪水都砸在網路鞋店Zappos上買鞋，而在第三頻道諷刺、勸誡有錢人的《Luxury Trap》節目上，被兩名教人省錢的「教練」痛斥一頓。蘇絲有一個女兒，還有一個「練舉重的男朋友」（用她自己的話說）。她在其中一邊肩胛骨上的彩色刺青，刺著女兒的名字（天堂、天使，或是類似的名字）；不過，她穿長袖衣服時，刺青就被遮住了。她上班時，總是穿長袖上衣。

蘇絲常會帶些小東西，好讓我有事做。今天她帶了一整袋糖果和一片DVD，有點人畜無害（本來就很人畜無害）。封面上是一個噘嘴、抬高屁股的女生，手上抓著十四條狗鍊。我房間裡仍然沒有電視機，但是蘇絲已經說服值夜班的警衛們，給我一架不用安裝電線的手提電視機；換句話說，他們用「電視推車」將電視機推進我房間。她覺得我從法院回來時，可以看那部電影。「想點別的事情。」

「瑪雅，如果妳晚上十點鐘還沒睡著，」她說，「就呑顆安眠藥吧。」見我不回話，她就繼續說：「……然後，答應我週六和週日的放風時間，都到外面走走。」

蘇絲活像我的托兒所老師。對她來說，人生中最重要的事，莫過於晨間例行工作與呼吸清新空氣（「沒有壞天氣，只有你穿錯衣服[20]！」）「自由重量」健身房和利樂包蛋白質補給飲料則是例外。

蘇絲老對我嘮叨不止。她叫我預訂聽課時間（她把這稱爲「家庭作業輔導」，問題是我根本就沒有什麼課要上的）；叫我到「健身房」（一個沒窗戶的房間，裡面有一臺跑步機，兩臺體重機，還有一塊氣味噁心、太硬而無法展開的瑜伽用坐墊）鍛鍊身體；叫我和牧師、心理醫師、醫師，以及其他有的沒的人，預訂時間（因爲他們多少會「幫助我」，使我能夠「度過難關」）。

有時候，我會說「好」。但這樣說只是要讓她閉嘴。

「是的，媽。」我這樣回答時蘇絲就會笑，她超喜歡這樣的。除非她八歲時就懷孕，才能眞的當我媽。不過她喜歡覺得自己比我成熟，比我好。蘇絲從不喜歡稱自己是我的「獄卒」，我也沒聽過她稱自

20 瑞典諺語。

己是「監獄輔導員」；換句話說，她不想承認她在盯我的梢，或是對我糟糕透頂的感覺負起重大責任。

我絕少有餘力抗議。現在我點點頭，我甚至不知道自己是對什麼事點頭。對電影、糖果或是安眠藥，甚至放風時間。也許，是對所有事情點頭。今天我眞的累了。很累，不過很不幸地——沒有生病。

「我這就幫妳預訂明天一大早放風休息區的時間。」蘇絲自作主張。太帥了。我將「有機會」一大早就起來，在二月清晨的黑暗中，好好「享用」看守所的放風休息區。我盡可能對她微笑著。她起身，準備離去。她沒抱我，不過我看得出來，她想這樣做。撇開她的衣著不談，也許她其實不是會辦即時貸款的那種人；然而，她絕對會擁抱殺人犯，而且所託非人（我願意用錢打賭，她女兒的老爸一定在坐牢，她還擔任過他的指揮官/守護者/老媽；不過這段感情已經吹了，因爲她的女兒永遠最重要）。她還喜歡扭轉無望的案例；這就是她爲什麼會在這裡，在我的囚室，坐在我的床沿。因爲她相信我需要被照顧，她需要擔任我老媽的角色，才去弄來電視機，以及禮拜六的糖果。

突然間我想到老媽，我眞正的老媽。我無法止住自己，我記得她那些白痴至極的告誡：如果妳拿著剪刀到處走動，記得握住刀身處；把刀子放進洗碗機時，尖端要朝下；過馬路時，要注意雙向的來車；妳到的時候，要傳個簡訊給我；在森林裡跑步時，不要聽音樂；天色開始昏暗的時候，不要到公園去；晚上不要一個人回家；不准做這個，不准做那個……見鬼去，狗屎。

我一不留心，就會想到老媽。就在蘇絲來得及離開以前，我哭了起來。我淚流不止，眞該死，現在我又得重新化妝了。而且，老天爺，蘇絲開始抱我，她當然會這樣做的。只要她逮到一丁點理由，就會不顧一切來抱我，靠近我，只想證明她關心我。現在，她已經不再抱我，而是用雙手捧住我的臉頰，指去我的淚水。就這樣，即使我這麼早就洗澡，只想著裝、直接上路，不想交談，更不想、眞的不想擁抱，時間仍然變得非常緊迫。

記得有一次，我和媽媽一同坐飛機（當時我大約六歲或七歲）。飛機在空中遭遇強烈亂流，我使勁抓緊媽媽的手，甚至哭出來。媽媽就在我耳邊低語：「沒事的，別怕！」她安慰我，在我以爲自己死定了的時候，還是那樣平靜鎮定。

我不要想到媽媽。

蘇絲終於走了以後，因爲今天是星期五，我就瞧了瞧她給我帶了些什麼：一大袋的小熊軟糖。

桑德已經盡可能說明之後會發生什麼事情，但是這對我一點幫助都沒有。我和他對這面牆壁以外所發生的任何事情，都無能爲力。要是我失控，有了任何不該有、遭到禁止的想法，我就不能再活動了。我會被恐懼感所癱瘓，我的一生就這樣完了。癌症患者一旦六年沒有出現症狀，醫師就會宣布，患者恢復健康；但是，我是永遠無法恢復健康了。不管我被判無期徒刑或去少年感化院，其實都沒什麼影響。桑德挺直的背脊，興致索然的眼神，都救不了我的。一切都會徹底搞砸的。我寄簡訊給瑟巴斯欽，告訴他，他老爸不值得活下去。我這樣做是要讓瑟巴斯欽了解，我很在乎他；我是要告訴他，我了解他老爸腦筋到底有多麼不正常。我覺得，瑟巴斯欽如果能擺脫他老爸，他會比較舒服；因此，我才會寫，我希望他老爸死。這樣，他才會想活下去。

我只能盡量去想，只要法院的審判一結束，我就不需要再回答更多問題了。然而我知道，這只是我一廂情願的想法。我永遠逃不過這些問題，而他們對我的回答也永遠不感興趣；因爲他們早就先入爲主，覺得自己了解我的爲人。

我厭惡小熊軟糖。我把袋子扔到固定在牆邊、有加蓋的垃圾桶裡，又哭了起來。

15 開庭首週：星期五

當我們抵達法院時，我心情已經平復下來。菲迪南看我雙眼通紅，想給我幾滴眼藥水；煎餅圓臉男見獵心喜，快抓狂了。他認爲我臉上有哭泣過的痕跡，眞是「太好了」（沒化妝的我，看起來比較年輕；因此，他完全不希望我化妝）。而菲迪南仍堅持要把眼藥水瓶遞給我；我看，當桑德直接一把抓來眼藥水、遞給我時，他們準會大打出手。在進入法院以前，我甚至還來得及抹幾下菲迪南給的防水墨黑眼睫毛生長液。桑德和其他人先進去，我則在律師室等著。輪到我時，另一間法庭外站著一男一女背對彼此，各自講著手機。我經過時，那女人抬起頭來。在她意識過來、那種似曾相識感（就是她！）出現以前，我們四目相對了半秒鐘。然後我趕快把眼神轉開。背後，講電話的聲音變得高亢、興奮起來；她說西班牙語。

老爸老媽坐在自己的座位上，還有院方與律師群。所有人都到了。老媽外表看起來浮腫，彷彿爛醉了大半個晚上，沒先卸妝就倒頭大睡。但是，我媽是從來不會喝到爛醉的。她喝葡萄酒。她和老爸，與其他同樣是四十五歲的朋友們出席那種主題派對（〇〇七或好萊塢），這樣女士們就可以重拾八〇年代的打扮，身著最近一次紐約行買回來的亮片短裙，跳起迪斯可還有美國鴨子舞。她們會一起喝雞尾酒，在晚餐時致詞，對於青少年時代同班時的種種放浪行徑，哈哈大笑。男士們則攔腰抱著小老婆，對彼此稱兄道弟。

我覺得老爸和老媽吵過架。過去，他們爲了老爸上完廁所，沒把馬桶座圈放下這種事吵架；不過，他們會在四下無人的時候吵架。當眾女士一如往例，聚在一起，開始討論「我們家的笨男人」時，老媽就只會開玩笑：「嘻嘻，通常會頭痛的可不是我喔……」而老爸就會回答，「嘿嘿，我現在可沒頭痛。各位親愛的好友，你們覺得呢？是不是該回家啦，嗯？」

他們對於自己的性問題倒是非常大方：老媽好想上床，好想被幹，老爸只能設法自保。然而當老爸老媽吃完晚餐，手工麵包、法國乳酪全吃完，那瓶有著煙燻一般底色的橄欖油（「這是我們的好朋友給的，他們在佛羅倫斯郊外有棟房子，這可是用自己種的橄欖釀的」）被收走，「跳蚤市場買的瓷碗」（其實是在哈洛德百貨公司買的）被收進洗碗機以後，性慾也沒了，剩下的就只有陳腔濫調了。

你酒喝太多了，你工作應酬太多了，你爲什麼整天晚上都和約瑟芬廝混，你尿尿完以後把那該死的馬桶座圈放下來，是有那麼難嗎？

我很好奇，他們今天早上吵些什麼？我很好奇，蓮娜有沒有聽見他們吵架，他們是不是先把她送進托兒所才到這裡來。我努力地向他們微笑，他們也很努力地對著我微笑。

那馬桶座圈想必已經不再是重點，他們最近應該也沒再受邀參加什麼主題派對了。家裡有個涉嫌屠殺被起訴的女兒，就是會有這種下場。這樣就能擺脫那些陳腔濫調，眞正變得獨特起來。

桑德很快就要發表關於遇難者的談話了。他會依序談到羅難者。然後他會談到當時我在哪裡、確切的時間點，他會用低沉、快慢適中的聲音陳述。他想要讓參審們聽話的時候，他們就會聽話；他想讓他們感到困惑的時候，他們就會困惑。我會一直坐在他旁邊，所有人都會盯著我看。

大家會盯著我看，但沒有人想聽。他們只會固執己見。人們常說小孩相信他們想要相信的，但真相是：小孩是騙不了的。大人則不然，他們會選擇最適合自己的故事和說法。人們對別人說的、想的，一點興趣都沒有，他們會跳過一切直接下結論。人們只會對自認已經知道的事情，感到興趣。

在警方開始問話以前，我從未想過這一點。但是情況很快就明朗了：當中最惡劣的，就數那個湯髮女警。要是我剛好說了她預期我會說的話，她就會睜大雙眼——她的眼睛眞的變大了，從這一點來說，她還眞不謹愼。她還在椅子上亂動，像是尿急似的。她不了解，這只會清楚地顯示她興奮得不得了。

桑德和湯髮女警正好完全相反。我從來不明白他希望我說些什麼。他一開始說，「妳對調查不需要負任何責任。」對調查負責？他這是什麼意思？我該閉嘴嗎？該說謊嗎？不應該協助警方嗎？

桑德說，我在向警方陳述以前，必須先對他陳述。他從來沒有解釋，這是否意味著我該先把事情一五一十地告訴他，他再對我說明，哪些是我絕對不能告訴警方的。他要求我千萬別說謊，或保持沉默，一切照實陳述就行。但他同時又說：「妳只管回答他們提出的問題就好……」這眞令人費解。嗯，不然我還要回答什麼？

難不成桑德別有所圖？我不知道。我連他是否有別的「企圖」都不知道。

這樣一來，和警方談話就變得比較容易。我知道他們的計畫大致如下：誘使我上鉤，想把我關進監獄。我越快搞懂他們根據這個計畫想讓我說出什麼，我就能越快擺脫他們。我從一開始就想擺脫他們。

我不想跟他們講話，我只想待在自己床上，窩在自己的房間，那裡最清靜。

不過，由燙髮女警主導問話兩個禮拜以後，警方調來一個三十五歲左右的暗色金髮男子，準備進一步對我「抽絲剝繭」。他捲起襯衫袖子，叉著雙腿而坐，用和天鵝絨一樣柔和的聲音問我：妳究竟感覺怎麼樣，瑪雅？

我了解，這傢伙在延雪平、恩雪平或林雪平[21]，還是其他某個名字以「雪平」爲結尾的、該死的城市念高中的時候，超受女生歡迎；我也知道，他們的計畫就是讓我愛上他，把一切都告訴他。但我對他可沒有一見鍾情。我覺得他荒唐可笑。詭異的是，即使如此，即使我知道他們認爲我會怎麼反應，我還是想告訴他。當這位「雪平男子」表示他理解我痛恨克萊斯．法格曼時，當他說他理解我是想幫助瑟巴斯欽、我想當個好女朋友時，當他說如果他處在我的情況也會非常生氣時，就彷彿按下一個按鈕：和一部爛電影的結局相比，這能讓我哭得更凶。

讓他照顧我的念頭，彷彿在我身上設定好的程式一樣。我想說，「是呀！我告訴我男友，該殺了他老爸，我們也決定報復，一了百了」這些話，只是爲了讓他覺得我好可憐（對呀！我超難過的！）。然後，我希望他說出他覺得我有多麼可憐，他就可以離開，警方就可以弄到他們所需要的資料，就可以放我一個人清靜。

桑德幫了我，我現在已經弄懂這一點。一開始，當他在問話進行到一半突然要求暫停時，我覺得他

21 Jönköping、Enköping、Linköping，皆為瑞典的城市名。瑞典有相當多名字中包含「雪平」的中小型城市。

很奇怪。他無意打斷我，甚至也無意打斷警方問話；他只是想要三不五時就提醒我，我是誰。他要確保，我沒忘記這一點。

「好的……」首席法官的話語噴進麥克風裡。「現在，我們繼續審訊的流程……」他繼續唏哩呼嚕，口齒不清地說下去。

他滔滔不絕，過了一陣子，他說到一個段落稍微停下來時，桑德要求針對本日時程，發表一些看法。法官不耐地點點頭。桑德說明，考量到我的「健康狀態」，我們最晚在下午三點鐘結束今天的審訊流程，是「至關重要的」。桑德「必須顧及」這一點；他也再度重申我的年齡，我「不得不承受」「漫長、異常艱困的拘禁期」。法官同樣不耐煩地點頭，他很顯然不喜歡被再三提醒這一點。桑德一講完，法官又開始滔滔不絕地陳述，今天應該「探討」哪些議程。

以前我覺得桑德一直討論時間表很奇怪。他沒有打算盡快結束這場審判、趕快擺脫它，而是頑固地提出申請，指出他在第二週有哪幾天不克出庭、第三週又有哪幾天不克出庭。審判流程已經延遲過一次，因爲法官要求，必須一連數天開庭審訊。我已經了解到，對我而言，將審判過程分爲幾個星期，對我本來就是有利的。第一星期四天，下星期開庭三天，第三個星期開庭兩天半，以此類推。開庭的頻率越不平均，參審們忘記我們上次見面說過的話的機率就越高。假如他們無法把一切都牢記在腦海裡，對我是有利的。他們覺得混亂、不合邏輯的，就是對我有利的。只要他們覺得事情不單純、沒那麼清楚，那個醜八怪「叫我麗娜」的工作就是不到位。就算桑德不抱著「獲勝」的希望，他至少可以祈禱，希望檢察官敗下陣來。

桑德「讓我們對這場審判感到稀鬆平常」的策略，眞是爛透了。我們要天天見面，談上一整天，直到這一切結束爲止。然而桑德只要一逮到機會，還是繼續談論時間表。

然後，輪到檢察官了。她只需要帶過一、兩份會議紀錄。但是主審法官提出一大堆問題。因此，所耗費的時間比預定的還要多。每個人臉上都帶著怒容。

當檢察官終於講完時，輪到被害人的律師發言。他們開始逐一說明，能證明我爲什麼得支付賠償金的文件。我造成了無法彌補的損失。就在兩名律師陳詞之間，上午十一點五十分，桑德忽然要求休息，進入午餐時間。這顯然比平常的午餐時間要早，但桑德似乎認爲，這可是攸關生死的大事。

我突然意識到，*桑德在拖延時間*。他不想在今天就開始陳詞，他想拖下去。

法官建議我們持續到下午一點再休息，這樣就能討論完損害賠償金的部分。這樣一來，桑德看來更加惱怒。對於他們不了解我太年輕、血糖值難以承受這麼沉重的考驗與打擊，他渾身上下散發出怒火。

他們就這樣來回討論、糾纏了至少一刻鐘左右。最後法官讓步，我們休息，進入午餐時間，一點鐘回來。

我不覺得，當桑德發言時，情況會一樣棘手。他講話時看來一點都不緊張；他也不需要思考自己該說什麼。

他在開場白的時候，就已經提過我知道的還有不知道的事情，以及我做過和沒做過的事情（主要是強調我沒做的事情）。桑德偏好討論我沒做過的事情。

就拿我和瑟巴斯欽到學校之前來說吧。當我在家裡睡飽、來到瑟巴斯欽家以後，在那裡逗留了十一分鐘。之後，我們才再度出門。上方車道處設有監視錄影機，但屋子裡沒有。沒有人能夠確定，當我站在玄關處等待瑟巴斯欽時，發生了什麼事。

等待？這就是我所做的事嗎？怎麼可能？檢察官說過，在這六百六十秒鐘裡，我做了一大堆除了「等待」以外的事情。桑德說，我什麼都沒做。那是一段很長的時間。你也可以說，那像永恆一樣長久。那時我不覺得花了很多時間嗎？我難道就雙手抱膝乖乖地在玄關等嗎？我連手機都沒看嗎？沒上臉書，沒上 Instagram 嗎？聊天網站呢？漢斯和葛麗泰[22]被父親騙進森林裡、迷路而即將餓死時，總還撒落了一點小石子和麵包屑。難道我在這段時間內，完全沒留下一個表情符號，也沒在臉書上按「讚」（連一點蛛絲馬跡都沒留下）嗎？有沒有證據顯示，檢察官針對我的指控是合乎事實的？

很不幸地，沒有。我那時候，真的連 Instagram 都沒上。

22 德國童話作家格林兄弟《糖果屋》故事中的主角。

16 開庭首週：星期五

我們吃完午飯，被害人的律師群把他們所有的「如此這般」、「是否」、「合理地」、「理應」、「非蓄意」、「蓄意」全講完以後，距離法院諸君企盼已久的「週五下午親子同樂時光」，只剩下五十分鐘。我從未見過桑德如此暴怒。

「我們完全無法接受這一點，」他用最尖酸刻薄的聲音說，「我們現在根本無法開始陳詞。」

有那麼一會兒功夫，我覺得法官想要抗議。但是他並沒有抗議，他只說了一句「OK」，今天的議程就結束了。檢察官也沒抗議。我們把文件夾、紙筆、檔案、公事包全收好，然後離開法庭。因爲我們的時程被耽誤了，今天離開法院的時間反而比預定時間要早。

現在，我們開始等待下週一的來臨。然而看守所爲我提供的接駁車可還沒到。我和桑德、菲迪南、煎餅圓臉男就只能呆坐在我們的房間裡。大家都想回家，但是菲迪南和煎餅圓臉男都沒膽要求直接離開這裡。桑德在房裡來回踱步了一、兩圈，然後轉向菲迪南。

「妳去查一下丹尼斯·歐耶馬的遺產和法格曼家律師群之間的協商，進行得怎麼樣了。」

菲迪南點點頭。

在教室裡，琵巴斯欽先射殺了丹尼斯。各大報社用這位黑人青年第一個被打死的事實大作文章。不過琵巴斯欽不是什麼種族主義者，丹尼斯的問題不是出在膚色。有一、兩個新聞記者努力把整件事情渲染成種族主義所釀成的悲劇，指稱動物島區的勢利鬼們不願接納和他們不同的「他者」，但家長們對於來自其他鄰近地區的青少年在這裡就學，並沒有什麼意見。從一些方面來看，情況還正好相反。來幾個膚色夠黑的青少年還有認眞的薩米爾，動物島綜合高中的 Instagram 帳戶眞是再歡迎不過了——就像一張來自馬拉喀什[23]市集、色彩鮮麗的照片，能餵養我媽那令人反胃的政治正確意識。不管我們有沒有過濾、篩選過，這樣的學生都能證明學校的課程是多麼引人入勝，證明我們的教育是多麼多元、寬容、沒有任何偏見。

可是，丹尼斯就不一樣了。他可不是那種有著拿鐵咖啡般淡褐色皮膚、來自南島區[24]的帥哥，也不是笑口常開的金髮正妹和某個來自非洲的交換學生交往後，生下的產物。他的姓氏和著名的黑人靈歌樂手沒有半點關係，膚色也不夠淡，不足以套進被認爲「異國、多元、刺激」的標準形象裡。丹尼斯吃東西時會咂嘴，老是高聲問些怪問題，明明不該笑、不好笑的事情，他偏要笑。丹尼斯只要走一層樓梯，就會氣喘如牛，在接下來幾分鐘內只能把扁平的手掌放在大腿上，斜著身子向前傾，聳起肩膀急促地喘息著。他或許有氣喘病，但最主要的問題是：他體能有夠差，整天就吃反式脂肪食品沾番茄醬。丹尼斯和另外至少三個來自汽修班的「麻吉」，每次午飯時間都搶先到食堂，也是最後離開的。學校一點都不以汽修班爲榮。汽修班教學的地點位於一小座擴建的屋舍裡，離我們其他人聽課的教學樓有一小段距離。我們知道其中一個汽修班男生叫什麼名字的唯一原因，就是他手上總有毒品可賣。

*

桑德憂慮不已地皺著眉頭。皺紋之深，從側面就看得出來。現在，他轉向煎餅圓臉男。

「我們星期天下午還需要見個面，討論一下該怎樣讓法院注意到這位歐耶馬人生中的其他部分。」檢察官拿丹尼斯有多麼可憐拚命渲染、大作文章。他如何隻身從非洲一路「出逃」，被安置在寄養家庭、面臨被遣返的危險等等屁話。我覺得桑德雙眉深鎖的原因是：他不知道該怎樣才能讓法庭了解，我們覺得丹尼斯好可憐（嘿，我們都是好人唷），我們同情死者這位肥胖的毒梟；同時又要提醒他們，他其實是怎樣的人（其實就是瑟巴斯欽專屬的肥胖毒梟），而又不讓我們顯得先入為主，充滿歧視。

其實，大家都對丹尼斯有成見。每個政治正確的新聞記者、每一名參審、所有律師（不管是代表誰出庭），他們對丹尼斯的想法是如此顯而易見，簡直可以在額頭上刺一道納粹黨徽的刺青了。丹尼斯不是什麼「朋友」，他也不夠「酷」（就連克利斯特都不會這樣稱呼他）。丹尼斯有「專注力障礙」（這是老師慣用的詞彙，說明為什麼他的老師必須每天早上到公車站接他。不這樣做，他就無法到教室上課）。丹尼斯的瑞典語是個笑話，好笑的大笑話。每次和女生交談，他眼神總是色瞇瞇的；而他跳舞時的樣子，就像凸槌的爵士體操。丹尼斯甚至連對音樂最基本的音感都沒有，看他音痴的程度，你會懷疑他到底是不是聾子。

丹尼斯覺得用髮蠟很時髦，會不勝憐愛地輕拍自己油膩的頭髮，就像在愛撫自己的小弟弟。和他一

---

23 Marrakech，摩洛哥西南部的城市，為該區域行政與商業中心。

24 Södermalm，位於斯德哥爾摩中央車站以南的小島，為市區內的主要住宅區。

道在泰比市中心或斯德哥爾摩中央車站附近鬼混的女孩子，頭上套著長長的假髮，戴假指甲、假睫毛，腰間鬆垮的肥脂不斷從牛仔褲的腰帶處擠出。他們很努力地把上衣紮進牛仔褲裡，想遮住股溝，不過一點用也沒有。他們在肩上及股溝上方處刺著亂七八糟的刺青，噴著會讓人感到頭痛的香水，張口大嚼口香糖，還以爲炸薯條是一種蔬菜。當他們辦派對、買的蘸肉濃醬羊肉卷披薩不夠大片、不夠吃時，想必會把香腸和士力架巧克力放在麵糊理一起烤，然後請客人吃。丹尼斯的「兄弟」和「姊妹」（是的，他們會互稱「姊妹」）們見面時，會這樣稱兄道弟：「嗨，小子！」「唷，小子！」基於一些沒人了解的理由，他們會把大拇指和食指比成手槍狀，彼此互指著，說著冷笑話，然後高聲狂笑不止。沒有人能夠想像丹尼斯長大以後會成爲說話得體、穩當保守的政治人物。

沒有任何技術證據及其他證據顯示，我和丹尼斯的死有關係。我沒殺丹尼斯。桑德一定會講到這一點。他也會盡全力讓所有人了解：我沒有任何想殺丹尼斯的理由。

除了最後一晚以外，丹尼斯從沒給過我古柯鹼、大麻或別的毒品。瑟巴斯欽會把我要的毒品給我。我不認識丹尼斯，也不想認識他，而丹尼斯也不想認識我。當他和瑟巴斯欽講話時，要是我在場，他就會站著，拉扯自己的衣服，試著不盯著我的胸部。但是，他從沒和我講過話，他不會和「別人的馬子」講話，他認爲只有在「馬子們」和別人不得不尊敬的「男人」在一起的時候，才需要尊敬。最後一天晚上，當克萊斯把他趕出門時，他豆大渾圓的淚珠像蠟一般，伴隨透明的鼻涕流出；他也不擦乾淨，就任由自己涕泗縱流。他是因爲弄丟了自己本來要拿來賣的毒品才哭的，而這些當然都不是他的毒品。假如幾小時後瑟巴斯欽來不及殺掉丹尼斯，他的「上游供應商」保準會宰了他。

宣稱我希望瑟巴斯欽殺掉丹尼斯，眞是有夠荒謬。宣稱我需要說服瑟巴斯欽殺掉丹尼斯，那就更是荒謬了。

槍擊案發生後，警方搜查丹尼斯的置物櫃時，發現一把未裝塡的手槍。我知道，桑德也會針對它大作文章。他不知道丹尼斯爲什麼有這把槍，但他會努力藉由這把槍讓所有人了解，丹尼斯不過就是個亡命之徒。他的人生幾乎就像瑟巴斯欽的一樣危險，甚至更危險——這就取決於你看事情的角度了。

新聞記者指稱，我們把丹尼斯當成自己家豢養的寵物對待。但是他們其實也心照不宣：我們還不是最壞的。舉個例子：假如有人讓丹尼斯穿上一件拉爾夫．勞倫襯衫，不到二十分鐘，學校當局就會要求打開他的置物櫃嚴密搜索，才能找到剩餘的贓物。另外，丹尼斯可是靠著瑟巴斯欽賺進了大把鈔票。日子一週又一週過去，丹尼斯的牛仔褲越來越貴，他頸間的肥肉底下也藏了越來越多條金鍊。但是沒人有那樣的閒功夫仔細打量丹尼斯，或注意到這一點。老師和他所住地方的大人們可能只認爲他的珠寶都是假貨。或許也不理解，他那雙醜醜的運動鞋究竟有多麼昂貴。但我相信，只要他沒從別的學生身上偷東西，他們根本就不管他的錢是從哪裡來的。不過幾個月以前，根據丹尼斯謊報的出生日期，他滿十八歲了；爲此，他還得先從他住的地方撤離、「迴避」一陣子，才能避免遭到遣返。當時要是順利遣返，他們就能擺脫他和他帶來的所有問題。對於丹尼斯被遣返，老師們生不生氣？少裝蒜了，他們骨子裡可是慶幸得不得了。

沒有人相信，他會懂事，能理解行爲要檢點。丹尼斯不知道行爲是什麼意思，他連「行爲」這個字怎麼拼都不知道，而他的手機是匿名預付卡，沒有能協助他弄懂這個字的自動校正功能。

檢察官和她那一票記者朋友們只會聲嘶力竭地高喊，「不要再讓任何人受到和丹尼斯一樣的遭遇了。」事實上呢？沒人覺得他夠可憐，也沒人想採取行動幫助他。他還在世的時候，每個人就已經把他當死刑犯來對待了。瑟巴斯欽至少對他還一手交錢、一手交貨呢。

我沒殺丹尼斯。我對他的觀感，就和其他所有人對他的觀感一樣，不多也不少。我相信，桑德會把這一切告訴法院；但他不知道，該怎麼說才好。

一、兩天以前，檢察官麗娜朗讀了我寫給艾曼達，關於丹尼斯的簡訊內容。其中一封是：「他瘋了，但他死期也不遠了。」另外一封寫給瑟巴斯欽的簡訊內容較長，其中一行是「必須把他從你人生中除掉」。

「我們必須用具體、明確的方式處理這些簡訊，」現在桑德說，「在這樣做的同時，我也不要觸及其他的留言內容。它們之間沒有關聯性。這就是我們的主戰線。把它們分開。」

桑德仍然對著菲迪南和煎餅圓臉男說話，而不是對我。我猜想，他們在每日審判過程結束後，都會逐一探討這一天中在庭上發生的狀況、以及之後該怎麼做；但他們通常都是等到我回看守所以後，才開檢討會。菲迪南和煎餅圓臉男似乎認爲桑德很囉嗦。

「我們處理關於丹尼斯的簡訊，應該不會碰到太大的問題。很顯然地，瑪雅不希望瑟巴斯欽再和他有任何關聯。」桑德說。菲迪南毫無興致地點點頭。「瑪雅希望丹尼斯從瑟巴斯欽的人生中消失；這一點，沒有人能怪她。」煎餅圓臉男同樣漫不經心地搖了搖頭。這些話他們已經聽了一千遍。桑德對此自言自語的時候，他們就必須聽這些話，次數已經多到連他們自己都數不清了。

我覺得桑德是對的。但沒有人會承認，如果只有丹尼斯一個死者，我根本不需要被拘留。也沒有人敢承認，他們寧可親手宰掉丹尼斯，也不想讓他和他們的子女變成好朋友，因爲沒人敢被戴上「種族主義者」這頂大帽子。不過，我可不認爲丹尼斯覺得自己像頭被人豢養的寵物。他根本不管別人怎麼對待他。他只想在最後不得不開溜以前，盡可能多撈點錢。

「我會從時間軸開始講起，特別強調我們對當天晚上各個事件的態度。」桑德還是在自言自語，菲迪南和煎餅圓臉男僅僅在虛應故事。「不過，當我講到被害人時，會先從丹尼斯和克利斯特開始。這能把問題減到最小。」

關於克利斯特被殺一事，一般的指稱是：我協助瑟巴斯欽，幹了他想幹的事。如果這一點被採信，我就對克利斯特的死負有連帶刑責；如果這一點不被採信，我就不會被定罪。

也許，克利斯特的死是一種「偶然」？或者說……所有試圖告誡瑟巴斯欽該怎麼過生活的成年人，都該死？桑德告訴過我，他不想去揣測瑟巴斯欽到底想怎樣以及不想怎樣。檢察官也不知道爲什麼瑟巴斯欽會殺了克利斯特。也許他只是在錯誤的時間點上，出現在錯誤的地方？也許瑟巴斯欽根本不管誰死掉，能殺越多越好？他們在我置物櫃翻出的證物，指出他還想殺更多人。喔，不好意思，根據檢察官的說法，它證明我和瑟巴斯欽想把半個學校的人都殺光。

本週稍早，當檢察官講到薩米爾的時候，我哭了。我知道煎餅圓臉男希望我哭，所以我不想哭；但是，此時我就是克制不住。我想說些什麼，好讓他們不要一直聽檢察官所說的；然而，由於我只能在輪到我、該我說話時才能說話，於是我只能哭了。

檢察官說，即使瑟巴斯欽沒告訴我，即使我在瑟巴斯欽家裡時沒看見克萊斯．法格曼的死屍，我還是應該來得及了解到，克萊斯是在我待在瑟巴斯欽家裡那十一分鐘之間死掉的（特別考量到我前一天晚上及當天早上傳給瑟巴斯欽的簡訊內容）。她這麼說的時候，我沒哭。當她說我和瑟巴斯欽也一起策劃這件謀殺及其他所有環節、一心只想殺人，然後同歸於盡的時候，我的眼神朝向前方，沒有反應。我聽她指稱，就算我不了解瑟巴斯欽是玩眞的，就算我笨到不知道提包裡藏著武器和炸彈，我還是應該要能理解並且抗議。既然我沒抗議，那我就是共犯了。檢察官又說，技術證據顯示，我犯下謀殺罪。關於技術證據這個詞，她一說再說。她好愛這幾個字，聲音激動到幾乎要炸裂開來。但我保持冷靜。

當她講到艾曼達時，菲迪南把手放在我肩膀上。她的手瘦長，動作輕柔，幾乎觸碰不到我；我得咬住自己的手，以防尖叫出聲。

沒人覺得我殺死瑟巴斯欽是一場災難，他們覺得我本該早點這樣做的。但我殺了艾曼達這件事，缺乏合理的解釋。

「那是出於自衛。」這將是桑德針對我所開的那幾槍，採取的說詞。

「誤射。」「疏失。」「正當防衛。」

他將會使用一大堆字眼，來說明這是無心之過。不應該爲此追究我的責任；我的行動是爲了阻止更大的危險。

但在內心深處，我是知道的。我無意用任何出於自覺、冠冕堂皇的理由來爲自己辯解。我根本沒有想到「幫助」，沒有想到「我得殺了瑟巴斯欽，不然他會殺了我」。我感受到的恐懼，是無法說明的；就在靈魂準備受死以前，我的身體就發生了一些變化。

這一個星期以來，我已經哭了好幾次。但這可不是因爲煎餅圓臉男希望我這樣做。我不認爲這會有所幫助。

當我們終於收到通知、從看守所來的接駁車已經到達時，煎餅圓臉男便主動要求，要跟著我和警衛一起下樓。當我們走出電梯、來到車庫時，新聞記者早在那裡等著我們了。我很累，他們用超大型攝影機狂照相，那喀喀喀的快門聲，活像裝了消音器的機關槍。蘇絲迎向我們，站在我面前，手臂環抱住我，我將臉探向她的領口。她其實比我高，幾乎高得離譜。也許，這樣看起來很貼心。像媽咪一樣。

這些記者在有人像媽咪一樣「愛撫」我的時候照相。嗯，煎餅圓臉男一定愛極了這種情景。這讓我看起來更年輕、更難過，也更像個小女孩。也許，搞不好就是他事先告訴媒體我們會走哪條路，告訴他們該站在哪裡，才能拍照取景。

「瑪雅，」一個新聞記者喊道，「妳覺得今天怎麼樣？」

我一語不發，任由蘇絲將我推進後座。我盡可能遠離那些攝影機。車窗窗格是暗色的。但是，我看到煎餅圓臉男走向那些記者。他一路跟到車前是很詭異的，通常有警衛在場就夠了。他和我之間，也沒有什麼超級有趣的對話聊到一半不想中斷。他不是該繼續和桑德開檢討會，討論情況怎麼樣嗎？煎餅圓臉男在這裡幹嘛？他八成想確保我有把自己管好，沒有脫序行爲。然而要不是他事先知道在潮濕的車庫裡有新聞記者……他又何必擔憂我有沒有把自己管好呢？

煎餅圓臉男嘮叨個沒完，說「他們」對我有興趣，對我是誰有興趣。讓我「獲得」屬於自己的「個性」，「成爲一個活生生的人」，可是很重要的。根據煎餅圓臉男的說法，我所有的辯護就全仰賴這一點了。我「是」誰。那當然嘍。

我們一取得初步調查報告書，桑德就自己進行了無數次的研究與推敲，仔細檢查由技術分析與調查所獲致的結論。但是，煎餅圓臉男似乎只專注在讓「他們」了解我。我不覺得他所指的「他們」就是法官；不管怎麼說，他意指的「他們」絕不僅僅是法官們而已。

蘇絲拍拍我的手臂，我任由她握住我的手。現在，再也沒有人能看到我了。駕駛座的車門開了一條縫，但攝影師似乎都沒注意到這一點。我聽見煎餅圓臉男用低沉卻清楚的聲音和記者們講話。

「你們要了解，我們現在不能談話。這是漫長的一天。」他的聲音聽來很累，比從電梯來到車庫時還要累。「瑪雅很難過，這對她來說是很艱難的。她還這麼年輕……」現在，他又來了。我很納悶，新聞記者們是否開始想他又重複了。「像她這種年紀的女孩，通常並不需要被關押這麼久。她已經度過一段非常漫長而痛苦的拘留時間。」

我試圖在車上睡著，我累了。煎餅圓臉男眞是有同理心，他眞的了解到這一點。但是，他說的其他內容卻是大錯特錯。看守所的情況並沒那麼艱難。這倒不是說，看守所是什麼溫馨又愉快的好地方；這也不是說，那裡的伙食有多好。這主要是因爲，我在那裡能夠逃避一切。

在看守所裡的每一天，都是前一天生活的複製、剪下、貼上（特別是他們不再一直對我問話以後）。那感覺眞是超級放鬆的。沒有什麼驚喜，也沒有什麼陌生人。不管是肉丸、鱈魚或炒蛋，所有食物吃起來口感都一樣。我一天就吃早、中、晚三餐，放風一個小時，在健身房一個小時（我當作是去鍛鍊），聽課，十分鐘洗澡時間。我躺在自己的床上，躺在自己的地板上，我上自己專用的廁所，聽著經過的人聲，我試著讀一點書、聽音樂，我睡得比這輩子裡的任何時間還要多。只有在桑德到看守所時，我才會有訪客。不過，這個週末我可就要自己過了。沒有人會跟我講話，讓我驚訝或促使我思考。

我們今天來不及進行陳詞。但是這個週末一過，「我的說法」就會出現了：關於我和瑟巴斯欽，關於我們之間的愛恨情仇，以及我如何背棄了他。

我和瑟巴斯欽

17

我和瑟巴斯欽是在凶殺案發生前的那個夏天開始在一起、成爲情侶的。斯德哥爾摩陷進一道超級熱浪裡，三星期以後，再也沒有人有興致討論天氣。人們抱怨故障的冷氣空調，抱怨小七那味道像舊襪子一般的冰塊和粉狀冰淇淋。不過，沒人抱怨天氣太熱（那已經是一種生活常態了）。任誰都無法想像這種天氣會改變。

我在一家位於史圖爾廣場[25]旅館櫃檯暑期打工的最後一天晚上，瑟巴斯欽出現了。一連三個星期，我每天晚上十點到隔天清晨七點必須接聽電話，接受客人訂房和取消訂房，打電話召集早餐部和清潔工作所需的額外人手，聽那些喝醉的芬蘭人詢問（「喂，那些漂亮又聽話的小妞都到哪兒去啦？」），是否能把烈酒送到他們房門口（「好女孩，妳要乖乖聽話。嘻嘻！」）。桌子下方有個緊急按鈕，但我從來就用不著。三不五時還會有人吐得一塌糊塗（通常是在房間裡），但我也不用處理這種事情。有次某個傢伙割腕，他在眞正動手以前，還先從推特發文，告訴警方他要割腕了。

上班途中，我見到一些疲倦的觀光客，他們出入便宜的餐廳：有瞪大眼張望的父母和他們坐在後向式嬰兒車上的孩子，以及腳上穿著涼鞋的德國遊客，手上拿著皺巴巴的地圖。這份工作沒什麼壓力，也並不困難，薪資相當體面，而且能「給妳經驗」（套句老爸的話）。老爸「支持」我打工；對他而言，這就像一朵鑲著「青年實業家坎普拉[26]」字樣、散發出香氣的雲朵。老媽希望我每天早上回家時，都能坐計程車；不過老爸不允許，所以她就沒敢再囉嗦。

當時，瑟巴斯欽在附近一家夜店泡了好一陣子，他進來借用廁所。櫃檯只有我一人，我的同事因爲要給兒子慶生，提前下班了。

除了投宿在旅館的房客以外，我們不允許其他人借用廁所；不過，我是從不會對瑟巴斯欽說「不」的。至於他是怎麼知道我那時會在那裡工作的呢？我永遠不得而知。我甚至不知道，他還能認出我是誰。我們上同一家幼稚園，已經是陳年舊事了。瑟巴斯欽大我一歲，如果不是被迫留級重修一年，他早就高中畢業了。但是現在我知道，我們很快就會開始在同一班上課。大家都知道，瑟巴斯欽留級重修。而現在，他就竄進了我工作的旅館櫃檯。

「瑪雅。」他的聲音充滿自信。對於看到我，他似乎一點都不驚訝。就像我們上幼稚園時那樣，我的心劇烈地跳動了一下。然後他就待在那兒，直到我該下班爲止。我們漫步著，城市空蕩蕩的，空氣比前一天早晨還要冷。我們肩並肩，穿過亨姆勒公園，沿著英格爾貝克街上行，來到斯德哥爾摩東站。我們從那裡搭小型火車，抵達奧斯比。車廂裡，他坐在我旁邊；當火車進入斯德哥爾摩大學站時，他躺在我膝上沉沉睡去，沒多說一句話。當火車抵達我們要下車的站、開始減速時，我用手觸摸他的前額，把他叫醒；他醒過來時，盯著我看。然後他舉起手來，將拇指壓在我的下唇。就是這樣。

25 Stureplan，接近斯德哥爾摩市中心的東礦區，附近為重要的金融、財經與商業區。
26 Ingvar Kamprad，瑞典 IKEA 創辦人。

當天下午，我就和爸媽及蓮娜去度假了。媽媽決定我們要開車自助旅遊，玩遍歐洲。但我們先飛到日內瓦，租了車。老媽在一個保證擁有「神祕」、「獨特」經驗的網站上，預定了位於各地的精品旅館；這輛車，就是我們在各家旅館之間的交通工具。

老爸開車，當他和老媽同時在車上時，他總是擔任司機（他們參加派對時除外）。車程長達數十公里，當收音機的音質開始刮擦、爆響時，我們就轉臺。我們在各個不同的國家收聽一樣的音樂；那些DJ的聲音聽來完全一樣，雀躍的笑聲和友善的 sje 音[27]：「謝……吧啦吧啦……蕾哈娜！」「咻……咻……雅瑞安娜．格蘭德[28]！」當然了，節目主持人說著不同的語言。在義大利，他們放的義大利歌曲比較多，在法國，主持人播的法國歌曲比較多。然而，這些音樂整體上聽來都一樣，我陷入了某種震驚狀態。琵巴斯欽的形影在我腦海中爆開了。我來錯了地方，挑錯了同行的夥伴。坐在汽車後座，旁邊是蓮娜和她的暈車嘔吐袋，我上網搜尋著。老爸和老媽鐵定會抱怨我的國際漫遊費，但我不管那麼多了。我到處搜尋，瘋狂地漫遊著，但卻找不到他的蛛絲馬跡，不敢問他認識的人，或是去一個他還沒加我的社群網站，然後加他。車裡的我越來越絕望、恐慌，因爲機會就這樣從我手中流逝了。琵巴斯欽曾經躺在我的膝上，他曾經望著我；然後，我就從那兒離去了。嗯，眞有人能笨成這樣嗎？

那是我們假期的第九天，他打來的時候，我們正在前往南法尼斯的濱海自由城途中。手機在我冒汗的手中震動著。他使用隱藏號碼，騎著偉士牌機車來接我。老爸看來驚訝不已，老媽則幾近於震驚狀態。琵巴斯欽在我們投宿的旅館大廳迎接我們，當天晚上，他請老爸、老媽，「當然了，還有蓮娜」（怪了，他怎麼知道她叫什麼名字？）一起「在船上」吃晚飯。他老爸的「船」就停在尼斯港外。我可以看到，老媽開始在那裡踩起踢踏舞步，她不知道自己是否還來得及購買新洋裝；老爸則像是整個人的體積脹成原來的兩倍大，因爲瑟巴斯欽的老爸絕對不僅僅是個「潛在客戶」而已。克萊斯．法格曼很可能就意味著新生。

瑟巴斯欽假裝渾然不覺，他只盯著我看。

艾曼達告訴瑟巴斯欽我們在哪裡，他決定當天早上南下來找我們。這一切如此令人難以置信以致瀕臨了超現實的境地。在老爸、老媽、蓮娜來和我們與瑟巴斯欽的老爸吃晚飯以前，我就已經跟著他離開旅館，坐在他偉士牌機車後座，雙手攬住他的腰，駛過海岸邊的狹長小徑，地勢陡峭，天氣暖熱。在他們來以前，我們就在他船上那張橢圓形雙人床上（在一條白色被單下）打了兩砲。之後，就是燦爛星光下的豪華晚餐了。

這艘船全長將近六十公尺，糖漿色的甲板就像蠶絲一樣柔軟；舉目望去，但見黃銅鑲嵌物、銀質飾品、金色和白色的大理石。開味菜上桌時，夕陽早已西沉。我們坐在甲板的最高處。船上的燈火，一路延伸到吃水線上，以及餐桌所在的上層甲板周圍。天鵝絨一般黑暗的夜色沁皮入骨。服務我們的侍者人數之多，連我都數不清了。和平常相比，老爸老媽此時更常望著我看。蓮娜想坐在我膝上。

「關於在這兒遇上瑟巴斯欽，我本來已經不抱任何指望了，」瑟巴斯欽的爸爸對我父母說，露出好大一朵微笑。「我猜想，他願意大駕光臨拜訪我們，應該是瑪雅的功勞。」

---

27 瑞典語的發音系統中，sje 是一個獨特的清擦音，其讀音較接近中文的「謝」音。

28 Rihanna 和 Ariana Grande 均為現代英語流行音樂界歌手。

在那第一天晚上，我無法忍住不看克萊斯・法格曼。他是個說故事高手、充滿魔力的演員，甚至比報紙上所寫的還更耀眼。老媽咯咯笑著，像一隻小鳥那樣雀躍不已。她剛買了一套新洋裝，髮上還插著某件看來像鍍著假金箔的桂冠飾品。不過那當然是眞貨，不然的話，她絕對不敢穿戴看來如此廉價的東西。

瑟巴斯欽環抱住我，克萊斯說著一些關於我從未聽聞過的人物故事；我老爸笑得越來越激動。從另一方面來說，瑟巴斯欽的爸爸很擅長讓人放鬆下來，他從不害怕陌生人聚在一起時所產生的隔閡，沉默、咳嗽聲或無趣的話題都不足以使他感到壓力。他只管露出微笑，繼續說著；他的笑話，總能輕易逗人輕鬆大笑。不過第一天晚上，我還看不出這其中的端倪，料想不到他的眞面目。老媽喝得醉醺醺的，把自己的甜點一掃而空。蓮娜則在沙發上睡著了，即使空氣溫暖而輕柔，其中一名職員還是把一條薄毛毯蓋在她身上。

有一次，克萊斯對我說；「妳要知道，我很有錢的。」他這麼說倒不是要炫耀，而是想說明他的出身。他富有的程度，簡直可以讓他在護照上的「國籍」一欄，塡上「有錢人」。他活在屬於自己的國度裡。有錢人和地理區是沒有什麼關係的；眞正有錢的瑞典人和眞正有錢的日本人、義大利人或阿拉伯人有更多的相似之處，和其他瑞典人的差異反而比較大。因爲克萊斯・法格曼是親手爲自己創造這麼一個「國籍」，而不靠繼承遺產或特權，或是繼承南曼蘭省的地產、北部諾爾蘭省的林地、位於哥特堡的造船廠，或是國王狩獵隊成員之類的，老爸對此欣羨崇拜不已。

老爸對「搞信託基金的那些白痴」，還有他們那些「毫無意義的投資嗜好」厭惡至極。他下班回家後，會談到他們在搞的專案。「如果你想用風險資本開發一種能告訴你一公升牛奶多少錢的應用程式，就會出現一大堆開著破車、有著老掉牙頭銜、剛創立投資公司的二十多歲年輕人。他們相信老百姓眞需要應用程式來取得這種資訊——因爲啊，被老爸嬌生慣養的公子哥兒，從來不需要看貨架上的標價。」此外，搞信託基金的人也不是「眞正有錢」，而這也正是他們唯一親手辦到的事情，變成「假的有錢人」。

「眞是悲慘，」老媽總是這麼回答（這也是老爸愛用的詞彙。老媽和他講話時，會使用這詞彙），「眞是悲慘。」

老媽則會提到，她的一位同事或朋友離職了。她說：「我猜她的先生要買下一家家飾精品店給她。」對於和她相同年紀、順利「拋下工作，遠走高飛」的女人，老媽的厭惡程度和老爸對繼承遺產的人是一樣的。「拋下工作，遠走高飛」，正是她夢寐以求的。

老媽是一家上市公司的法律顧問，薪資大約是老爸的一半。蓮娜出生時，她縮減了工作時數；她說自己不想「蠟燭兩頭燒」，不過還不想辭職。她假裝一切都好得很，假裝自己還是有夠忙。沒人會上她的當，尤其是老爸。

「他們眞該把這些錢全拿去簽樂透，」老爸通常還會繼續這樣說，「這樣比較能夠獲得紅利。」（就算老媽在講別的事情，老爸還是會繼續講自己的事。他們之間最「投機、熱切」的討論，總是這個樣子）。

但面對克萊斯．法格曼，老爸老媽就變成了天眞的男孩樂團鐵粉了。我和瑟巴斯欽在一起後的好幾個月，老爸每次和我獨處的時候，都會談到克萊斯．法格曼。他說，克萊斯．法格曼將自己所繼承的岌岌可危集團，翻轉成爲「瑞典三大財團之一」。因爲他開始投資高科技產業（比方說纜線和晶片；我覺得自己好像從沒這麼認眞聽老爸說話過），而沒有「滿足於夷平森林，在諾爾蘭省的溪流間淘金」，他才能成功。他講得口沫橫飛，我完全沒機會插嘴。老爸對克萊斯是如此崇敬，連一點嫉妒的感覺都沒有。

有一次，老爸告訴我：「克萊斯．法格曼唯一不那麼獨特的一點，在於他娶了某年瑞典小姐選美比賽的第三名。法格曼是全瑞典有史以來最偉大的人之一。他將會名留青史。」

在船上度過的第一晚，我其實也很喜歡克萊斯。他讓我感受到，他覺得我很特別。他說笑時，總能讓我在眞正的笑點上發笑，這就足以讓我覺得有趣。當他提到瑟巴斯欽的哥哥盧卡斯，以及盧卡斯在哈佛大學的豐功偉業與如何聰明時，他很引以爲榮。我覺得這樣的他很可愛。當他說到盧卡斯「很顯然」會「成爲人才」時，我覺得他像對我吐露一些私人、關於家庭的祕密，也就是克萊斯只對少數幾個人說的事情。我相信，會炫耀大兒子豐功偉業的老爸，也會對小兒子感到驕傲。我沒注意到他的父愛是有條件的，你必須努力表現，才不會被克萊斯．法格曼蔑視。

半夜時，我和瑟巴斯欽告辭離去。

「我們打算去游個泳。」

「在海灘上散步。」

老媽用手捧住我的雙頰，她彷彿覺得我還是處女，而這是我的新婚之夜；老爸看著我，眼神中透露出相似的自豪。

「我的小女孩啊。」老媽想必這樣說。

「妳要表現好一點。」老爸或許這麼說。然後他對瑟巴斯欽微笑，說：「別做和我一樣的事情。」我的老爸很固執，總是堅持說出這種話來。

「如果我能理解，妳從他身上看見什麼特質就好了。」克萊斯．法格曼說，「妳要知道，他和他老媽很像。」我們大家都笑了。我也笑了，因爲那時我還不懂，克萊斯在瑟巴斯欽面前取笑、挖苦他的時候，可不是在開玩笑的。

除了這句評語以外，我們沒談到瑟巴斯欽的媽媽，也就是那位瑞典小姐選美比賽的第三名。當天晚上沒談到，往後也沒談到。她的地位也沒被某位更年輕的瑞典小姐取代，她就是消失不見了。或者至少說：她搬走了，不在了，不重要了。是她離開了克萊斯，還是克萊斯甩了她？我認爲自己永遠無法得知這件事的實情。和克萊斯．法格曼攞在一起，她顯得如此無足輕重，我根本沒想到她，連她不在場的事實，都沒想到。

我和瑟巴斯欽在一起以前，交過四個男朋友。第一任男友叫尼斯。當時我們十二歲、快十三歲，就在他雙胞胎姊妹邀請我參加的派對上，在黑暗中我們私定終身。音響播放著克莉絲汀．阿奎萊拉[29]的歌曲，他迅速、凶猛地吻我，我們倒在沙發上，親吻著、愛撫著彼此，直到我嘴唇腫脹、內褲褲底濕透爲止。他撫摸了我的胸部，那是我不曾有過的美好感受，不過我們沒做愛，甚至壓根兒沒想過這件事。三

29 Christina Aguilera，全球知名的美國流行女歌手兼作曲家。

週以後，我們就吹了，而我直到兩個月後，才弄懂這一點（因爲當時是暑假）。那九個星期以來，我望著他的照片，還寫明信片（「我在鄉下外祖父、外祖母家裡，外面正下著雨，我看過《屍變》[30]了。」）。他都沒寄明信片給我。開學以後，他在學校碰到我，連招呼都不打。就這樣吹了。

我在半年多以後，交了第二個眞正的男朋友，他大我一歲（十四歲半）。他在學校公車站的發車時間表上寫著：他覺得我好可愛。這則八卦只花了六到八分鐘左右，就傳進我耳朵裡；我也沒那麼笨，馬上就了解，這是我生命中發生過最重要的事情。即將十五歲的安東，有著厚實的雙唇和金色鬈髮。我們在一起長達七個星期，其他人用已婚夫妻的眼神看待我們。但是某個星期五晚上，在一場於自由山學校舉辦的派對上，他在一個舊洗髮精塑膠瓶裡，把各種酒類飲料混在一起，喝得爛醉，然後吐露眞心話：「瑪雅，妳太年輕了！」以及：「我們還是分手好了」（當然，這都是他說的話）。我覺得很可恥，但其實並不眞的難過。不管是安東本人，他那只能沾濕我臉頰下半部的親吻，或是在——一——起——這碼事，都沒能讓我更投入這段感情。

在之後一段時間裡，我只愛上年紀比我大得多的男生。他們對我一無所知，可能是因爲我們並未眞正見過面，或是我們的「相遇」僅止於我望見公車上我前六排座位男生的後頸。我完全不記得他們之中任何一人叫什麼名字。當我超過十五歲時，我遇見了馬克斯。

十六歲的馬克斯吸大麻、彈電吉他、寫詩；他媽媽曾是理查·愛維東[31]的攝影模特兒。他就讀位於市中心東礦區的東實高中，是家喻戶曉的大人物。當我和艾曼達鑽進一棟位於卡拉廣場旁別致街道上的二樓公寓時，馬克斯和他所屬的樂團就在樓上，演奏著我們認不出來的封面主打樂曲。派對已經熱烈進行了好幾個小時，一個皮膚上有痘疤、搽著紫色指甲油的男生遞給我們一塊黏答答的巧克力蛋糕，以及一杯喝起來有香草味的奶油飲料。我在毫無家具的客廳裡，跳舞跳到滿頭大汗，而沒有想到，像這樣把手伸向空中、拚命甩頭，看起來有多蠢。然後，停電了。消防局的人員來了，他們說明整個東礦區的電力供應癱瘓了。「舉辦音樂會前要申請許可證，是有原因的。」消防局的人走了以後，又有兩名穿著制服的警察上門；我終於了解，自己這輩子第一次體驗到吸毒產生的恍惚感。艾曼達和我鑽進其中一間浴室，把門從裡面反鎖，努力不讓自己活活笑死。我們不知道，讓我們產生吸毒快感的，究竟是那塊蛋糕，還是香草味的飲料。我們就躲在那兒，直到條子走人、馬克斯敲門爲止。他全身赤裸，手持點著五根蠟燭的燭臺。他把浴缸放滿水，就在他開口問時，我寬衣解帶，和他一起泡澡。艾曼達則在鋪著毛巾的瓷磚地板上睡著了。

馬克斯留著長長的瀏海，這使他不需要用正眼看人。之後，就在同一個星期的某天下午，他就在他爸爸的褶襉床罩上，奪取了我的貞操。那感覺其實不錯，不痛，而他沒發現我以前沒做過「做愛做的事」，這讓我很寬心。當我打電話給他（因爲他從不接手機，而我又相信他所說的「我不愛用手機」，我打他家的市內電話）時，他假裝不在家。我從他老媽的聲音，聽出她有多麼惱火；但我還是繼續打他家的市內電話和他的手機。我了解他不喜歡我，但無所謂，因我就是無法放下。之後，在不同的派對上，馬克斯和我又做了四次愛（通常一開始我們會先泡澡，他在所有派對上都這樣做）。當他說自己好

30 《*The Evil Dead*》，美國出品的恐怖電影。
31 Richard Avedon，生於美國紐約的時尚攝影師。

愛我的乳房時，我會假裝他是愛我的。我們最後一次做愛，是在一張鋪好的床上（我們從不蓋著被單做愛），當時大約快要晚上十點。就在我用自己的T恤擦乾肚子時，他轉過身去告訴我：他和小名叫「特西」的特蕾絲在一起了。因此，我們「不能繼續再這樣下去了」。

同一天晚上，兩個半小時以後，當這位特蕾絲和馬克斯一起從浴室走出來時，我見到了她（她的名字，是很常見的小狗名）。這位和美國可卡犬同名的「特西」身上裹著浴袍，馬克斯再度全身赤裸。直到那時，我才感到難過，不過我隱藏情緒，直接離開那裡。

下一個男朋友，是由我提出分手的。他叫奧利佛，不過四天，他就說他愛我（而不僅僅是我的乳房而已）。當我告訴他我喜歡他，他「很帥」，但我們「不適合對方」（我已經變成愛情專家了，知道該說些什麼）的時候，他就開始每天打電話給我（即使他根本沒醉），每天晚上傳簡訊給我，只為了「說晚安」。

在這段感情告吹以後的一、兩個月內，我們仍然維持砲友關係。不過，後來瑟巴斯欽就來到我上班的旅館櫃檯，早先我所有的經歷，和瑟巴斯欽完全沒有共同點。這是全新的一切。這一切可不僅止於我重新開始而已。瑟巴斯欽開啓了我的生命。

我已經記不清楚，自己是否問過老爸老媽，能不能和瑟巴斯欽一起出遊，而不是和他們繼續遊遍歐洲。不過，我應該問過的；因爲那天晚餐時，他們帶著一個新買的旅行箱。那旅行箱裡裝著我所有的行李，想必是老媽所能找到最貴的同類型產品了。

第一天早上，我比瑟巴斯欽早醒來。我向來很難在新的地方一覺到天明，而瑟巴斯欽還熟睡著，我不想吵醒他。當我來到上層甲板時，克萊斯就坐在那兒用早餐，其中一手還拿著一份對摺的瑞典語報紙。

「來吧，請坐，」他招呼道，「妳早餐想吃什麼？」他一邊問，一邊繼續盯著報紙。

當我喝完咖啡、吃了一點法式牛角麵包（我們在一艘停在地中海的船上，這是很合理的早餐）時，克萊斯放下報紙，友善地看著我。如果他有問我問題的話，我還眞記不起來他當時問了什麼；但我們交談著，我感覺自己逐漸由緊張變得放鬆。他就留在那兒，直到頭髮沒梳理的瑟巴斯欽穿著內褲和一件雪白T恤走來，坐在我身邊。這時克萊斯起身，拎著報紙離開。他們沒向對方道早安。

離開學還剩下十七天，瑟巴斯欽就要成爲我的同班同學了。我們在克萊斯的船上待了十五天、十五夜。就在隔天早上，我們南下前往義大利海岸，正在前往卡布里島的路上；蔚藍的海，沁涼的風，每天晚上都是如此溫暖、無一例外。有時我們還會稍作停留，從甲板上放下一條摩托小艇。我們可以從小艇上，進行跳水、呼吸管潛水或滑水等活動。有一次，直升機（降落在甲板上）將我們載到摩納哥的一級方程式賽車場，我們站在終點線的圍欄邊，在引擎的轟鳴聲中相視而笑。我努力想記住船上每個人叫什麼名字，但就是力不從心。船長桑德洛回答我關於我們經過各個地方的許多問題；廚師路易吉知道，我早餐喜歡吃法式牛角麵包配檸檬汁、希臘優格和甜瓜，午餐喜歡雞肉沙拉或羊奶起司沙拉。另外，我喝黑咖啡。船上的溫泉浴場直通健身房，和電影廳位於同一層樓。他們會在溫泉浴場演奏叮叮咚咚聲音清脆的音樂，而一個叫佐薇的女人幫我修手指甲和腳趾甲，還用一種聞起來像牙膏和香草籽的油幫我按摩。她光著腳走來走去，我不曾在溫泉浴場以外的其他艙間見過她。

我很愛這艘船，我很愛所有在船上工作的人。我們見面時，他們看來總是很開心；而更讓我神往的是，我這麼快就適應一切，住在船上、任由日子一天天過去，簡直是再自然不過的事了。每天晚上，我們和克萊斯用餐。即使他一直只和我們共進主菜，我們的參與似乎還是很重要；他會問我三到五個問題，然後就回去了。不過，在他和我們同桌而坐的短短一小時裡，我讓他的關注為我們提供溫暖。當我們說話時，他傾聽著，點著頭；偶爾他心情特別好時，就和我們聊一些他覺得重要的事情。

某天晚上，應該是第五或第六天吧，瑟巴斯欽的老爸帶我們到一家餐廳。他要和一名商界熟人吃晚餐，希望我們一起來。我們沒問他為什麼，不過我猜，我們要協助讓用餐的氣氛更輕鬆，不要那麼正式。

這家餐廳位在某座山村的突岩上，離博尼法喬[32]不遠。我們步行最後一小段距離，來到餐廳。在黑暗中，所有的色彩都消失無蹤，一輛小貨車停在港邊，鋪在一個貨櫃上的防水布隨風搖曳，起伏著。雖然夕陽已經西沉，還是相當暖和；這裡飄散著垃圾的味道。那位商界熟人是個義大利人，他說的英語鼻音很重；他的口音是如此厚重，簡直可以拿來當夾心麵包的塗抹醬了。他在船上，就已經喝得爛醉了。

「來扶我一把。」他對瑟巴斯欽說，伸出手來，短短的手指朝向他。瑟巴斯欽放開我的手，扶住老頭的手臂。當我們進入這小村時，我的鞋子在卵石路上很不好走，因此他樂見我們走慢一點。老頭咒罵著，汗如雨下。他毫不害臊地靠在瑟巴斯欽身上，每走二十公尺就得停下來休息喘口氣。當我們終於站在餐廳門口時，老頭用濕潤的嘴唇在瑟巴斯欽臉頰上吻了一下，非常接近他的嘴巴。瑟巴斯欽退縮了一下，他老爸則拉開餐廳的門。克萊斯．法格曼轉身面向義大利人，用手勢示意，請他先進去。

「瑟巴斯欽，如果不是你的緣故，我可從來不會上這兒來。」義大利人說著，終於鬆開瑟巴斯欽的手臂。

「能聽到他還有點用，我眞慶幸，」克萊斯說，「這對我們大家來說，眞是個大新聞。」

他很生氣，簡直氣瘋了。而我不知道他爲什麼生氣。先前那些讓我聯想到克萊斯．法格曼的特質全被替換掉了。從我們下船以後，他就不曾主動開啓任何話題。我說的話，他充耳不聞，把眼神轉開，轉過身去，走在前面，別人喊他，他也愛搭不理。我的腸子彷彿糾結著，瑟巴斯欽眼神呆滯空洞，完全不看我。不過，義大利人看起來可是毫不在乎。

我們被帶到靠窗的座位。餐廳是如此貼近岩壁，彷彿就在海面上自由地漂浮著。從下方港口船隻上發出的光線，仍隱約可見；一座燈塔則在船隻下錨停泊港灣的入口處閃爍光芒。瑟巴斯欽的老爸沒問我們要什麼，就幫大家點完了菜。義大利人笑了起來，笑聲大到讓餐廳另一端的客人都轉身側目。我們驚恐地聽著，因爲他更改了克萊斯所點的菜，說該換另一道開胃菜，絕對不是這道主菜，科西嘉人不是那麼喜歡烏賊，這一點眾所周知，每個人想必都知道。瑟巴斯欽的老爸一言不發，只是微微朝侍者點頭。侍者遞上酒水單時，他讓義大利人接過酒單，點他想點的。不過克萊斯完全不碰他的酒，也完全不嘗嘗自己的開胃菜。

就在我們等著主菜上桌時，我不得不去上廁所。我回來時，義大利人已經坐了我的位子，還招手要我坐他之前坐的位子。瑟巴斯欽沒有抗議。有一次，瑟巴斯欽試圖起身，也許是想走到我身旁。

「見你的鬼去，給我坐好！」克萊斯用瑞典語對瑟巴斯欽說：「你以爲這樣搞，會成功嗎？坐好、

32 Bonifacio，法國南部科西嘉島上的小山城，位於博尼法喬海峽口。

閉嘴，很難嗎？」

瑟巴斯欽坐了下來，他沒看著我。不過他笑了，笑容明顯僵硬，一句話都沒說。

當義大利人沒有試著讓瑟巴斯欽唱「瑞典語的飲酒歌」時，他就談起生意經。我所能了解的，僅止於他想出售一家公司。他越來越嗨、越來越高亢，我們其他人則越來越沉默。就在瑟巴斯欽的老爸去打電話、講了一下電話、把電話交給義大利人時，我就在想，他會不會過度興奮、失控而發起酒瘋。他掛斷電話時，克萊斯舉起自己的酒杯，與義大利人的酒杯相碰。我的解脫感是如此明顯，幾乎讓我感到噁心、不舒服。

在該回家以前，我們吃遍了四道菜、乳酪、兩道甜點，喝了咖啡，嘗了一整個銀盤的巧克力杏仁糖、迷你蛋白酥，還有果醬糖。瑟巴斯欽的老爸設法派人從山下弄來一張輪椅。當法格曼家船上其中一名職員把義大利人推回港口時，他已在輪椅上睡著了。就在他們正要把輪椅放上甲板以前，他醒了過來，用力起身，宣布他想散步（他用英文說，「我在散步耶！」）。我和瑟巴斯欽離開，就寢。四點鐘時，從前甲板傳出的聲音將我吵醒。我從床上坐起身時，瑟巴斯欽又將我按下來。

「躺著啦，」他只說，「那不關我們的事。」

我倆獨自用早餐。

「你爸爸已經走了。」其中一名穿白衣的職員說（我還不知道他叫什麼名字）。瑟巴斯欽只是點點頭。他看來並不驚訝。「他說，你們可以用他的房間。我們快要打掃好了。」

當義大利人上到甲板時，我們正躺著曬太陽。他的臉上滿是瘀傷，右臂包著吊腕帶。他的右臂似乎敷上了石膏。他站在離我們三公尺遠的地方，沒有接近。

「老天爺，」我不禁驚呼一聲，站起身來，「發生了什麼事？」

義大利人只是搖搖頭。

「晚上別到海灘去。」他吐出這麼一句，歪嘴一笑。「你爸在嗎？」然後他轉向瑟巴斯欽問道。

瑟巴斯欽將我拉回躺椅上。

「不在。」他閉著眼說。

「你能不能……」義大利人繼續說。

「不。」

義大利人走了以後，我和瑟巴斯欽就搬進他老爸的套房裡。現在我們有兩間浴室，而不只是一間。我們的正前方就是海景；我猜從船長座位上望見的也正是這樣的景色。其中一間浴室裡，浴缸上方的屋頂是可以打開的。我們就獨自在那兒吃晚餐。

「你老爸打了那個義大利人嗎？」那天晚上，當我們躺在甲板上的露天泳池裡時，我這麼問。「就因為他和你調情？」

瑟巴斯欽沒生氣。

「沒有，」他淡淡地說，「他當然沒這樣做。」

我放鬆地笑了，努力假裝這只是個玩笑。但瑟巴斯欽可沒笑。他伸出雙臂，靠在游泳池邊，舉頭對著黑暗的夜空，雙眼緊閉。

「媽媽消失的時候，我問過爸爸一次。他對她做了什麼，為什麼她……他怎麼……讓她搬走……」

他安靜下來。

「他怎麼回答？」

「爸爸說……在我們家，不需要把垃圾拿出去倒掉。有人會幫我們處理這種事。」

我想問他這是什麼意思？難不成有人幫克萊斯辦事，協助他甩掉瑟巴斯欽的媽媽，揍了義大利人？不過，我思路中斷。因爲瑟巴斯欽哭了。他沒啜泣，沒流鼻涕，但他哭了。而我不知道該說些什麼。我把手放在他的臉上，親吻他。我親吻的力道越來越強，我深吻著他，比先前吻他的時間還要長久；他回吻我，直到我一心只想讓他進入我的體內。而當他這樣做的時候，我幾乎立刻就高潮了；我達到高潮的速度比他快，次數比他多，頻率也比他強。

九天後，我們從拿坡里搭機返家。機上就只有我們兩人。前一天晚上，我聽到瑟巴斯欽和他老爸講電話。克萊斯認爲我們沒必要搭公司的專機，我們可以搭一般航空公司的客機；不過，當我們到機場時，專機還是在那兒恭候我們大駕光臨。車子直接將我們載到飛機起飛的坡道上，不用經過任何安檢。

我們下船後，那艘船仍繼續航行。一年到頭，船上的人員編制都是完整的。一星期後，估計他們就離開地中海了。直到我們從動物島入口下高速公路以前，我還是覺得這整件事情超現實到令我震驚：那宛如明信片般的湛藍大海、閃耀陽光以及叮咚旋律縈繞的世界。回來後一切都和我們不到一個月前離開時的情景看來非常相似。非常相似——就算一切都變了。

我們在布羅瑪機場著陸。另一輛車已經在戶外的停機坪上等待。其中一位機組員協助我們把行李箱搬進車內。瑟巴斯欽看來已經累了，而我不認爲自己還能期望開學以後，我們可以繼續這樣下去。出於某種原因，我難以相信他會想和我共同度過日常生活。感覺上這還是比較像是暑假的一時歡樂。我爲他留下一個括號；那可是我生命中最美好的幾個星期。到家後，他們讓我下車；我不知道該怎麼說再見，我該怎麼感謝這一切。不過，瑟巴斯欽跟著我進門，和老爸握手（大人明明興奮到想噴屁卻還裝得若無其事，就是老爸那時候的表情）。然後他吻了我的臉頰，說「明天見」。之後，他就走了。

隔天，就是開學第一天。瑟巴斯欽在早上七點半傳給我一封簡訊（前一天晚上，他一整晚都沒傳簡訊），要我在我家下方的路口和他見面。他在那兒接我；我覺得他這樣做是爲了在開學以前，和我分手，一刀兩斷。半路上，我哭了；也許，我就是想這樣做，當他和我一刀兩斷時，我不得不開始哭泣，那還不如現在就哭。他看到我哭，就把車開到一邊，熄火，移動座椅靠背，兩腿叉開跨坐在我身上。他將手伸進我襯衣底下，愛撫我的背，親吻我，更深、更用力地吻我，抱住我，將我抱緊；我感覺到他的力道，對自己鬆了一口氣是如此訝異：我好害怕他不願意繼續和我在一起。

我們手牽手，從停車場走進學校。那像極了高中電影，最受歡迎男生的女朋友本來是個戴眼鏡、留著怪異髮型的醜女，她動過整容手術、變成超級正妹以後，兩人聯袂出現。這倒不是說，我以前是個怪胎；這也不是說，瑟巴斯欽是個笑口常開、留著旁分髮型的足球型男。不過，我們進入學校的整個過程，色調感覺好柔和、好溫馨。

當然艾曼達已經知道我們在一起了。她在戶外的吸菸區迎接我們，先擁抱我，再用雙臂勾住瑟巴斯欽的頸子。她就像一棵聖誕樹上的裝飾品，懸掛在那兒。之後瑟巴斯欽才甩開她的勾纏，我們走進學校。

第一節課開始前，瑟巴斯欽需要處理一些事情，我們就在置物櫃前分開了。當他說再見時，再次吻了我的臉頰，這越來越像那部高中電影了。艾曼達朝天翻了個白眼，一如她演的角色所應該做的事（她沒有啦啦隊服，要不然就完美無瑕了）。對於自己突然間在瑟巴斯欽生命中，取得這麼一個核心的位置，她滿意至極，簡直要炸裂了。現在，瑟巴斯欽將會成爲我們人生的一部分。前一年和他打交道的那些人都消失不見了，不是已經上了大學，就是在自己老爸的公司實習，或是到美國讀語言學校。現在，輪到我們了。艾曼達欣喜若狂。不過她嘴上當然不會明說，反而吐出我和瑟巴斯欽應該去「租個房間一起住」這種話來。我頭向後仰，笑了起來；笑聲不高不低，完全符合腳本的要求。

我和瑟巴斯欽在那次地中海之旅留下許多照片。我看起來好開心，滿足得不得了，就像個在做愛前被自己男朋友用水濺濕、又叫又笑的人一樣。即使我事後很難記得自己感到快樂，我看起來還是很快樂。比較深入的理解，需要一點時間才能沉澱、展現出來；也許，這一點眞是禍福難料。一開始，你什麼都感覺不到。也許在導致感覺的原因消失很久以後，感覺才會浮現。

事後，直到現在，我才意識到：瑟巴斯欽看起來從來沒有快樂過。就連最初的幾張照片，他看起來也並不快樂。

18

不過，對我們其他人來說，開學後最初幾個星期眞是妙不可言，棒極了。開學第一天，更是無與倫比。當風聲傳開、法格曼家的小兒子高三必須留級一年，要在我們班上就讀時，這可不只是艾曼達所經歷過，最驚天動地的大事；學期開始以前，班上所有人已經非常好奇，議論紛紛，引頸企盼。現在，這成眞了，而我置身事件的中心。

第一節課即將開始時，瑟巴斯欽還不在教室。我和艾曼達自己去了教室，坐在熟悉的座位上。克利斯特沒問我們暑假做了什麼。他當然不會問；教學大綱或學校章程想必有規定，不能問這種問題，給小鬼們的作文題目，絕對不能是「我的暑假」。因爲，這會讓家裡沒錢去度假的小孩覺得自己被孤立了。根據學校和家長們的說法，「覺得被孤立」（與眾不同）是一個人所能遭遇到最壞的處境；這一點和學校咖啡廳裡的含糖飲料自動販賣機一樣，被視爲「萬惡的淵藪」。家長和老師都喜歡毫無意義的老生常談，只要讓自己和學校表現出富有同情心的形象即可。老師不問這個問題，就彷彿對情況有所幫助似的。關於其他人去哪裡玩、或至少沒做哪些事情，我們可是清楚得很。

克利斯特使出渾身解數，找到其他的話題。他對艾曼達八〇年代風格、古銅色的日曬皮膚，愛麗絲的朝天辮（「老天，這是我老媽逼我綁的，我今晚會把它們拆掉，我的老天啊……」），或是雅各那條骨折的手臂（大家都知道，他是去滑水時折斷手臂的。這件事就連克利斯特想必也知道），都不予置評；對於看來從兩個月前，上學期結業式後體重輕了二十公斤的蘇菲雅，更是不予置評（哪怕他的眼神顯露出震驚，一、兩秒後才又把持住自己）。他什麼都聊，就是不聊這些。

克利斯特問我們，有沒有「讀了什麼好書」。班上所有男生裡，只有薩米爾回答。他坐直，抬頭挺胸地說出三本書的名字。克利斯特努力裝出一副自己知道這些書內容的樣子；不過，他沒有提出問題，所以我認定，他根本不知道這些書。

「你整個暑假才讀三本書啊？」我問道。

薩米爾微笑了，不過皮笑肉不笑，嘴角抽動一下。當我對他說這種話的時候，他就會這樣做，然後將手插進濃密的頭髮裡。有時當他陷入沉思時，會把一個套子塞在食指上。他會把蓋子轉——轉——轉，轉到手指頭似乎要充血爲止。我回給他一個微笑。從一年級開始，我和薩米爾的互動模式就是這樣。我們爭吵，討論，也理論。我們會裝作從不認爲對方有道理，或說了什麼有趣的話。想到過了一個暑假，我們還能保持這樣的互動，眞令人慶幸。

「哪有，沒這回事，」他說，「我只是想說三本最好看的書而已。這樣，妳才有時間……」他猶豫著。我接口說下去。

「我沒讀什麼和馬有關的書，更沒看什麼和月經有關的漫畫。」

「可是，妳喜歡那本關於得了癌症、即將死去，卻愛上彼此的青少年的書？」

艾曼達跳起來，像是受到打擊。

「對呀！」她雀躍地說。「那本書有夠悲慘，我這輩子從沒哭得這麼慘過。」

薩米爾瞧著我。我們所想的完全一樣。艾曼達哪有讀過什麼書？她只是看過電影而已。但是我們什麼都沒說。然後瑟巴斯欽就竄進了教室。他開學第一天遲到，我們會有反應、感到驚訝嗎？也許吧。短短幾星期後，他準時出現時，才會讓我們感到驚訝。

「不好意思。」他敷衍地說出這麼一句話來。

克利斯特微微點頭。

瑟巴斯欽坐在我身邊，不待他開口要求，艾曼達就坐到另一張椅凳上。當她跨了兩步，來到離她最近的空位時，她朝天翻了個白眼，假裝在拉小提琴。

我可以感受到教室裡的同學，逐漸了解現在的情況，就像一道有色氣體鑽進教室、沿著書桌擴散開來。從第一排（我坐在第一排其中一端，薩米爾坐在另一端）到最後一排（抹著黑色指甲油、穿鼻洞的梅拉，就坐在那裡）。大家都察覺到我們是一對；圍繞著瑟巴斯欽、參雜著崇拜與好奇（還要假裝我——才——不——在——乎——他）的氣氛傳開來。不過，這可是我第一次牽涉到這種事情，或至少「部分」牽涉到這種事情。

我曾經讀過關於一個在成長過程中，每年都搬家的演員的故事。她說，每次她開始在新班級上課時，都有著同樣類型的角色：最受歡迎的主角（相當惹人厭）、主角最要好的朋友（更討人厭）、用功的書呆子、體操做得最差的可憐蟲，還有沒朋友的孤鳥。每個班上都有固定數量的角色可以扮演；她每轉一次學，唯一需要處理的，就是弄清楚還有哪個角色可以演。而那就是接下來一年中，她要演的角色。

我在學校裡，始終演同一個角色：在校功課表現好，受歡迎程度數一數二，沒被欺負過，不會欺負人，在班上屬於很酷的一群，但從未和最酷的人約會。我從沒想過自己會獲得一個新角色，但我確實得到了。這讓蘇菲雅那有夠失敗的整形都相形失色。

書桌下，瑟巴斯欽握住我的手。我感到自己臉部發熱。

克利斯特拋出一個新問題，不過我沒聽見。他盯著我看，等我回答。我轉向薩米爾。也許他會用一個充滿諷刺意味的評語，讓我了解這問題在問些什麼，以及我該怎麼回答。但是，他沒有看著我。他的左臂彎曲著，枕在書桌上，這是他準備寫字時的動作。他低頭，盯著自己的筆記本看。除了薩米爾，沒人會在開學第一天做筆記。他牢牢握住那枝裝有墨水匣，粗大的黑色鋼筆。他握到指關節都發白了。但是，他什麼都沒寫。我不得不轉向克利斯特。

「對不起，」我說，「我沒聽見……」

克利斯特笑了。也許，對於掌握到整個夏天最重要的大事，對於他不需要問就知道這件事情，他感到如釋重負。

「瑟巴斯欽……」他問道，「你在暑假看了什麼好書沒有？」

不只薩米爾哈哈大笑，但我只聽見他的笑聲。聽起來，他可不覺得這有什麼好笑。

19

不，薩米爾可不覺得瑟巴斯欽加入我們班，是什麼有趣的事情。由於瑟巴斯欽新加入我們，克利斯特要我們向他自我介紹一下；那時很明顯地，薩米爾和瑟巴斯欽就很不搭調。瑟巴斯欽看起來像是不知道薩米爾叫什麼名字。也許這是對薩米爾高聲大笑的一種報復；也許他可能眞的不知道。但是，當薩米爾假裝不知道瑟巴斯欽是誰的時候，情況就顯得很荒謬了。全校每個人都知道瑟巴斯欽是誰。

薩米爾是唯一一個對此感到不爽的人，我們其他人可是興奮得不得了。就連各位老師看起來也對瑟巴斯欽的加入，感到很高興。如果有人在剛開學那幾天問克利斯特，他一定會說「再給瑟巴斯欽一個機會是値得的」這種話。最初的兩個星期，瑟巴斯欽上課可以遲到、想出現時才出現、在上課時間內提早離開，各位老師完全不予批評。他沒帶課本和作業（其實他總是沒帶）時，他們只會說「你可以和瑪雅一起看」，或是把電腦借給他用。

克利斯特永遠不會承認，其實他老早就知道瑟巴斯欽高中畢不了業。每個人都値得擁有第二次機會。薩米爾就不一樣了，他完全不給瑟巴斯欽任何機會。

整整九天以後，瑟巴斯欽就安排了這學期的第一次派對。克萊斯出遠門、不在家，而瑟巴斯欽的哥哥盧卡斯已經回波士頓了。我和艾曼達最先到場。我想自己曾經說過我們要幫忙的，但從私人車道上，我們很明顯就看得出，這不屬於那種派對。瑟巴斯欽辦自己專屬的派對時，是不需要什麼「幫忙」的。

「唉唷，這不是針對你們啦！你們想吃什麼就吃什麼。不過我其實還是把持不住。」

艾曼達還沒開始吃她的塞浦路斯乳酪堡，她只是將乳酪堡夾在拇指與食指之間，小心翼翼地打量著乳酪堡的兩端，想找出哪一端的卡路里含量最少。她直盯著我的肉塊瞧，彷彿那是一塊被踩毀、注滿抗生素、裝在窄小水泥畜欄裡的母豬肉。我擦乾嘴角的些許醬料，點點頭，吞嚥著。

太陽正在下山，大部分人已經吃過飯了，平底煎鍋上已經剩下不到三個漢堡，聘來的燒烤師傅漫不經心地煎烤著肉排，油脂滴落到木炭上。小而盛怒的火花散落著，然後逐一熄滅。一位穿著鑲有美國國旗短褲的侍者，端著一個裝滿圓錐狀報紙包著炸薯條的托盤，赤腳走在柔軟的草皮上。瑟巴斯欽和六、七個總是會在他許可下跟著他的男性小跟班，一起走進屋內不見了。

艾曼達和我坐在那鋪砌石塊的露臺上，向下眺望著海面。

「瑟仔跑哪兒去啦？」她問道。只有她會這樣稱呼瑟巴斯欽。

我聳聳肩。

「拉伯今天有來嗎？」

我再次聳聳肩。就在瑟巴斯欽重新加入我們班上時，拉伯已經離開這所學校了。他不用留級重修，卻被迫轉學。在我們這夥人之中，只有拉伯從過去就認識瑟巴斯欽；也許就是因爲這樣，艾曼達才會開始相信他會成爲她的新男友。不過，瑟巴斯欽是沒有什麼「超級好朋友」的；跟在他身邊的，只有一群趨炎附勢的蒼蠅，以及從幾週前開始，像流浪狗一樣緊隨他不放的丹尼斯。

艾曼達嘆了一口氣，擱下吃到一半的漢堡。我已經啃完了自己的漢堡，現在正努力地和炸薯條奮戰。我把裝著薯條的圓錐狀紙包遞給艾曼達，她搖搖頭，看都不看一眼。

我們下方那暗色的海水，閃動著鉛灰般的灰色光澤。游泳池建築裡泛出的光線，照亮了碼頭。克萊斯・法格曼的兩艘船都停在碼頭上，其中一條的前甲板上，浮現兩道暗影。庭院裡有四棵樹，一對情侶就躺在其中一棵樹下方的吊式圓形座椅上親熱。六、七個女孩坐在其中一組戶外座位上，那是桌上嵌著馬賽克圖案的石桌，旁邊擺著幾張鑄鐵製、形狀不協調的椅子。她們抽著菸，喝著白酒，輪流把自己手機的螢幕秀給大家看。瑟巴斯欽來到我身邊，挽住我的手，將我從地上拉起，擁抱著我。

「幹——這個派對好無聊。」他抱怨道。

然後他拔腿跑開，一路上把自己身上的衣服剝光，衝上碼頭，躍入水中。我跑在他後面，快速地脫光內褲以外的所有衣服，跟在他後面跳進水裡。我們游得很快，水已經不再那樣溫暖了。但是就在他在我身旁浮上時，他勃起了。我雙腿張開夾住他的屁股；他把所有來賓全晾在岸上，在水中幹我。我甚至不須親手解下自己的小褲褲，我只需任由他在水面下拉開我的內褲就行了。我不知道他順不順利，但當他完事以後，我們就上岸。瑟巴斯欽覺得很冷，雙唇都成了藍紫色，牙齒打顫。艾曼達在我們走上階梯時取來浴袍，將浴袍遞給我們。瑟巴斯欽挽住我的手，我們拔腿衝向三溫暖室。

「這個趴真遜，爛死了。」

即使三溫暖室的溫度太高，不須披著浴袍，我還是將它蓋緊身體，在最接近門口的位置上坐定。薩米爾和丹尼斯坐在最上面。瑟巴斯欽開口說話時，丹尼斯嚇了一跳，好像這場趴沒達到瑟巴斯欽的期望，就是他的錯一樣。

琵巴斯欽看見薩米爾的時候，他笑了；他很驚訝。這一點，他並不孤單。我從來沒想到薩米爾會在那裡出現。他和丹尼斯一起出現，也眞是怪。他們應該素不相識的啊？

琵巴斯欽站了一會兒。他把浴袍擱在地板上，一絲不掛地站著，把水加進蒸氣浴設備裡，任由蒸氣一路竄升到天花板，然後才坐下。不過，沒幾分鐘，他就又赤裸裸地走到室外。

「狗屎蛋，無聊死了，這個趴爛翻了。」丹尼斯跟在後面。現在，他總跟在琵巴斯欽後面，保持半步的距離、眼睛盯著他的背；我眞搞不懂他。丹尼斯沒來由地在上面、前面轉圈圈，緊跟在琵巴斯欽身邊打轉。他這樣還比較像一隻蝙蝠，而不像流浪狗。

裡面剩下我和薩米爾。

「你是跟拉伯一起來的嗎？」我問道。高一，薩米爾加入我們班時，他和拉伯就成了朋友。就算拉伯已經轉學了，他們還是保持往來。

薩米爾點點頭，望著我一會兒，然後才換位子，坐到我的正上方。他不太像平常的自己，臉有點腫，而且鐵定很生氣，簡直氣瘋了。我從來就不喜歡做蒸氣浴，但我根本不可能在這時離開。薩米爾或許會覺得，他讓我覺得尷尬。

「我不覺得你和琵巴斯欽……」我先開口，但他打斷我。

「是拉伯問我要不要來的。」

然後，他沉默下來。不過，他不需要再多說什麼了；我完全懂了。被問到想不想來琵巴斯欽家裡的人，都會把自己先前說過所有關於他的壞話忘得一乾二淨，接受邀約。他們一有機會，就會赴約。這樣，假如別人問起他們上週末做了什麼，他們才能回答自己去過那裡。當他們談到別的事情時，就能

「順便一提」，不說白不說：我到瑟巴斯欽．法格曼家裡參加派對耶，對呀！就是克萊斯．法格曼的兒子啦……。

我很納悶，爲什麼自己會覺得薩米爾的情形不是這樣。不過……他怎麼這麼惱怒？

除了拉伯以外，我們大家都是這學年開始，第一次參加瑟巴斯欽辦的派對。以前和他有往來的熟人，絕大多數都離開高中了，今晚只有一、兩個這樣的朋友到場。

薩米爾身子朝下，貼著我。先前，他坐的位置已經太接近我了；現在，他的腿壓著我的手臂。我聞到他身上的汗味，那是很奇怪的味道。這怪味和牛仔褲燙得平整、運動鞋總綁著雙結的書呆子、班長薩米爾，很不搭調。

「我覺得應該來看一下，看看大家嘴裡在講的究竟是怎麼一回事。妳那男朋友，嗑藥嗑到頭腦秀逗。不過，他至少說對了一點：這眞是無聊死了。」薩米爾搖搖頭，身子貼得更近：「還有，妳想必不喜歡和那房子裡的黑鬼一塊兒吸大麻吧。」

起先我眞是驚呆了。以前，我從沒聽過薩米爾對我或對任何人，用這種方式說話。我起身，準備離開那裡。我來這裡是要找樂子的，我可不想讓他坐在那裡對我品頭論足。但是下一秒鐘，薩米爾就閃身來到門邊，擋住我的去路。

「他有沒有直接在妳裸裎的小肚肚上吸古柯鹼啊？」此刻，三溫暖室擁擠得讓人快要患幽閉恐懼症。「丹尼斯讓瑟巴斯欽嘗了最新的毒品，總有獎勵吧？他可以一起玩玩嗎？」

「你有完沒完？」

他是在搞笑嗎？看來不像。現在，他壓低音量。

「事實上，我們都避免接觸丹尼斯，因爲他是瘋子。這妳是知道的。如果妳放他進產科病房，他就會在那裡賣起純古柯鹼。」

我的心跳變得好快。我不知道薩米爾是否有察覺我現在很嗨，也不知道他就是爲此感到生氣。但我只想離開這裡。

「妳還不懂嗎？瑪雅，瑟巴斯欽只是個人渣而已。他成不了大器的。只要把這一切拿掉……」他其中一手在三溫暖室裡揮舞，小指外伸，彷彿泛著霧氣的木質牆壁是凡爾賽宮富麗堂皇的鏡廳。「他就和一個空罐頭一樣，沒戲唱了。」

終於，薩米爾向我退後一步。他退得很快，綁在他腰間的毛巾鬆開，他再度把毛巾綁緊。

這時我才看清楚，薩米爾醉了。我以前從沒看過他喝醉。但是，就算是全班最厲害的優等生，凡事也總有第一次。我鬆了一口氣，差點笑出聲來。他不知道自己在說什麼。我把門弄開，喝醉酒的男生可以直接無視了。不用再和他囉嗦。但是，我又後悔起來，轉向他。

「我懂，」我說，「你不喜歡丹尼斯，沒人喜歡他。但是今晚是誰幫你買單的？如果你已經先跟拉伯喝了幾杯，我跟你賭一塊錢：你的酒錢還是丹尼斯出的。你不喜歡瑟巴斯欽，這沒關係。你不了解他的爲人，也沒關係。你到這兒來，坐在他的三溫暖室裡，用他的毛巾擦身體，這挺好的吧？這樣，他就堪用了吧。」

室內熱到無法呼吸。我離開時，用浴袍袖口擦乾了鼻子。

*

震耳欲聾的音樂聲從游泳池建築裡傳出來。三個在學校和我同年級、不同班的女生從沙灘衝上來，經過我身邊，直奔進我剛離開的蒸氣浴室。就在我離場的短暫時間裡，這場派對的規模彷彿暴增了兩倍。瑟巴斯欽經常邀他不認識的女生參加他的派對。他多半是在城裡，可能是在某處排隊時認識她們的。他看到她們傷口起水泡包紮繃帶，表示同情，藉機邀請她們來派對狂歡；在他厭倦了她們的性感露肩裝、從 H&M 成衣店買的眼鏡以後，他就邀新的妞兒回家開趴。不過，他似乎從不擔心情況會失控。這或許是因爲，要闖進去法格曼家派對上騙吃騙喝是不可能的。警衛沒有干擾我們，更從不探聽我們派對上進行的活動。不過他們還是在場的，保持著適當的距離。

艾曼達在舞池裡喊叫，她身著比基尼，頭髮散亂，看起來不像是游過泳的樣子。拉伯站在離她三公尺遠的地方，襯衫的鈕釦解開，盯著她看。

「來吧。」她喃喃自語著，鼻息直撲我的脖頸。

我們以前就這樣做過；艾曼達超喜歡面對群眾，而我無疑是她最愛演出的一部分。

音樂聲震耳欲聾。我身上還穿著浴袍，但艾曼達一把扯下我的浴袍，手掌搭在我的背上，頭向後仰，我們就這樣翩翩起舞；兩人是如此接近，以致我們的腰部觸碰在一起。我們都光著腳，艾曼達還穿著比基尼上衣。游過泳以後，我的內褲還顯得潮濕，不過我閉上雙眼、試圖讓脈搏放慢下來。音樂——我要專心，隨音樂起舞。薩米爾的想法無關緊要，他只是喝醉了，不知道自己在說些什麼。

瑟巴斯欽站在音響設備前。他望了一會兒，然後走到我們身邊，一隻手臂搭在艾曼達身上，另一手則攬住我的腰肢。我好愛瑟巴斯欽的雙手，當他用力抱住我時，我就覺得自己好美，美得驚人。我拉起他的手，將他的手向上引到背脊；他放開艾曼達，把她推向拉伯。拉伯笑了起來，然後摟住她。瑟巴斯欽只想碰我，不是她。

汗珠在他額頭上閃閃發亮，雙眼牢牢盯住遠方的某個東西。我瞧著艾曼達，拉伯站在她的面前，雙手上下擺動，那姿勢很像在粉刷牆壁。他從來就不曾眞正跳過舞，只是令人啼笑皆非地動個幾下。他是爲了我們這些喜歡跳舞的人，做做樣子給我們看。即使他不知道這樣做有什麼意義，他還是這樣做，以表示他對我們沒有成見。

我從地上撿起浴衣，瑟巴斯欽將它披在我的肩膀上。但我卻找不到腰帶，所以離開了游泳池建築，穿過客廳和廚房，經過丹尼斯旁邊（瑟巴斯欽要他待在廚房，把自己的東西管好）。在我經過時，丹尼斯帶著好奇的神色望著我；但我搖搖頭，一路走上二樓，來到瑟巴斯欽的房間。除非保全被通知進入室內，他們就只能待在外面巡邏。室內也沒有監視器，這是瑟巴斯欽的老爸決定的。原因很明顯：克萊斯不希望他屋裡發生的事情被錄下來。錄影帶會被拷貝、發送，變成勒索、恐嚇的絕佳素材。我進了瑟巴斯欽的房間，套上一件女用緊身背心，穿上一條瑟巴斯欽的拳擊短褲。然後，我走進浴室。夜晚的序幕已然揭開，我要擦乾頭髮。我的脈搏還是太快，不過我可不是什麼毒蟲（這過時的字眼是啥意思？）。我只是有點操之過急，不太習慣。我想喝點什麼，今晚剩下的時間只管喝酒，別的啥都不管。不過，當務之急是讓脈搏慢下來。吹風機嗡嗡作響，對著撲面而來的熱空氣，我閉上雙眼。我並不急著下樓。我雙眼緊閉，用鼻子吸氣，從嘴巴吐氣。頭髮吹乾時，我聽見他們的聲音。是好幾個男生，也許還有個女生。音樂被關掉了。

我下樓走進廚房時，兩名保全抓住薩米爾的上臂。丹尼斯靠牆站著，鼻孔流血。他背後一幅主題是酒瓶的油畫歪了一邊。丹尼斯的表情與其說生氣，不如說是驚訝。

「放開我。」薩米爾異常平靜地站著，像是在故作清醒。他的音量並不高，不過還是清晰可聞。

其中一個保全望著瑟巴斯欽。他點點頭。

「你該回家啦。」保全對薩米爾說。

「要不是你們付錢，我才不想留在這裡。」

瑟巴斯欽轉向我。他停在門口，背對著薩米爾，說道：

「請你們務必不要讓另外這個傢伙的血流滿一整個廚房。現在，他也該回家了。」

薩米爾從瑟巴斯欽背後直直盯著我瞧。他的雙唇顫動，彷彿想再說些什麼，但卻只像是衝著我用口形示意什麼。看起來像是「過來」。他要我跟他走。還是……他在用另外一種語言喃喃自語？阿拉伯語？波斯語？我甚至記不起來，哪個語言才是薩米爾的母語。我才不在乎呢。

當然我想到薩米爾喜歡我。我也喜歡他。但此時此刻，在瑟巴斯欽家裡，他卻突然搖身一變，成了爛醉如泥的衛道人士。他把「帶領我離開享樂之路」當作任務，而他就是高舉長矛的騎士。

窘。我想，他眞是令人難堪。我希望他離開，希望他帶走他的自命清高充滿優越感，以及帶走他要我認眞看待自己生命的表情，離開這裡回家去。我沒要求他的保護，我不需要他的保護，我可不是那個跟錯王子、無依無助的小公主。

數學類組的一個男生，挽住瑟巴斯欽的手臂。

「可是，我該怎麼……」

「甭擔心，」瑟巴斯欽說，「我們有準備，夠用的。」

瑟巴斯欽握住我的手。我們朝游泳池建築走去，音樂聲又響了起來。沒發生什麼大不了的事。丹尼斯被攆走了，薩米爾回家了。瑟巴斯欽從後頸撫摩我的頭髮。我吸入屬於他的氣味，冷冽，清新。啊，我好愛瑟巴斯欽的氣味，我好喜歡他讓我產生的感覺。和他在一起，我好開心。我們一直都玩得很開心。玩得盡興時，不需要感到可恥的。瑟巴斯欽耳語著：

「妳看到沒？沒有犧牲，就沒有成果。而現在，這場派對終於要開始了。」

20

瑟巴斯欽家派對之後的那個週末，其實過得很快。週六，我和瑟巴斯欽、拉伯和艾曼達到了城裡。週日，我和爸媽、蓮娜、外祖父一起上餐館吃飯。老媽對我「一臉疲倦」，感到很生氣；老爸則因爲我們是和外祖父一起上館子，覺得我不該是這副神色。我沒有再想到薩米爾；至少，我沒再多想。週一早上，瑟巴斯欽在學校外面放我下車。他「有事情要處理」。我不知道這是什麼意思，但我不在意。那時我還不會爲這種事情擔憂。吃完午餐，我有兩小時的空檔時間；艾曼達生病了，而瑟巴斯欽又不接電話。

自從學校圖書館的對外網路連線被封鎖以後，那裡就鮮少人滿爲患。不過，我可不是獨自一人；愛薇就坐在另一頭。她和我同年級不同班，鼻梁削瘦，身穿碎花裙和棉襪；她穿過的鞋子類型簡直族繁不及備載，包括芭蕾舞鞋。即使她才上二年級，愛薇去年就已經贏得國際扶輪社舉辦的寫作比賽。她的短篇小說寫的是自己發育不良的弟弟，所有人都對這故事信以爲眞；或許，這就是她獲獎的原因。當事實證明她根本沒有什麼弟弟，只有一個完全正常的妹妹時，大夥兒都失望不已，很多人甚至感到非常生氣，他們覺得她「作弊」。其實這讓這部短篇小說變得更好，但這顯而易見的事實卻沒人點破。

離我座位幾公尺遠的沙發區，坐著兩個剛上高中的女生。她們各自翻閱封面閃亮的雜誌，分享一包糖果。她們講話的音量剛好足以讓我聽見：她們每句話的最後一個字都會縮減。現狀就是這樣，所有的一年級新生講話都是這副德性。我和艾曼達還小的時候，講話時也會發明一堆自己的字眼或措詞。但這些屁話只是一派胡言。這讓兒童黑話聽來比拉丁語還要精鍊。

「可是，北（鼻）……聽（著啦）！我眞要瘋（了），他到底是想不想在一（起）？我快急（死了！）」

另一個女生點頭，只顧繼續翻雜誌。

「眞（是有）病（捏）。」

幾天前的英語課，我們才談過貝克德爾測驗，它可以用來檢查電影是否合乎女性主義的標準。有三個問題可供檢驗：電影中，有沒有至少兩個被提到過名字的女性角色？她們是否彼此交談（沒有男生介入）？談論的話題是否與男生無關？

老師舉出許多幾乎大家都看過的電影，我們要探討它們是否符合上述條件；它們都不符合這些條件（我們很體貼地假裝不了解。這不就是他提問的用意嗎？）當然了，我覺得這樣很糟糕，我也了解電影中女性角色做些談論男人以外的事情爲什麼很重要；但事實上，女生一天到晚都會聊到男生。就連老媽和她的朋友也是一逮到機會，就大吐關於自己老公的苦水（以及她們有多麼無助）。充滿訴求、具有青年經濟學家會員身分的辯論社小妞，演出法文話劇、準備火車漫遊歐洲計畫的戲劇社社員，還有現在坐我旁邊的這兩個「北鼻」閨密，都有一個共同點：她們都在聊男生。自己的男朋友，別人的男朋友，自己想交的男朋友，想甩開的男生。她們整天就只會聊男生。或許大家應該要注意：只要電影中的描述和實情相符，對於自己在電影中被如何描述，就無須再抱怨了。

薩米爾重重地推開門，力道之大，還讓門撞上一座擺著關於皇家理工學院、烏普薩拉大學法學課程、以及社區大學數學課程資料的書架。薩米爾的雙腿和身體其他部分相比顯得太長，這使他看來總是腳步匆忙。他在服務臺前猛然停下，將耳機從耳朵裡扯出來。他的動作急促，精力永遠過剩，反應總比別人快一拍。別人才剛開始思考，他就已經想到了。我想，我們很容易就相信，他受到很大的壓力。其實我從不認爲他會感受到壓力。但現在，他看來是很緊張。

在我來得及想到要假裝沒看見他以前，他就發現我了。太遲了。他幾乎直衝到我面前。

「我可以坐一下嗎？」

我試著將視線移到別的地方。

「妳啊，小北（鼻）……」其中一個女生對另一人耳語，不過她們的音量仍足以讓我和薩米爾聽見：「妳有帶衛生（棉）嗎？」她難爲情地笑著，「我把我的盥洗用具袋忘在家裡了。」

我的手提包裡就有衛生棉；我大可以走過去，坐在她們旁邊，告訴她們「請——慢（用）！」對薩米爾置之不理。這種關於女性體液的對話，他絕對不敢插嘴的。這絕對會讓他感到壓力。關於月經的閒聊，應該也符合貝克德爾測驗的要求吧？應該是的。但是，如果把月經稱爲「大姨媽」或是「好朋友」，它還能屬於女性主義允許的範疇嗎？

「瑪雅？」薩米爾還站在我面前，試圖捕捉我的視線。

「我又不在這裡上班，你去問館員。」

他看來很驚訝。

「啊？我是要問他們什麼？」

「誰可以坐在這裡，不是我決定的。但你如果坐在這裡，我就走人。」

他安靜下來。隨後他伸出雙臂，清了清喉嚨。

「很快就好。我只是想道個歉。」他的雙臂又垂落下來。「我對上週五的事情，向妳說聲抱歉。我眞蠢。我不知道自己怎麼會說出那種話，我應該是醉了。」

沙發區的兩位閨密安靜下來。她們假裝深入地研究其中一人放在膝上雜誌裡的一篇文章。

「啥？你醉啦？」我說。薩米爾察覺我話中諷刺的意味，頭朝前低垂著。現在，那些女生一聲不吭；她們可不想錯過任何細節。

「我本來不該去那場派對，我眞的不應該責難妳。我不喜歡的是瑟巴斯欽。我實在不應該……」

「你還記得，你對我說了什麼嗎？」

他點點頭。

「我很遺憾。」

他額前的瀏海垂落下來。看起來，他等著我打他屁股呢。他知道自己有多帥嗎？他當然是知道的。他的言行舉止有時帶點刻意，很像事先演練好的，而他應該也很清楚，自己看起來是怎樣。他希望獲得原諒時，就是這副德性；我不是第一個看過他慚愧表情的人。不過他在派對上，看起來應該是很難過，眞的很難過，不只是發酒瘋而已。

這是薩米爾不爲人知的一面。他對我和艾曼達以及我們的校外生活，看來總是不爲所動、幾乎毫無興趣；他都和拉伯廝混。不過除此之外，他絕少參加派對，從不問別人上週末做些什麼。我還一直覺得他認爲我們很蠢。突然間我意識到，他從不願單獨和我談與學校課業無關的事情，是很令人失望的。現在——他終於這樣做了，但講的卻是瑟巴斯欽。

男人間的扯淡，我心想。男人間總愛鬼扯淡。就算是男生，也還是聊男生愛女生的事情。這念頭突然浮上腦海，根本無法阻止；我忍不住微笑了一下。我希望他和我，談到關於我的事。談什麼都好，就是別談瑟巴斯欽。薩米爾回我一個微笑。不是那種平常調皮式的微笑，而更像是鬆了一口氣。

擴音器響起，兩位閨密收拾自己龐大的手提包，以及封面閃閃發亮的雜誌，衝去上課了。薩米爾抓來一張椅子，坐在我對面。他噘著嘴，臉上擺出像是自拍照的表情。

「瑟巴斯欽是妳的北（鼻），」他尖聲說著，「我完（全）懂。」然後，他的個性又隨之一變，手臂搭在椅背上，滑坐在椅子上，兩腿岔開，用很做作的斯德哥爾摩郊區帶有中東移民口音的瑞典語說：「他是妳的小甜心啦。妳是他馬子啦。小妞——沒問題！夠了，夠了，我們會『放尊重點』的。」

我笑開來。他想使壞裝流氓，但裝得真不像。但他帥；就算他知道這一點，又有什麼區別？那調皮的微笑又回來了。老天爺，我好想念這微笑。

21

又過了好幾個星期。也許有六，七個星期吧？十月中旬，我們決定到拉伯家位於鄉下的「別莊」，作客一個週末。拉伯稱它是「莊園」；不過，它其實是一座古老的城堡。從古斯塔夫三世國王執政時開始，拉伯父親的家族就一直擁有這座城堡。拉伯母親的家族在距離數十公里遠處，也擁有一座類似的城堡；不過，我從沒到過那兒。這次薩米爾也跟來了。我記不得自己的感想；也許，這很酷吧？我不覺得這會令我感到不安，我也不認爲這樣很蠢。當然了，瑟巴斯欽和薩米爾的關係很緊繃，但這沒什麼好擔心的。

我和艾曼達躺在各自的躺椅上，各自蓋著毯子，查看各自的手機。一隻黃粉蝶飛過，宛如在風中震顫的枯葉，往下朝湖邊被割得短而齊整的草坪飛去。這隻蝴蝶早該壽命終了了，不過今年秋天可是異常溫暖。

「如果妳能許願，」艾曼達問，「能擁有世界上任何東西，在一切之中，妳最想要什麼？」

我們後方通往廚房的門半開著。拉伯的媽媽瑪格麗特正在聽歌劇，煮飯，並不需要幫忙。不過她三不五時就會出來，站在離我們不遠的地方，雙手插腰，臉上露出一絲笑容。她喜歡我們在這裡作客，我們更是喜歡在她這兒。艾曼達睜開眼睛，瞇眼看我。

「我不知道。」我答道。我沒心情回答她的問題。當你什麼都不缺時，你的願望是什麼，根本不值一提。

「噢，拜託！」艾曼達抗議道，「妳一定有想要些什麼吧？」

艾曼達老愛問些可以在事先印好的卡片上進行對話遊戲的問題；盡是一些讓參加者能夠「踴躍表達」的「話題」。別人回答以後，她很愛繼續追問；她也很愛回答自己掰出的答案。

「來吧，瑪雅。」艾曼達站起身來，一手高舉向天空，另一手擺在心口上。「我先開始吧。」她清了清喉嚨。「我的願望是：世界和平，所有兒童都有飯吃。」

她擺出選美比賽優勝者調整頭上后冠的姿勢，我笑了起來。

「但是，說認眞的。」她坐在我旁邊。「下學期我們就畢業了。然後，一切重新開始了。我要到倫敦實習，妳懂嗎？我要在那兒待上六星期，老爸說，我上夜班必須半個晚上。當然了，我得影印文件、弄茶水，還有類似的工作，我得做好準備。但是，我還是不知道自己會有什麼感覺。妳認爲，我會覺得這是眞正的工作嗎？我做的事有意義嗎？我們總應該帶來一些影響吧？是眞的有影響。我們總該爲這個世界、爲其他人做點什麼好事吧？」

我沒答腔。

「我當然想這樣做。大家應該都想吧？」她緊張地笑了。「不過坦白說，我最想知道自己要什麼。或者說，做某件事情的意義是什麼，好比有個規劃。妳懂我的意思吧？」

我點點頭。這是很典型的「艾曼達式」討論。艾曼達總說些很明顯的事實，然後問我懂不懂。這樣一來，她就變得遲疑、多愁善感，然後淚水湧上她的眼眶。

「妳懂我的意思嗎？」

這句話可能意味著：她覺得我很鈍，都搞不懂。但實際上是她想跟我確認，她不像自己所感覺的那麼笨。

「我了解。」我說著，露出微笑。

拉伯的媽媽又來到後院裡。

「我不敢保證世界和平，不過所有孩子們的飯菜倒是已經好嘍。親愛的，妳能去叫那些男生們進來嗎？」拉伯的媽媽脫去一只烤箱烘焙用手套，用手背搓揉著艾曼達的臉頰。艾曼達和拉伯在一起還不到一個月，但拉伯的媽媽和艾曼達已然發展出完整的婆媳關係。我和瑟巴斯欽在一起的時間，遠超過他們一倍。即使我還沒開始對他老爸心生怨恨，這主要還是因爲我實在太少見到他。

三天前，克萊斯肯定在家。他接到學校的電話，五點鐘就出現，要跟瑟巴斯欽談談。他已經先把我支回家，但我知道他們談些什麼。實際上，瑟巴斯欽已經不再聽課了。他幾乎每天跟我到學校，有時跟丹尼斯在校園鬼混一、兩個小時，但大部分的時間裡，他只是直接又回家。即使克萊斯白天從來就不在家，他肯定還是知情的。

夏季用廚房和後院直接相通，我們就在那兒用餐。瑪格麗特擺上有著缺口、花卉圖案的瓷餐具，每個盤子的主題都不一樣。經歷多年洗碗機的洗滌後，多萊斯水杯[33]的色澤變得模糊起來。拉伯站在艾曼達身邊。她站在自己專屬的座位旁（是的，她已經有專用座位了），握著一張淺藍色高背椅的椅背。他親吻她臉頰時，她低聲嬌笑；聽得出來，她覺得自己性感無比，拉伯似乎同意這點。他背部以一種奇怪的角度彎著，想把下巴貼在她其中一邊肩膀上。他們看來很親密，不過戀愛中的人都是傻子。

另外有夠諷刺的是，拉伯留了一小撮皇后樂團主唱的那種八字鬍，刻意要證明自己不是同志，但即使他外表看起來像同志，也沒什麼大不了的。艾曼達捏了拉伯上唇邊緣的幾撮鬍鬚，彷彿邱比特之弓，然後轉身面向他的媽媽，問道：

「瑪格，妳覺得他這鬍子會留很久嗎？」

「唔……」瑪格麗特瞧著自己兒子，似乎並不怎麼欣賞。「我還是不予置評好了。」

我和薩米爾四目相對。他望著我，幾不可察地用食指和拇指搓揉自己上唇，嘴角下垂，鼻孔張開，擺出一副「嘿，我可是這座莊園的領主」的表情。我不得不低頭望著桌面，才不至於爆笑出聲。

薩米爾，艾曼達和拉伯坐在餐桌的同一邊；薩米爾旁邊，坐著拉伯的媽媽。另一端，則是我和瑟巴斯欽。拉伯的爸爸喬治，則坐在瑪格麗特對面（餐桌的另一主位）。當我們坐定時，他剛好進來。他足蹬木底鞋，身穿牛仔褲、一件肩膀穿洞的T恤，一副老花眼鏡則被推上額頭。在他就座以前，他把一疊報紙遞給薩米爾。

「你看到梯若爾[34]在今天《金融時報》的投書沒有？」他問道。薩米爾開始閱讀。但拉伯的媽媽卻輕柔地將報紙從他眼前拿開，放在旁邊一張檯子上。

「不要在餐桌上看報紙。」

33 Duralex是一九四五年創立的法國玻璃餐具與廚具品牌。

34 Jean Tirole，法國經濟學者，二〇一四年諾貝爾經濟學獎得主。

在拉伯的媽媽拉開椅子以前，瑟巴斯欽坐了下來，將自己的酒杯伸向拉伯的爸爸。

「我滿十八歲了。」他試著這麼說。

「氣泡礦泉水，」瑪格麗特接話。她和老公隱約朝彼此投去一瞥。他們事先討論過這一點。「即使滿十八歲，還是可以喝氣泡礦泉水。」

難不成是克萊斯要求他們不要讓瑟巴斯欽喝酒？他知道瑟巴斯欽酗酒。有那麼一、兩次，即使我還沒有駕照，我還是得把瑟巴斯欽的車開回家去。有次當我停車時，克萊斯就站在私人專用車道上。事後瑟巴斯欽沒告訴我，他老爸對他說些什麼；當我問起時，他則說「問點別的我想聊的東西，OK？」我就不再追問了。也許克萊斯不知道，即使我還不能開車，我還是開車了。或者他其實了解，而且認眞看待這件事。

我和艾曼達幫瑪格麗特把餐點擺在餐桌上。先上菜的，是馬鈴薯韭蔥湯。炸得酥脆的野豬培根肉單獨盛在另一個碗裡，麵包還是溫熱的。

「我以爲妳吃素呢。」艾曼達撈起一大匙培根肉，裝在自己餐盤裡時，瑟巴斯欽說。

「這是野生動物，所以不一樣。」她說道，臉頰只泛過一抹淡淡的紅暈。艾曼達從第一次和拉伯舌吻起，就把吃素這回事，完全拋在腦後。上週她跟拉伯和瑟巴斯欽一起去獵駝鹿。媽媽強迫我參加外祖父的生日晚宴，因此我不能跟去。但艾曼達可是全程參與；他們在射擊塔裡親熱，在睡袋裡打砲。她穿了赫特威靈頓雨靴，終於第一次讓靴底沾到了水。

「我要參加專業獵人執照的課程。」她邊說邊把碗遞給薩米爾。他沒有撈點什麼，而是把碗再遞給瑪格麗特。

「妳當然要。」薩米爾自言自語，只不過音量有點高。我用餐巾遮住自己的笑意。我感受到瑟巴斯欽的眼神。

「眞是好主意，」拉伯的老爸不露聲色地說，「多親近大自然，可是很有益處的。」

在每一段關係裡，艾曼達總是那個完美無缺的「人妻」。有一次（那時高二剛開學），她和一個位於斯德哥爾摩樂團的貝斯手在一起；這樂團宣稱他們和索尼公司有合約。那時，她甚至還成了最完美的搖滾樂迷。

「那麼，我們該聊些什麼呢？」我們盛湯盛到一半時，拉伯的爸爸問道。

「來聊零利率政策吧。」薩米爾說。

「對呀，」瑟巴斯欽喃喃自語：「你們難道就不能行行好，聊什麼零利率政策嘛？」

「我是在說笑，」薩米爾聲音冰冷。「你聽過玩笑嗎？」

「太酷啦，」拉伯說，「簡直太有趣啦。零利率，哈哈哈。不過你和我老爸玩的這一套……所有這些書籍、報紙、主題、狀況，還有趨勢……你們這樣玩，就只是想讓我覺得自己是呆瓜嗎？還是你們其實有別的打算，但因爲我是呆瓜，所以搞不懂？」

「甭擔心啦，」薩米爾又說，「我馬上就停止搞笑。」

「好啦，」瑪格麗特拍拍薩米爾的手：「現在，我們別再玩這一套嘍。拉許．賈布瑞爾，你說對不對？」拉伯的父母可從不叫他「拉伯」。不過我從沒聽過瑪格麗特直呼拉伯的全名；這名字聽來像是來自於新聞短片。也許她是透過這種方式提醒拉伯她是認眞的。不過，拉伯還是無所謂地繼續吃著。喬治試圖緩和場面。

「拉許，沒有人覺得你是呆瓜。自從你搬到錫格圖那[35]以後，你的表現好極了。」他將一片麵包塞進嘴裡。「薩米，我們眞的很感謝你。你幫了很大的忙。」

「也就兩個考試，」拉伯伸出兩根手指：「兩個。然後，『好極了』表示我通過考試了。我的成績分別是『尙可』和『佳』。薩米狠狠訓了我一頓。他覺得除了『特優』以外，其他所有成績都和死當是一樣的。」

「我不懂，你怎麼能對『特優』以外的成績滿足。」薩米爾說，「我同意你爸的說法，你可不是呆瓜。」

這句反唇相稽的話很有意思。也許他在強調「你」這個字。但是，大家都聽見薩米爾說的話了，也就是他含沙射影的暗示：你和瑟巴斯欽不一樣，你不是呆瓜。

「我知道除了零利率政策以外，我們可以聊些什麼……」艾曼達開口，不過爲時已晚。

「他們付你多少錢？」瑟巴斯欽目不轉睛地瞪著薩米爾：「你賺很大嘍？」

喬治和瑪格麗特眞可說是裝蒜、粉飾太平的高手。拉伯還沒完全得到他們的眞傳。不過，當喬治在「大房子」裡展示肖像集，講到賣國賊、弑父的罪犯、通姦的婦女，以及許多私生子是如何被安置在村子裡時，拉伯就會開玩笑，說：「保持沉著冷靜」就是他們家的祖傳武器。現在，他們正好大顯身手：臉部表情歸零，完全文風不動，面對瑟巴斯欽時甚至上唇都不彎一下。但是，薩米爾遲疑地搖搖頭，眼神像網球般在喬治和瑪格麗特之間來回彈跳著，他們則避免和他的目光接觸。瑟巴斯欽可不放手。他速度放慢、音量拉高，好像怕薩米爾聽不懂他說的話。

「你、是、賺、多、少？你靠指導拉伯賺了多少？」

「瑟巴斯欽，」瑪格麗特音量很低，但仍不以爲意地說：「喝你的湯吧。」

喬治把盛著麵包的籃子推向拉伯。他搖搖頭。

「眞抱歉，」瑟巴斯欽兩手一攤，擺出一副「我投降了」的手勢，擠出一聲輕笑：「這問題很不適當。當我沒說，我什麼都沒說。」他把音量降得恰到好處，讓其他人能夠假裝他們什麼都沒聽到。「你們付薪水給誰，不關我的事。」

*

我們在這之後還聊了些什麼，我已經記不得了。不過，就在喬治把湯喝完的時候，瑪格麗特鐵定想出了某些話題。變換話題，是另一項家族眞傳。我們都盡可能依照話題轉換的方向聊天。瑪格麗特說完、吃完以後，喬治就起身，把餐盤收拾乾淨；除了瑟巴斯欽以外的所有人都試圖照做，但被喬治婉拒了。直到主菜端上餐桌，瑪格麗特才又把手放在薩米爾的手上。然後她將身子湊到餐盤前，拾起刀叉。

「薩米，你爸媽好嗎？告訴我們吧。」

一小時以前，我也被這樣問過。在我們離開停車場，來到今晚準備下榻、位於西面的側廳以前，艾曼達就回答過這個問題了。不管瑪格麗特認不認識其他人的家長，她總會問大家，爸媽過得如何。瑟巴斯欽則得描述，盧卡斯在美國過得如何。

瑪格麗特很能掌握狀況。除了班級家長會以外，她幾乎不可能在別的場合見到薩米爾的父母；但

35 Sigtuna，位於斯德哥爾摩以北約七十公里的小鎮，鎮內街道刻意保留中世紀的遺風。

是，她還是想了解。

「他們很好。」薩米爾說。

「你媽媽現在在哪裡上班？」

「滬丁厄醫院。」

「唷，你看吧！」瑪格麗特和喬治隔著桌面，互望著對方：「這麼說，她執照的問題也解決嘍？啊，眞令人開心哪。」

「沒有，」薩米爾擦乾嘴巴。他呑嚥著，說得很快，音量壓低：「她擔任助理護士，現在……她還在等。不過，她很喜歡醫院的環境。」

喬治搖了搖頭。

「很難相信我們連在這個國家裡的人才，都不能善加利用。我眞不懂。」

「這可眞怪唷。我可以賭咒發誓。」瑟巴斯欽碰都不碰盤中的食物。「我可以發誓，你說過你媽是律師。」他轉身面向拉伯：「拉伯，當薩米爾剛到我們學校的時候，你不是告訴過我，他對那些還聽得下去的人說，他老媽是律師嗎？」

瑟巴斯欽放慢速度，讓每個字拖得更長。拉伯不答腔時，他又轉向薩米爾。

「不過，也許她有雙學位。哇喔，薩米，好厲害唷。」

瑟巴斯欽沒醉；我也不覺得，他嗑了什麼藥。但是他嘴上竟然冒出那個除了拉伯和他父母以外，沒人會使用的暱稱：薩米。瑟巴斯欽刻意讓它聽來像個黑奴名字。

「我爸是律師。我媽是醫生。」

「啊哈！」琵巴斯欽欣喜地點點頭。「當然嘍，是這樣沒錯。你那位大律師的老爸，他在瑞典幹嘛？」薩米爾沒答腔。「開計程車，嗯？」他又轉向拉伯。「應該是你提過，你認爲一個月前，就是薩米爾的老爸從史圖爾廣場載我們回家？」拉伯還是不答腔，薩米爾的臉色變得死白。「不過，嘿，親愛的薩米，幫我說明一下，怎麼每個來到這裡，開始當捷運列車駕駛和清潔工……對不起，」他哼了一聲：「開計程車和當助理護士的移民……怎麼每個在自己祖國都是醫師、土木工程師、核物裡學家？還每一個都是。你那位『醫生』老媽，」琵巴斯欽的手指在空中畫了個引號：「很多人跟她一樣。這裡每個卑微的清潔工，在自己祖國其實都不是清潔工。如果他們講的還能相信的話。他們當中，可曾有人在敘利亞的超市當收銀員，或是在伊朗老家的公園裡撿破爛換押瓶費？沒這回事啦。只有醫師、工程師、律師，還有……」

「琵巴斯欽，夠了。」喬治低聲說。他粉飾太平的能力值到極限了。不過，琵巴斯欽充耳不聞。他朝我們揮動手臂，露出一副我過去從未看過的神情。

「你們都不覺得這很怪嗎？」沒人答話。他又轉向薩米爾。「那些沒大學文憑，沒接受過至少六年高等教育的人，你們拿他們怎麼辦？你們要不要直接斃了他們，才能確保他們不來搶你們的工作？」

克萊斯．法格曼，我心想。他看來就像他老爸。

薩米爾起身時，瑪格麗特抓住他的手臂。她對他搖搖頭。然後，她反而轉身面向琵巴斯欽。

「琵巴斯欽。」她開口說道。瑪格麗特是外交部的主任（我忘記她管轄的單位叫什麼名字了）；現在，聽得出來她很習慣開會和協商，那都是一些她明明氣得要死，卻必須保持禮貌的場合。媽媽般溫柔的聲音已經消失無蹤了。他們粉飾太平的戲碼顯然結束了。

「現在，你給我仔細聽好。」她說得很慢。「有些事情是很難理解的。很難相信有許多一路順利逃到歐洲、逃到瑞典的難民。使人難以置信的是，他們……」

她無聲地吸了一口氣。我覺得，她本來想要說「就像你我一樣」。不過，她改變了主意。

「他們不總是、但常是生活情況良好、經濟穩定，以及受過高等教育的人。爲什麼會這樣？」她直接自問自答：「因爲能順利來到這裡的人，出得起錢把全家送到這裡，追求更好的生活。這樣做是需要錢的。在你的天地裡，琵巴斯欽，那算是小錢；但是，你還是應該能了解的。你以爲所有來到這裡的人都有高學歷，那就錯了；認定那些來到這裡、有高學歷的人對自己的背景說謊，也是錯了。許多新瑞典人都是學者。我們現在談論到的飽受戰火蹂躪的國家，那些最窮、最底層的人，極少能順利來到這裡。這是很令人擔憂的。但這不是你做出這種舉動、信口說出自己顯然一無所知的事情的藉口。」

「那當然嘍。」琵巴斯欽說。他聽來甚至並不生氣，似乎沒注意到瑪格麗特聲音裡的輕蔑之意。「他們到這裡來，對瑞典眞是再好不過了。那些想在亨姆勒公園創造一個帳篷城市的傢伙，他們看來眞是菁英中的菁英啊。是來自自己祖國的知識分子呢。」

瑪格麗特清了清喉嚨。

「琵巴斯欽，我從你一出生就認識你了。眞不敢相信你的頭腦這麼簡單。」

她屏住氣息時，拉伯的老爸插話進來，取得主導權。他已把擺在膝上、摺疊好的餐巾拿開了。

「我和琵巴斯欽出去散個步。」他用正常的聲調說。他將嘴角擦乾，然後起身。「來吧？」

喬治的聲音絲毫沒有顯露出疲倦之意；假如他不得不中斷晚餐、去接一通重要的公務電話，他聽來鐵定會很累。但是，當他站在琵巴斯欽的座位後面、等著他跟進時，我瞥見他下頜的肌肉抽搐著。

「幹！這是怎樣？」琵巴斯欽笑了起來；不過，先前無憂無慮的假象消失了。現在，他生氣了。「要我離開這裡？而薩米爾，這個只會白吃白喝的傢伙，還可以坐在我們面前撒謊？」

「不要再火上加油了。」喬治捉住琵巴斯欽的上臂。他牢牢抓住他，把他從椅子上拉開，將他推出房間。

幾分鐘後，喬治回來了。我不知道那時我們做了些什麼。拉伯低頭望著桌面；艾曼達淚水盈眶；瑪格麗特喃喃地和薩米爾交談；我則對一切充耳不聞。要不是我的膝蓋顫抖得太厲害，我早就起身，離開那裡了。

「琵巴斯欽決定，最好還是回家。」喬治解釋完，才坐回自己的位子。他轉身面向我。

「瑪雅，我覺得妳最好留在這裡。」

我點點頭。

「琵巴斯欽完全無法和別人溝通，和妳更是無法溝通。」他邊說邊將盤中殘存的食物一掃而空。

「我和他爸爸都同意這一點。」

我再度點頭。我驚嚇過度，只能點頭。

「他要怎麼回家？」瑪格麗特起身，走上前，收拾喬治的餐盤。

「我要約翰載他回家。」

我和拉伯從中學就是同班同學，直到今年他才轉學。我聽過瑪格麗特用無趣、單調的女伯爵式聲音，和校長、學校值班工友、數不清的老師和其他家長談話。我曾經幻想過，她用這種聲音教訓總理，會是什麼樣的光景。這些年來，老爸、老媽和我觀察到，瑪格麗特只會要求：「我們將會這麼做」（無論是公車時刻表沒配合學校作息時間；或是全國教學大綱沒包括瑪格麗特認為重要的東西；還是天氣不夠好，不能舉辦壘球比賽）。每次瑪格麗特一提出什麼要求，聽來都只是要求一項小小的舉手之勞。她會打電話給國王，清清喉嚨，然後說：「你知道，我想拜託你一項小小的舉手之勞。」而國王從沒想到要說不。沒人拒絕過瑪格麗特，每個人都敬畏她。

我希望瑪格麗特和克萊斯談談，我心想。她能讓他聽進去。我真想挽住她的手這樣說。跟他談談。但是，我什麼都沒說。我只是坐著，感覺自己真丟臉。這是我第一次因為自己是瑟巴斯欽的女朋友，而感到丟臉。

「所以你聯繫上他爸爸了，這滿好的。」瑪格麗特低聲嘀咕。「我們親愛的克萊斯，他有沒有什麼話說？」

我們親愛的克萊斯。瑪格麗特並不喜歡他。

喬治聳聳肩，肩膀只動了一半；這種聳肩方式並非表示我不在乎，而比較類似妳還要我說什麼？或是妳早知道答案，我們無計可施。喬治也覺得克萊斯是個傲慢的混蛋。

「瑪格，我們之後再談這個。」

我還是一語不發。沒看著任何人，尤其是薩米爾。

「有人要吃義大利蛋塔嗎？」瑪格麗特推開她的餐盤。「加上手工冰淇淋？」

大家都想吃冰淇淋。我逼迫自己跟著吃。把甜點硬塞進嘴裡，努力想吞下這種不安的感覺。瑟巴斯欽是嫉妒心作祟嗎？他覺得自己受威脅嗎？他為什麼這樣做？我太快吞下冰淇淋，額頭隱隱作痛。但我還是再吞了一點。

幾分鐘過去了。我想艾曼達有對薩米爾說：「別管他說什麼。」然後其他人開始討論拉伯的爸媽在年輕時去丹麥旅行，並且去參加搖滾音樂節；當時天空下著雨，由於泥淖太深，他們沒能順利搭起帳篷。然後，他們又聊起某個和拉伯待在同一所學生宿舍的學生，他會夢遊。

「每週至少三次，他千里迢迢跑到學校食堂，伸直身軀躺在貴賓桌，然後繼續睡。」

他們笑了好幾次；他們每笑一次，氣氛就顯得越自然、越放鬆。他們又去裝了一輪冰淇淋。然後，我們向主人表示謝意，協助將廚房整理乾淨。沒人講到瑟巴斯欽。

我的男朋友。

他們裝作若無其事。但我該怎麼辦？兩小時後，我們窩在客廳看電影。這時喬治進來，轉達瑟巴斯欽的歉意。我已經忘記我們看哪部片子了；當喬治轉達這段對話時，我們甚至懶得把音量調低一點。

喬治在電話裡和瑟巴斯欽談過了。瑟巴斯欽已經「安然返家」，瑟巴斯欽「希望」喬治能「轉達他的歉意」。這個道歉很籠統。雖然這是由喬治轉達，它聽來還是很牽強，像是忘記別人不重要的生日以後，硬掰出來的理由。

薩米爾躺在離我半公尺遠的地方。他的手臂枕在頭部後方，我瞥見他T恤袖口下方那深色、蜷曲的毛髮。他上臂的內側是如此蒼白，以致在電視螢幕反射下發光。他望著喬治連珠砲般念著瑟巴斯欽的道歉文，喬治喃喃自語：沒——事，眞——的——沒事，當然，謝——謝。喬治說完、離開以後，薩米爾又把眼神轉回電視；不過，他看來並沒盯著螢幕，而是呆望著前方。

他起身，直接表示自己要去外面散個步。我則等了整整四分鐘，才跟著起身。

「我去睡了。」我說。

「晚安。」艾曼達說。

「好好睡。」拉伯說。

之後我關掉手機，把它放在我準備就寢的房間裡。薩米爾坐在下方的湖畔，他抱著自己的膝蓋。空氣清冷，天色漆黑。屋內的光線照在他身上，在我眼中，他看來就只是一道陰影。月亮從湖的另一端，凝視著我們。

「不用安慰我。」我坐在他身邊時，他說。

「我知道。」

從近距離，我觀察到他有多麼不安。

他在手臂上抓癢，總不會是被蚊子叮了吧。

「妳不用告訴我，我很笨。」

「我怎麼會這樣做呢？」

「幹哪，當時是我在學校的第一天，我的壓力好大。我知道你們一點都不緊張，你們大家互相認識，你們對彼此的祖宗十八代都知之甚詳。但對我來說，那天簡直糟透了。你們眞的很奇怪，十五歲的青少年互相問對方父母『是幹什麼的』。這不是有病嗎？」

「是有病。」我附和道。我可從沒問過，你父母是做什麼的。

我們離高速公路相當遠，爲了能到達莊園，我們在礫石路上開車開了超過二十分鐘。但我還是能聽見代表車流的微弱嘈雜。這聲響和其他聲音格格不入，它和樹、森林、動物的聲音都很不協調。

「你媽媽是做什麼的？」

「妳是什麼意思？」

「我猜，她不是你告訴拉伯那樣是個律師，也不是你告訴喬治和瑪格麗特的，說她是醫師。所以，她是做什麼的？」

薩米爾從他坐著的地上拽起一束小草。一小塊泥土也被拽起來，散落在我的腿上。

「我從沒說過我媽是律師，拉伯記錯了。媽媽常說，她多麼想要成爲醫生。她在學校表現很好，卻不得不休學。現在，一切全完了。她連十分鐘的瑞典語新聞都聽不懂，她根本進不了這裡的醫學院就讀。另外，她還得工作。而她很喜歡助理護士的工作。」

「你爸是律師嗎？」

過了好一會兒，薩米爾才搖搖頭。

「他們是有付我錢的，他們一小時付我兩百克朗，可是……」他語塞了。「我想，我該心存感激的。」

「對什麼心存感激？」

「喬治和瑪格麗特沒把我攆走，反而把你那個種族主義的小男友請了出去。」

「琵巴斯欽不是種族主義者。」

薩米爾哼了一聲。

「不要再幫他辯護了。瑪雅，對他低頭的人已經夠多了，不要跟他們一樣。他們讓他爲所欲爲，暢所欲言。」

現在，輪到我生氣了。

「瑟巴斯欽知道爲什麼人們爭相巴結他，你以爲他不懂嗎？但是那些老師沒巴結他，要不然，他就不用重修了。另外，他今晚有爲所欲爲、暢所欲言嗎？我以爲他已經被攆出去了。」

「喬治跟瑪格麗特不一樣啦。」

「怎麼個不一樣？」

「妳知道的。不過，要是拉伯不靠我就能從高中畢業，他們會把我請出去。」

「他們根本就不會這樣。」

「妳相信妳自己講的話嗎？」

「很明顯嘛，他們不會這樣做的。薩米爾，你都沒搞清楚。我相信，他們知道你媽媽不是醫生，你爸爸也不是律師。他們不是笨蛋。你覺得自己必須對此撒這麼荒唐的謊，也許就是因爲這樣，他們覺得你很可憐。你覺得自己必須撒謊，我很同情你。不管你父母是做什麼的，你就是你，我們都懶得過問你的過去。假如你媽從沒上過學、你爸開計程車，而你表現還是這麼好，這只證明你比我們其他人都要努力。人們會因爲眞實的你而喜歡你，就算你來自……」

薩米爾迅速打斷我，我看見從他嘴裡噴濺出的唾液。

「妳眞是什麼都不懂。你們簡直都天眞得無可救藥了。你們以爲自己知道自己在講什麼，但你們眞是大錯特錯！」

「別大喊大叫。」

他仍然沒有降低音量。

「我可沒叫。妳要是覺得好經歷不重要，那就錯了。只要去瞧瞧《偶像》、《X音素》，還是去他媽的《烘焙大師》[36]，那些不管叫啥的節目，就會了解有好背景，你就成功了一半。看到某個胖子唱得跟明星一樣棒時，你們期待有驚喜；當他「排除萬難」成功時，你們就覺得高興滿足。你們一廂情願認爲，我的父母沒住在動物島，既非醫生也不是律師，只是時運不濟，而這種不公不義絕對不是你們共謀造成的，你們會說這樣是不對的，很遺憾我們沒有更加照顧好我們的移民，但如果他們能更瑞典化，語言學快一點，多努力學習一點，這樣美國夢就可能成眞了。你們超愛美國夢的。你們愛薩拉坦[37]。該死的，你們超愛薩拉坦的。當薩拉坦說他自己從沒讀過半本書、女生不能踢足球時，他好像就更受歡迎。移民就是這樣，敵視女性，沒教養；但你們心胸開闊又寬容，你們還是喜歡他們，而且，薩拉坦的微笑好可愛、好迷人喔。你們以爲，一切就只是種族融合和環境太糟糕的問題；大家只要努力奮鬥，就可以成功……」

「『你們』是誰？」我開始哭了。我實在忍不住。薩米爾嚇了一跳，彷彿被我打了一樣。

「啥？妳說什麼？」

「你一直在說『你們』。你說，『你們』這樣想那樣想，『你們』覺得這樣覺得那樣。我想問，『你們』是誰？」

薩米爾咬緊下唇。我繼續說下去。

36 Sveriges mästerkock，瑞典國家電視臺第四頻道播出的烹飪競賽節目。

37 瑞典足球明星 Zlatan Ibrahimović 的暱稱，他有移民背景。

「薩米爾，大家都了解你的處境比較艱困。只有白痴才會相信瑞典語學得好，就能逃過所有偏見。喬治和瑪格麗特不是白痴。你不需要害怕……」

「你們，」薩米爾邊說邊握住我的手：「瑪雅，妳知道我對妳的感覺。拉伯是個好人，喬治和瑪格麗特，也很和善。」

現在，他坐的位置離我非常近；我能感受到他急促的呼吸。「妳……妳了解我的意思，『你們』是哪些人。是妳，是妳和妳所有的……」他用另一隻手比了個手勢，掃過庭園的地面、湖、森林，向上朝著房屋、兩邊廂房、小木屋、約翰住的獵人宿舍，以及湖濱小屋。「妳知道『你們』是誰，但其他的，妳並不懂。我並不害怕你們。這跟害不害怕沒有關係。妳一點概念都沒有。」

那你就解釋給我聽吧。

他轉身面向我。手觸摸著我的臀，嘴貼緊我的嘴。

我以爲他要吻我。可是，他沒動彈。

我們反而就坐在那兒。他呼吸著；我呼吸著。我不敢看他。當我起身時，他還坐著。我沒有轉身，逕自走進屋內，進入我的房間裡，關上門。當我躺在床上時，我抓起手機，將它開機。瑟巴斯欽傳了一封簡訊來，就只有一封。

「如果妳想跟他幹砲，我希望妳保護自己。」

22

我和瑟巴斯欽，是怎麼從拉伯家裡的那個週末「脫身」，回到我們以前相處的情況呢？其實不然，但我們就那樣繼續下去了。是的，我說服自己必需那樣想，不管事前還是事後。不，我想瑟巴斯欽並沒有道歉。是的，我的確說了：我絕對不會……你怎麼可以把我想成那樣（我不得不針對他寄的簡訊說些什麼）。是的，我直接離開拉伯家，回到瑟巴斯欽家裡，我們幹了砲，我還一而再、再而三跟他保證：

我絕對不會這樣，我只愛你一個。

人家說「床頭吵床尾合」，吵完架後做愛效果最好；但實情並非如此。這等於是在難過、生氣的時候做愛；我是覺得難過、生氣，但又沒那麼生氣、難過，事後要假裝啥都沒發生，也不那麼容易。很快地，除了週末在拉伯家發生的事情以外，我又因爲別的事情感到難過、生氣；瑟巴斯欽其實沒說什麼、做什麼特別的事情，反而只有我希望一切完全改觀，有時還假裝情況眞的有所改觀。因此，這樣其實更糟糕。

日子一天又一天過去；十一月過去了，降臨節的第一個主日[38]來臨了。瑟巴斯欽認爲，一切眞是值

38 瑞典行事曆通常將十一月最後一個週末定為「降臨節」第一個主日（在聖誕夜前，共計有四個主日），標示著聖誕節慶祝活動的開端。

得慶祝；我則盡己所能地附和。

蒙太奇夜店裡，人潮洶湧，也許比往年還要多。和往年相比，我們也提早來到這裡，但還是得先經過一、兩分鐘的推擠，夜店門口的保全才看見是我們，便將我們拉進夜店裡。只要瑟巴斯欽一現身，他們總會放他進去。一直都是如此。即使瑟巴斯欽沒跟我們來，他們通常也會讓我們其他人免於排隊之苦，但動作總沒那麼快。

丹尼斯站在門外，肩膀高聳著。要是沒有瑟巴斯欽罩他，他絕對不會被允許進入蒙太奇；瑟巴斯欽也極少讓他一起進這間夜店。他三不五時就在街區裡打轉，將羽絨衣領拉到下巴，帽套蓋住頭部，雙手在身體前方搖晃，好像承受不住衣服的重量。不過，丹尼斯沒什麼抱怨；託瑟巴斯欽的福，他的客戶比過去還要多，付的錢也比他在斯德哥爾摩市中心賽格爾廣場、像穎鼠一般的散客優渥得多。

夜店裡滿是聖誕節的裝飾，五顏六色的燈泡，厚重、閃亮的花環，舞池中心的聖誕樹上滿是銀色彈珠和施華洛世奇水晶飾品。艾曼達和拉伯一進門，就迫不及待地在VIP區的沙發上親熱、愛撫起來。拉伯半仰躺著，艾曼達坐在旁邊，一條腿覆在他身上。兩人的舌頭活像兩隻赤裸裸的街鼠；他們每接吻一次，都能從旁邊瞥見他們的舌頭。

我們入場後三十分鐘，瑟巴斯欽已經非常嗨，店員開始無法視而不見了。其中一扇門邊，兩名保全已經聚在一起。他們在監控他。他們想必是在等他睡著或是暈倒，那時他們就可以送他回家了。

如果保全試圖在瑟巴斯欽昏倒以前就下手，情況通常會一發不可收拾。上星期一個男生插了他的隊，擠進酒吧；他試圖拽下那男生的長褲，其中一個保全就握住他的手臂。那還是很有禮貌的，彷彿意味著「我們覺得你——也許——該——回——家——了」的一握。你希——望——我們打電話叫——計——程——車——嗎?但是,瑟巴斯欽還是暴怒起來。結果他還是可以留在裡面。酒吧的經理來了,順利將他請進一間封閉的單人房,要我在那兒陪他。我陪著他直到他睡著,我才在拉伯的協助下,把他拖進車裡。

但是,他們總會放他進來。總是如此。他最後才來排隊,卻第一個被放入場內。這就像讓一個公主在滾燙的柏油路上跺著腳,眞是不可理喻。

我不知道丹尼斯今晚爲他調配了什麼祕方;他每次調配的玩意兒,幾乎都不一樣,不過不管是什麼東西,都不會讓瑟巴斯欽昏昏入睡。現在他在場子裡轉來轉去,像是在找某個人。他轉了又轉,繞了又繞。他三不五時從我身邊經過,要求我們坐在拉伯和艾曼達坐過的沙發上;不過才不到十秒鐘,他就受夠了,想進酒吧。我們在酒吧裡站了幾分鐘。在酒保將他點的酒調好以前,他就忘記自己點過什麼,又向另一個酒保點了同樣的酒類。然後他把那兩杯酒晾在吧檯上,抓著我的手走進舞池。在舞池裡,他告訴我「要去上廁所」,離開了我。幾分鐘後,我又看見他伸長脖子、轉頭、四處漫遊著。他到處走動,繞了又繞、轉了又轉。

「我們該走了吧?是要上哪兒去?無聊透了。該走了吧?我只是去一下廁所,我們之後就走。」

我試著翩翩起舞,試著喝醉。我甚至試著和艾曼達交談;這眞是個笑話,她根本不想、也不能交談。我了解,有人在幫妳按摩扁桃腺時,是很難講話的;即使妳耳邊只有一根舌頭在動,這其實還是很麻煩的,很難專心,這我能理解。但是我還是想和她交談。透過音樂聲,尖叫著靠近她,而不需要說些什麼,只需要嘲笑某人難看的長褲或是怪異的髮型。然而我卻努力跟住瑟巴斯欽,聆聽他的問題,而不需要回答什麼。

「我們現在該走了吧？你上過廁所了嗎？」

「爲什麼？幹，妳眞沒意思。我們才剛到耶。妳要喝點什麼嗎？」

我厭倦了瑟巴斯欽，厭倦了艾曼達和拉伯，對他們所有人、對這整件事情都感到厭倦。我對於年少輕狂、耍酷、站在派對會場外，在寒風中，或在VIP房裡發酒瘋尖叫，感到厭倦不已。我對這一切都感到厭倦，但我盡可能跟著一起玩。一晚，一晚，再一晚。繞了又繞，轉了又轉。我在週六、週日早上醒來，找到口袋裡一張皺巴巴的藍色票券，還有一個塑膠菸盒，以及一個無中生有的問題：老——天——爺，我究竟是怎麼回到家的？我把手背上那模糊的印章擦乾淨，用指甲剪剪斷音樂節的腕帶。然後我就像大家所說的一樣，再說一次：老——天！我喝得好——醉！以及：我——啥——都——不記得了！還有，幹——咱們玩得眞——爽。

但是，我再也不能玩得開心了。我沒忘記自己是怎麼回家的。我回家的方式，總是一模一樣。我得確保瑟巴斯欽回到家。我就睡在那裡，他則陷入半昏迷，玩電視遊樂器，或只是「找點事幹」。

我再也沒興致了，但我卻又不知道自己要什麼。分手？如果和瑟巴斯欽的關係結束了，我又該怎麼做？沒跟瑟巴斯欽在一起，我還能繼續跟這一整票人混嗎？我沒有任何規劃。我也不想有什麼規劃。我只希望一切能夠再度有趣起來。

要是我離開瑟巴斯欽，他準會瘋掉的。他已經瘋掉了。現在我不能和他分手。當情勢稍微緩和下來時，我很快就會這樣做；一切會水到渠成，不過我現在還不能說什麼。我和保全從各自的位置望著他，但我們什麼都沒說。我們都知道他踰越的界限，總會一再往前推移。我們假裝一切都會沒事，所以什麼都沒說。我們都知道：一切都會以災難收場。兩名保全聚在一起，我則形單影隻。我們都沒採取行動。我只是配角。我們全都是配角。在瑟巴斯欽身邊的人，全都只是配角。一個沒有臺詞的配角。不管我說什麼，都會被從編劇中剪掉。我說的話太容易被忽略了，且不需要任何回答。

「我們不回家嗎？」

「這個爛地方，這座爛城市。幹，這裡眞是無聊，眞是個鬼地方。肏。我們去巴塞隆納吧，那座教堂旁邊就有個夠棒的西班牙小菜館……等等，那是在帕爾馬吧，啊？我去一下廁所。幫我點一杯喝的。我就來，我只是要檢查東西。我得弄一杯喝的。我只是去一下廁所。幹，我們走吧，這眞是個無聊的鬼地方，該死的爛地方。妳能不能告訴這個死ＤＪ，他得弄些好一點的音樂？我們去紐約市吧。我只是去一下廁所，檢查一下東西，幹，丹尼斯在哪裡？他得……去外面把他抓來，告訴他，我得和他談談，幹，幹，這眞是有夠無聊。」

我就這樣告訴艾曼達，我不知道，我是否還愛他。我們談到這件事。她說：一定很快就會好轉的。但是，她和拉伯迴避了。自從那個在拉伯父母家度過的週末以來，他們就一直怪怪的。對他們而言，一切都是有分順序的。我知道他們和薩米爾混在一塊兒，而沒打電話給我們；我知道他們認爲瑟巴斯欽很麻煩。但是假如他們想到這裡來，上夜店或去別的地方溜達，我們就還堪用。不用排隊。我們跟他是一起的。

我想起那些夜晚。我躺在瑟巴斯欽身旁，他的頸部冒汗，在熟睡中顫慄著，轉身對著我將我抱緊。我全身上下可以感受到這些話語。這些話語和我們常以爲的不一樣，能激發出一種和大腦以外部位相應的感情。好的話語使人心暖。我年紀還小、難以入睡的時候，媽媽總會耳語著，「噓……」（我的小女孩……噓……現在，親愛的，睡吧！）或是老爸大喊「瑪雅！」時的腔調，他想讓所有人知道我是他女兒，我和他是一體的；還有外祖母講故事時的聲音（「從前，有一天……」）。瑟巴斯欽將要入睡以前，吐出一口氣時，那句「我愛妳」的聲音。

我不知道。這不只是糟糕而已。一直以來，這可不只是糟糕而已。

他老爸總得做點什麼，艾曼達這樣對我說，但卻沒告訴過任何人。瑟巴斯欽需要幫助。

艾曼達認爲這和毒品有關係，如果瑟巴斯欽吸毒不要吸得那麼凶，我就會繼續像以前那樣愛他。我那時想著，艾曼達是對的。當然嘍，艾曼達是對的。當然嘍，我是深愛瑟巴斯欽的。

什麼都別說；什麼都別做。和他談談，幫助他。

但是，我什麼都說不出口。沒人說話。他們又該說什麼？

我想離開這裡。我想逃。我累了，厭倦了。

瑟巴斯欽會抓狂的。他已經瘋掉了。瑟巴斯欽瘋了，他感覺很差，我必須做點什麼。他需要幫助。

我愛他。當然了，我是愛他的。

23

艾曼達睡在我旁邊的椅子上。她頭上配戴的聖露西慶典亮片滑落到肩膀上，尼龍襪在膝蓋處開了個好大的孔。演講廳的舞臺上站著一個足蹬恨天高厚底鞋、戴著超級小巧的耳環、一只超大男士手錶的女人。她閃亮、漆黑的髮型，顯然需要一個單獨的機位。這位美國女士，可是「歐美世界擁有最多讀者的金融報刊總編輯」（根據克利斯特的介紹）。

「你們是學習全球經濟的學生，對吧？」

即使演講廳裡有許多人根本沒修全球經濟課程，我們還是發出贊同的喃喃聲。其他高三學生也在這裡。還有一大堆家長（來的多半是爸爸），他們對自己子女的聖露西節表演，想必是直接跳過了。家長被告知不要提問，也不要占用座位，所以他們都靠牆而站。每隔十公尺，就站著一名肩膀寬闊、著深色西裝、戴耳罩的彪形大漢，他們就是美國女士的保鑣。

「各位當中，即使有人不是修經濟學，還是得把這個聽完。」

我們乖順地笑了；她也露出微笑，笑臉比渡輪上停車場的入口閘門還要大。

連瑟巴斯欽都在場。今天早上五點，艾曼達和我還爲他唱聖歌。隨後他請我們和其他幾個男生吃「早餐」。不過，當我拒絕搭他的車和他一起到學校時，他就不爽了。現在，他坐在演講廳的另一端。

一位「不願透露姓名的慈善人士」出資贊助這場演講。我問過瑟巴斯欽，是不是克萊斯出的錢。從他的表情看得出來，他覺得這個問題眞蠢。有傳聞指出這場演講耗費三十五萬克朗，但所有老師都不談這種事情。

這位美國女士不只是總編，她還有著總體經濟學博士的頭銜，被《時代》週刊評選爲全球最具影響力的意見領袖之一。她藉由在YouTube網站上，通過肯尼和芭比玩偶、芭比娃娃的房子和轎車等道具，以影片解釋經濟學問題，因而一炮而紅。最多人觀看的影片主題是美國金融危機。影片裡，黑芭比飾演被驅逐的屋主（撫養三個小孩的單親媽媽），肯尼飾演雷曼兄弟的主管。美國女士讓這些娃娃們交談，肯尼驕傲、難以親近，黑芭比罵粗話，英語說得比瑞典上幼稚園的尋常小鬼還差，夢想成爲搖滾歌手。然而，沒有人指責美國女士使用與種族有關的刻板印象。她實在太像黑芭比，以至於沒人敢這樣做。她的批評者認爲她太極端了，把事情過度簡化來證明自己的論點。我覺得總得有人告訴她，她的化妝至少也該調整一下。她的假睫毛要是能夠短一點，鐵定會讓她更受歡迎的。

今天她的講題是全球經濟的未來，副標題是「成長或崩潰」。副標題後面本該加個問號的，但是並沒有加。

「在座的各位，有人厭惡經濟的嗎？有人想要眞正做點重要的正經事嗎？」（幾聲輕笑）「眞是明智的抉擇。我們可不能信任總體經濟學家。」（笑聲變高）

她的手臂掃過演講廳。

「請告訴我某個危險的總體經濟學者的名字？」

「卡爾．馬克思。」後面幾排傳出一個聲音。

她點點頭。

「米爾頓．佛利民[39]。」坐在最前排的薩米爾喊道。

美國女士滿意地點點頭。

「這正是我要說的，」她拿起一個裝著水的塑膠瓶喝下後說，「世界經濟會影響世人，會影響全人類；就憑這簡單的原因，經濟學家非常危險。不管各位讀不讀經濟學，不管各位是嗜錢如命、還是淡泊名利……都要仔細聽好。這和你們各位都有關係。」

這位「芭比」的食指比向我們，同時演講廳裡的光線逐漸變弱。講臺最後方升起一塊大螢幕，她不多加介紹，便喋喋不休地講起二十世紀經濟學的懶人包課程：數字，歷史事件，全民普選權，第一次世界大戰，經濟危機，第二次世界大戰，經濟繁榮。她前方升起三維圖像柱，旋轉的3D立方體和圓圈以及表示人口成長、平均收入和壽命的圓柱體與圖表。先前演講廳被封閉了一個星期，現在原因終於明瞭了。這簡直像是直接從〇〇七電影裡剪接過來的。她甚至還有羅斯福總統的全息圖；講臺上，他就在她旁邊站了幾秒鐘，從「新政」裡朗讀一份講稿。就連艾曼達對此都能保持清醒。

這位「芭比」講話，比體育賽事評論員還快。克利斯特隨著她說話的旋律不住地點頭。點頭，點頭，點頭，再點頭——他的頸椎，像是少了一根螺絲釘似的。作為教師，他竟是如此狂熱；他彷彿患了某種心理上的尿道發炎症。

「許多人深信，經濟學是一門受到類似萬有引力的力量所操控的科學、支出和收入。要是你掉了一

39 Milton Friedman，美國總體經濟學與統計學者，一九七六年獲得諾貝爾經濟學獎。

個杯子，它會摔在地板上碎裂。你要是入不敷出，就會破產。」

「芭比」望著那一排排身穿西裝和戲服的家長們，讓眼神再落回我們這些學生身上，繼續以單調的聲音滔滔不絕地講下去。

問答時間到了，克利斯特開始帶著無線麥克風，到處跑來跑去。瑟巴斯欽率先發難。就在他起身以前，這位美國女士已經對他面露微笑。喔，原來是克萊斯出的錢啊。

我突然很想走人。黑芭比，還有肯尼・法格曼。如果瑟巴斯欽是被送來這裡，專程聽聽金融界最新走紅的時尚娃娃有什麼高見，那麼她和克萊斯一定都會失望不已。

瑟巴斯欽聽來很疲倦；他有點口吃，但總算照稿念完了。在「芭比」回答的同時，克利斯特就又來到下一個事先獲得指示準備問題的人面前。

輪到我的時候，在美國女士開始回答以前，我就把麥克風還給克利斯特。我也不想費心思去追問任何問題。她體貼地朝我點點頭；她覺得這眞是個白痴問題，而且毫不假裝（會經過克利斯特核准的，也都是他已經知道答案的白痴問題）。她回答完以後，掌聲響起。這已經是她「一方面……另一方面……關於這個問題，我在我的研究中，闡述了許多新的因素……它們指出，一切絕非黑白分明」說詞的第五十三種版本了。

3D效果停止了，艾曼達的眼皮開始顯得沉重，她尋找比較舒服一點的坐姿。

不過，輪到薩米爾了。他從克利斯特手上接過麥克風開始說話。

「幾個月以前，我們學校辦了一場選舉，」薩米爾的聲音顫抖，他聽來很緊張。「全校學生進行模擬投票；兩個無中生有的種族主義政黨，囊括了百分之三十五以上的選票。」

我從眼角瞥見克利斯特的眼神逡巡不定。這可不是那種事先預備好的問題。他困惑不已，將手伸向麥克風；但這位美國女士指著薩米爾，示意要他繼續說下去。薩米爾把麥克風轉到另一隻手上，遠離克利斯特能伸手抓到的範圍。

「學校高層決定不予慎重看待這樣的結果。他們認定這是因爲有一小群學生聯合起來，決定破壞這次的練習。」

「可是呢？」美國女士全身緊繃。

群眾之中，有人大喊「薩米爾，就事論事！」其中一個站在最後面的父親喊道：「小子，你跑錯教室了！」但是「芭比」揮了揮手，一切歸於沉默。

「繼續說下去。」

「沒有人慎重看待這次的校園選舉。但這是很好的例子。我們因而學到政治就是：所有歐洲國家的所有問題都和移民有關，在歐洲境外進行的戰爭，還有回教恐怖主義。我們的政客管不住這些事情。我們就只談到這個，伊斯蘭主義分子是最大的威脅。但同時億萬富翁越來越多，窮人則越來越窮。就在我們身邊，我們卻不談這個。我是說……」薩米爾清了清喉嚨，有點語塞。「我們難道不應該談談經濟問題如何影響我們的福利以及民主，它是否影響了民主？是啊，好比說我們的社會？」

一個坐在薩米爾後面一、兩排的男生開始哼著《國際歌》。一陣笑聲傳開來，但「芭比」再度舉起那宛如耶穌一般的手制止他們。

「你叫薩米爾嗎？薩米爾，爲什麼你覺得這些社會衝突是經濟問題？」

「我認爲這些總體經濟學家應該用自己的數據，對實際存在的問題提出具體的解決方案。他們說，必須在基礎建設投資上兆的金額，卻不提出金額的來源，是毫無意義的。當辯論牽涉到我們因爲移民所費不貲、財務緊繃時，這種說法尤其沒意義。」

美國女士的微笑出現了變化。它看來不太一樣，過了一會兒，我才察覺到那新的微笑，才是眞實的微笑。薩米爾的聲音變得比較穩定了。

「公共投資當然非常好，但癥結在於由誰來買單。沒人敢說出應該由在座的各位買單。」

演講廳裡的私語聲音變高了。氣氛也變了，那不是憤怒，而像是一整個房間的大人想解釋到底是怎麼回事。我眞切地感覺到那一整排的父親很想清清喉嚨，告訴薩米爾（和芭比）：你們不懂這個的。老天爺，他們對移民一點意見都沒有。眞的沒有！他們想要說，我們現在是在談瑞典的產業。我們要爲這些新住民提供就業、福利和新住宅。這樣，我們不能用稅收來癱瘓自己。

我曾經聽爸爸談過這一點，因此我知道他們想說什麼。坐在最後面的爸爸們忘記了，他們答應過不要提問；他們當中有四、五個已經跨出半步，舉起手來。看得出來他們不習慣舉手，所以坐立不安。他們當中有些人同時四處張望，想要表示這小子眞是太天眞了！以及我們年輕時也想搞革命。還有人用演戲的聲音耳語：「我們心中都有一個小共產黨員」，另一個人則開始不住地咯咯笑起來。

美國女士無視他們，她反而拉出一張椅子，坐了下來。

「屁！」剛才哼《國際歌》的男生突然尖叫道。

「芭比」望著他。

「是嗎？」她邊說，邊對聽眾再度投去牙膏一般亮麗的微笑。這個微笑說著：沒事的，我站在你們這邊。「各位不要擔心，我們不會討論移民政策。我對這領域不夠了解。我們會討論如何負擔政府的支出。我們該如何支付維持福利的費用，這是很切身的問題，對吧？」她等著贊同的嗡嗡聲。「世界上百分之一的人口，擁有世界上百分之五十的資產。假如全世界——不是瑞典，是全世界的資產落在這極少數人手裡，使他們在……」她猶豫一下，讓聲音變得輕柔。也許她在說笑？也許她正向瑟巴斯欽投去一瞥。「……在這演講廳裡的少數長凳上擁有一席之地……這難道不是個問題嗎？」

其中一個父親再也忍不住了，他不待獲得發言權，也沒麥克風，就喊道「不好意——思！」。但是美國女士看都不看他一眼，她反而緩慢地走過講臺，直到來到瑟巴斯欽坐的那一排才停下。

現在，瑟巴斯欽可以展現自己能代表法格曼集團了。我心想著，我的胃糾結著。她希望他能幫她啓動一場眞正的辯論。

我希望瑟巴斯欽起身走人。走啊，我想著。你痛恨政治，我想起那禁忌。你太傻了，不適合這場討論的。

「芭比」站在大約離瑟巴斯欽一、兩公尺的地方，繼續說著。口氣比以前更漫不經心，但她認定他有在聽。

「有一種相當頑強的想法，從總體經濟學的角度來看，對億萬富翁特別慷慨，是會有好處的。在瑞典，社會民主黨人甚至認爲廢除財富稅是非常合理的。」她朝家長們招招手。「你們絕對料想不到，要是我說我打算搬到瑞典，我的會計會多麼高興，而我還不是億萬富翁呢。」

然後她又轉向瑟巴斯欽。

「不過這會發生什麼事呢？當那些還不是億萬富翁的可憐蟲發現就是他們在支應所有公共部門的開銷時，會發生什麼事呢？他們會怎麼做？」

她帶著挑戰意味朝薩米爾指了指。他手上仍拿著麥克風，馬上就回答，彷彿只等著她下令。

「他們會抗議。」

「他們當然會抗議。」

那自然的微笑回來了。那些父親們已經安靜下來。克利斯特做了個類似腳尖旋轉的動作，對這一切，他可是始料未及。

「他們會抗議，」芭比繼續說，「怎麼抗議？流血革命？各位的父母會在城裡的廣場上被梟首示眾嗎？你們可不想這樣。如果我們能把預算赤字推到移民身上，可能就好一點。」

美國女士瞇瞇眼，朝演講廳最後排望去。

「你們在笑。」她表示。可是，沒人在笑。

除了薩米爾以外，沒人說話。他聲音中的不安感消失了，突然間，他彷彿年長了十歲。我可從沒想過，他的英語講得眞好。「歷史上，上流社會從來沒有預期過自己會失去權力；他們總是被驚嚇到。」

「正是如此。」美國女士點點頭，望著瑟巴斯欽，眼神帶有質問的意味。他沒麥克風，回答時還半躺在自己的椅子上；不過，我們都聽見了。

「狗屁。是誰給人民工作的？也許是你，薩米爾？還是你那個開計程車的老爸？」

瑟巴斯欽縱聲大笑。但就連他旁邊那些男生，都不買帳。

美國女士朝瑟巴斯欽投去短暫的一瞥，頭稍微一偏，然後又轉向薩米爾，作勢要他回答。他點點頭。

「笨蛋才相信，越多億萬富翁對瑞典會越好。」

芭比點點頭，在薩米爾吸氣時接口：

「我們也可以談談那些擔任計程車運將的老爸們，這些運將老爸們有多願意繳稅呢？」

我心想：瑟巴斯欽，別作聲，安靜。

瑟巴斯欽沒作勢想多講什麼，包括粗俗、蠢笨的話語在內。他反而把頭往後仰，雙手抱胸，似乎想找個舒服的睡姿。

「我看，我們已經離題了，」美國女士邊說邊清了清喉嚨。「在我的保全們避免暴動發生，將我從這裡架走以前……」

她看著薩米爾，看著靠演講廳牆壁而站的那一排家長們，看著一頭霧水的克利斯特。然後她又開始說話。當她不再使用全息圖、不再用圖片轟炸我們時，她的語句變得更加深思熟慮。

「我們需要億萬富翁來創造繁榮嗎？富人變得更有錢好嗎？成功的企業甚至有錢的個人，對社會經濟絕對都有幫助……」她朝後面幾排座位抬了抬下巴。「我對成爲億萬富翁一點意見都沒有。我對億萬富翁其實也沒什麼惡感。」她朝瑟巴斯欽點點頭，不過他閉眼裝睡。「即使我一部分的同胞認爲外表和我一樣的人……全都是共產黨員，我其實是相信資本主義的。」

克利斯特咯咯笑著，不過沒人跟著他一起笑。

「不過，薩米爾，我覺得你試圖證明另一個論點。換句話說，要想維持穩定的民主體制，社會內部的不均就必須控制在一定的限度內。這一點你是對的，我會說明原因。」

室內一片死寂，大家都想聽聽原因。我們甚至連姿勢都沒變。

「我們必須謹慎對待社會契約。雙方都必須盡本分遵守合約。公義必須明確易懂。只靠中低收入戶來維持福利體系的支出，是不公平的。大企業繳的稅比中小企業還低，也是不公平的。社會契約可不是這樣的。而一個護士繳的稅，竟然比繼承資產的人還多。完全不採用財產稅，完全不。」她將食指和拇指彎成一個代表「零」的圓圈。「連遺產稅都沒有，百分之零。總之那些不需要繳薪資稅的人，完全不需要繳稅。這合乎社會契約論嗎？聖經上的『已經擁有的人會得到更多，甚至比他需要的還多』，就是這個意思嗎？」她暫停，喝點水。「即使是在美國，也沒這麼慷慨。就算你不是共產黨員，都會發現美國的衝突已經一觸即發。認定總體經濟和這些衝突毫無關係是錯誤的。薩米爾，我同意你說的。有人能藉由將社會困境推給少數族群獲得好處，這不是什麼瘋狂的陰謀論……假裝問題就出在……」她用手指畫了個引號，「『黑人』身上……或是像一九三〇年代那樣出在『猶太人』身上。還是像今天你們歐洲人所稱的，出在『移民』身上。」

她沉默下來，持續了幾秒鐘。在座所有人從沒想過他們的錢和仇視移民，兩者間會有什麼關聯性。我們不是種族主義者，我們站在「善良」的一邊，我們可不是沒教養、頭腦簡單的瑞典民主黨人喔。但是抗議是行不通的。芭比並沒有指控任何人，沒有指名道姓。然後芭比非常幽微地瞄了掛在演講廳中一端牆壁上的時鐘，挺直背脊，指著薩米爾。

「嗯？想想看，這眞是意想不到的好玩吧？」

演講廳裡是如此寂靜，以至於開口說話的那名家長，聲音一清二楚。

「好玩，好好玩，」他喃喃自語。他的聲音聽來才剛睡醒，不過他的英語堪稱完美。我認得他。他是一家大型銀行的主管，手指撥弄著粗濃的頭髮。「這絕對不僅僅是『好玩』而已，這簡直是提前過聖誕夜嘍。我回去會跟同事們說，我們何其有幸住在瑞典這個逃稅天堂。今晚眞該開香檳慶祝。」

家長們都放鬆地笑了。友好氣氛回來的速度就像它消失時一樣快。這只是政治。我們不一定要達成共識。如果銀行家都不覺得自己被指名道姓地批評，我們其他人就更不需有這種感覺。我們在瑞典過得怎樣，芭比又怎麼會了解？哈哈！

我們鼓掌。美國女士朝聽眾們擺出微微鼓掌的手勢，對薩米爾微笑；他回她一個微笑，彷彿兩人之間有不足爲外人道的祕密。

「薩米爾，你提的問題都是難題，」就在我們仍在鼓掌時，她說，「繼續提出這些問題，你的前途無可限量。」

克利斯特走上講臺、講出謝詞時，我和薩米爾的目光交會。他雙頰仍泛著紅暈。幹得好，我動著嘴唇默念；謝謝，他無聲地回答我。我本想再多說些什麼，但他已將眼神轉開。我轉而望著瑟巴斯欽。他已經睡著了。

克利斯特將花束及一本關於動物島區的書籍獻給演講者，我們再度鼓掌。一切終於結束以後，我將手機關機，走出演講廳。得由別人叫醒瑟巴斯欽了。現在我們有一小時的空檔，但之後還要上一整天的課，我沒法再聽他想說什麼，也絕對沒辦法再上更多課了。於是我搭公車回家了。老媽和蓮娜幾小時後才會到，我可以獨處。除了獨處，我已做不了其他事情了。

門鈴響起時，我已換裝完畢躺在床上，筆電擱在肚子上，正看著電影。瑟巴斯欽只會坐在門外等著，看我是否有意忽視他；因此，我下樓開門。

不過，來人不是瑟巴斯欽。薩米爾的夾克掛在其中一條手臂上，氣喘吁吁，彷彿是一路跑來的。

「我可以進來嗎？」

他將手搭在門框上，身子靠向我。他下臂的肌肉緊綳，我走向他。我貼近他，用手搓揉著，先是搓揉那單薄的皮膚，然後是手臂上粗短堅硬的毛髮。當我輕柔、謹慎地親吻他時，雙唇刺痛了一下。我將舌頭伸向他的舌頭，皮膚一陣灼燒感。他用手攬住我的腰肢。

「當然，」我說，「進來吧。」

女子看守所

24 開庭首週：週末

每天早上放風休息時，我不能服用任何安眠藥。因此，就我記憶所及的範圍，我昨晚沒睡。我試著觀賞蘇絲給我的電影，試了三次。當我最後一次嘗試時，我總算小睡片刻。

現在當我回想起來，總算有時間試著搞懂發生了什麼事時，很容易將經過歸類。我會想把一切劃分爲幾個精確的階段：在學校的最初幾星期，也就是當我剛和瑟巴斯欽從地中海回來時，（套句艾曼達的話說）當瑟巴斯欽和瑪雅出雙入對、形影不離時，那眞是一段毫不複雜、美好自在的時光啊。不管怎樣，我在那段期間交到了新朋友，得到某種新的關注、其他類型的恭維。除了薩米爾以外，我們身邊的所有人似乎都認爲，全世界沒有比我倆的人生、以及我們在一起，更天經地義的事了。

第二個階段變得比較複雜、困惑。在我親吻了薩米爾以後，趨向全盤混亂的第三階段就開始了。但是，這樣做是行不通的。老實說，第一階段甚至和第二階段以及後來發生的事情密不可分。在這團爛泥中，根本沒有章節的區分可言。

但在一開始，一切還宛如仲夏時節般暖熱，色彩斑斕。這也許有幫助？暖熱的天氣讓我憶起地中海，讓我看不清自己本該看清的那一切詭異現象。那種詭異，不只和克萊斯多麼邪惡、多麼冷酷有關，它更和瑟巴斯欽大有關係。學校就和往常一樣，但當我和瑟巴斯欽在一起時，它既萎縮、卻又成長了。一開始，就算他不去聽課，他幾乎總會在學校。即使我不在根據課表、應該出現的地方，他似乎總知道我在哪裡。我喜歡這樣，他想親近我，對我瞭若指掌，這讓我感到被奉承的快感。這和跟蹤狂無關，他不是那種控制慾強、行為古怪的人。當他突然現身，身穿白色T恤出現在我面前對我微笑時，我就微笑以對。這再自然不過了，我們兩情相悅，他很高興看到我，我則樂於被他找到。

不過，這不是事情的全貌。他總是有另外的一面。那不僅是悲愴感而已；那不是恨意，恨意很簡單易懂，但要了解瑟巴斯欽，從來就不是件容易的事。即使是到了最後，我從不認為他會對我做些什麼，但我卻一直很擔心他。就算是一開始，我的心情還是很混雜的：難與易，激情與歡樂，悲慘與美妙。

我痛恨看守所的第一個放風休息時間。看守所職員給我第一個休息時間時，還以為自己幫了我一個大忙；我對此更是痛恨。如果我能有時間做其他事情、用美妙活動來填補一日，或藉由「準時醒來、起床」而得到額外時間，我會更感到開心。好像我除了抽菸以外，還有別的渴望似的。我對晨間休息時間最不喜歡的一點是：那時我抽菸的衝動還不夠強。

當他們把我和桃莉配成一組時，我的菸癮就更微弱了。

其實他們的本意是放風時讓我獨自一人。即使初步調查已經結束，我還是必須遵守限制。我仍應該被隔離起來（「這是為了我自己的安全」），也被禁止會客。但是看守所裡人滿為患，如果他們不把一些人配對、編組，每天的日照時數根本不足以使每個人獲得憲法保障的戶外活動時間。另外他們還得考慮到我的年齡，讓我長時間無法見到其他任何人，並不是好事。一天中的二十三小時將一個人鎖在隔離式囚房裡，這種事（拘禁青少年，使他們缺少與他人的溝通交流）是會被國際特赦組織抨擊的。菲迪南很喜歡聊她對國際特赦組織的一切所知，她說明這就是他們每週讓我數次見到牧師、心理醫師、老師，而不允許我單獨放風休息的原因。

桃莉是個六十歲的女人。她的本名其實不叫桃莉，不過，她的名字還眞該叫桃莉。她被認爲是我的絕配，是完美的溝通、交流對象。她，就是對付國際特赦組織批評的擋箭牌。

之後和薩米爾發生的事並非我的打算。我們丟了臉，他丟了臉，我丟了臉，我當然丟足了臉。在拉伯家那個週末過後，我對瑟巴斯欽（和我自己）說：「我絕對不會和薩米爾做愛。」在聖露西節當天下午，一切仍然發生以後，我和薩米爾對彼此說：「下不爲例！」絕對不會再發生這種事。我們不需要說出口就知道是這樣。然而我們說出口，還一說再說，事情卻還是發生了。不斷發生。

薩米爾打電話給我，傳簡訊。我沒接電話，把簡訊刪掉，然後又反悔，回電，然後再反悔。我們在學校相遇，我坐在圖書館裡，那是我們的祕密森林，別人不會進來。這感覺是如此眞切。我一看見薩米爾，這感覺就變得很眞切。其他一切都是平添麻煩而已。十二月這段期間，我的生活無時無刻不令人作嘔，直到薩米爾擁抱我爲止。然後我的生活再度變得令人作嘔，直到薩米爾再次擁抱我爲止。

我一直都覺得人們用刀劃破自己的手臂，減輕靈魂的痛楚，使自己能夠「承受」，眞是有夠怪的。不過，薩米爾的情況應該是同一回事。和他相處眞是愉快，也使我感到隱隱作痛。有時我會想，也許就是因爲痛，才會如此美好。甚至我也相信，一切他所沒有的特質讓我無法拋下他不管。

薩米爾並沒有一直處於崩潰邊緣。除了他做過的，他不想一直做別的事情。他不指望自己被認出來，被問到，被群眾團團包圍，受到注意，第一個被請進場。薩米爾進入我體內時，他就只想著穿進我體內、不作他想（至少感覺上是如此）。我們在一堆不允許親熱、做愛的地方做了愛。例如在我家裡（老爸老媽還在上班、蓮娜還在幼稚園時），當我蹺課時（薩米爾沒蹺課，他有一小時的課間空檔）。聖露西慶典兩天後的晚上，我們在學校一間廁所裡做了愛。當時因爲合唱團在大禮堂練唱，學校是開放的；但我們在合唱團裡沒有熟人。就在那時，當他的手抱住我、撫摸我時，我覺得就是這樣了。如果是他和我的話，我就能擺脫掉瑟巴斯欽了。薩米爾不是瑟巴斯欽，他和瑟巴斯欽完全相反；而這是我眞正想要的。也許這就是原因吧？

薩米爾並不是拯救我的王子；正好相反，他就是那顆毒蘋果。但在當時，就在這一切發生的短短幾天裡，原因是什麼已經無關緊要。「爲什麼偏偏是薩米爾」的問題，沒有重要到能使我對他視而不見。我想這是個錯誤，我不應該這麼做。但我就是無法對他視而不見。因此，我也就懶得這樣想了。

*

不管我們有沒有大清早的第一次放風時間，在看守所放風休息的任何時段裡，桃莉總是坐在水泥凳上，和我保持能捻熄菸屁股的距離，一連抽著手捲菸，菸幾乎是不離嘴的。煙霧從她四周升起，她彷彿是個蓋子沒蓋好的湯鍋。就算我和她打招呼，她都一聲不吭。她既不看我，也不點頭，又不會喃喃自語。某天下過雨後，她難以用打火機點火；那時，我曾聽到她的嘆息聲。但她沒問我是否可以借用我的，只是繼續嘗試，直到一、兩分鐘後終於點起火爲止。終於點著香菸時，她發出一聲呻吟。我想那代表著解脫感。也許是喜悅吧？那是一種特殊的、桃莉專用的表達喜悅的方式。

我記得，自己在大約十二歲時曾問過老媽，第一次和人做愛的合適年齡。老媽回答：「當妳好想和某個人做愛、覺得自己寧死也不能不做愛，不管我對這事情的想法，更不管其他所有人怎麼想時，就表示合適年齡到了。」我認爲她這麼說，是想表示自己覺得性愛眞酷，顯示自己有多「酷」。我覺得她好噁心、做作。不過她還眞是對的，我早該聽她的。直到我認識瑟巴斯欽，我才驚覺她的用意。一開始，當他愛撫我的下臂，讓它感覺像天鵝絨一樣柔軟的時候，我才了解。我仍然覺得老媽很蠢笨，但我懂了。這種感覺不再存在時，我準備好不惜一切和能讓我重新享受這種感覺的任何人做愛。不過……薩米爾不是什麼陌生人，他也絕對沒有不擇手段。但是，他也讓我有這種感覺，讓我情不自禁。這段和薩米爾有關的情感，就算是正面的，還是極爲複雜；他是喜悅感的一種變體，但他從沒讓我開心過。

*

桃莉的個性就像濕褲管一樣溫吞；她花萼狀的身軀，就像美國中年婦人一樣肥胖，讓我想起一種小時候的玩具。那是一串不同顏色，用耐久塑膠製成的環。它們要套住一根棒子，層層堆疊在一面板子上，最大的環放在最底下，體積由下往上遞減。或是那種在老媽年輕時流行過的節育環（它們會「走下」樓梯）；桃莉的行動比節育環還要緩慢，在極少數她沒坐著不動的場合裡，她一次只能甩一圈。

我曾問過蘇絲，桃莉待在看守所的原因。蘇絲「不便談起此事」。但不管怎樣，看到桃莉待在戶外，比她被關在囚欄後面更令人驚訝。如果用十九世紀的舊辭典查詢「女性監獄」，會找到一張深褐色的照片，照片中的人物除了衣著以外，會和桃莉唯妙唯肖。桃莉沒穿看守所的制服（噢，不！），她穿厚襪、鱷魚涼鞋、質地柔軟的長褲以及羊毛衫。她在最外層還套了一件雨衣，雨衣的口袋和垃圾袋一樣大。她就把菸草藏在袋裡。口袋裡，還有一整窩剛溺死的小貓咪。

每次我和桃莉出去放風時，我總會幻想著她到底幹了什麼事情；每次都要想一條新的罪名，還眞是一大挑戰。要探知這一點可不是那麼容易。如果是因爲剛殺了自己新生的嬰兒受到拘留，桃莉太老了；她看來太肥，殺不死自己的老公（除非她整個人壓坐在他身上）；或者是世界上還有某個桃莉很在乎的人，使她願意壓坐在他/她的身上。我畢生見過最醜的女人，就是桃莉了。

薩米爾剛進入我們學校就讀時，我第一個想到的是：他眞俊美。不是帥，是俊美。你隨便問任何人，他們都會說這不是他最重要的特質。大家總是會假設，外型亮麗的人內在一定也很有特色，像是聰明、善良、有趣，應有盡有；不過，這確實是薩米爾最主要、甚至最關鍵的特質。他明智的評論，優異的成績，對政治的參與，以及其他他所能辦到而同年齡的人卻還一無所知的事情；就算不考慮那奶油糖漿般的膚色，以及像那異常修長、洋娃娃式睫毛一樣深的褐色雙眼，他的表現還是很棒的。當他注視我時，我的雙眼就像雨水一樣無色。薩米爾身上散發出海水般的鹹味。他是我這輩子所見過最俊美的男生；這難道不重要嗎？

桃莉的氣色像蚯蚓一樣灰白，身上散發出被淋濕的狗的味道。上週末，我還想像她是一家妓院的負責人，管著一群被臭罵、從貧窮東歐老家被拐騙到這裡的妓女。我想像她坐在一架膠木製、裝有螺絲錐纜線的老式電話機前吸著灰褐色的香菸。她在那兒接受毫無尊嚴可言的性行爲訂單，讓自己手下那些十二歲、吸毒的雛妓們「執勤」。她還有牛打鼻息散發出異味、蓄著骯髒鬍鬚的奴才相助。我心想：其中一個奴才因爲沒收到錢，打電話報警，檢舉了她。

今天我正在細心推敲，她可能協助某位大毒梟管理出納（由於他威脅要宰掉她，她拒絕做出對他不利的證明），又或許是幫年紀最小的兒子製造爆破物（他有著粉刺，是俄國幫派老大手下的小跟班）。

也許她的瑞典語很流利，只是還在假裝，演著默劇；其實她就在瑞典出生，小時候或許想當演員，卻因爲其貌不揚，沒能擠進表演藝術學院就讀。此後她開始酗酒，自暴自棄；一、兩年後，她開始收養子女（因爲報酬不錯）。也許她其中一個營養不良的養子或養女，在學校營養午餐吃了太多萵苣、包心菜、蔓越莓醬，進了醫院。醫師調查發現桃莉沒盡心照顧養子養女。於是她和我坐在同一個放風場上，拒絕開口說話。

除了幻想、編織這種故事以外，我在白天無事可做。桃莉是我所遭遇過最有效的戒菸手段。

小時候當我難以入睡時，老媽常會說：「想像一下，有個讓妳感到安全的地方……」我閉上雙眼，假裝照著她的話做，但其實從來沒這樣做。現在，我一直這樣做。在看守所度過的週末，讓時間在腦海中變成一座鐘塔。生鏽的齒輪以每次一納米的速率將大腦嚼碎，有時我只能這樣想。我最常想的是其他沒有任何人存在的地方。

我想了一些應該能讓人感到安全的景象。沙灘、大海、荒野、空地、日落、還有風。有時我想到森林。即使時序已經入秋，我還是赤著腳走在苔蘚上，松針扎刺著，腳趾陷在泥淖中。我並不痛恨看守所。這是完美的獨處時光。你不可能完全變成另外一個人，但是有時候你無須成爲任何人，做自己就好。就算這種美好的感覺並不持久，也許只有幾秒鐘（拉緊腰帶似乎感到很舒服，幾秒鐘後就感覺太緊了），但我還是覺得，感受好一點點了。

比方說，我假裝自己走在沙灘上。這倒不是說我曾經獨自一人走在海灘上，而是想像在滿布灰色貝殼、白沙、海藻、浮木的海灘上散步，比較容易。我想像自己在海灘上漫步，退潮時分，海面退回時，沙子就像柏油一樣沉重、黏密。遠方地平線的盡頭，浪尖拍擊著，海灣周遭的岩壁黝黑，四周白色泡沫繚繞，並在離海面數公尺高的地方噴濺起來。即使海面看來平靜，整體上仍然在運動著，散發出聲音與氣味。我知道這聽來有點像雷恩·葛斯林[40]挽著某個正妹的手，在沙灘上並肩而行的電影，海風將正妹的秀髮拂上臉頰；我很討厭這種電影，但我仍然喜歡想像這樣的地方（只要沒有人就行了）。

我遐想的所有地方都是空無一人的。只要我一想到人，薩米爾、瑟巴斯欽、艾曼達就會鑽回來，我的腦海逼我想著他們。我承受不了。這樣老媽的辦法就不再管用了。

除了和桃莉共處的放風時間以外，我是被隔離的。「為了我自己的安全」，但我知道這只是他們的託詞。我待在單人囚房的目的，不是讓我感到安全，而是要讓看守所外的所有人感到安全，確保我已經被嚴密地關起來。不管怎樣一切都是老樣子，不管是我鋼製水槽上因濕氣導致的鏽斑（它向外鼓脹，就像魚的鰓一樣），不管是他們給我安眠藥物（當我醒來時，嘴裡的舌頭重得像倉鼠）還是氣味。我始終沒能習慣那氣味，它就像某種底色從來沒變過，有點像學校食堂裡的乳酪味（將大廚房和散發汗臭的運動鞋混合在一起的味道）。

即使如此，我還是很慶幸能在看守所獨處。我能思考，想著海洋、沙灘、森林，所有最荒謬的陳腔濫調，和這裡相反的所有地方。我並不覺得自己在森林裡、沙灘上或家裡會感到安全，但我獨自一人躺著、想著這種地方時，感覺稍微安穩一點。

除了薩米爾、瑟巴斯欽和艾曼達以外，還有其他不該出現的想法。被禁止的想法還包括：家，通往

40 Ryan Gosling，加拿大著名男演員、導演與編劇。

湖邊的道路；把蓮娜擺上腳踏車後座的行李架，騎車到橡樹角；在巴拉庫達公園跳水臺的周圍游泳，光著腳走在赤楊角上，將停在蓮娜雙腳上的蚊子揮趕開，在單車鑰匙島上烤肉，坐在沙發上、高聲為坐在我膝蓋上的蓮娜朗讀，坐在廚房臺階上、腿上蓋著老媽的開士米羊毛毯喝著茶，讀到恐怖章節時，蓮娜的手冒汗，我那打開一段時間後就會嗡嗡作響的床頭小燈，和蓮娜一起看恐怖片，被熱爆米花和奶油弄得黏答答的手指，吃著餃子、盡量不舔嘴角的蓮娜，當我在蓮娜臉頰抹上防曬乳液時，她的眼睛和嘴巴向內縮，皺著鼻尖。

最不該有的念頭，也最不該想到的人就是：蓮娜。

閉上眼睛，想像一個沒有蓮娜的地方，不管是在哪兒都好……

當審判過程結束、我被判有罪時，將不得不搬離看守所。我沒問過桑德，但他還是說了，他（「如果情況需要」）將會要求法院判處我青少年戒護就醫，並將我轉移到青少年感化院。但是由於我已經年滿十八歲，事情「將會很複雜」。

我問桑德，能不能留在看守所？但他似乎不認為我是認眞的。我可是認眞的。

如果我一連幾天生病，我從看守所搬離的時程勢必會拖延。不管他們將我轉移到哪裡，我都不會再受到隔離。桑德和其他所有人都覺得看守所最糟糕的一點就是隔離，而沒有了隔離，我眞不知道自己要怎麼撐下去。到時候我周遭將會有一大堆人。他們會和我交談，觸碰我，提出問題，用餐時坐在我旁邊，要求我答話。

我會需要見到蓮娜嗎？想必是的。我拒絕想到這一點。

案件代碼：
B 147/66 審訊

地方檢察官
對瑪麗亞・諾貝里的起訴

25

開庭第二週：星期一

我們前往法院的途中，天正下著雨。我朝外望著的車窗，滿布著條紋般縱橫的雨水。桑德和我坐在後座，他和我先在看守所見面，好在前往法庭審判的路上「將幾件事情討論清楚」。

「妳睡得不錯吧？」他問。

我點點頭。

我小時候曾經相信，假如做了惡夢就應該說出來，這樣惡夢才不會成眞。只要高聲說出恐怖惡夢的內容，它就不會成爲事實。可能成眞的事情會就此跌出框架之外。

童話故事說，魔法會在陽光下幻滅。我覺得它的意思是，只要把恐怖、悽慘的事情表達出來，展示它，它就不再恐怖、不再悽慘了。但在現實生活中，遇上眞正噁心、令人倒胃口的事情，卻是完全相反。太多的陽光，「眞相」，「促膝長談」，「打開天窗說亮話」，「勇於討論妳的問題」，都會讓別人發現：原來，妳眞是頭大怪獸。妳那些醜惡的情緒，就像起毛的膿包一樣刺眼、醒目。

有時候陽光會讓那些直視魔法的人們失明。這樣，所有光線會讓怪獸變成全世界最美好的事物。瑟巴斯欽就是這樣。照在他身上的鎂光燈是如此強烈，會讓人只看見他的其中一面：他是克萊斯．法格曼的兒子，辦轟趴派對的專家，好酷的男生。他的眞面目簡直無法辨識。

我已經不再相信自己能藉由言語描述這些災難，來驅邪避凶。很顯然地，不管我說什麼，事情總會一再發生。最糟糕的事物是不受迷信、統計數字、機率、盲從所影響的。

「謝謝。」我這樣告訴桑德。就算我睡不好，他又能怎麼辦？「還可以。」然後我就繼續朝窗外張望。熱氣藉由汽車的空調系統呼呼地送進來。太熱了，不過我什麼都沒說。

以前我通常會描述自己的幻想，做過的夢，我假裝、想像過的事物。我邊講，大家就一邊聽。老爸會把我抱到他膝蓋上，說他好喜愛我那些「生動又活潑的故事」。當我年歲漸長、不能再被抱到膝蓋上時，情況就不一樣了。那時候當我描述自己想過的怪事時，他會露出嫌惡之情。只有當我評論別人講過的話，用有點諷刺、事不關己的方式表述時，他才會讚許、聆聽。有時他還幾乎笑出來。要是我太投入，他會覺得我不可理喻，會擺出一副不屑聽的樣子。他盡全力表現出自己毫無興趣。我不得不用沒有腔調、韻律的聲音耳語，這樣他才不會叫我冷靜下來。（「冷靜點，瑪雅。」）

但是會這樣的，不只是老爸而已。瑟巴斯欽也是一樣。薩米爾也是。我和薩米爾做過愛以後，薩米爾這種傾向就遠超過瑟巴斯欽。（「瑪雅，冷靜點。妳是在激動什麼？」）所有男生做了愛、射過精以後，就全是這副德性。這一點，所有女生都知道。

女生們講了笑話，不可以自己先笑。講話不能快，更不能大聲說話。一個大聲講自己所想到事情的女生，被認爲會豪放地在公共場所小便，或在國會大樓外露奶。月經來了，典型的青少女，女性荷爾蒙過剩了。

老爸只有在理論上喜歡我的狂想，實際上他很害怕。現在很多人變得和他一樣。我的幻想，就是他們相信屬於我的一部分特質；它證明了危險、無法駕馭的特質。因此我從不談及我做的惡夢，或我所害怕的事情。我已經不再相信這樣做就能讓邪惡的事物消失。迷信對現實是毫無幫助的。憂鬱症患者染患致死疾病的頻率，和其他所有人是一樣的。

我們抵達法院，停車，下車，搭電梯上樓。

「你想要討論什麼？」我問道。直到那時，我才察覺一路上我們都保持沉默。桑德聳聳肩。有那麼一瞬間的功夫，我還以爲他會輕拍我的臉頰，就像外祖父那樣。

「瑪雅，妳表現得很好，」他反而這麼說，「非常好。」

桑德總會聆聽我，即使我閉口不言。

法庭彷彿比平常還要陰暗。這倒不是因爲平常窗戶會滲入大量日光；今天，我們即使在室內，都被包覆在灰暗、潮濕的陰影中。空氣乾燥，在我們開始以前，已經感到滯悶不已。法院的審判流程還剩下近兩週，而我卻已經覺得，這像永恆一樣長久。我已經懂了。

十點鐘開始、四點鐘結束，如果情況許可，週五可以早點結束。桑德告訴我時程表時，日子聽來並不會特別漫長；但我當時還不理解，人在窮極無聊下會非常疲勞。我壓根沒想到自己案件的審判過程會非常無聊。檢察官一五一十朗讀議事紀錄、表格、報告書和裁決書（等到該由證人朗讀相同文件時，我們會「再回來」談這一點），甚至還有更多的議事紀錄、更多裁決書。

上週超過一半的時間，都花在聽檢察官帶過我們「將再回來探討」的內容，簡直永無止境。法庭就像一場一直在找東西、卻忘記要找什麼東西的惡夢。那就像試圖在夢中尖叫卻叫不出聲，就算你掐住喉嚨，還是連「呱呱」聲都發不出來。這倒不是什麼恐怖的夢會引人害怕，你不會緊張到冷汗直冒；不過，你還是會知道，一切糟糕透頂，而且你束手無策。

今天桑德將進行陳詞（他會發表自己那些該死的文件，那些他稍後會詳細說明的文件）。他的陳詞某種程度上意味著會講述我的故事，不過他也提過，他將「說明我們認爲妳應該獲得無罪開釋的理由」。

桑德從來不說「一切都會沒事的」這種話。他不會對我說謊。菲迪南說過「別擔心」一、兩次，但她甚至懶得裝出自己確實這樣想的樣子。再加上我本身的感覺也稱不上「很擔心」，我就懶得理她了。

我不在乎煎餅圓臉男說什麼。

首席法官插上麥克風時，時間是九點五十八分。一開始他先擤了擤鼻涕。其中一名參審打起呵欠，也不用手遮住嘴巴。最初兩天，參審們都坐得挺直；但現在他們已經做不到這一點了。我們才剛要開始，他們的表情就已經比門口的警衛還要無聊。只剩下桑德的牙齒還在閃閃發亮，他精神很好；他覺得我表現得很好。

首席法官淡漠地念完開場白（「我們召開案件 B 147/66 的審訊……」），就像「以聖父、聖子、聖靈的名」或「我以天地爲誓」那樣，立刻就輪到桑德說話了。

「根據檢察官的說法，瑪雅．諾貝里涉嫌謀殺，教唆殺人，協助謀殺及謀殺未遂罪。」

我不覺得需要提醒這夥人這件事情，但桑德似乎覺得這是勢如破竹的開場白。

「瑪雅．諾貝里對罪責提出質疑。」他繼續說著，現在該輪到他滔滔不絕了。他在提到我對主要聲請、選擇性聲請時所做的初步陳述，就已經把現在滔滔不絕的話講過一遍了；情況頓時變得窮極無聊，我眞想拔腿就跑。但是他隨後就稍微降低了單調的速度，必須全神貫注，才能聽到他說話。

「檢察官認爲瑪雅．諾貝里涉及對克萊斯．法格曼的教唆殺人，她計畫、並執行了在動物島綜合高中的刑案……」

桑德聲音的腔調就像結凍一樣，這聲音在說：檢察官的宣稱眞是荒謬，既不合理也不可能。這聲音顯示醜八怪麗娜所說的一切是如此荒唐，桑德甚至沒有熱忱、沒有氣力重複這些話。他說完時，作勢發出嘆息聲。

「瑪雅．諾貝里對此表示否認。」

桑德的眼神從法官席的其中一端掃向另一端。那位疲勞的參審再次打起呵欠；這次，他轉過身去。

桑德繼續說下去。

「檢察官的犯行描述包括……」我很好奇，會不會輪到桑德打起呵欠。「關於……我該怎麼表達呢？最起碼關於一個詭異殺人犯的描述。」

檢察官坐立難安。她看起來並未昏昏欲睡，反而露出明顯的怒意，笨拙地望著首席法官，試圖喚起他的注意力。

桑德拉長音，露出滿意的表情，抬起頭，就像是在這一秒鐘想起新的事情。

「檢察官將瑪雅描述成犯人的方式，在某種意義上可謂獨樹一幟，非常獨特。」

我努力讓自己看起來稀鬆平常。一般，尋常，我想讓大家瞧瞧，我是多麼普通。獨樹一幟？他爲什麼這樣說？那不是好事嗎？檢察官對我的描述有什麼好的？桑德讓它聽來像是腺鼠疫（嗯，或者說，大屠殺案）。但是沒有人望著我，大家都瞧著桑德，生怕漏聽他所說的任何一個音節。

「瑪雅眞是這樣嗎？」我退縮了一下。這句話像是用鞭子抽了我一下。「瑪雅眞的像檢察官所說的那樣嗎？」

現在，檢察官的座椅不住地刮擦地板，她坐立難安，非常震怒。

桑德讓這個問題懸浮空中。桑德對我的優渥待遇、來自動物島區、是「天之驕女」、與現實脫節、受到隔離，以及檢察官所講的一切，全略過不提。桑德的反詰，用意在於我是不是十惡不赦，罪無可逭。

從統計數據來看，我的處境是有利的。單是我的性別就已經決定，我不太可能衝進學校開槍殺人。確實過去也出過女性校園殺人魔，但眞的寥寥可數。瑟巴斯欽就不一樣了；他的一生確實獨樹一幟，從各方面來看，都是個典型的校園殺人魔。撇開他是全瑞典最有錢的人不論，一切都合乎模式：一名心理有問題的白人男子，嗑藥，在學校問題多多，雙親離異，常接觸武器。桑德的舉證中，包括一位精神病學家的裁決書；這位精神病學家，將以證人身分被傳喚出庭。

「讓瑟巴斯欽發瘋的，不是瑪雅，」精神病學家將會這麼說，「他是自己發瘋的。」相反地，他們很難把我套進這個公式裡。我們的專家將會指出：「瑪雅不是校園殺人魔。」

桑德的王牌在於從數據上來看，我應該是無辜的。只不過問題是，所有殺人犯並非全是典型的。在爲數甚少的女性校園殺人魔案件中，她們總會和自己的男友一起犯案。但桑德對這一點卻不置一詞。不過檢察官已經準備了一群專家，等著要提出這一點。

現在檢察官受夠了，她按開自己的麥克風，嘴巴皺成一塊梅乾。

「桑德律師，就算只是出於時間方面的考量，難道不應該集中陳詞，把現在這些話留到結尾的申訴嗎？」

法官搖搖頭，他看來也很惱火；只是他是針對醜八怪麗娜，而不是針對桑德。法官不希望自己在主持審判時，被別人指指點點該怎麼做。

「桑德律師應該很了解我們的規劃，以及他所擁有的時間。」他瞧瞧桑德。「是吧？」

桑德點點頭，繼續說下去，精神顯然好多了。

「檢察官的犯行描述，堪稱舉世無雙的故事。全世界都被瑟巴斯欽和瑪雅，全瑞典最不可能扯上刑事案件的小情侶給迷住了。過去這九個月以來，新聞記者一直描述瑪雅．諾貝里是如何說服──噢抱歉，操縱自己那行動與力量上都不成熟的小男友，對他們最親近的人執行血腥報復。這為檢察官的故事寫作提供了良好素材。」

檢察官嘆息著，嘆息聲如此之大，所有人都聽見了。她用嘆息聲說，我從沒說過這些話。不過就算她沒明說，她還是說過的，大家都知道她的意思。法官不情願地舉起手，朝桑德的方向畫了個圓圈。他用手勢說，請就事論事。這手勢也說：老太婆是很多嘴，但她的話有幾分道理。你稍後可以再提到這點。我低頭望著桌面，我知道桑德在玩些什麼花樣；不過，他在談的還是我和瑟巴斯欽。

「到了現在，我們都知道這故事的經過了。瑪雅和瑟巴斯欽是一對問題多多的小情侶；毒癮，酒癮，和學校、彼此之間都有問題，親子關係、與朋友的關係也都有問題。檢察官試圖證明瑪雅非常渴望獲得注意，她對自己和瑟巴斯欽最親近的人懷抱無以名狀的恨意，她想報復，瑟巴斯欽很軟弱，他覺得自己受威脅，提出質疑；瑪雅是他生命中唯一固定的支點，他渴望獲得她的認可。」

檢察官又清了清喉嚨，這回聲音更高了。桑德毫不在乎，繼續說下去。

「我們已經聽過檢察官對克萊斯．法格曼之死，動物島綜合高中悲劇發生以前一連串事件的說明。瑪雅同意檢察官大部分的描述，」桑德又極其幽微地嘆了口氣：「但其中存在的某些關鍵，有顯著的差異。」

桑德低頭望著自己的文件，他安靜地翻閱了一會兒。他倒是不需要這些文件，關鍵在於爲我們爭取思考時間。他希望我們來得及感到有興趣，迫不及待聽他繼續說下去。

當首席法官了解桑德辯詞的序幕已經告一段落，便翻找自己的記事本，他邊聽邊做筆記；其實我滿喜歡他這一點的。有時候當他覺得麗娜．派森說太快的時候，他會舉手比出一個暫停手勢，使她放慢下來。有一回當麗娜．派森出示我在事發前一晚傳給瑟巴斯欽的簡訊時，他要她安靜，好讓他能記下事發時間。他甚至說：「噓！」當然那可能只是一時口誤。隨後他也馬上就說「等一下」。麗娜．派森就安靜下來。就算法官已經有了所有文件，麗娜．派森又大玩她那套「大聲朗誦，看螢幕」教學法，法官還是希望在自己的紙上記下所有事發時間。他對此很愼重，對麗娜．派森的話沒有照單全收；他這一點我滿喜歡的。

桑德繼續說下去。

「本案案情特殊，備受關注。我們大家都已聽過檢察官的說詞。在一段相當長的時間以來，她已經毫不在乎地把這些話轉達給媒體。現在我們該退一步來看。直到現在，瑪雅才能從自己的角度陳述事情的經過。請聽她說，謝謝。請保持寬闊的心胸。同時也請各位記住：我們在檢視完所有證據、聽過所有證人的證詞以後，才能對我們實際所知的做出結論。哪些是事實，哪些又是臆測？直到審訊結束，我們才能將我們在本案中所有的事證和瑪雅的說詞比對。」

檢察官發出一個很像翻白眼的人所發出的聲音。這聲音在說：不要把我們都當成笨蛋在耍。

桑德朝菲迪南點點頭。她起身，貼著一張擺著電腦、附有抽屜的講桌而站。她從那兒拾起一個小裝置，它的形狀像一枝筆，連接到法庭的兩片大螢幕。藉由這裝置，她就能用紅雷射光指著圖片。

雷射人，我邊想著邊感到一股笑意升上喉嚨，就像突然冒出、逆流的酸液。最後一刻，我才勉力將笑意壓制成一聲咳嗽。菲迪南點開瑟巴斯欽家私人用車道的監視器錄影帶。螢幕上的一角，註明了事發時間。這段影片沒有聲音。

「所以……我們知道了什麼呢？」桑德問道。「我們先來看時間順序。瑪雅曾說過案發當天，她在上午三點剛過時，步行離開法格曼家的房子。從法格曼家監視器調閱的影片顯示，這說法是眞實的。瑪雅在上午三點二十分步行離開了那棟房屋。她提過同一天早上接近八點鐘時，她又回到那裡；監視器影片證實這說法也是眞實的。」

他清了清喉嚨，朝菲迪南點點頭；她點出和克萊斯其中一名保全進行問話紀錄的影本文件。

「根據和法格曼家保全進行的問話，在瑪雅於上午三點二十分離開房屋以後，他藉由設有攝影機的門口對講機，最後一次和克萊斯．法格曼通話。對此我們可以做出什麼結論？當瑪雅離開那棟房屋的時候，克萊斯．法格曼還活著。」

菲迪南又點回到監視器的影片，讓紅色的光點在大螢幕上舞動著。

「我們再看一次。法格曼家房屋入口車道處的監視器攝影機顯示，瑪雅．諾貝里如何在早上三點二十分離開法格曼家的地址，以及她如何在上午七點四十四分再次回到現場。」

桑德清了清喉嚨，讓圖片依序放映。他們已經把監視器錄影帶畫面剪接在一起。首先我們看到我如何走出瑟巴斯欽家的大門，向下走到私人車道；然後，我再度回來。菲迪南用雷射筆在事發時間旁邊畫圈圈。

然後，菲迪南在螢幕上展示出一份驗屍報告書。

「根據法醫鑑定報告書，克萊斯·法格曼的死亡時間爲瑪雅於上午近八點鐘時，再次回到建築物前的兩小時。克萊斯·法格曼被擊斃的時間，約爲星期五早上五點鐘。法醫在現場的調查也支持這樣的時間點，後續的法醫驗屍報告亦然。因此這樣的調查顯示，當克萊斯·法格曼被擊斃時，瑪雅·諾貝里並不在場。瑪雅已經表示她在這個時間點上，介於大約上午三點半到八點鐘以前，都待在自己家裡，離法格曼的凶宅超過一公里。當天晚上法格曼家私人車道入口處的保全，以及瑪雅父母的描述，都能證明這個說法的眞實性。」

我從眼簾瞥見檢察官大搖其頭。她覺得這一段也是毫無必要的，她仍然認爲桑德應該進入正題才對。但當她描述時，卻說得不是那樣清楚，她的意思比較難懂。

「總之，我們足以確認的是，克萊斯·法格曼是在瑪雅不在屋內的一段時間點上死亡的。這也和檢察官的犯行描述相符。我的委託人對這部分並無疑義。」

有那麼一會兒功夫，我還覺得桑德會略過那些簡訊，對它們隻字不提。他會假裝它們不存在。不過，他當然不能這樣做。

「所以，當瑪雅待在父母家裡、離開和即將前往法格曼家的別墅時，發生了什麼事呢？檢察官對這部分的犯行描述已遠離了我們所知，成爲純粹的臆測了。」

同時菲迪南點到瑟巴斯欽和我在前一天晚上互傳，檢察官描述、顯示過的那些簡訊。我馬上寒毛倒豎，我的頭皮一陣緊縮，這和「叫我麗娜」上週展示這些簡訊時的反應是一模一樣的。我不想再看到它們，永遠不。桑德任由圖片閃動著，同時繼續說下去。

「檢察官對事件過程的描述有許多瑪雅表示反對的說法。但請先讓我簡單提醒各位瑪雅所承認的事實。她在偵訊問話中提到克萊斯・法格曼和兒子發生粗暴的爭吵。一群青少年待在屋內開狂歡派對；他們離開別墅後，爭吵仍持續下去。瑪雅與瑟巴斯欽一同外出散步，然後他們回到屋內，瑟巴斯欽和其父再起衝突。瑪雅離開他們的別墅，準備回家睡覺，這時瑟巴斯欽和克萊斯仍然在爭吵。到目前爲止，她沒有任何反對意見。」

派對。一想到這裡，我就全身作嘔。當克萊斯把丹尼斯、拉伯、艾曼達和其他所有人都趕出去以後，別墅裡陷入一片死寂。一開始我還覺得這樣眞舒服，然後克萊斯開始吼叫，不只對著瑟巴斯欽大吼，也對著我吼。我們不得不離開那裡。我們待在外面，走了相當長的一段時間。我好怕，瑟巴斯欽的爸爸讓我感到害怕。當他坐在辦公室和人們談話，接受付款，使他的人生過得更好的時候，你直視他時，簡直會對他肅然起敬。但是作爲瑟巴斯欽的老爸，他就頓時變成了另一個人。

我們回來時，克萊斯已經換上晨用大衣，他就在廚房等我們，甚至連裝作在看報紙都懶了。你幾乎認不出他來，皮膚上的色素全掉光了。就算他以前看來從沒化過妝（即使是上電視亦然），他此時看來，還眞是一副完全沒化過妝的樣子。

就在一小時以前，當克萊斯把所有人全轟走時，他看來眞是偉大，甚至比平常還要偉大；但現在，當所有人都走光、他也鬼吼完毀掉一切以後，他卻變得又矮又醜。所有商業上的光環全部消退殆盡。坐在餐桌旁邊的只剩下一個身著晨用大衣的蒼白老頭，一條在汙水裡轉圈圈、驚恐不已的魚，一條陷在海底盲目、蒼白的魚。看得出來瑟巴斯欽的老爸，就只靠黑暗和單細胞海底動物維生。

當時我對克萊斯．法格曼的恨意遠超過以往任何時刻。

「但是——」

桑德伸出一根修得齊整的修長食指。我們等著他說明我在哪些方面不同意檢察官所說的；同時我發現螢幕上的紅點收縮起來，固定在我第一封簡訊上。菲迪南已經放下雷射指示棒，紅點落在那裡，純粹只是手誤。我傳的第一封簡訊。

沒了他，我們還不是過得好好的。你不需要他。你爸真噁心。

其他的我沒再讀下去。

那天晚上，我傳的簡訊不只如此，大家都能讀到它們的內容。我低頭望著桌面。

其他人可以讀到：

他該死。

26 開庭第二週：星期一

「隔天上午瑪雅回到法格曼家的別墅時，她已經用手機向瑟巴斯欽傳了九封簡訊。瑟巴斯欽回了三封簡訊，打給瑪雅兩次電話。這些青少年對彼此說了什麼呢？檢察官表示他們在這些對話中計畫如何犯案。第一通電話持續了兩分四十五秒，是在瑪雅剛離開瑟巴斯欽的家以後、在她回到家以前。第二次通話是在她剛離開自己家門，準備回去找瑟巴斯欽時進行的，爲時還不到一分鐘。」

桑德瞧著菲迪南。她再次拎起雷射指示棒，將它指向列有那兩通電話的通話紀錄表。那紅點輕微顫抖著。怎麼會有人能理解，爲什麼我那時會寫下這些東西？克萊斯多麼噁心。他沒對瑟巴斯欽說該說的話、做該做的事，這還不是最糟糕的；最糟糕的，還是他實際上說了什麼、做了什麼。

以前瑟巴斯欽從來不想看到他這一面。他崇拜自己的老爸，他是他唯一崇拜、敬重的人。但就在這最後一夜，瑟巴斯欽被迫正視我已經知道的事實。然而當我離開那裡時，他看來還是比較疲累，而不是生氣。爭吵，散步，以及我們說的話，都讓他筋疲力竭。我覺得他那時會離開，就寢。我很生氣嗎？我不知道。長期以來，我的感覺已經不再重要了，瑟巴斯欽才是重點。「我該怎麼辦？」當他傳給我第一封簡訊時，我想表示站在他那邊，我想說我也見識到了他爸爸的爲人，沒有他爸，他還是過得很好，一切都會水到渠成。他的爸爸不值得擁有他，他沒權利侮辱瑟巴斯欽。

沒了他，我們還不是過得好好的。你不需要他。

我拒絕再看最後幾個字。但是我寫給瑟巴斯欽，告訴他：克萊斯該死。我是認眞的。

對於我當時的感覺，桑德完全不置一詞。即使我已經告訴過他。他反而再度舉起手指，手指伸得更高、命令的意味也更濃厚；他命令我們仔細聽。

「這串通聯紀錄，告訴我們什麼？首先瑟巴斯欽與瑪雅彼此談過，他們互傳簡訊。我們不知道他們談些什麼。我們倒是知道簡訊內容，但我們知道它們的意思嗎？」

他又高舉一根手指。

「瑪雅已經承認，她並不喜歡克萊斯．法格曼。她認爲他沒扮演好父親的角色。瑪雅是根據克萊斯．法格曼對兒子的待遇，做出這樣的理解。然而，過去瑪雅始終沒有採取足以被視爲驅使瑟巴斯欽殺死自己生父的行爲；她所說的話在法律意義上，也不足以被視爲符合教唆的要件。」

但是我就是希望他死啊。對於這一點，桑德是要怎麼拐彎抹角？

「關於她是否有預謀，『他該死』的簡訊是否意味瑪雅希望瑟巴斯欽殺死自己的父親，或對瑟巴斯欽是否會把這句話解讀成鼓勵行兇漠不關心，我們會再討論。我們認爲瑪雅並未預謀。還有另一個更重要的原因不符合教唆的要素：瑟巴斯欽想殺自己的父親，在這一點上，他並不需要由瑪雅來說服。我們會再討論這一點。」

新聞記者對這一切可是愛得不得了。我看不見他們，但可以感覺到坐在椅子上的他們全體將身子向前傾，生怕漏聽任何一個字。他們聚精會神地聽著關於皇帝克萊斯．法格曼的每一個字，聽著這邪惡的億萬富翁如何把自己的兒子當成不聽話的奴隸來對待。他們喜愛桑德將克萊斯．法格曼形容成一頭怪獸，希望能被放進他家裡，了解一切關於他如何忽視兒子，使他丟臉、羞辱他，將他逐出家庭、攆出家門的所有細節。一個正常的父親應該要確保瑟巴斯欽獲得照顧與關愛，而克萊斯．法格曼卻再三對他吐口水。我看不見那些新聞記者，但法庭的溫度卻因爲他們對這段新故事感到的興奮，升高了好幾度。他們很想描述這段故事，卻忘記了自己剛剛才在講另外一段故事。現在他們要讓觀眾和讀者們好好認識一下全瑞典第一大富翁。克萊斯．法格曼——把親生兒子變成大屠殺凶手的億萬富翁。這段故事還能影響股市，新聞記者們覺得這眞是妙不可言，不過他們可沒有能力處理這個附帶的「紅利」。

「我們再回到時間軸。我們很清楚的一項背景是：瑪雅在法格曼家逗留了十一分鐘以後，瑟巴斯欽．法格曼和瑪雅．諾貝里就坐上克萊斯．法格曼的其中一輛車，前往動物島綜合高中。他們將兩個提包帶在車上。檢察官宣稱瑪雅在協助瑟巴斯欽將提包放進車內以前，就意識到裡面是裝著什麼東西了。檢察官意指最晚在當天早上八點，在瑪雅逗留於法格曼家別墅的那十一分鐘期間，她就已經知道提包內裝的物品了。」

他放下手臂。

「瑪雅否認這一點。瑟巴斯欽會告知瑪雅他所做過的事、以及打算要做的事，這一點純粹是檢察官自己的臆測。瑟巴斯欽和瑪雅到校時，她並不知道瑟巴斯欽已經殺了自己的父親。瑟巴斯欽準備在學校做什麼，她也不得而知。瑪雅相信瑟巴斯欽接下來那幾天晚上不打算在家裡過夜，因此才需要打包行囊。她認爲他會睡在家裡擁有的其中一條船上，並在放學後將提包帶到船上。她是否應該問提包裡裝些什麼？她難道應該要想到瑟巴斯欽已經殺了自己的爸爸嗎？事後她面對警方問話時說，她會希望自己當初這樣做。但在這一點上我們不能責怪她。而且假如她這樣做了，後果也是難以預料的。瑟巴斯欽是否會殺掉她和保全，然後隻身一人到學校？也許吧。這一點我們不得而知。另外，起訴聲明也是令人感到索然無味的。關鍵在於檢察官不能證明瑪雅和瑟巴斯欽共同策劃了任何一起凶殺案。檢察官甚至不能證明，瑪雅當時意識到瑟巴斯欽有這些打算。」

「你，滾出我的房子！」當其他人還在場時，克萊斯．法格曼吼叫著。不只我一人聽到這句話。他也對保全這樣說，我給他二十四小時，然後我們就換鎖。在這以後，不准再讓他進入這塊區域。聽見沒有？聽清楚我說的話沒有？我不想再跟他扯上關係。他是成年人了，我不用再爲他負責。他該滾出去了。我受夠了。如果有必要，我會叫警察來收拾他的。

現在桑德對此還不置一詞。但是稍後就會傳喚保全，他會要求他們詳細描述這些情況。

桑德再度伸出一根手指。

「瑪雅對瑟巴斯欽的計畫一無所知。她沒有協助他準備或規劃，她也沒有直接或間接協助瑟巴斯欽犯罪。本週剩下的時間裡，我們會逐一更深入探討起訴書在這些部分的缺漏之處。不過，現在我想先提到檢察官的書面舉證。調查中有沒有證據能指出，瑪雅事先就知道提包裡並沒裝著瑟巴斯欽的行李，以及她事先就意識到裡面裝的是炸藥和武器？答案是否定的。」

菲迪南點出一份紀錄，先前檢察官就談過這份文件，但現在輪到我們出示同樣的文件了。

「調查中所有出現過的射擊用槍械均歸克萊斯．法格曼所有，在案發前保存在一只設有密碼的武器收藏櫃裡。瑪雅並不知道密碼。那些提包是屬於瑟巴斯欽．法格曼的，她並沒有協助打點這些提包，或是以其他方式協助準備工作。我們會再回來談技術調查，並證明這項調查也能證實瑪雅的說法。」

老實說，我覺得桑德的描述開始有點不穩；但首席法官似乎仍在聽著，其他參審看來也沒有想睡著的跡象。桑德描述我們如何駕車到學校，花了多長時間將車停在哪裡，菲迪南則點擊自己的電腦，並用雷射筆指著重點。煎餅圓臉男翻找著自己的卷宗夾，並三不五時將文件塞給桑德。

桑德講到當我們來到我的置物櫃時，瑟巴斯欽將其中一只提包放在裡面。那只提包裡就裝著炸彈。我被問到自己爲什麼讓他把提包放在那裡，爲什麼會答應、說好，還說類似「請把你的炸彈放在我櫃子裡」的話，已經有六十三次之多。檢察官就像那些偵訊我的警察一樣，納悶著：爲什麼我不要求瑟巴斯欽把東西留在車內？如果他的行李眞的要放到船上去，爲什麼要帶進學校裡？

我已經努力說明。說實話，眞相就是瑟巴斯欽根本就沒必要問我，能不能把提包放在那裡。他就這樣做了。我不需要答應；因爲，我從來就不敢不答應。

如果妳不覺得他把其中一只提包放在那裡是很奇怪的事，爲什麼妳不覺得讓他把兩只提包都放在那裡會比較好？他將一只裝著行李的提包一路拖進教室內，妳都不覺得奇怪嗎？

另一只提包根本塞不下。他沒法把兩只提包都放在置物櫃裡。爲什麼用我的置物櫃，而不是他的？瑟巴斯欽沒帶自己置物櫃的鑰匙，他從來沒帶過。我甚至不認爲他的鑰匙還在；不管怎樣，我從沒看過他使用自己的置物櫃。如果他需要置物櫃，他就用我的。他還用我的課本、紙筆（而他極少在乎這種事情）。瑟巴斯欽將另一只提包帶進教室，而不是將它留在置物櫃，一點都不奇怪。

桑德講完關於我的置物櫃與提包的事情以後，就盯著菲迪南，等著她更換圖片。那是教室的空間示意圖。我感到從上顎傳來的噁心、嘔吐感。我眞想用雙手遮住眼睛，但我知道自己不准這樣做。我必須聽。我必須裝作一副能撐過這一切的樣子。

「教室裡的案發過程，目前尚未完全明朗。但是根據瑪雅能夠憶及的部分，事發順序大致如下。在教室裡，琵巴斯欽．法格曼把那只帶進教室的提包，放在教室後排的其中一張長凳上。」

菲迪南用紅點指著。

「法格曼進入教室後，立刻打開提包掏出一號武器——那是一把登記在克萊斯．法格曼名下的半自動獵槍。該武器廠牌爲雷明登（Remington），口徑爲308W。琵巴斯欽開火時，瑪雅就站在他正後方。一號武器裝著標準彈匣，裡面附有四顆子彈。法格曼開了兩槍，命中……」菲迪南讓雷射光束指著丹尼斯的位置，該點標示爲「一」。「隨後法格曼清了槍膛，重新裝上一組標準彈匣，再開了一槍。」菲迪南指著克利斯特和薩米爾的位置。「他並沒有放下武器，裝彈時間大約花了他兩秒鐘。瑪雅．諾貝里因爲琵巴斯欽開槍的關係，拾起二號武器。這把武器也登記在克萊斯．法格曼名下。它就放在已經打開的提包裡，清晰可見。這把武器的型號和一號武器相同，也同樣裝著含有四顆子彈的標準彈匣。在那之後，琵巴斯欽一次擊發一顆子彈。」

菲迪南讓雷射筆光束掃向艾曼達被命中時的位置，再讓該點停留在代表琵巴斯欽的數字上。她點著自己的電腦，圖片顯示代表琵巴斯欽和艾曼達的數字，以及代表我的實線圓圈（我沒被標號，只有一個圓圈）移動著。

「當瑪雅拾起武器時，那把槍很可能已經開保險。就在她試著找尋開保險的位置時，她出於失誤先擊發一顆子彈，隨後又擊發了另一顆。幾秒鐘後，她才把槍膛清空。」

菲迪南又用手上的玩意兒在平面圖上點出四個新的位置。點，點，點，這些數字移動著，直到完全靜止下來；這讓我想到小時候，外祖父常爲我做的那些活動掛圖，每頁角落總有個棒線畫，快速翻閱時，它就像在飛奔一樣。有一次外祖父畫了個上吊的人偶，到最後一頁時人偶就死掉了。這讓外祖母很是光火。

「槍擊結束時，瑪雅等候警方和救護人員到場。他們到場時，瑪雅並未有任何抵抗，任由他們解除武裝。」

在死屍從教室移走以後，他們在教室照了許多照片，不過桑德沒有舉出這些照片。只有筆記，以及包括小點、數字和虛線的素描。沒有血跡。我的陳述——或者更正確地說，我辯護律師的陳詞，一點血腥味都沒有。

「現在，我們進入檢察官犯行描述的核心部分，」桑德從側面望向我：「簡言之，檢察官意指瑪雅和瑟巴斯欽事先一起預謀殺光所有在場的人，讓放在瑪雅置物櫃裡的定時炸彈引爆，最後再飲彈自盡。檢察官意指瑪雅剛擊發二號武器時所開的那幾槍，目的在於殺死艾曼達。檢察官並宣稱瑪雅蓄意殺死艾曼達，並在不能被視爲是『必要防衛』的狀態下殺死瑟巴斯欽。」

桑德再度暫停。沒有人再打呵欠了，他們再度挺直了背脊。桑德的話音靜止時，參審們望著我。我用手背擦眼睛，回望著他們。煎餅圓臉男遞給我一條紙巾。我接過它，將它擰成一團。桑德繼續低聲說下去。

「瑪雅否認對犯行的責任，她並未與法格曼計畫這些犯行。當她來到法格曼家，坐他的車到學校時，並不知道克萊斯．法格曼已死。她也並未被告知這件事。她不知道提包裡裝著什麼。針對瑪雅還在自己父母家裡時，法格曼父子之間發生了什麼事，我們就只能臆測了。也許爭吵升溫，導致瑟巴斯欽決定射殺自己的父親？也許他事先已經打算這樣做？但是在這場審判中，我們將不會對瑟巴斯欽．法格曼的行爲和動機做出臆測。法院唯一的職責在於確認瑪雅在這當中的角色。槍擊發生時，瑪雅是很震驚的。當她拾起由法格曼帶進教室的其中一把武器時，目的是要保護自己和其他人的生命，阻止法格曼。他很快就射殺了前三個犧牲者，動作非常快。瑪雅不是什麼熟練的槍手，而且她已經嚇壞了。在她一開始擊發武器時，艾曼達·史坦被擊中了，但這絕非瑪雅的目的。瑪雅很不習慣自己在提包中找到武器的運作方式，她在調查中說明在試圖找到保險開關時，誤擊了第一槍。子彈擊發時她被嚇到了，出於失誤再度擊發了那把武器。直到那時她才開始慢慢掌握手中的武器，再次射擊時才擊中法格曼。在這一整段期間，瑪雅都處於完全的必要防衛狀態。她活命的唯一方式在於：取來法格曼帶進教室的其中一把武器，用它保護自己。」

現在桑德站了起來。他再也無法呆坐著，他走到菲迪南面前，從她手中取過雷射筆，任由紅色光束在教室示意圖上旋轉，卻不特意指著某個點。

「調查是否有指出瑪雅事先就和瑟巴斯欽計畫這一切？沒有。是否指出瑪雅事先就意識到瑟巴斯欽的計畫？沒有。檢察官是否能證明瑪雅預謀殺死艾曼達？不能。這所有的問題，答案都非常清晰、明確。起訴書無法證明這些事項中的任何一點。瑪雅是否出於自我防衛，殺死瑟巴斯欽？當然是的。」

檢察官第二次抓起麥克風。現在，她顯然是氣瘋了。

「我必須嚴正抗議。要求律師進行客觀陳詞時就事論事，眞有這麼困難嗎？律師難道不能在最後階段再講述這些辯詞嗎？」

首席法官不情願地點點頭。

「桑德律師？」

桑德反而轉身面向我。他迅猛地舉起手，紅色光點照在我的肩膀上。我退縮了一下。桑德看來很生氣。法官和檢察官認爲他應該改弦易轍，他也不在乎。他們必須把他趕出去，才能讓他閉嘴。他似乎已經不再對參審們說話了。

「請幫我說明。瑪雅……一個青少年擔驚受怕，生命遭到威脅……她還能怎麼辦？」桑德的手臂又落了下來，轉身面向參審座位席；我可以鬆一口氣了。「請爲我說明，如果你們陷入她的處境，你們會怎麼做？請幫我說明，你們怎麼能夠責難她？」

檢察官的麥克風開啓著，她高聲咳嗽、清喉嚨，刻意持續好一段時間。

法官又點點頭，這次顯得比較堅決了。

「桑德律師，我們得進行下一階段了。律師應該有些書面舉證，必須提出來探討的？」

桑德轉向菲迪南。他聳聳肩，把雷射筆放回去，回到自己的座位上。他坐定位時，聲音已經回到往常那乾枯的腔調。

「我們是有一部分書面舉證，必須引用。是的。」

一部分。這很符合桑德的性情。他遞交上去的書面舉證文件可是重達數公斤。

菲迪南已經拾起一落厚重的文件夾，法官們人手一份。首席法官先拿到屬於自己的一份文件。最後，菲迪南將四個卷宗夾放在檢察官的桌上。除了瑟巴斯欽的精神病醫師針對聖誕節隔天發生的事件做的裁決書以外，還有針對我個人調查的補充，以及桑德讓自己的職員預約並執行補充性調查措施的影印件。他完全不信賴檢察官的任何一條分析，而是自己針對凶器與刑案發生現場做了調查。他甚至針對這起校園槍擊案，自行重新建構現場。桑德所做的幾乎就是另一次完整的調查。

他將會針對每一份文件對庭上耳提面命。文件，文件，還是文件。我們將會「回過頭來」探討絕大部分的文件。先是午餐時間，然後就進入午後了；很快地，一切再度變得無聊起來。

桑德將水喝完，蓋上最後一份文件時，時間是下午三點二十五分。法官高舉手臂，發狂般地在筆記本上寫著。桑德讓他寫完。

然後桑德把雙手攤在自己面前，手掌伸開，眼神直視前方。

「有時候，針對特別難判定的疑難懸案，我們常說，每個字都針鋒相對。在這裡，事情要簡單得多。技術調查顯示瑟巴斯欽打理了提包，獨自處理了武器和爆裂物，他是獨自一人策劃這起刑案的。瑪雅並沒參與殺死克萊斯．法格曼的過程。瑪雅擊斃了殺人犯。我們對於事發背景又知道什麼呢？我們知道瑟巴斯欽的問題很嚴重。問題嚴重到連瑪雅以外的人都為他的人生擔心。聖誕節的事件爆發以後，她陷入持續性的憂慮。春季時，瑟巴斯欽變得越來越暴力，越來越難以應付。他周遭的許多人都證實了這一點。這種非理性的行為最終演變成這場災難，瑪雅是受害者之一。相反地，瑪雅從來沒有顯示暴力的跡象，直到自己的生命受到威脅，她都沒有顯示過這種跡象。」

桑德從側面望著我。突然間，我領會到他想握住我的手。我將手放在膝前，望著首席法官。當桑德說完時，他直視著我的雙眼。

「瑪雅．諾貝里在自己的教室裡，擊發了一把武器。她為了保護自己的生命才這樣做。但是，現在輪到我們了，我們必須拯救瑪雅。」

27 開庭第二週：星期一

隨後，現場一片沉寂。死一般的沉寂。幾乎就像有人在教堂完成了絕美的獨唱，卻不准人們拍手的情景。桑德以全瑞典最優秀的刑案辯護律師聞名。也許直到現在我才眞正意識到，他絕非浪得虛名。

他是陳述的高手，但我先前卻沒意識到，他是如何善於說服他人。煎餅圓臉男始終斬釘截鐵，即使許多人相信這就是成功的特質，他還是無法在法庭上發言：人們認爲，只要展現出百分之百的自信，就足以說服他人。現實生活中，那種自信沒人會買帳的。政客應該要學會的一點是，我們期望以問號收尾的句子。我們期待有人能給建議，而不是把一切弄得一清二楚。我不確定這樣行不行，但我樂於嘗試。

一路上，每一步桑德都讓所有人緊隨著他的質疑。當他說出「我們應該捫心自問實情眞的是這樣嗎？」時，大家全都好奇起來；當他說到「我們決定自己親手調查這個案件」時，即使人們先前覺得進行警方該做的工作眞是時間、金錢上的浪費，大家還是覺得這是個非常好的主意；當他提到「我們對結果驚訝不已」和「我們已經得到結論」時，每個人都屏息凝神，專注聆聽。即使他們確信他有錯，他們還是會忍不住降低心防，想著「也許……他說的還眞有幾分道理？」

此時法庭的氣氛和今天早上已經不一樣了。新聞記者們是如此努力寫著故事全新的曲折點，使得人們相信，即使記者們自己辨出了前一個版本，他們還是已經忘記第一個故事的版本了。首席法官望著我；即使他沒必要望著我，他的眼神在這一天中，仍數度與我交會。他先前可沒這樣做過。

我想這些由我傳給瑟巴斯欽的簡訊，意義已經不那麼重大了。這是我第一次想到，對他們而言，這也許不是能充分證明我背著提包，以及他們在我置物櫃裡找到炸彈的證據。它們也許不足以充分說明：很顯然地，妳想把整個學校炸飛。我來得及把這一切想清楚。我來得及想到法庭氣氛的轉變，也意味他們改變了對我的想法，也許改變了他們對「我是誰」的看法。

我寧可死。得把他除掉。他該死。真有可能懷抱這些念頭而不殺人嗎？這種話能說嗎？桑德認為可以。桑德說，告訴男朋友自己討厭某人，並不能以刑責處分。他說，不管我對瑟巴斯欽說了些什麼，他都會殺掉自己父親，把他想做的事情做完。就算我沒做這些事，一切仍然會發生。我只來得及想到，也許他是對的。也許？

「今天，我們感謝辯護律師的陳詞。」首席法官說著，開始整理他眼前少數幾份文件。我望著參審席上的其他人。他們從來不提出問題，也只會在認為我沒察覺的時候，才會望著我。

「明天將由被告進行陳述？」

桑德點點頭。我不情願地屏住氣息。該我了。時候到了。法官瞄了一下自己的腕錶。

「我們今天就進行到這裡，」他伸手取來自己的公文夾，把筆記放在裡面。「如果沒有其他意見的話。根據我的理解，原告審訊的時程有一些問題，是這樣沒錯吧？」

麗娜．派森輕咳了一下。

首席法官望著她。她挺直背脊，果決地點點頭。她仍然很不爽，但這提醒她，這場審判還很漫長。很不幸的是，我也被提醒了這件事情。

現在桑德已經盡到自己的本分，明天就換我陳述了。不過如果這間法庭的諸公質疑我就是檢察官宣稱的殺人魔，那很可能也只是偶然。那種想法不會特別持久的。

麗娜．派森靠向那小巧的麥克風，轉開電源開關。因爲當我一講完，就又輪到檢察官發言了。換句話說，某人不同意桑德說的，打算對所有人耳提面命：我殺了自己最好的朋友。這個人說我拾起武器的時間點比我宣稱的要早，我擊中艾曼達的時候根本沒有瞄準瑟巴斯欽；所以根本不是誤擊。

麗娜．派森開始大放厥詞。

「正如我已經知會法院方面的，一如各位所知，原告本週無法參與……因此我將由引述一號至四號證人的證詞開始。相關證人均已受通知，並接受了時程變更的安排。隨後我要求原告根據法院方面的指示，於週一上午十點鐘出席。據我的評估，我們會需要一整天的時間。」

我從眼角瞥見煎餅圓臉男。他看來悶悶不樂，表情一點都不像是我們勝劵在握的樣子。我想到一開始某次，其中一名看守所警衛獨自陪我從偵訊室走到我的囚房時，對我說的話：「妳知道，這個桑德從來就沒打贏過任何官司吧？這些明星律師從來就打不贏的。他們只管接最噁爛、大家都知道有罪的客户，只因爲他們喜歡沒希望的案子。然後，他們就打輸官司。這當中就數桑德損失最多了。」

這一點煎餅圓臉男當然心知肚明。他知道明星律師接我這種案子從來就不打算贏，他只想昭告天下，他準備讓世人接受原則，然後打輸這場官司：就算是最噁爛的罪犯，還是有權利獲得辯護。

在座的諸位法官很喜歡聽桑德說話，看專業的律師出勤。但是該來的還是躲不掉的。我已經幹下了這件事，幹下這件事時，還有人參與其中。我有權獲得全瑞典最好的辯護律師爲我服務。但是，我是沒權利打贏官司的。

法官點點頭，用法槌敲了敲桌面。那感覺彷彿直接敲在我的額頭上。妳該死。

「那就這麼說定。將在週一上午十點傳喚薩米爾·薩伊德。我們明天繼續。」

我和薩米爾

28

「把證書掛在廁所裡？」薩米爾笑著，回到我房間，仰躺在我床上，雙手抱在頭部後方。「真的有人這樣做嗎？把證書懸掛在訪客用廁所的牆壁上，老天爺，讓大家看看真的是在斯德哥爾摩商學院，還有英士國際商學院待過？」

我試著用不在乎的笑來回應他的竊笑，並起身將窗戶打開一條縫。那是聖誕節前一週的週六，房間內空氣相當滯悶；距離薩米爾第一次親吻我，已經過了五天，現在他已經在我這裡過夜了。我還能說些什麼？我爸非常蠢，已經不是新聞。瑟巴斯欽週末在南非打獵。老媽和老爸在倫敦，還帶著蓮娜同行。沒人會在接下來的一天多裡回到家的。

「這件事很諷刺，但爸爸覺得這種事很好玩。其實他只是不想承認這對他很重要。」

「訪客用廁所，」薩米爾還在笑：「妳老媽把自己的成績單掛在哪裡？掛在訪客的臥房裡？」

即使老媽在校成績比老爸好，她可從不會用這種方式表現自己。有次我在頂樓的一個箱子裡找到他們的舊成績單。我告訴老媽時，就我的感覺，她並不開心；她似乎反而很惱火。「我大學時成績也比較好，」她嘴裡嘶嘶作響：「在法學院就讀最後四個學期裡，我的成績可是第一的。」聽來就像是我惡意中傷，羞辱了她似的。

我的雙親都很怪，但奇怪的地方又不一樣。我回到床上，跨坐在薩米爾身上。

「我老爸認爲，讓大家看他多麼努力才到達今天的地位是很重要的。不過對他來說最重要的事情，就是假裝自己樸實、不浮誇。」

薩米爾挽住我的頭髮，親吻我，將舌頭伸入我的嘴裡，只是有點太深了。以前親熱我們都是匆匆完事，趁——沒——人——發現時見好就收；今晚，我們第一次有比較充分的時間相處。六天以來，我們做了五次愛。最近這二十四小時以來，更做了三次愛。和他一起入睡、醒來的感覺很奇怪；他的手指感覺不太一樣，我還沒能馬上習慣看見他赤裸的全身。

「努力用功，妳說，」薩米爾愉悅地搖頭。「妳老爸想讓大家瞧瞧，他靠著努力、用功才爬到今天這個地位？他不就跟現在的拉伯一樣住學生宿舍嘍？」

「對，可是……」我知道薩米爾想說什麼、他的論點。但就算不是在街頭長大，爲自己做過的事感到驕傲，這不過分吧？「我爸會住那裡，可不是因爲我爺爺、奶奶有錢；他們住在國外，他不得不上寄宿學校。」

「我了解，」薩米爾對著我的頸子喃喃自語，用自己的鼠蹊部擠壓著我：「那一定有夠辛苦。妳老爸眞辛苦，眞是可憐。」他再次笑開來，然後終於安靜下來。薩米爾撩起我的T恤時，我從窗戶中瞥見我們在玻璃上模糊的倒影。他把手臂搭在我腹部上，嘴巴貼著我的胸部；我向後靠，躺下，讓我的頭部和頭髮垂在床沿，以便能直視我們的倒影。我好愛我們的模樣，薩米爾的感覺，以及他摟住我時那厚實的線條與寬大的雙手。他不夠溫柔，不夠熟練；不過我希望他繼續，更用力，更貼近地呼吸。我們在一起，眞是美極了。

我有權決定要怎麼做愛，甚至不得不這樣做。薩米爾樂於擔任發軔者，卻把其他一切留給我，讓我展示、主導。我想仰躺就仰躺；要是我壓在他身上或是做五體投地狀，我們就這樣搞。要是我什麼都不做，他會惱火。「來啦！」要是我沒自己拉下絲襪、內褲，雙腿張開，或沒做出能讓他直接插入的動作，他就會這樣說。除非我對他說「脫掉我的內褲，分開我的雙腿，插進去！」，他才會這樣做。

完事以後，我們就頭腳平行、並列躺著。他正對我，半坐著，倚靠我的枕頭，用手指纏起一綹深色的鬈髮。當他盯著我瞧，時間有點太久的時候，我的胃就一陣緊縮。我和他，我們會漸入佳境的，我心想。當我和瑟巴斯欽分手以後。

「你聖誕節要做什麼？」

一開始他沒答腔。他反而閉上眼睛，將我從床的一邊拉過來，逼使我在他身旁躺下，再次親吻我。我將手伸進他濃密的頭髮中。床不夠寬，這種姿勢下，我們的空間不夠；我感覺像要從床邊墜下。

這時我的手機閃動著，鈴聲已經關閉，不過螢幕閃動的光線很明顯。我貼近薩米爾，沒看著電話，完全無視，舉起手搭在薩米爾的肩膀上。

「你進來一點，我沒位置了。」

他向內翻動了一、兩公分，卻在我滑動的時候起身，爬過我身上，下床，伸手抓來自己的內褲，套上它。

「我要念書。」

我訝異地望著他。難道他只因為我收到一封簡訊就吃醋嗎？

「你一定要現在念書嗎？」

自從薩米爾到這裡以後，我就從沒打電話給瑟巴斯欽。我有回他的簡訊；但我都是先把自己鎖在浴室裡，再回他的簡訊。我對此不能坐視不管。薩米爾沒理由因爲瑟巴斯欽傳簡訊給我就對我生氣；我已經向他解釋過情況，他說他了解。

「我是說，放假的時候妳問我聖誕節要做什麼；我會待在家裡念書。」

薩米爾套上內褲以後繼續穿T恤。就隨他去吧。

「我去洗澡。」我說。把手機放在床頭小桌上。如果薩米爾想讀那些簡訊，他大可以直接看，我不在乎。我會和瑟巴斯欽分手，這件事明顯可見；但不是現在，我甚至會迫不及待用電話分手，這一點，就連薩米爾也必須搞懂。

我進到廚房時，他就坐在廚房裡，喝著我們家濃縮咖啡機的黑咖啡。他前一晚還對這咖啡機非常嫌棄。

薩米爾對裝潢倒是有一大堆意見。天花板吊燈：我看，這是來自廢棄工廠的回憶。刀架：爲什麼買不能磨亮的刀？咖啡機：這臺機器在一個能眞正品味咖啡的國家是賣不出去的。電爐：是妳媽在煮飯嗎？藏酒的冰櫃：我也要有一個！如果讓香檳和那些無產階級者的牛奶攪和在一起，妳就知道會發生什麼事了。

他在我們的餐具間找到蓋著一層灰的麥片，將它們倒在碗裡，卻完全不嘗。我做了水煮蛋、烤麵包，現在卻頭痛起來。我想不起來，該談些什麼。戶外，太陽在這十天以來第一次露臉，我們卻不能手牽手散步，或去某個地方，坐在咖啡廳裡，勾勾手指；或去看電影，然後躲在暗處親熱。當我外出時，總會遇上熟人。

「你在想什麼？」我說。

「我得趕快回家。」

「你告訴你爸媽，你在哪裡嗎？」

他聳聳肩。

我起身，將我的盤子放進洗碗機。薩米爾坐在自己的位子上，舉起雙手，使我能接起他的咖啡杯。

「我會跟瑟巴斯欽談談。可是……」

薩米爾哼了一聲。

「我可沒叫妳做什麼。」

「我知道。可是瑟巴斯欽心情很糟，他……」

「閉嘴，瑪雅。關於可——憐——的小瑟——巴——斯——欽，你們之間的垃圾事情，自己去解決。但是別把我扯進來。他沒什麼好可憐的。如果家裡、豪華別墅住得那麼難受，怎麼不搬出去住？如果不想來學校，怎麼不直接休學？妳那個男朋友，不管他是毒癮上身還是頭腦清醒時，都是個垃圾。我要是他老爸，老早就把他攆出去了。至於妳爲什麼認爲自己非得照顧他不可，我也不懂。」

我吞了一口口水。

「他需要……」

「瑪雅，他不需要妳。讓妳失望，我也覺得很難過，不過他誰都不需要。對瑟巴斯欽．法格曼來說，沒有人是不可取代的。他對誰都不在乎，對妳也一樣。」

我來不及反應，來不及想到該說什麼，才能讓薩米爾了解。我的手機嗡嗡作響，鈴聲悄悄地傳了過來，由於震動，手機在流理臺上向前蠕動著。我們注視著我的手機，直到語音信箱響起、螢幕上的光線熄滅爲止。

「十二分鐘以後有一班公車，」薩米爾起身：「我要趕上這班車。」

他把那一碗黏膠狀的麥片留在餐桌上，走進玄關。我緊隨其後。我趨身向前，吻了一下他的臉頰。就在他綁鞋帶的同時，我將門鎖打開，鑰匙還插在內側。我開門時，艾曼達站在我們家的私人車道上，正在將自己的腳踏車上鎖。

「嗨。」她說著，站在那兒，雙手插腰。薩米爾從我和她身旁經過。

「嗨，嗨。」他對艾曼達說。他的聲音聽來毫不在乎。艾曼達沒有回應。薩米爾到了路上，就開始半奔跑起來。

「到時見！」他喊道。我們之中沒有人答腔。

當我再次望著艾曼達時，她回瞪著我。在她確定我已經看到她了解情況以後，她再度解開腳踏車鎖，將車子牽上大路，開始騎動。我沒法跟上去。身上只穿內褲和T恤去吵架，實在太冷了。我又回到那該死的ＢＪ單身日記的狀態了。

當艾曼達消失在視線內後，我回到屋內鎖上門，將手機關機，把我的羽絨底被拉到客廳裡，躺在沙發上看了三集《陰屍路》，直接從湯鍋裡取出塗著奶油和乳酪的通心粉吃著。我等了四個小時。倒不是因爲我不知道艾曼達在哪裡，也不是因爲我對情況置之不理，任由它爆發；原因是，我需要獨處。

當我再度走出大門時，夕陽幾乎已經下山了。天空下著雪。我邊走邊打電話給薩米爾，他沒接。從天而降的其實不是雪片，而是雪的一種變體，提醒我們：不要覺得冬天很有趣。我走入化成爛泥的雪和十二月的陰暗之中，鞋底濕透了。馬廄裡每扇窗戶的內側，都因爲點亮的設備、馬匹的體溫和吐出的氣而霧氣迷濛。門敞開著。

「我們可以談談嗎？」

她沒答腔，我就走了進去，坐在小馬戴文頭部的旁邊。艾曼達起身，用長毛馬刷刷著馬兒的臀部，每刷一下就刮擦一次。馬兒的身體已經閃閃發亮，但艾曼達不能現在停手，否則她就得看著我了。

我在這裡幹嘛？我爲什麼會突然覺得需要澄清？讓艾曼達冷靜下來，難道是我的任務嗎？我可沒對她怎樣。但是我還是待在這裡，想要解釋沒發生什麼嚴重的事情，她的人生會一如往常，不會有所改變的。然後，還有道歉。我們之間的關係看起來就是這樣。不管我有沒有做錯，總是由我道歉。她則從來不道歉。

戴文垂下頭來，呼出的暖空氣逸散到我的頭髮上。我撫摩著牠的口鼻。我上次待在馬廄至少是半年前的事了。之前我其實就住在這裡。老爸總是說只要我開始「喜歡男生」，我就會對騎馬失去興趣。我很厭惡的是，他是對的。每次我一鑽進這間馬廄，總是下定決心要重新開始。但是我始終沒能重拾對馬術的愛好。

「艾曼達。」我嘗試著。把事情講清楚也好。

「妳不能……」艾曼達轉身面向我，舉起手，用長毛馬刷作勢威脅。她非常憤怒，連聲音都顫抖。「我眞不懂妳是怎麼想的，瑪雅。我不懂，妳覺得我還要講什麼。妳知道這一切有多麼荒謬嗎？妳知道妳做了什麼嗎？」

我點點頭，表示贊同。也好，也許這樣能縮短過程。

「總之，我知道這樣對瑟仔很不公平……」她開始哭起來。艾曼達堅信這一切和她有關。「但是，瑪雅，他不應該受到這種待遇的。瑪雅，他很難受。妳不能對他這樣。」

妳再喊一聲「瑪雅」，我就打死妳！我心想。我不得不暫時先安靜下來。從一數到一百。讓她把話講完，我根本不需要聽，我只需要讓她自己講話。

但是她不能左右我的想法。她不能阻止我對她尖聲大喊：妳什麼都不懂。她是個白痴。她甚至根本不懂，她幫瑟巴斯欽取的綽號，讓和我們很熟的這些男生，聽來像卡通片裡的角色。什麼拉伯，什麼瑟仔。然後是陶仔、盧仔、蚵仔、方仔、夏仔。我吞了一口口水。我受不了艾曼達了。對於所有自認爲了解和瑟巴斯欽在一起是怎麼一回事的人，我已經受夠了。是我跟他在一起，只有我跟他在一起。我並不想這樣，但結果還是我在承受。而他們完全不懂：我的心情糟透、爛透了。艾曼達太過分了。我處理不了的。但是，我仍然不敢抗辯。

「我不能……這不……」

「薩米爾呢？這樣對他也不特別好。妳是愛上他啦？」她的哼聲是如此輕蔑，會使人覺得我們在談論的是某個身穿工作褲、肥胖的社民黨基層政客，而這政客的成年子女剛好又子承父業。

爲什麼不可以？我憑什麼不能愛上薩米爾？這眞的這麼不可置信嗎？自從艾曼達和拉伯在一起以後，她每講到薩米爾，就彷彿要刻意大發慈悲似的。薩米爾好聰明。薩米爾眞有趣，又聰明。他眞是太有趣了。我說得沒錯吧？

「不，」我邊搖頭邊說，「不，不。」我連感覺的精力都不剩了，這也許是謊言，但我沒力氣在乎自己了。「我不知道。艾曼達，情況一直很麻煩。我喜歡薩米爾，他不會一直這麼麻煩。我已經……我和瑟巴斯欽已經沒……」

我不需要把任何一句話說完。任由艾曼達填補上自己認爲最恰當的內容，反而更好。其實我也應該要哭的。我們不可以同時哭泣，艾曼達不喜歡別人分享屬於她的關注。但是她一停止哭泣，就該我開始哭了。爲了要眞正把她拉攏到我這邊，我也應該讓她來安慰我。但是我很猶疑，自己是否能辦到這一點。

「事情就這樣發生了。和瑟巴斯欽有關的一切有夠麻煩，而薩米爾……」艾曼達憤怒地瞧著我。

「我會跟薩米爾談談，」我向艾曼達保證。「我也會和瑟巴斯欽談談，但妳必須答應我，什麼都別說。妳千萬別對拉伯或瑟巴斯欽說些什麼。因爲不能讓瑟巴斯欽知道。要是他知道的話，他會瘋掉的。」

艾曼達點點頭。

「當然，我不會透露的。」

我很納悶，她會不會已經告訴拉伯了。

「很好。」我說。

「我會永遠信守我們的祕密。」艾曼達惱怒地說著，還帶著濃厚的鼻音。

我心想，妳還是先學會把話講清楚吧！信守自己的諾言；不洩漏自己的祕密。但是我懶得再指出這一點了。

我反而說：「謝謝妳，艾曼達。」

29

屋外陷入一片漆黑，下午四點，夜幕就已低垂。歡迎來到十二月分的瑞典。在我為了自己根本沒犯過的錯安撫完艾曼達以後，就離開馬廄，再度打電話給薩米爾。他還是沒有回應。我一連撥打了四次電話。我傳了一封簡訊。他的狀態顯示為「在線」；但當我的訊息被標示為「已讀」時，他就離線了。沒有回應。當我走到文德路上時，看見巴士從廣場上駛來。我跳上巴士，再打電話給薩米爾。電話直接被轉入語音信箱。

我們必須促膝長談。我不想等到瑟巴斯欽回家。我要在別人能阻止我以前，把自己被迫、不得不做的事情做完，在我反悔以前。薩米爾離開時，就算是在艾曼達出現以前，還是帶著怒容的；我不希望我們之間出現不和，我不希望他會認為我以他為恥。我希望他知道我是認真的。

捷運車廂裡有兩扇窗戶是開啓的，空氣相當冰冷。然而，週五晚上的酒臭味與密集的聖誕節大採購氣息，仍清晰可聞。摩比站和東礦區廣場站之間，所有位置和空間都被人潮和購物袋占據，要進入舊城區得花上一點時間。人實在太多，我根本望不見窗外的景象；不過，在我轉到捷運藍線以後，情況就好轉了。

克利斯特提過一個根據各個不同捷運站附近居民平均壽命所做的研究調查。比方說，紅線的丹德呂德醫院站和綠線的巴格摩森站附近居民預估平均壽命差距達到十五年。在我到達汀斯塔站前的最後三站，車上就完全沒有老年人了。車上也沒有和我年齡相仿的女生，只有年輕男性，還有兩個推嬰兒車、戴面罩、身著長袍罩衫的媽媽。也許和我年齡相仿的所有女生都鎖在自己的公寓房間裡，就怕遇上性慾高漲、年輕男性勃起的陰莖，或是被推下陽臺。

我夾克口袋裡還裝著媽媽從法國帶回來，塞給我的催淚噴霧器。有那麼一次，噴霧氣還在我口袋裡時，我不小心按到了按鈕。直到我將手伸出口袋，才發現這一點；當我用手撫平頭髮的時候，我的雙眼就爆開了。在那之後的兩小時，我的眼睛灼痛、淚水直流。老媽想載我到醫院急診室，但老爸將我放在浴室，用溫水浸漬我的臉龐，直到情況稍微好轉。然後他打電話給一位擔任醫師的朋友，這位朋友用電話訂了一種藥膏和沖洗劑，它們能讓腫脹消除。之後老爸要求我把噴霧器扔掉，但是被老媽峻拒。我可能會因非法持有武器被逮捕，但老媽「不管」這麼多，因爲「我的安全更重要」。引人好奇的是，比什麼更重要呢？會被警察逮到、遭到處分的是我，可不是她。不過現在我很慶幸自己有帶這個。當我對面坐著男生時，我就會把玩著噴霧器的瓶子，低頭盯著地板。

我很謹慎，不和任何人有眼神接觸。我考慮過坐得離那些媽媽和嬰兒車近一點，但她們把嬰兒車塞在中間，使人無法接近那些空著的座位。

汀斯塔中心，是捷運藍線的倒數第二站。車上除了兩個人以外，其他人都和我同時下車。我放慢步調，確保自己是最後一個踏上電扶梯的。我事先看過手機的 GPS，輸入薩米爾家的住址，查看在走出捷運站以後該往哪兒走。不過我可不想亮出手機，我完全不想顯示出自己在這裡認不得路。

街上的人比捷運車廂裡的人要多。跟我在同一個車廂裡的女人，和一個十一歲左右的男生會合。我瞥見另外三個身材鬆垮女人的側影，她們正走出較遠處一家 ICA 超市的門口。除此之外，視線所及盡是男人。男人，男人，男人。

薩米爾從沒提過自己住在汀斯塔。當我查到地址的時候，感覺驚訝嗎？也許吧。也許是因爲汀斯塔的緣故，感覺有點極端，幾乎像是瞎掰出來的。但我不知道自己對這個地方有什麼期待，我從沒來過這裡。蔬果攤？展開的地毯上販賣僞造鐘錶，還有貼著古馳（Gucci）標誌的塑膠手提包？烤杏仁果，栗子，多子多孫、生育十九個小孩、彼此一起踢足球的家庭？低頭注視圍棋棋盤、活像電影《洛基》裡雙手用紗布包紮的老頭，所有戴著頭套、拉起連身運動衫路跑的行人經過時都會拍手？比特鬥牛犬，還是紅牛提神飲料？番紅花，還是大蒜？法式滾球遊戲，還是吵雜的笑鬧聲？或者我以爲它會很類似丹尼斯住的街區。有次我和瑟巴斯欽到那裡去，即使我們在離房屋有一段距離的地點接他，還是看得出來那裡盡是無趣、毫無重要性可言的廉價國宅。你在離開那裡以前，就已經忘記建築的外觀；它們就和免洗塑膠杯一樣毫無意義。可是這裡呢？只是令人不解。一個沒有理念的地方，就像腐壞、又沒加蓋的穀物儲藏室。

夏天，天色不那樣昏暗、樹木枝葉繁茂時，也許還好一點；但此刻它只是我這輩子見過最醜陋的地方之一。那些拿自己「在汀斯塔住過」經歷來說嘴的政客和新聞記者們，絕對都是白痴。他們在市中心的南島區，可都有公寓房呢。

在捷運站外地下道的廣場旁，我就看到四根損壞的路燈柱。克利斯特那憂慮、嚴肅、老師典型的聲音在我腦中響起。要是他知道我到這裡來，鐵定會非常滿意，緩緩點頭，用老成持重的聲音說道：瑪雅，這才是真正的瑞典。就是這樣。但是，這可不是真正的瑞典，它不比東礦區廣場、斯德哥爾摩外海群島區或是中心的海灘路更眞實。醜陋的事物並不見得就更眞實。

我在廣場另一側的公車站前坐下，一手掏出手機。我不得不這樣做。另一隻手則藏在裝著催淚噴霧器的口袋裡。我盡全力說服自己，自己感到恐懼，和種族主義完全沒有關係。老媽的聲音傳過腦海：謹愼，不代表感到恐懼。然後我就開始找路。薩米爾的住處離捷運站並不遠，根據測距儀，只有五分鐘路程。當那個下了捷運車廂、出站後在趕時間的男子，在公車車門完全關上以前衝上公車離開時，我開始沿著一條鋪著柏油的步道前進。步道上仍是空空如也。沒人在外面走動、遛狗或讓家裡的小寶寶呼吸一下新鮮空氣。沒人在慢跑，沒人走動。我快步經過塗鴉區，看見腳踏車零件還固定在翻倒的車架上，穿越一條滿是尿騷味的隧道，再經過兩處空蕩蕩的遊樂場。

薩米爾住在一棟廉價公寓的一樓，它看起來就像所有青少年電影裡描述郊區時呈現的廉價公寓一樣，只不過少了史騰馬克式[41]毛線帽、吸血鬼、爺爺的腳踏車還有白雪。樓梯間傳出回音，大門敞開，看來是不需要輸入什麼密碼就能進入。薩米爾家公寓房門就在電梯旁邊，當我按下門鈴時，它便「叮叮！」響起。前來應門的人和薩米爾如出一轍，只是比較年輕；不過在我來得及自我介紹以前，他本人就現身了。

他的爸媽都在家。我不知道他還有兩個弟弟；不過他們長得實在太像，除了是兄弟以外，不會有其他的可能性。我對所有人自我介紹；而我覺得我們也許該坐在廚房，待在玄關會被看見——進了玄關以後，就是一條狹小的走道，一扇通向陽臺的門。陽臺上看來堆滿了空空如也的紙箱。我本以爲他的父母會想跟我談話，問我是怎麼認識薩米爾的，堅持要我坐下喝杯茶，吃塊黏答答的蛋糕；至少他們總會面帶好奇地打量我吧？不過這全都沒發生。他們看來毫無興趣；很顯然地，他老媽非常惱火。她用一種我聽不懂的語言說了些什麼，之後我就再也沒看到她。他老爸握了握我伸出的手，但連自己的名字都沒說就放開了手。之後他轉過身坐在電視機前，電視正在播我從沒聽說過的兩支足球隊比賽。那臺電視很大，至少是我們家電視的兩倍大。一開始我以爲電視是靜音的，之後我才發現他老爸戴著一副笨重的翠綠色耳機。

我不懂薩米爾爲什麼看來這麼不爽。是因爲我不請自來嗎？可是他其實也曾經沒事先通知我，就在我家現身。一切就是這樣開始的。

我沒要求他以女朋友的規格介紹我，但假如他能說「她叫瑪雅，我們是同班同學」，不就好了嗎？我們總可以去他房間吧。我是很想瞧瞧，即使他和弟弟們共用一個房間也沒關係。如果這是他的居住型態，我也不會在意。

我想這樣告訴他：你不用覺得羞恥，我不在意的。但這感覺眞怪，所以我保持沉默。我們可以談談嗎？我能擠出口的只剩下這種話。

薩米爾點點頭。他穿著我在學校從沒看過的運動鞋，跺了跺腳。他也換過衣服，穿著一條閃亮的鬆緊帶長褲。我心想：這是郊區的制服。

「我們走。」他說。我轉身，想回到客廳向他老爸說再見，但薩米爾抓住我的手臂，將我拖出門外，回到樓梯間。大門仍舊半開著。

很明顯地，我的到來使他心煩。他非常惱火。我只希望我們能夠獨處，談談關於艾曼達知情的事。

---

41 Ingemar Stenmark，瑞典史上最著名的高山滑雪職業選手之一。

我想問他：現在，我們該怎麼辦？我就是不想做任何決定。我希望由他說出：和瑟巴斯欽分手。我就會回答：今晚，我就這樣做。這樣我就不會覺得孤立無援了。他爲什麼就不能意識到我來找他，而沒有要求「你能不能過來我這裡？」是一種善體人意的表現？我想證明，我很樂意來找他。證明這對我沒有影響，我也不介意他住哪裡。

這眞蠢。總是這樣：薩米爾，我不在乎。我很納悶爲什麼他了解我不在乎，感覺是如此重要的一件事。難道薩米爾覺得汀斯塔[42]眞是首善之區，比其他所有地方好上千萬倍？完全不是這樣。要是這樣，他就不會每天花兩小時的通勤時間，專程往返動物島綜合高中。我懂。

也許我本該說：他被迫住在這種難以忍受的鬼地方，我可以理解他的厭惡之情。我是眞的理解他爲什麼會竭盡全力，一心要從那裡脫身。他値得一個比汀斯塔更好的地方。他比自己的棲身之地要好得多。也許我本來該這麼說的。無論是他的公寓、樓梯間、到家的路上、離家的路上、聚酯纖維運動長褲，我不覺得他應該因此而感到羞恥，因爲這不是他的錯。但是我也不能這樣說。這樣還是會讓他感到可恥。

他一語不發走在我前面，我不知道我們要往何處去。這已經無關緊要了。我不知道在汀斯塔，如果想要小聊片刻，有哪些去處。我已經做好萬全準備：洗衣間、位於地下室的儲藏間、塗鴉牆板前、青少年活動中心、位於街角的小咖啡廳或是玩滑板的空地。只要是能平心靜氣談話的地方就行了。

片刻之後我才發現，我們正走向捷運站。這時我就攔住他，強迫他停下來。

就在我說出我覺得我們爲什麼要「促膝長談」以前，薩米爾已經用怪異的眼神瞧著我。當我繼續說下去時，情況更糟了。坦白說，我記不得他說了什麼，但他認爲我眞的、實在不需要因爲他的緣故，和瑟巴斯欽分手。「瑪雅，我們又沒在一起。我們只是一起做過幾次愛，那是不一樣的。」

這也不是說他把我當成婊子、賤貨看待。沒這種事。但是這位冰雪聰明、對政治超敏感、將來的駐外記者、世界第一的薩米爾用全新的目光打量著我，是那種「妳一定是頭殼壞掉了」的眼神。

他不想靜靜地站著，顯然他說話時，我們要一直走動。他只想盡快在這裡擺脫我，我想說什麼都不重要了。他又挽住我的下臂，我就像個想違逆父母意思、拒絕從遊樂場回家的小孩。他說完時，我們已經來到捷運站；但就算在那裡，他還是讓我不得安寧。他站著，穿著又醜又白運動鞋的腳不斷地跺著，直到我的列車駛達。他就一同上車，跟我一路坐到捷運市中心總站。

他是以爲我想幹嘛？他以爲我會偷偷留下來，交到一大堆有夠棒的朋友，弄到一棟天花板高度才一點九公尺、鋪著亞麻油地氈的地板、色調昏暗的公寓房。以爲我會變成他的新鄰居，懷他的孩子，身穿比賽用的連身訓練服，用有圖案的圍巾罩住頭部？這樣很漂亮嗎？

我在座位上坐定；即使整個車廂全是空位，他仍然站著。當我們到達時，他看來稍微放鬆了一些。就在離開我以前，他將一隻手搭在我肩膀正下方處。「瑪雅，再見。我們學校見。」我多麼希望自己能嘔吐在他身上。

我從丹德呂德醫院站一路步行到家。和汀斯塔中心相比，由捷運站出口一路延伸到摩比小學外停車

42 Tensta，位於斯德哥爾摩西北的郊區，中東與回教移民人口占壓倒性比例。

場的步行地下道，眞是有夠美觀，簡直就像家裡的客廳一樣溫馨。但是，就在到達史托克松德運動場以前，我卻著涼了。那雙艾曼達給我，在洛維卡[43]生產的針織手套（「嘿，我可是在紐約曼哈頓蘇豪區一家有夠炫的店裡找到的」）已經濕透了，內層浸滿了汗，外側則滲著薄薄的雪片。它們重如毛皮地毯。我將它們扔進一個放在分隔車道橡樹下的紙袋裡，雙手插進口袋。這不管用。

當我終於到家時，我冷得顫抖不已、直打哆嗦，直接竄進浴室，直到將浴缸注滿水，才開始脫衣服。水溫很高，躺在水裡時是會感到疼痛的；但我還是這樣做了。

我本以爲薩米爾已經愛上我了。也許，我還把這當成是理所當然。他愛我愛到死去活來，他一直都是如此（當然嘍？），我一路專程到他家裡，就爲了說明我也喜歡他；我本來以爲，他會了解的。他應該會覺得，我是值得辛苦付出的。但他不這麼覺得。

當我感到溫暖、皮膚開始起皺、泡澡水開始變冷時，我披上老爸的晨用大衣，走進客廳（我的羽絨被還躺在沙發上）。我鑽進襯墊裡，打電話給瑟巴斯欽。明天晚上，他鐵定就會從南非回來；但我現在就得完事，馬上，在我後悔以前。我們幾乎講了二十分鐘。當他一開始回話時，我根本聽不清楚他說什麼；他走進一個比較安靜的房間，也許是到戶外去，我就把自己知道、不得不說的話說了。他回話了，沉靜、理智，沒有陷入瘋狂。我說，他回到家以後，我們可以再談。他說，妳希望我說什麼？他的口吻聽來並不難過。不過，他似乎了解一切。我們互道再見，然後結束通話。十分鐘後，我不確定他是否記得我說過的話；因此，我也傳了一封簡訊。

他沒有回信；我又傳了一次簡訊，內容一模一樣。假如他忘了這一切（即使他的聲音聽來並不火爆），我仍然要確保他查看手機時，會最先看到這封簡訊。

我等著；直到過了午夜時分，我才打電話給薩米爾。當我說我會這樣做的時候，他或許還不相信我是玩眞的。他表現出的行為，也許就是出自於這個原因。我第一次打過去，他就接聽了。我想我把他吵醒了。我什麼都沒說就掛斷電話。他從螢幕可以看出是我打給他的；我期待他會回電。八分鐘以後，我又打了一次。薩米爾的語音信箱說明他會回電。大約一小時後，我睡著了；手上仍握著手機，鈴聲音量調到最高。薩米爾沒回電；瑟巴斯欽也沒回電。

43 **Lovikka**，位於北瑞典、接近芬蘭邊界的小鎮，以生產針織手套聞名。

30

和瑟巴斯欽（還有薩米爾）的事情結束了，結束一段感情以後該做的事，我全都沒做。我沒看那些小時候覺得哀傷的電影，我沒拆開冰淇淋包裝、直接吃起冰來，也沒聽那些抱怨所有男生都是渾球的歌曲。不過，我感冒了。接下來的兩天，我仍然硬撐著去學校上課；但在學期最後一天結束、聖誕節假期開始時，我發了高燒。

假期的第一天，老媽給了我雙重劑量的布洛芬退燒藥，並在車內放了一條毛毯、一個枕頭。我在車程的大部分時間裡，陷入昏睡；偶爾醒來時，感到背部、頸部、喉嚨或雙腿疼痛。我冒著汗，蓮娜從後座的另一端望著我，深藍色的雙眼間，現出一小條憂慮的皺紋。我們停車、準備吃飯時，爸爸將我搖醒，我不得不跟著走進休息站的小店。小店裡賣著抹上番茄醬的烤香腸，深色、有稜紋的炸薯條；不過，我還寧願留在車上。

「那兒太冷了。」老爸說。

「妳得吃點什麼。」老媽說。

當晚六點過後，我們來到外祖父的家。通往房舍的路上，積雪已經鏟過。夏天時，我常帶外祖父養的小狗外出散步、郊遊。外祖父的家離小店和ＩＣＡ超市有三公里。當我還小的時候，外祖母覺得我應該要跟鄰居家的小朋友一起玩。但是我不認識他們，因此，我拒絕了。我反而在外祖父家與小店間往返，幫外祖父買晚報，然後再回去爲自己買冰淇淋。我就專幹這種事情，來回，往返。有時候，我往返的次數之多，多到連小狗們都沒力氣再跟著我了。夏天的道路總鋪著礫石，中間植上一小撮草；下雨時，路面出現很深的水窪，蚊子就停在閃亮的波光間。現在道路兩旁已經堆起了兩公尺高的積雪；這已是外祖母去世以後，第二年的聖誕節了。現在，在這專屬於外祖父的樓梯間，只擺著一棵沒有綴飾物的聖誕樹，以及兩盞點亮的燈。

我房裡的壁爐燃燒著，外祖父已經在床邊擺上一臺電暖器。我沒有換裝，直接和衣而睡。老媽進來兩次。第一次時，她將我的衣服脫去，將一件乾爽、新燙過的晚禮服套在我身上；那是外祖母的晚禮服。第二次進來時，她給了我柳橙和苦杏仁口味的無酒精飲料，那是她從美國買的流感藥片。我睡著，一直睡，睡，睡；其他人則做起薑餅屋（我聞到味道），裝飾聖誕樹（我聽見老爸將樹扛進屋內，老媽則斥責他，弄得整個玄關地板上都是雪），炒著肉丸，烤著火腿（還是味道），醃著鮭魚。烹飪完成以後，老媽上樓帶了個三明治給我。我吃不下。

外祖父上樓來，給壁爐添柴薪，將其中一條小狗放進來時，我仍躺在羽絨被底下。小狗就睡在我的羽絨被底下，鼻子抵著我的跗關節。老媽端著裝有茶和乳酪三明治的托盤上樓時，我仍然躺著。但我還是吃不下。我把襯墊拉到下巴處，半坐起身，舔著一根香草冰棒；蓮娜向我展示她準備當成聖誕禮物送出去的圖畫。冰棒舔完時，我像母體內的胎兒縮成一團，再次沉沉睡去；蓮娜則繼續說話。

直到聖誕夜，我才下床，沖了半小時的澡，洗了兩次頭髮，換上乾淨的衣服。媽媽幫我換了被單，我整整吃了三人份塗著草莓醬的米布丁。蓮娜在米布丁裡挑著，終於找到藏在裡面的杏仁果；我找到杏仁果，已經是多年前的往事。不過，蓮娜還是好開心。

「瑪雅，聖誕老公公住在哪裡呀？」她問著，嘴裡塞滿食物。

「嗯……」我猶豫著，我們以前就講過這回事了。不應該有什麼驚喜的。「沒有聖誕老公公這回事。」

「我知道，」蓮娜嘆了一口氣，咬著下唇：「可是，那些會飛的馴鹿，牠們住在哪裡呀？」

今年只有我們和外祖父一起過聖誕節。老媽的兄弟姊妹們，決定要和自己的姻親過節，這已經不再是外祖母死後的第一年聖誕節了。但我可是慶幸不已。那些打鬧、玩耍、輪流哭泣、逼迫大人介入完全沒來由爭吵的表兄弟姊妹，全都不見了。這樣的聖誕節安靜多了。

聖誕夜，當地的降雪量紀錄被打破（自從開始量測以來），拋物面天線和網路連線都斷線了。我們用外祖父的音響聽音樂，在廚房吃午餐（那裡比較溫暖）。吃完以後，我們大家就坐在客廳裡，用電視看老爸選的同一部DVD影片。我睡著了，醒來時頭枕在老媽的膝蓋上。她用手搓揉著我的額頭，我閉上眼睛的時間，比實際上需要的時間還久。蓮娜教我一種她自創的紙牌遊戲；老爸則待在廚房，削馬鈴薯皮。我們其他人則到外面散步（「趁太陽還在，我們要把握機會」），清冷的空氣劃過喉嚨。我們回來後，我在廚房壁爐點上火；大家對我讚譽有加，讓人覺得點火成功，比發明盤尼西林還要困難。

當我們還在外面散步時，外祖父在我口袋裡塞了一個信封。他撫摩我的臉頰微笑著。那是我的成績單；我獲得的零用錢多寡，就取決於成績的高低。那信封還是很厚重，即便是這次，這信封還是塞得滿滿的。那時候，我的成績一向很好。

我通過了。

「謝謝。」我默念著。外祖父看來好開心，我為他的微笑，更是感到開心之至。即使這是外祖母過世後第二年聖誕節，我還是好喜愛外祖父的微笑。

學校的哲學課期間，我們曾經談論過情緒是什麼；總共存在六種原始的負面情緒，而只有一種正面情緒：喜悅。我曾經舉手說過：大家想必都知道，我們感到害怕的方式大致上是一樣的，如果某人說他覺得很丟臉，我們總能理解他的意思；那些最純粹的情緒，那些使我們努力想活下去的情緒，總是負面的。

一想到自己坐在教室裡，試著展現比別人深奧、敏感的一面，我的身體就一陣緊縮。我覺得自己知道生氣是什麼樣的感覺；我覺得自己知道什麼是失控。不過，廢話！在別人熄燈時，吃掉兩大條塗著奶油和乳酪的麵包，當然不算在內。假裝吸毒出現幻覺，狂幹、狂嗑古柯鹼，然後說「真爽，我覺得自己欲仙欲死」。這都只是在瞎掰。我對想死這種事情，完全一無所知。我畢生參加過的葬禮，只有外祖母的葬禮，我從未真正感到害怕，從未孤獨，從來就不想死。我從來沒被碎屍萬段過。聰明認真、坐在教室最前排的瑪雅舉起手來。我知道答案！不，妳不知道的。妳什麼都不知道。

現在離開教室以後，我知道原始情緒是無味、無趣的，只是一個到處走動、整天狂笑到岔氣的瘋子罷了。

我有時會笑，但我的喜悅是一種歇斯底里的反應。

可恥，恐懼，悲傷，仇恨。這些是已經消失的複合式情緒，是顏料店的混合物，呈現蛋殼色調。黃色和藍色相配，混合成綠色。友情？嫉妒？關愛？關注，同理心，快樂。

快樂是一切的混合，也是我最欠缺的；它結合所有負面情緒，一小撮驚訝，以及一大堆喜悅。快樂就是最完美的混合物，但沒人知道配方。

在外祖父家度過的那幾天聖誕假期，是我最近一次感受到快樂。我笑著對媽媽說話，並沒有想到我只不過說了她希望我說的話罷了。蓮娜的聖誕禮物是一臺手提無線對講機，她要我一起到積雪的戶外，測試機器的傳輸範圍有多遠。我們一邊蓋了一座雪屋，點亮燈火，還做了雪天使，將雪球扔向湖中心，只為了看雪球能飛多遠。我吃了抹著巧克力的杏仁蛋白糊，還幾乎覺得它很美味；我還吃了夾著芥末火腿的薄脆餅，只因為沒有比它更可口的東西了。尤西．畢約林[44]唱到充滿淚水和鬱鬱寡歡的悲戀時，外祖父還示意要我安靜下來；他認為我必須洗耳恭聽。

那三天以來，我感到難過的時間極為短暫，更從沒感到害怕；那年聖誕節，就是完美的快樂混合。聖誕夜、聖誕節，以及聖誕節次日。

但是如果把調色盤裡的所有顏色都混合起來，就只剩下悲傷的褐色。最後，一切都變成黑色。聖誕節過後兩天，早上七點鐘剛過，老媽就把我搖醒。克萊斯．法格曼打電話來。他們講了十分鐘。對於必須大清早就打電話來，他很難過；對於必須轉述這件事，老媽很難過。然而，因為瑟巴斯欽自殺未遂，我得趕到丹德呂德醫院的精神科急診室。

44 Jussi Björling，瑞典知名男高音歌手。

31

兩小時後，一架直升機降落在外祖父家那向下方湖面延伸的草坪上。當我帶著提包，半走半跑向直升機那敞開的艙門時，踏起的雪片迴轉著。外祖父小跑步，盡可能地跟在我後面；他的腿有點僵硬。他簡短地和直升機駕駛談了一下，我得坐在駕駛員身旁。他會「載我」到「城裡」去，然後一輛車會來接我，開完最後一小段路，抵達醫院。不幸的是，克萊斯不在醫院；不過他「親切地致意」，他「真的非常感激這一切」，他「不得不」待在其他地方。我置若罔聞。

瑟巴斯欽試圖自盡。

外祖父的頭部做了個怪異的動作，親吻我的臉頰，讓我上機。

直到坐上直升機，我才猛然想到，完全沒人問過我想不想去探望瑟巴斯欽。但要是那樣，我會怎麼說？不，他得靠自己了？

我得去。很明顯地，我眞的得去嘍？

瑟巴斯欽手臂上掛著點滴，纏著白色繃帶，穿著淺藍色長襯衫。當我鑽進門時，他開始哭起來。我坐在他身旁，再次起身，走到另外一邊，也就是靠近他沒吊點滴手臂的一邊。我在他身旁的床上躺下，鼻子貼近他的喉嚨，吸氣，也跟著哭起來。

「懷疑是藥劑過量。」老媽描述時，雙頰浮出一陣桃紅色光暈。她說：「瑪雅，瑟巴斯欽需要妳。」她既害怕又難過；不過看得出來，她還有別的意圖。老爸用他時有的怪異眼神，打量著我。我們的女兒很成熟，他們心想。她為自己負責任。瑟巴斯欽和她之間是有些問題，但他愛她，她也了解：她必須幫助他，陪伴他度過這一切。

他們知道我們之間已經吹了。但是在「這種情況」之下，這一點似乎被淡忘了。不管我們之間這種青少年式的鬥嘴是出於什麼原因，沒有比我「挺身而出」更重要的事了。老爸和老媽很以我為傲。撇開一切不談，他們為我所做的感到驕傲。

可是我既不成熟，又不勇敢。我先對瑟巴斯欽不忠，然後因為自己「受不了」就離他而去。我抵著他的喉嚨哭泣，因為我不知道自己到底想不想待在那裡。我被嚇到簡直要噴屁了。這是我第一次想到，他有可能輕易地死去；生與死，只有一次心跳的區別。我握住他的手腕，用手指按壓繃帶的力道，遠超過我的膽量；我必須感受到繃帶下的血管。我這一生，沒有比現在感到更害怕的時刻。瑟巴斯欽差點就死了。而這是我的錯，我背棄了他。

「對不起。」我耳語著，嘴巴緊貼著他的頸動脈。我幫不了他，我沒辦法，是要怎麼做？對不起。該怎麼告訴一個人，叫他別尋死？當其他人都受不了你的時候，我還是會愛你的。我保證。我不會再讓你孤獨一人了。

我還躺在床上時，瑟巴斯欽描述起來。聖誕夜的前一天晚上，他在外面鬼混，丹尼斯隨侍在旁；他必須隨時待命，不然還能怎樣？然而當救護車來接走瑟巴斯欽時，他就開溜了。瑟巴斯欽躺在位於圖書館路、平價時裝店UO外的人行道上，醫師表示，來電者是使用沒登記的預付式電話通知的。但是瑟巴斯欽沒有責怪丹尼斯。丹尼斯已經收到通知，可以在瑞典待到從學校畢業為止，之後他就會被遣返。從看守所脫逃，要比從他住的寄養家庭脫逃難多了；現在，尤其是現在，他擔不起被警方逮到的風險。

瑟巴斯欽被懷疑服用過量的毒品，被載到急診室。他老爸來到醫院，在會客時間內探望了他，不過二十分鐘後就走了。超過一天以後，也就是聖誕夜與聖誕節之間的夜裡，醫院職員發現瑟巴斯欽倒在病房廁所裡。

鏡子被砸得稀爛，緊閉的廁所門縫底下還流出血來。他大量失血。在那之後，他就躺在精神病房。為了避免在聖誕假期打攪我，他們一直在等適合打電話給我的時間點。

克萊斯已經和急診部門的醫師談過。瑟巴斯欽醒來時，護士們已經轉告他這件事了。

「會不會是醫生告訴爸爸不能來這裡？」他問我。「我不能會客？醫生有這麼說過嗎？」他要我回答；不過我沒有回答。因爲他不想聽這些答案。就算我什麼都沒說，他還是發起脾氣來，說：「妳不知道自己在講什麼！」以及：「其實我老爸必須管好公司！」還有：「我爸不能呆坐在醫院裡，瞪著人看！」瑟巴斯欽講了好多次他老爸不能待在這裡，我得搞清楚這一點。我繼續保持沉默。因爲我倆都知道，這不是眞話。

換成是你哥的話，克萊斯就會留在這裡了。我這樣想，卻沒這樣講。因爲瑟巴斯欽的哥哥從來都不會想自盡的。盧卡斯沒犯什麼錯。

不過，我還是這麼說了，克萊斯應該要留在這裡，所有正常的爸爸都會這樣做，爲人父親不該這樣子。這下子瑟巴斯欽更生氣了，但他沒力氣吼叫。他反而哭起來。他只能耳語著：他不是普通爸爸。那聲音似乎要尋求我的贊同，之後就沒再多說什麼。而我也不想讓他更難過。我們談到他的媽媽。

「他們找不到她。不是我要求他們找她的；我不覺得我爸會因爲這種事情打電話找她。」

「爲什麼？」我竟膽敢這樣問了。「他爲什麼不打給她？你們爲什麼從不見面？她爲什麼離開你們？」

現在，瑟巴斯欽沒生氣。

「我不知道她是否離開我們，」他只說：「我爸說是他把她轟出去的，但有時候我覺得是她離開他，我不知道她是否想帶我們走，或是一個人清靜地走。但是盧卡斯不想搬家，而我也不想這樣，老爸更永遠不會讓她……」

當他的聲音恢復時，他便重新描述。

「盧卡斯昨天打電話來，打來兩次。他打給我說，如果是媽媽離開爸爸，她是沒法見到我們的。他不會允許這種事的。從不。我老爸禁不起這種羞辱，而媽媽……」我用衛生紙擦乾他的口鼻，對他耳語「繼續說」。而他哭得更凶了。當他哭完以後，哽咽了一下，說道：「我不像媽媽。老爸總是說我像她，但我恨她，我跟她不一樣，她是個白痴。對於是不是她開溜，我才懶得管，肯定是這樣的，因爲她什麼都承受不了。盧卡斯也這麼說。她爛透了，沒救了。」

那時，我就不再多說了。

他的爸媽都不在他家。他那不敢頂撞克萊斯、認眞又優秀的老哥盧卡斯也不在家，只敢趁克萊斯不在近旁時，偷偷打電話過來。但是，我親自到醫院來。我也傷了他，但我們已經不再講這回事，我做了什麼，已經是細枝末節，不重要了。我耳語著：「原諒我。」他說道：「沒關係，現在妳在這裡，沒差了。」我親吻他；他親吻我，將他那隻還健全的手伸到我毛衣底下，攬著我的頭髮，抱著我的頸子，再三地親吻我。沒了我，他活不下去；這是攸關生死的問題。

我眞的相信嗎？他需要我，才活得下去？是的。這是事實。當他被轉到精神科急診病房時，他的父兄正在瑞士策馬特山滑雪；他爸爸就從那兒搭飛機到另一座城市出差，盧卡斯就直接回美國了。在我來到精神科急診病房以前，唯一一個來探望他的人，就是克萊斯的祕書麥利斯，這聽來眞是個笑話。你們也許會覺得我在賭掰；不過，我沒賭掰。最糟的不是克萊斯派自己的助理來；最糟的是，他完全知道這樣做明明就不對，但仍然這樣做。

瑟巴斯欽躺在病床上哭了許久。我躺在旁邊，從他身上看到，他離死神有多麼近；我從他身上看到，他想死。我心想只要我能和他待在一起，就能讓他好轉。我想讓他用獨特、未曾出現過的眼神盯著我瞧。讓他感到迷惑，像是失去立足點一樣，只能記住一件事情：他要我。這時候我就會想到，這時我就會知道，該怎麼做才能救一個人。那時一切就會好轉。那時瑟巴斯欽的精神就會好起來的。

我想到薩米爾了嗎？也許吧。但他並不想要我，我不適合他的人生，他也不想適應我的生活。薩米爾不需要我。

當我躺在瑟巴斯欽的病床上，我們兩人哭著時，我想爲他點燃這個世界，向他揭示他存在的意義，陪伴他，爲了他而走向他。幹，你們也許會這樣想；但是你們已知道結果怎樣，所以才這樣做。當時完全沒人知道會怎樣，也沒人問我：妳想這麼做嗎？妳可以嗎？或是對我說：我們會幫妳，妳不必全部自己擔。因爲大家都知道，選項只有一個。那就是我。

沒有人問過我，想不想拯救瑟巴斯欽；但每個人都因爲我的失敗譴責我。

我不知道當克萊斯．法格曼表示自己忙著去滑雪、慶祝聖誕節，不能到精神科急診室探視自己的親生兒子時，醫生說了什麼。但我知道大眾從來不對克萊斯．法格曼提出任何要求，包括醫生們在內。他們也許會在茶水間，在克萊斯聽不到的地方對彼此說：總該有人勸勸他。但是他們自己從來就不是那個人，沒有人想當壞人。一旦他們見到克萊斯．法格曼，理論上應該仗義執言的時候，之前重要的事情就被他們忘記了。你是在幹嘛？你是他老爸耶！是他哥哥。他老媽在哪裡？他們從來不問，完全不問。他們對克萊斯．法格曼是如此心悅誠服，以至於如果不確定是他會喜歡的事情，就從來不說。他們也很怕他會把對兒子的怒火和輕蔑，轉移到他們身上。

我躺在瑟巴斯欽的床上抱著他，直到他哭完，直到他入睡。直到他又醒過來，我還躺在那裡。

整個地球，竟然沒有一個人起身高聲尖叫，讓人聽見：有沒有哪個死鬼，能把瑟巴斯欽那下三濫的父母抓來這裡，強迫他們，用合乎他應該獲得關愛的方式來愛他？

當他哭到不能說話時，我親吻了他。他回吻我。那不太自在，我的嘴沾到他的鼻涕，繃帶還擋在中間；但就在那時，就在醫院裡，瑟巴斯欽就是愛情的化身。他就是我所需要的一切，他與我同在，也沒有要往別處去；我其實覺得，自己是能夠造成某些改變的。我不笨，也知道自己改變不了這個世界。但我想到當他出院以後，只有兩人獨處，全身裸裎躺在他的雙人床上，他在我肚子上玩畫路線遊戲，我吸入他呼出的氣體時，會是什麼情景，我們只要活在兩人世界，不需受任何人干擾。脅，我們不需要他那噁心的老爸。我在瑟巴斯欽的耳畔低語著：該去死的是他，不是你。我是認眞的嗎？我當然是認眞的。

我恨克萊斯．法格曼。爲了瑟巴斯欽，我願意犧牲一切。唯一的問題是，我對什麼是「一切」，一點概念都沒有。直到更重要的事物出現以前，愛情都是最重要、最偉大的。

我搭直升機和座車來到醫院，我到醫院是天經地義的事情。我回到瑟巴斯欽身邊並留了下來。瑟巴斯欽需要我。他孤立無援。他愛我。我們何其幸運，能夠擁有彼此。

現在，一切事過境遷以後，我所懷念的，是我能感受到那接近快樂的溫和情緒交集。在外祖父家度過的聖誕節假期，遍地白雪，我的腦海感覺像是暴雨後的天氣，我的情緒被稀釋成恰到好處的混合物。

愛情？不，我可不懷念愛情。愛情不是最偉大的，也不是最純淨的。它只會是一種不純淨的液體，而不會是完美的混合物。你在品嘗以前，必須先聞聞看。然而，它的危險在於：你仍然無法辨識出，它可是有毒的。

夜間，
女子看守所

32

開庭第二週：星期二清晨

即使是半夜時分天色最漆黑的時刻，一道近似於微弱光線的物質，還是直探進我的囚房。它來自外面的城市。城市裡從來不曾陷入完全的黑暗，也不曾完全寂靜過。我醒來時先仰躺了一會兒，讓眼睛適應，然後我就認出了周遭事物的輪廓。我那條在被單下的單薄、黃色毛毯隨著我的呼吸上下起伏。我將手搭在床沿，感覺自己的指甲在柔軟的松木上留下印痕。這時，我孑然一身。

小時候，我有過一張松木床。我想要一張分成上下鋪的床，媽媽就在宜家家居買了這張床。我從來不敢睡上鋪，只是縮在床底下平直地仰躺著，在床柱上刻劃，寫著要給後代子孫看的訊息。有時我要艾曼達跟我一起來，當時我們也許還比較是親近的朋友。生活中還充斥著冰淇淋、口香糖包裝盒上的亮片刺青，還要比賽誰畫的馬兒腦袋比較好看。不過床下很擠，我們從來沒在那裡待很久。

當我得到圍著古斯塔夫三世風格簾幕的新床時，塗鴉的時代就過去了。直到蓮娜需要睡在正常的床鋪以前，我一直保有這張圍著簾幕的床。之後她就獲得了這張床，我則得到新臥室以及雙人床。艾曼達刺上了真正的刺青，是一朵手腕上的百合。她戴著手錶時，完全看不出手上有刺青。

瑟巴斯欽從沒在我家過夜。倒不是老爸和老媽會反對，而是瑟巴斯欽在自己專屬的環境裡感覺最自在，而我們家總是吵吵嚷嚷。他想要安靜。當他出院返家以後，這一點就更重要了。我想要安靜。妳難道就不能閉嘴嗎？

我在囚房裡不需要開燈就可以上廁所。即使周遭一片昏暗，那道鋼圈還是閃閃發亮；我就坐在上面，即使它表面堅硬、狹窄、使人感到不舒服，對我已經不再是困擾了。上完以後，我知道沖水的按鈕在哪裡，無須再摸索。現在，我在這房間已經住了這麼久，它已經陷進我體內，像滾燙炙熱的鐵條灼燒著我，像一道用灼痛的墨汁刺成的刺青，永——永——遠——遠烙印在皮膚上。醒來後的那一秒鐘，我不會愉悅、好奇地想著自己在哪裡，也不會清醒過來，想著爲什麼。

但是，我仍然做著夢。有時當艾曼達張嘴笑著，挽住我的手臂，擰我一下，表示我們是永遠的好朋友的時候，我就可以跟她在一起。

她和我。我和瑟巴斯欽。

一想到他，想到如果是瑟巴斯欽會是什麼情景時，我的身體就有了反應。即使我的腦海抗議，也無關緊要；我的身體，甚至連我的皮膚都記得他。

在遇見瑟巴斯欽以前，我只是個說「是」或「不是」的女孩，沒有其他任何角色。但跟瑟巴斯欽在一起，我就變得像那些男生一樣。即使我知道往後我會痛恨自己，一切從來就無關緊要。我說「加把勁啦！」我哀求著，「拜託」「再來一點」「再一次」「最後一次就好」。比起我多麼想要他，我的身體記得更清楚的只有一件事：那就是當他消失時的感覺。

快輪到我講話了。再幾個小時就輪到我了。桑德會先引導我完成整段發言，隨後檢察官就會提問。

我從腦海中可以聽見檢察官會說些什麼。妳怎麼能這樣？妳做了什麼？妳知道什麼？妳爲什麼不阻止他？回答啊！

「妳不用說明瑟巴斯欽爲什麼做了這些事情，」桑德說，「妳越快意識到這一點，越快放掉它越好。這段故事中，妳必須集中心思處理屬於妳自己的部分。」

桑德認爲我不用提到自己多麼愛瑟巴斯欽，那「跟事情無關」。當我談到自己如何背棄瑟巴斯欽時，他無意傾聽。瑟巴斯欽心情惡劣是我的錯，或者他需要我；我和桑德談到這件事時，他總藉著翻閱某份文件、離開我一小段時間，或在口袋裡找眼鏡，來躲掉這個議題。桑德不想聽我們的故事。我們的愛情故事是不適當的。他認爲這會讓我看來必須負起責任，或是頭腦壞掉。這是一體兩面的。

這跟事情無關，妳不需要講這個。妳把這種事留給自己就好。它在法律上沒有什麼關聯性的。

但是有些事情是桑德不理解的。桑德年輕的時候，國王新婚時不需要在皇宮前的臺階上親吻希爾維亞皇后。國王不需要在晚宴上，對著全國人民發表電視直播談話：「希爾維亞，我愛妳，希爾維亞，吧啦吧啦……」老百姓、平民大眾對「我們經歷了水深火熱，我們選了一條艱辛的道路，但愛情最偉大」的需求，不必藉由演講稿撰寫人來滿足。在桑德的時代，人們可以平靜地處理這種事情。在桑德的時代，人們得自己保守祕密，否則會很難堪。但是，那樣的時代已經過去了。我知道要求是什麼。我原本是知道自己一直想要知道的；我原本想知道一切，要求關於我和瑟巴斯欽之間那段骯髒、病態、毒藥般致命情感的每一個小細節。這樣才能了解，爲什麼我覺得他老爸該死，爲什麼我會射殺自己的男友以及自己最要好的朋友。

瑟巴斯欽爲什麼幹出這種事情，或許輪不到我解釋。它在法律上沒有什麼關聯性。但是我在場，他是我男友，我比那天在教室的其他任何人更了解他，我對他的所知，絕對比他親生父母對他所知的還多。而我殺了他和艾曼達。如果我不說明……那要由誰來說明呢？

爲什麼？我也想知道。這個「爲什麼？」是非常深奧、廣泛的，它的條件是絕對的開誠布公。而「絕對的開誠布公」的條件是：我必須比過去任何時刻，更加留意自己所說的話。我一說出口的，就會變成事實了。

在經歷所有延誤以後，這一天終於來臨，輪到我說話了。時間還早，我卻已經醒來。

在天色最昏暗時醒來，是最難受的。而今天我就這樣做了，我一睜開雙眼，就知道自己絕對無法重新睡著。我感覺不太舒服，在水槽前俯身，低著頭，讓水流著。看守所水龍頭的水總是不冷也不熱，但我浸了臉一下，睡衣的領子浸濕了，我便將它脫去。隨後我赤裸著身體站在房間中央，吸氣，呼氣，吸氣，再呼氣。我打著寒顫，冒著汗。

針對今天將要發生的事，桑德已經教我做好準備，我們已經預演，預演，預演，再預演。不，這倒不是說，桑德瞎掰了一個故事，要我將它背得滾瓜爛熟。不過他知道要是人們看出我開始臉紅、冒汗、說話結巴，不管我說了什麼、不管我有多誠實，就都沒有差別了——整個法庭裡，沒有人會聽我的。被告。那就是我。再過幾個小時，就輪到我說話了，讓我發表陳述的時候到了。

桑德說過，我有「保持緘默的權利」。這意味審判全程中，我可以選擇閉嘴。沒人能逼我說話，沒人能逼我回答問題。如果我想保持安靜，我就可以保持安靜。

瑟巴斯欽在醫院裡說了話，但離開那裡以後他就沉默下來。我就讓他保持沉默，沒丟出一堆問題，更沒要他回答。我了解他需要保持沉默。他的「好朋友」們竭盡全力，裝得事不關己。他們之中沒人堅持要到精神科病房來，然而當他回到家以後，他們想再繼續演戲就比較困難了。丹尼斯是其中演技最好的，而拉伯的演技最差。聖誕節後，拉伯見到瑟巴斯欽時就開始哭，作勢想擁抱瑟巴斯欽。那時，艾曼達也試圖依樣畫葫蘆，效果糟透了。瑟巴斯欽恨透了這一點。

我再次躺回床上時，感覺著涼了。我的櫃子裡有一條多的毛毯，但我顫抖得太厲害，幾乎拿不到毛毯。我閉上眼睛時，眼皮下方感到一陣灼痛。我側過身，試著用手臂抱住膝蓋，在毛毯下呼吸。寒顫一波未平一波又起，我還來得及適應這樣的韻律，就像打嗝時一樣，來得快，去得也快。

當我講完時，就再也沒有退路了。但今夜，就在此地，充斥著各種版本的故事，和我的人生平行開展。我無法不想到它們。在一個版本的故事裡，我從沒親吻過薩米爾，從沒允許他挽著我的手，從沒去過他居住的郊區，他從沒對我產生過恨意，或爲我讓他產生的感覺感到羞恥。他不必對我感到有責任，也找到除了瑟巴斯欽以外，其他會讓他感到興奮的目標。我從沒愛上過薩米爾，不需要和瑟巴斯欽分手，瑟巴斯欽沒有嘗試自盡，他在聖誕節後的狀況沒有惡化，那「最後一場派對」從沒舉辦過，他老爸沒生氣，瑟巴斯欽仍對老爸的父愛懷抱希望，他從沒開下第一槍，也從沒擊發接下來的數槍。我沒殺死艾曼達，沒殺死瑟巴斯欽，我們繼續活著，有一個比較好的結局，比較好的開始，比較好的人生。

正是我和瑟巴斯欽分手，他察覺到死亡是多麼容易時，才開啓殺意的。我了解到這一點時，一切已經太遲了。

在另一片平行的宇宙裡，我早在前一天晚上就射殺了瑟巴斯欽。在派對後直接射殺。我不知道自己爲什麼這樣做，以及怎麼辦到的；但其他人能因此繼續活下去，所以這樣還是比較好。在第三個版本中，前一天派對結束後，我沒有回家，爸媽一大早打電話報警，他們發現我陳屍巴拉庫達。我已經溺斃，警方直接找上瑟巴斯欽的家，逼他接受問話。這樣他就不能在房子裡行凶，也不能到學校裡大開殺戒。

在第四個版本中，派對結束後，我從沒離開瑟巴斯欽的家、回到自己的住處。即使他老爸直接勸阻我，我仍置之不理，強迫瑟巴斯欽和我在一起。如果我留在那裡，他就不會殺死自己的爸爸。這意味著大家都能活命，艾曼達也能活命。

所有的版本都有一個共通點：我仍然無法不想到他們，至少現在，還無法不想到。

妳必須告訴我們實情。問話的燙髮女警對我耳提面命的次數，多到我自己都數不清了。就當作是爲了艾曼達吧。

人們總是以爲自己知道死者想要什麼。艾曼達會希望妳勇敢一點。艾曼達會希望妳說出眞相。艾曼達會理解的。

這一切都是徹頭徹尾的屁話，胡扯。艾曼達會希望我沒有開槍射殺她。艾曼達不想死。我想，這是我們唯一能確定的。

眞相是：自從我再度回到瑟巴斯欽家以後，一切都是因爲我無法制止而發生的。

我該描述關於瑟巴斯欽，關於這個罪人的事嗎？當然，有何不可？替他辯護，可不是我的責任。現在，他就像我一樣孤獨。但是我不確定這樣對我有幫助，甚至也不確定這特別重要。今天，輪到我陳述了。然後，就輪到薩米爾了。

案件代碼：
B 147/66 審訊

地方檢察官
對瑪麗亞・諾貝里的起訴

33

開庭第二週：星期二

總之，薩米爾倖存了下來。瑟巴斯欽朝他開了三槍，其中一槍的子彈留在腹部，另一槍陷入肩膀內，第三槍則貫穿手臂。他不得不動了六次手術，他們將他的胰腺摘除了。我不確定這意味什麼，但傳票上寫著他終其一生必須接受藥物治療，左手臂的靈活度受嚴重影響，並將承受長期背痛。

但是，他復元的狀態允許他繼續就學。根據煎餅圓臉男的說法，他靠著法格曼家族企業集團的賠償金，進入美國史丹佛大學深造。

薩米爾可不只是其中一名受害者、其中一名原告，他更是檢察官的頭號證人，醜八怪麗娜能從教室現場取得證詞的唯一證人。她以薩米爾的陳述爲基礎，建立對我的起訴內容。我當然知道他陳述了什麼。對他的問話紀錄，收錄於初步調查報告書中，而我已經讀過。我讀過問話紀錄無數次，對內容可謂滾瓜爛熟。薩米爾表示，我蓄意射殺艾曼達。我平心靜氣，拾起武器。對於我拎起武器，瑟巴斯欽看來一點都不感到緊張。在我開槍以前，瑟巴斯欽要求我「拜託，幫幫忙，現在就動手。我知道，妳想做！」先是艾曼達，然後是瑟巴斯欽。

我進入法庭就座時，廳內一片沉靜。外祖母要是在世，準會說室內瀰漫著某種期待。就連法官們的神色看來也不一樣了，就像第一天一樣，他們全神貫注起來。薩米爾直到下週一，才會出庭作證，他必須在史丹佛大學處理一點事情，法庭核准了他的申請，但我則必須在今天陳詞。就因為我即將發言，所有人才會緊張莫名。然而考量到我們大家都知道薩米爾會說什麼，我不理解大家為什麼興奮、緊張。不管我說了什麼，他的陳述都不會憑空消失的。

桑德提過，必須「從薩米爾所置身的處境來檢視」他的證詞。他的意思是，他能「從薩米爾的觀察中指出疑點」。然而我知道，他們聽完他的說詞後，就會採信它的。人們都信賴薩米爾。

桑德先提出關於我的問題。即使人盡皆知，他仍然問了我的年齡。他問我住在哪裡，我沒說「動物島」，而是回答「我和爸媽以及五歲的小妹妹蓮娜住在一起」。隨後他要我描述在學校的狀況，我說「相當好」。桑德指出，「非常好。」熱身完畢後，就該開始談談「先前發生過的事情」了。

桑德曾經提過，他不想「集中探討」薩米爾「對事情的理解」，但我被迫描述教室的狀況。然而，我們先從瑟巴斯欽自殺未遂開始談起。我可以談談他在此之前的心情多麼惡劣，瘋狂辦派對，我感到棘手，我和薩米爾見面。當我提分手時，瑟巴斯欽說了什麼，我們在醫院裡又談了什麼。

「請描述瑟巴斯欽出院返家後的情況。妳是否能夠描述一下？」

跨年過後一星期，瑟巴斯欽才獲准返家，和開學日恰好同一天。但他又請了足足兩星期的病假在家度過。一開始我以為情況有所好轉，但並沒有，可是我仍相信會好轉。瑟巴斯欽不再上夜店，不再邀請兩百個人到家裡開派對，不再預訂到巴塞隆納、倫敦、紐約的週末旅遊。他反而想和我在一起。即使是我該待在學校的時間，他仍希望隨時和我在一起。他也不再談到我們該做什麼、該上哪兒去、該怎樣開派對。他反而希望我們能夠獨處。單獨相處。他老爸絕少在家，連行李箱都不用換。他希望我們就待在他家。我以爲這是好兆頭。他不再喝得爛醉，不再那樣常發毒癮，不再故態復萌。當他的朋友們在我在場時打電話給他，他會直接拒聽電話。如果我們要和他人互動，他也希望是在自己家裡。如果有人登門拜訪，他也常躲到別墅的其他空間去。有時就連我都找不到他，他就這樣消失掉了。

很顯然地，他十分消沉。不過，在此同時，他剛出院返家、穿著睡衣到處轉的那幾個星期，他對我的愛意，似乎是前所未有的深厚。我想必也是在那段時間，愛他愛得最深。爲什麼？

在《哈利波特》的尾聲，對佛地魔的戰爭進行得如火如荼之際，妙麗和榮恩接吻了。他們接吻，是因爲相信自己必死無疑。隨後出於相同的原因，哈利和金妮也接起吻來。我相信瑟巴斯欽特別愛我，是因爲了解到自己本來可能死掉的。我也曾相信他必死無疑，所以我有著同樣的感覺。現在，直到我知道發生了什麼事以後，我才想到也許他那時就已經知道，他不只是可能死去而已。他會死，或者他至少知道，如果他決心尋死，死亡是非常容易的。

那陣強烈的戀愛感覺，終究會消失的。

我們談到克萊斯。桑德要我談談他所說過的話，他所做過以及沒做過的事情。

「這對瑟巴斯欽來說，很麻煩嗎？」

「瑟巴斯欽對自己的父親感到失望嗎？」

「你們談過這件事嗎？」

我描述著。我也描述了其他事情。談到盧卡斯，談到他媽媽，拉伯，那所有的派對。談到丹尼斯，毒品，薩米爾，一應俱全。我什麼都談了。

「妳是否能談談，瑟巴斯欽健康狀況的變化？」

我也描述了這一點。

大約直到復活節連假期間，我才不得不向自己承認，情況完全沒有改善，只是一路惡化。包括艾曼達在內的所有人，從稍早就已經看出了這一點。二月底，瑟巴斯欽就不再需要要求自己獨處，他不需要藉由掛斷手機通話或裝病，來逃避事情。由於沒人想跟我們一塊兒，我們只好自己獨處。

和自己心愛的男人白頭偕老、過著快樂美滿的生活，只有在故事書裡才能成真。「白頭偕老」這個詞其實是瞎掰的，充其量只是夠長的時間而已。愛情，不會使人得到永生。

對桑德來說，有兩件事相當重要：其一，他要提出瑟巴斯欽和他老爸有衝突，而我對這場衝突沒有責任。我沒說服他殺掉克萊斯，不管我說了什麼、做了什麼，瑟巴斯欽總會開殺戒的。其二，他要指出，我和瑟巴斯欽沒有共同的報復計畫，我們沒有躲在克萊斯的別墅裡密謀，決定該怎麼進行大屠殺。桑德要讓法院理解，我懷念我的朋友們，我不恨他們。病得越來越重、越來越易怒、越來越古怪的，是瑟巴斯欽——而不是我。

我也向法院、新聞記者與在座其他所有人，描述了這一點。我描述了他與日俱增的暴行。頭一遭，即使我什麼都沒說，瑟巴斯欽仍然尖叫「閉嘴」。「妳要是不閉嘴，我就痛扁妳。」我相信他會動手揍我，以及做其他事情。

「妳是否對瑟巴斯欽感到恐懼？」桑德問道。首席法官身子微微前傾注視著我，等著我的回答。

但是第一次、甚至第二次發生這種事情時，我那時對他還不感到恐懼。這眞是難以描述。我找不到能讓人們理解心理感受的措詞。

「眞的是這樣嗎？」桑德問道。「妳不害怕？」

我沒回答，淚水卻止不住地落下來。我搖搖頭，現在，我什麼話都說不出來了。我哭得太凶了。

「是的，」最後，我擠出這麼一句：「這是眞的。我並不爲自己感到害怕。我也許感到害怕，但並不是因爲他會對我怎樣。」

「妳這是什麼意思？」

「我無法離開他。」

「妳是否相信，一旦妳離開他，他會再度嘗試自盡？」

我點點頭。恐慌，在咽喉處劇烈撞擊著。

「嗯。」

「妳爲什麼這麼覺得？」

「他是這麼說的，而這是眞的。我知道這是眞的。」

「而妳不希望這樣。」

「我當然不想這樣。」

「瑪雅，妳是否和人談過這件事？妳是否說明過這件事非常嚴重？」

我再度點頭。

「是的，」我說，「我談過。」

我和瑟巴斯欽

34

我們不知道克萊斯居然在家。但是，他確實在家。他和其他四個中老年人正在廚房裡吃晚餐。其中一人站在電爐前面。我認得他，他常把披肩長髮綁成一個可笑的結（也許，他想讓自己看起來像個足球專家），電視上有無數個烹飪節目，他是其中一個節目的座上賓。現在，他的頭髮髒汙不已，披散開來。他站在瑟巴斯欽的廚房裡，其中一手將一條魚舉到脖子的高度，另一手抓著一把刀。這位電視大廚已經爛醉如泥了。

克萊斯正在吹噓自己的豐功偉業：他在南非打獵時，狩獵隊長命令他去取來更多的彈藥。大家至少聽過這段故事二十次了，但是他們仍在時機恰當時高聲大笑。

「坐下，」克萊斯突然插入這麼一句，才繼續講故事。我們就座。爲什麼？因爲瑟巴斯欽總會照著克萊斯說的做，而我總跟著瑟巴斯欽做同樣的動作。「你去拿幾個盤子來？」

他轉向離我最近的男子，一名五十歲左右的老頭。我也認得他，他不是財政部長，不過也是部長級的人物，也許是產業部長吧。我以前見過他。他面帶困惑地起身，轉身走向廚櫃。部長不知道餐盤放在哪裡，並且他也已經爛醉了，所以他不得不用手遮住其中一眼才能看清楚。他用肥嘟嘟的食指指著冰箱，問道「你們的餐盤放在哪裡？」這時我站起身來。

「我來。」我說。我想離開那裡，不管克萊斯想要我們做什麼，先走爲上策。

「你今天是哪根筋不對勁，瑟巴斯欽？」克萊斯的故事說完了。「你看起來眞是清醒啊。你有病嗎？」

瑟巴斯欽虛弱地微笑一下，爲我們倒酒。他舉杯一飲而盡，再倒滿，舉杯敬自己的老爸，然後才又一飲而盡。

「我看哪，他會子承父業，」電視節目裡的大廚說著，湊到我旁邊來。他身子向前傾，把一盤點綴著蒔蘿香菜的馬鈴薯和一碗糖莢豌豆放在桌上。「他的品味也很高雅。」他追加一句，擰了我的下臂一下，才回去處理那條魚。

「那你就錯嘍，」克萊斯說，撈起一勺子馬鈴薯，再將盤子傳下去。「他媽的，他根本就不會『子承父業』。我幾年前檢查過這件事，他竟然是我的親骨肉，有夠怪的。但是，他百分之一百二十是延雪平小姐，甚至比正版的延雪平小姐還正。他讓他媽媽看起來既聰明又穩重。」

克萊斯爛醉的朋友們哈哈大笑。也許他們笑得有點猶豫，但還是大笑著。沒人會相信，他是玩眞的。電視節目裡的大廚回來，抓來一張椅子，硬擠到我和瑟巴斯欽中間。他坐得如此靠近，以致我能感受到他的氣味：一股混雜著魚內臟的腥味、汗臭與濃厚男用香水的氣味。

「不過，說來聽聽啊，」克萊斯繼續說下去。「瑟巴斯欽，敗壞家風的小害群之馬，你好嗎？」

「你在乎嗎？」我喃喃自語，試圖將椅子朝另外一邊稍微挪動一下。我原以爲沒人會聽到這句話，但克萊斯卻從餐盤前抬起頭來。他該不會想開始大笑吧？

「我在乎嗎？」

電視大廚將手搭在我肩上。

「小妞，他只是在說笑。放輕鬆點，好好品嘗美食吧。」他取來我的叉子，叉起一小塊魚肉，將它送往我的嘴邊。「飛機來了……嘴巴張開。替老爸咬一口。」

克萊斯爆笑開來。過了一瞬間，其他所有人再度笑得前仰後合。我張開嘴，不知道自己爲什麼這樣做，但是電視大廚又發出飛機俯衝的嗡嗡聲，將魚肉猛——塞——進我嘴裡。就在我呑嚥的同時，他用他的餐巾擦乾我的嘴角。我沒再看見瑟巴斯欽，但我聽見他也在笑。他老爸又在賣弄、搞笑時，他總能夠硬擠出這種笑聲。這讓我覺得很不舒服。瑟巴斯欽深陷其中，他擺脫不了這種霸凌，他永遠擺脫不了的。他沒發現這一切是多麼病態、畸形嗎？他當然有發現。克萊斯的行爲有多麼噁心呢？當然是很噁心。他爲什麼毫無反應？他爲什麼不理解不能這樣對待別人？爲什麼克萊斯可以無視其他人必須遵守的待人處事規則？克萊斯．法格曼想幹嘛，就可以幹嘛，我們其他人只能「逆來順受」。

大概就在電視大廚要餵我第三口時，我抓狂了。我雙手抵住桌邊，將他和他那把該死的叉子推開。

「小妞……」我掙脫時，電視大廚試圖抗議。「妳要多吃點，才會頭好壯壯。」

「嘴巴張大。」有人粗聲大笑。我沒聽出是誰，也許是部長。我聽見瑟巴斯欽又在笑了。就像他老子一樣。我迅速、用力地緊閉雙眼，白點在視網膜上飛舞著。

我轉身面向瑟巴斯欽。

「我現在就回家。」

他一聲不吭。我覺得他連看都不看我一眼。他總是選擇向他老爸屈服，將我犧牲掉。

「眞是個好主意，」克萊斯邊說，邊將手伸向裝著馬鈴薯的碗，裝更多食物。「眞他媽的好吃。」

他繼續說著，轉向電視大廚。

我在地板上跨了四步，站在克萊斯正前方。

「你眞的覺得，」我勉強擠出話來。喉嚨疼痛，聲音微弱。再過幾秒鐘，我就會泣不成聲。在那之前，我得趕快從這裡開溜。但我必須把話講完。「你覺得這樣OK嗎？你都不想做點什麼嗎？」我吞了一口口水。「瑟巴斯欽精神狀態糟透了，他沒辦法……你完全事不關己？你都不想做點什麼？」

克萊斯抬頭望著我。他微笑著。

「做點什麼？」他的聲音冰冷刺骨。「瑪雅，妳說說看……妳又希望我怎麼做？妳認爲有什麼是我該做卻沒做的？到底該怎麼做，妳倒說說看？」

我試著回頭張望。我試圖使目光保持平穩，但力不從心。他會不會說我們應該私下談這件事？在男士之間的晚宴討論這種事不太妥當？沒有。克萊斯一點都不感到可恥，他怎麼會感到可恥？他從來就很無恥，沒人能威脅他，全世界可以爲證：沒有他說不出、幹不出的事情。他向後仰，已經放下手中的餐具。其他所有人也已經不再吃東西。他們瞧著我。

「瑪雅，我們有在聽。告訴我們，妳在想什麼。妳說說看，我應該怎麼做。」他轉著手中的酒杯。金黃色的酒在杯中像波浪般地轉著。他的另一隻手安靜地擺在餐盤邊，手指微張，他那戴著圖章戒指的左手小指，敲擊著桌面。

「沒事。」我擠出這麼一句，聲音細如蚊蚋。我的喉嚨灼燒，已經筋疲力竭。「你什麼都不用做。」然後我轉身離開那裡。瑟巴斯欽並沒跟來。

*

我到家時，老爸和老媽正坐在客廳裡看電視。我直接走進自己的房間，我不想讓他們看見我哭過。

但我在進房後，盡可能用力地關上門。也許我是想確定他們有聽見我回家。即使我週六總會在瑟巴斯欽家裡過夜，我仍要他們搞懂，我這次沒在他家過夜。三分鐘後，老爸來敲門。我已經脫掉牛仔褲，窩進被單裡。我已經不再哭泣。

「妳還好嗎，小妹？」

我轉身對著牆壁。

「那當然。」

「妳想談談嗎？」

「我想睡覺。」

他走到我床前，彎下腰來，將我垂落到臉頰的頭髮撥開。

「晚安，親愛的。」

隔天早上，當我在吃早餐時，媽媽坐到我正對面來。

「發生什麼事了，瑪雅？」

我聳聳肩。

「你們吵架啦？」

我又聳聳肩。片刻的沉默。

「他怎麼樣？」

「不好。」

「我們了解。妳希望我們做點什麼嗎？」

是的，我希望。

「不用。」

「妳確定嗎？答應我們，如果有什麼是我們能做的，就告訴我們，我們知道這並不容易，瑟巴斯欽有些問題。我們和妳的老師們談過，他們也能理解。他們能了解，有時候妳沒辦法去上課。而妳的表現仍然很好，他們並不擔心妳。」

我吞了一口口水。

他們應該要爲我擔心的。我爲自己擔心得要命。

「瑪雅，妳很努力。他需要妳，妳必須陪伴他。在妳的年紀，沒幾個人能承受這一點的。答應我們，如果有什麼是我們能幫忙的，就告訴我們。好嗎？」

「沒事。妳做不了什麼的。」

老媽微笑一下，這個微笑來得有點太快，嘴角也笑得有點開。她感到解脫，看見她不需要處理這種事情時，展現的無比逍遙、輕快感，簡直像喜劇一樣逗趣。同時她也感到滿意、自豪，對她來說，這眞是個無比美妙的早晨，這是她最喜歡扮演的「母親角色」。「傾聽子女的心聲。」打勾！「問問他們，妳能做些什麼。」打勾！「展現妳的關愛。」打勾！

做點什麼？能做什麼？說啊，跟我解釋啊，妳總得告訴我，我才能做出什麼貢獻吧。這不是我的責任。老天爺！瑟巴斯欽可不是沒爹沒娘哪。

我曾答應過要帶蓮娜去做體操。她推著自己的推車，我們帶上了推車，好讓她在回程路上累了時可以坐。薩米爾在接近我們學校的公車站上車。他見到我們時，面露猶豫之色。有那麼一瞬間，他想直接走過。但當蓮娜打招呼時，他就坐在前面的座位上，轉身望著我們。

「妳好嗎？」

「你週末還上學啊？」

他搖搖頭。

「我把數學作業本忘在櫃子裡了。」

「哇，那眞是悽慘耶。」我說，「沒有數學作業本，還要撐過一整個星期天。」

薩米爾臉頰掠過一個酒窩。突然間，我又哭了起來。我對於哭泣已經感到厭倦，這對問題沒有幫助。要是薩米爾沒有露出微笑，我比較能控制住不哭泣。當他面露不爽、行爲古怪、棄我如敝屣的時候，事情反而比較簡單。我努力想回他一個微笑，趁他不注意時擦乾淚水，卻沒成功。我望著車窗外，盡可能向後貼著椅背。我不希望被蓮娜看見。

「妳……」他試著開口。

見鬼去吧！我恨你。如果你不想要我，就不要用那種方式看我。

我用手背擦乾淚水。

薩米爾，你眞懦弱。要是你沒有那麼膽小，今天就是我們在一起了。

「你叫什麼名字？」蓮娜問。她已經從座位上爬起來，站起身試圖向上搆著。我緊張地一笑，撫平她的頭髮。

我不想再哭了。

薩米爾也笑了，屈身向前，靠近蓮娜，兩人的臉距離僅有一、兩公分。

「薩米爾。」他耳語道。她陶醉不已，咯咯笑了起來。

蓮娜可以當我們的擋箭牌。我們可以放任她講一大堆她覺得很重要的事情；只要她講話，我們就可以不用說出自己該說的話。

薩米爾，我已經沒力氣再生氣了。對你也是一樣。

蓮娜一如往常，問了二十多個毫無意義的問題。薩米爾逐一回答。他三不五時就望著我；我有充分的時間將淚水強壓下來。但是蓮娜隨後沉默下來，坐回座位，抓起她帶出門準備在公車上翻閱的書本。她假裝在看書，薩米爾皺起眉頭。

我搖搖頭，聳聳肩，避免眼神接觸。我比出所有能讓談話對象了解：情況糟透了、一切爛到極點的動作和手勢，但我不能說出口。這種事不能說出口。

我不想談這件事。怎樣？

他點點頭。

「妳不用爲他負責任。」他先開口。

「不，」我說，「我其實得負責任。」

「瑪雅，他腦袋有洞，他有病，」薩米爾耳語道，「他在家裡幹這種事、而不是在學校或史圖爾廣場，並不表示他這樣就是合法的。妳不需要照顧他。這不是妳的責任。」

薩米爾，這不是毒品的問題，那還不是最糟的。情況不一樣了，他已經變成了另一個人。他身上出現了問題，晚上一直喊痛。他頭很痛，直接高聲叫喊；他體內有毒素，有時，他連光線都受不了，就連最微弱的光線都受不了。我不知道該怎麼辦。幫助我吧。

我吞了一口口水，觸碰蓮娜的頭髮，屈身嗅聞她的後腦。她用過老媽的洗髮精洗頭。

薩米爾點點頭。我想，他了解。他了解一切是多麼惡劣，而這也是他沒問我，他能幫點什麼忙的原因。他知道情況是多麼糟糕，以至於他根本就不問他是否能幫我什麼忙了。

不過，我沒說什麼。我什麼也沒說。

我和蓮娜在摩比的前兩站就下車了。我們走了最後一小段路，當作是體操練習。就在我幫她換衣服時，我收到一封簡訊。

「一切都會沒事的。」薩米爾這樣寫著。

我是應該要回信，但我沒回。我反而刪了他的簡訊。他不懂的。絕對會出事情的。

我不想再和薩米爾有聯繫，因爲他不想和我扯上關係。因爲他是超級、該死的懦夫，所以他不敢。

我本該這麼回信：不，絕對會出事的。或者至少這樣回信：薩米爾．薩伊德，你是個大白痴。但是，我沒這樣做。

也許正是因爲如此，到了最後，一切演變成大災難。很明顯地，薩米爾曾經試圖協助。或許他感到良心不安，因此想要幫我。薩米爾是那種相信自己能幫上忙的人。我早該理解這一點的。

案件代碼：
B 147/66 審訊

地方檢察官
對瑪麗亞・諾貝里的起訴

35

開庭第二週：星期三至五

當我說完時，就又輪到麗娜．派森發言了。薩米爾會慢條斯理、不疾不徐地出現在法院。因此，總檢察官麗娜．派森先傳喚第一名用電話報案的人士。報案電話的錄音也當庭播放。

參審們入迷的雙眼睜得斗大，我們聽著那恐慌不已的聲音。那聲音尖叫著，表示發生槍擊了。另一個沉穩的聲音回答，並提出問題：你從哪裡打電話來的？你現在在哪裡？你有沒有通知學校的領導階層？學校有沒有採取人員疏散措施？背景中，我們也聽見疏散的聲音：學生們邊跑邊哭著。我們也聽見那原本沉穩的聲音越來越緊繃。我們在路上了。救援車輛已經出動，你聽得見警報聲嗎？你能離開建築物嗎？

從參審們的神色能看得出來，這通求救電話，讓他們感受到身歷其境。聲音，眞實的聲音；恐慌，貨眞價實的恐慌。還有尖叫聲。但對我來說，感覺正好完全相反；我們談論的、聽見的，都不是我的親身經歷。我根本記不得教室裡曾經傳出過這種聲音。這通求救電話可能和任何人、任何事都有關，它甚至可能是捏造的。

「叫我麗娜」向那位報案求救的女性提出八個問題（我數過）；她是個我過去從沒見過的值班門

房。被問到第四個問題時，她開始哭起來。不過她描述的東西了無新意，我都聽過了。桑德沒有提出問題。

然後，「叫我麗娜」傳喚了最先進入刑案現場的三名警察。他們依序陳述自己所見到的，決定進入教室時是什麼感覺，在教室裡見到的一切，他們做了什麼以及沒做什麼。其中兩人哭了起來，或者更精確地說，其中一人哭了出來，另一人哽咽著，不得不數度清了清喉嚨、吞下淚水，才沒哭出聲來。我認不得那名從我手中搶下武器、對我說話的男警員。不過，當他看著我時，面帶疲憊之色。那表情更像是疲憊，而不是怒氣或難過。他沒哭。不過，坐在首席法官左邊的那名參審員倒是哭了出來。她甚至擤起鼻涕來。

桑德讓他們看了一張教室平面簡圖，要他們確認，薩米爾和艾曼達是在圖上所標示的位置被發現的。他們確認了這一點。

檢察官還傳喚了槍擊案發生時，正在外面走廊上的兩名學生；我不認識他們。但其中一人一看見我就開始劇烈顫抖，彷彿我是殭屍或殺人魔查爾斯．曼森，彷彿恐怖到一接近我，她就會發起羊癲瘋。她開始漫談我和瑟巴斯欽的傳聞「大家都知道我們在搞什麼」時，首席法官打斷了她。

「我認爲，我們現在必須就事論事。」首席法官說。那個只想假裝認識我，其實對我和瑟巴斯欽狀況如何根本一無所知的女生，臉頰上浮現紅暈。

桑德對每個學生各提了三個問題。妳認識瑟巴斯欽嗎？妳認識瑪雅嗎？教室的門是關上的嗎？她們回答：不認識。不認識。是的。

拉伯藉由視訊接受傳喚。他拒絕和我待在同一個房間裡接受傳喚，首席法官同意了他的要求。拉伯說，關於瑟巴斯欽，「大家都很憂心」「大家都知道他有問題」；我和瑟巴斯欽「已經不再像過去那樣交往」。關於他們如何迴避我們，只有想開趴、狂歡時才來找我們，他可是隻字未提。他講到最後的派對時，才開始哭起來。他解釋，自己從學校趕來，「因爲這似乎很重要」，而他在派對後，到艾曼達家裡過夜。就在他準備說明自己隔天早上賴床、沒去學校的時候，他哭得更凶了。大家根本聽不清楚他在說什麼。我眞慶幸他不在法庭裡。這樣就省得見到他，我永遠不需要再看到他。桑德沒有對他提問。「謝謝。」當他講完時，首席法官說。當「叫我麗娜」對著自己的麥克風喃喃自語說「謝謝！」時，拉伯的視訊連結早就被關閉了。

隨後「叫我麗娜」傳喚了進行技術鑑定的技師們。他們說明哪樣武器的扳機上有我的指紋，哪樣武器只有在槍管上才有我的指紋。他們必須說明，根據調查，是哪一把武器先射殺了艾曼達、再射殺了瑟巴斯欽，以及由我擊發這把武器的說法，又是出於什麼樣的事由被認爲明確合理。桑德對技術檢查人員的提問，集中在射擊角度、誤差範圍，以及我擊發武器時所在的位置。他讓檢查人員看了他自己進行的調查報告書，讓他們表達對報告書可信度的看法。假如我過去不知道他提出這些問題的原因，那我現在還是不確定自己是否知道。他想說明，有人（也就是我）在不熟悉武器的情況下，發生這麼嚴重的誤擊（沒擊中瑟巴斯欽，反而命中艾曼達），是不足爲奇的。

桑德談完技術鑑定人員對於我開槍時位置的看法以後，便開始談到我置物櫃裡的手提袋。檢察官曾經問過「是否能排除瑪雅處理過手提袋的可能性？」技術鑑定人員的答案是「不行」。現在輪到桑德了，他問道：

「瑪雅處理過手提袋，而能不在提袋內外留下任何指紋的可能性有多高？」

「這種可能性並不特別高。」

然後，他就開始討論那枚「炸彈」了。它在初步調查報告書中被稱爲「爆裂物」。檢察官的犯行描述中提到「爆裂物」，認爲這足以說明我和瑟巴斯欽事先計畫要「造成更大規模的殺傷」，「不能排除，他們準備對學校進行恐怖攻擊。」調查人員循線追蹤，查到幾名在克萊斯．法格曼家裡執行過一些工程的建築工人，和這枚「炸彈」有關。我們可以這麼說，由於缺少引爆裝置，那只是一枚炸彈的半成品而已。初步調查書中提到，建築工人準備以爆破手段，清除法格曼家族海景小屋用地上的一片石塊時，瑟巴斯欽很可能偷了這些裝置。工人們也可能忘了帶走這些裝置，瑟巴斯欽發現它們時，就將它們保留起來，自己使用。不管怎樣，建築工人沒有針對這些被竊的裝置向警方報案，他們也從不想承認自己丟三落四。

檢察官意指，這枚「炸彈」顯示我和瑟巴斯欽長時間策劃這起攻擊，但桑德對此則有不同的理解。他提出的其中一項異議是，克萊斯的海景小屋興建時，我和瑟巴斯欽都還沒在一起。桑德也希望技術鑑定人員能夠承認，放在我置物櫃裡的物品從未構成任何危險。至少就它當時放在置物櫃裡的狀態，是無法引爆的。因此桑德認爲，討論炸彈是缺少意義的，而這項物品甚至還不能被定義爲炸彈，他也質疑討論「炸彈」的目的何在。

檢察官表示，瑟巴斯欽並未了解炸彈是沒有作用的。她表示炸彈有沒有實際效果，從「動機論」來看根本「無關緊要」。桑德和她針對這點吵了好一會兒，直到首席法官打斷他們，表示我們「可以先行擱置瑟巴斯欽對該物品功能性了解程度的爭議」。他認爲，瑟巴斯欽是否蠢到相信「炸彈」能用是無關緊要的。

桑德對技術鑑定人員大量提問，技術鑑定人員則報以長篇大論。我連其中一半內容都聽不懂。但當首席法官問桑德，考量到「起訴只針對已經完成的犯行」，他到底想藉這些問題證明什麼樣的論點時，桑德就不爽了。

「整件刑案調查報告，是根據『我的委託人有意炸平自己學校』的錯誤理解進行的。考量到這一點，我認為一方面證明我的委託人和手提袋及其內裝物品無關，另一方面證明提袋內的物品對周遭並不構成任何危險，是非常重要的。」

之後，法官就讓他繼續提問。但我還是覺得桑德這樣做是不智之舉；從頭到尾，法官都面帶怒容。他深呼吸的聲音清晰可聞，有一次甚至瞄了自己的手錶，而他以前可從沒這樣做。

他們談完炸彈以後，桑德提到「缺乏能夠證明我的委託人和手提袋、武器保險櫃，以及其他在犯案現場發現的武器有關聯的證據」。

「瑪雅裝塡手提袋的可能性有多高？打開武器保險櫃以及處理其他武器的可能性又有多高？」

「不能排除這樣的可能性。」

桑德皺起眉頭。

「除了裝有武器的手提袋提把以外，各位有沒有在其他任何地方找到她的指紋？拉鍊上？提袋裡面？各位有沒有在武器櫃找到她的指紋？其他武器上有沒有？」

「沒有。」「沒有。」「沒有，沒有，沒有。」

在那之後，桑德就不再問了，然而他的眉頭仍然緊蹙著。檢察官臉上仍帶著怒容。

我並不覺得這一段審判過程的進展，對我們有利。

法醫來說明驗屍調查報告。受害者的年齡（丹尼斯估計在十五到二十歲之間），確定的死亡時刻（丹尼斯、艾曼達、克利斯特在教室裡就已宣告不治，瑟巴斯欽死在救護車開往醫院的路上），以及他們是怎麼死的（不能只說他們遭到射殺。法醫們被迫描述子彈造成的確切傷害，以及如何決定哪一處傷口是致命傷，哪一處不是致命傷）。

專業證人發言時，我仔細、目不轉睛地打量著他們的臉孔。我想看看他們講話的方式，在鼻尖抓癢，咬緊下唇，攏一攏額前的瀏海，是否能爲我提供線索，解決一個無解的謎語。

這一招並不靈光。我只想嘔吐。

艾曼達的媽媽準備受傳喚時，我曾經向桑德要求，迴避這一段。然而他拒絕了。艾曼達的媽媽曾經提交過一份陳情書，要求讓我坐在隔壁的演講廳，用視訊螢幕同步收看她的傳喚過程。然而首席法官駁回了這項聲請。即使我告訴桑德，我覺得這樣做會比較好，他同樣反對。

艾曼達的媽媽坐在離我不遠的位置上，約略在斜側面。我從側面望見她，她已經失去一切光彩，頭髮也掉了一半，原本就苗條的身材，現在已是骨瘦如柴，我完全認不出她來。檢察官放任她長篇大論談艾曼達的事。她是誰，她喜歡做什麼，高中畢業以後本來有什麼打算。法官都不會告訴她：不要離題，就事論事。

艾曼達死時，她媽媽並不在場，因此，她不需要談到這一點。不過，她談到我和艾曼達在整個春季漸行漸遠，她感到事有蹊蹺。她和艾曼達談過這件事情，艾曼達則對她說，我和瑟巴斯欽只想在兩人世界裡清靜。艾曼達的媽媽很擔憂；她爲我擔憂，爲瑟巴斯欽擔憂，但可從沒爲艾曼達擔憂過。

輪到桑德提問時，我還以爲完事了。我對他的策略所知道的一點就是，如果他不確定答案，就不會提出問題。我認爲他會希望艾曼達的媽媽趕快講完，越快越好。理所當然。

然而當我聽見他的話時，我眞想抓住他的手臂，逼他把這個問題吞回去。我想說，你沒看見她看我的眼神嗎？你都沒看出她有多厭惡我嗎？她多麼希望死掉的是我，而不是她的艾曼達。我從沒看過一個人對我的恨意如此深厚。你都沒發現嗎？

「妳認爲，瑪雅會蓄意傷害艾曼達嗎？」桑德問道。他的聲音單調，不帶一絲情感。

艾曼達的媽媽哭了好一會兒才回答。然後她轉過頭，直接瞪視著我。

「不，」她說，「瑪雅絕對不會這麼做。瑪雅是喜歡艾曼達的。」

女子看守所

36 開庭第二週：週末

我抗拒著。整個週末，我一直待在自己的囚室裡。他們無法使我出去「散步」，或說服我應該穿上訓練服，雙腳不斷地踩著那臺壞掉的運動腳踏車，或是同意「找人談談」。一想到看一個汗流不止、就讀心理學系最後一年的週末代班職員坐下來，翻閱自己的筆記而不提出任何問題（因爲清單上沒有包括任何問題，只註明「須多加注意」），我就快嘔吐了。

她的睡眠品質是否惡劣？她是否顯露出緊張的跡象？焦慮？突發的情緒變化？是否口吐白沫？

我窩在自己床上。我顯露了情緒變化的跡象。如果他們眞想在我回到法院以前讓我外出走動，就得將緊身衣硬套在我身上，才能把我從這裡弄出去。我才不買帳。

艾曼達的葬禮在某個週六下午三點舉行，那是我殺死她以後五星期的事了。彌撒與講道儀式就在動物島區禮拜堂舉行。

我和艾曼達是在八年級與九年級之間的夏天，在動物島區禮拜堂受堅信禮的。我們戴著一樣的白色風帽，身穿相似的白衣；她的衣服是克蘿伊・摩蕾茲[45]的樣式，我的則是出於設計師史黛拉・麥卡尼之手。她的衣服是新買的，老媽則是在卡拉廣場上的一家二手店幫我找到這件洋裝。但是，它們的外觀看來幾乎一樣。成喇叭形展開的裙子，恰到好處的領口，閃亮的棉質布料，有著細長鍊子的白金十字鍊懸掛在頸邊。就在當天早晨，我們已經收到爸媽給的禮物：各自都是手錶，同樣的品牌，只是款式不一樣。對此，我們哈哈大笑。我們的爸媽是何其相似，而我們的爸媽所做的事情一樣荒謬，同時又不需要事先和彼此溝通。但是我們的主要笑點還是：我和艾曼達是如此相像，簡直可以當姊妹了。我們去接艾曼達，老爸在堅信禮開始前一小時將我們留在教堂時，就是這麼說的。

妳們簡直可以當姊妹了。

當然了，堅信禮不是什麼質詢，我們也不緊張。在營隊活動期間，流傳著一種謠言：我們得認眞學習，在教堂會被問到一個問題，如果沒答對，就會被當掉。但事後營隊裡所有人都通過了堅信禮。我們準備了從聖經裡摘錄的短劇，說明我們要演什麼角色。當其他人自我介紹時，我們想忍住笑，因爲他們簡直像在呻吟。「嗨，我叫雅各，我將扮演庶民百姓。」「嗨，我叫愛麗絲，我將扮演耶穌。」

有些人選擇在教堂裡朗誦一段聖經的章節。艾曼達要「即席」描述「一件她所學到的大事」；她就朗讀自己所寫過，關於「誠實爲做人之本」的內容。牧師之前才讀過這段文本，做了一點更正，而沒有承認：他很想決定，她得說些什麼。

45 Chloë Grace Moretz，出身童星的美國電影演員。

看守所裡，也配置一位臉上留有粉刺疤痕的駐監牧師，他的橡膠鞋底足足有兩英寸厚。我也無心見到他。這一整天我只想躺在自己床上，等著吃早餐、午餐，最後則是晚餐、睡覺。第二天，同樣的事再做一次。下週，就是最後一週了。

蘇絲來祝我「週末愉快」的時候說：「之後就完事了。」

是啊，當然。

血，是洗不掉的。我在戲院和老媽看了那齣無聊得要死的《馬克白》。不管怎麼刮、怎麼刷，血就是洗不掉。要是刮刷得太用力，皮膚上就會出孔，又流出新的血來。一切永遠沒完沒了。艾曼達的媽媽永遠不會寬恕我；我永遠不會寬恕自己。

你們各位呢？你們覺得怎麼樣？我知道你們做過什麼，以及你們現在仍然在做什麼。你們耗費時間，試圖讓我符合你們認為我應有的形象。你們拒絕承認，我不符合任何類型——無論是正面還是負面。我不是學生會裡的野心家，不是什麼勇敢的強暴案受害者，不是典型的大屠殺凶手，不夠聰明，不是什麼貌美的時尚達人。我不會踩著高跟鞋，去攔下小黃計程車。我沒刺青，也沒留下什麼攝影紀錄。我不是誰的女朋友，不是誰最要好的朋友，也不是誰的女兒。我就是瑪雅。

你們永遠不會寬恕我的。

我敢斷定，你們就是那種行經街上乞丐時，會想到「我也可能落到這步田地」而有些濕了眼眶的人，你們都好有同理心，是天性善良的人。你們心想：任何人都可能會生病，一不小心就會陷入經濟困境，被炒魷魚，被房東攆出去，還有，我也可能落到這步田地。穿著剛拉完屎的長褲，低垂著頭，等著一些零錢，到麥當勞去買一杯咖啡。你們想要展現同情心，因爲好人理應如此。但實際上，你們只是在假裝。你們從來就不相信會輪到你們。另外，極度的自我中心在於認爲一個人要感到與其個人有關，才能感受到同理心。同理心，恰好相反。它的精神在於：覺得一個身上散發出糞便味、和自己的生活一點都不相關、噁心不堪的人，不該需要以這種方式生活，不管他做了什麼，都不該睡在一塊散發出尿騷味的床墊上。如果你們各位眞有同理心，就應該理解，這就是我的情況。

薩米爾說，我希望艾曼達死。我蓄意射殺她。從他第一次接受問話，他就這麼說，他清楚地看見我瞄準、射擊。他說，他覺得我放任自己被瑟巴斯欽說服，我的世界裡沒有人比瑟巴斯欽更重要，我對他唯命是從，我爲他犧牲了自己的人生。我殺了艾曼達和瑟巴斯欽，只因爲他對我說：我得這樣做。

在這一切發生以前，我問薩米爾：「『你們』是誰？」他回答：「妳不懂的。」

我相信你們會站在薩米爾那邊，是因爲你們比較喜歡他，而不是我。你們覺得這樣做，會讓你們變成更良善的人。薩米爾的命運使各位印象深刻，你們認同他。我只是一頭有錢的小乳豬而已。

我在早上十一點吞了一片安眠藥，午餐送來時我還在睡。但是他們讓我繼續睡。到目前爲止，他們都讓我保持個人的清靜。當然了，他們三不五時還是來察看我，但頻率沒那麼高，不足以充分顯示，他們提高了對我的戒備。

他們知道，我聽了艾曼達媽媽的陳詞而「感到激動」。他們知道，他們「需要」讓我一個人清靜，但由於我是個危險人物，他們還是得「提防我」。由於我「處於高度壓力之下」，這樣的危險性還是針對我自己的。

然而，午餐餐盤上擺了完整的塑膠免洗餐具；要是我有餘力，還是可以試著用刀叉刮進喉嚨裡的。其中一名警衛帶著晚報來到這裡，將它們放在我書桌上，就又出去了。

針對晚報，他沒特別多說什麼；這應該意味著，晚報裡沒有我的新聞。要不然，他們通常會事先告訴我。

「妳想看嗎？」他們問，指著標題（總是頭版的標題）。大多數情況下，我都會想看一下。如果我不想，他們就把報紙拿走。但今天他們什麼都沒說，我仍然讓報紙放在原地。即使那名警衛沒說什麼，報紙上還是可能刊出關於艾曼達的老媽、關於瑟巴斯欽的老媽，或是關於另外某個該死老媽的新聞。我現在受不了、沒心情看的，正是這種狗屎蛋。

總檢察官麗娜．派森傳喚法醫的同時，也在螢幕上出示艾曼達的驗屍報告書。她高聲朗讀內容。她高聲朗讀出我射出的子彈命中艾曼達身上的哪些部位，以及子彈對她身體造成的殺傷力。她在教室平面圖上展示艾曼達陳屍的位置，以及警方攻堅時我所坐的位置。她甚至將這件武器拖進了法庭。它被放在一個用膠帶層層封貼住的塑膠袋裡。那五顆子彈則分裝在另外兩個超級小的塑膠袋裡。其中一袋裝著擊斃艾曼達的槍彈，另一袋裝著射殺瑟巴斯欽的槍彈。她把這些全帶來了。我安靜地默數到五，一、二、三……好漫長的時間，眞恐怖……四、五……我怎麼可能開了這麼多槍？

她可沒把艾曼達的屍體一併帶來，它早已火化、入土爲安了。

艾曼達安葬的那一天，我也窩在自己的房間裡。沒人偵訊我，那一整個週末，他們也讓我一個人清靜。我不認爲他們特別考量到我的處境。我並不認爲，他們了解我知道那是艾曼達下葬的日子，對我來說「很痛苦」。也許那只是偶然、隨機的。他們也只有在一開始時，才天天對我問話，之後，情勢就緩和下來。他們知道把我安置在哪裡，也知道我不會消失不見。所以如果他們能避免週末到這裡工作，當然是能省則省。

我覺得那些來來去去的警衛，用格外奇怪的眼神看著我。他們也許知道那是艾曼達下葬的日子；所有的報紙或許都報導這件事，也許成了頭條新聞，也許上了瑞典國家電視臺的《即時快訊》和《新聞橋》節目。但那時我還沒獲准讀報，他們也沒對我說什麼，只是睜大眼望著我。

然而，我知道是哪一天。桑德告訴過我，而我可沒忘。

艾曼達葬禮當天，我一整天都坐在自己房間裡的地板上。吃完午餐，我按了四次電鈴，想問警衛當時是幾點鐘。當他們告訴我是下午兩點半時，我開始在心中默數。一分鐘，兩分鐘，要整整數三十次。當我幾乎確定時間是下午三點時，我就放起事先準備好的音樂。老媽有把我的舊 ipod 寄給我。因爲警方被迫檢查，確保這 ipod 連不上網際網路，還事先將裡面的所有歌曲聽過一遍，以確保——嗯，我其實也不知道他們到底想確保什麼，整整兩週後，我才收到 ipod。但我猜他們是想確定，在老媽無聊至極、「牙齒之間有洞、聲音沙啞」的女高音聲樂，和老爸一路聽到中年「因爲我好想有一把電吉他」，像是發了點毒癮的音樂之間，沒有偷藏什麼祕密訊息。他們要先確定裡面沒藏什麼會讓我痛下決心、自我了斷的內容。他們檢查完，我就收到了音樂播放器；就在艾曼達在我們穿得像姊妹、接受堅信禮的那間禮拜堂下葬的同時，我在自己的囚房聽著音樂。

除了我錄的音樂以外，老媽還順利下載了三個我最常聽的 Spotify 清單。警方從這些清單中刪除了三首人畜無害的歌曲，但保留了另外兩首；這證明，假如眞有人逐一聽過所有歌曲，確保我不會聽讓自己更想自殺的音樂，那個人一定是頭腦壞掉了。但是，我沒抱怨。能留下來的，都是讓人特別心痛的歌曲。

在我認爲時間已是下午三點時，我就躺在囚房的地板上。那裡空間狹窄，我必須斜躺著，將雙腳塞進床下。我想像起禮拜堂裡的情景。裡面擠滿了人。全校，大家，所有人——都到了。他們就像接受堅信禮的艾曼達和我一樣，身穿白色衣服，胸口插著花。艾曼達的兩名手足和她的雙親，在入口招呼大家。他們已經哭到沒有眼淚了。現在，他們看來既疲倦又困惑。艾曼達的妹妹依莉歐諾拉看來更是如此；艾曼達的兄弟很生氣。教堂容不下所有人，沒受到特別邀請的人必須站在外面，他們沿著車道的入口處而站，胸前插著花。那些和艾曼達還不夠熟、擠不進教堂裡的人，臉上還殘留著淚珠。電視攝影鏡頭挪動時他們哭著，互相擁抱著。教堂的門關上，那些哭得最凶、抱得最久的人們，滿心希望擠上鏡頭，這樣才能在新聞上看見自己有多麼難過。

老爸、老媽和蓮娜絕不可能去艾曼達的喪禮，他們絕對不可能寄弔唁卡片或鮮花。它們會被扔掉、燒掉，被當成是種訕笑。

但我還是能從身上感到蓮娜拽著老媽的手，問道：「媽咪，我能去嗎？我想給艾曼達獻花。」老媽回答：不，親愛的，妳不能去。儘管這只是我的想像，我還是能切身感受到這一切。我也能聽見，老媽永不會告訴蓮娜的話：他們不想在那兒看到妳。

身體的記憶方式，是很奇怪的。我記得小時候和爸爸相擁的感覺，我的鼻尖頂在他堅硬的髖骨上，我如何抱住他的腿。我記得他彎下腰將我舉起、擁抱我的感覺。我記得他的雙手觸及我腰部時的感覺。但我卻記不得那是什麼時候的事。我記不得第一次、最後一次是什麼時候，記不得是哪個確切、具體的時間。我記得不夠清楚，因此無法止住心痛的感覺。

蓮娜是否知道，艾曼達已經死了？她是否曾經問過：「拜託，拜託啦，我可以跟艾曼達說再見嗎？」一想到這一幕，我的身體就作痛不已。身體是否能記住從未發生過的事情？或者這意味著，她其實問過這個問題？

我在自己和艾曼達的堅信禮上，朗誦了一段聖經經文。這是我自己選的。我和艾曼達在營隊那難受的床墊上躺了一整晚，想找到一段有趣的經文。牧師提了幾個建議：《路加福音》、《約翰福音》、《詩篇》和《傳道書》。《詩篇》中有一小段，寫到上帝「打了我一切仇敵的腮骨」，敲碎了惡人的牙齒等等之類的，我和艾曼達笑得好開心。對於絕大部分的文本，我們都笑得歇斯底里。這和文本的語言、牧師的神情，以及艾曼達的姿勢有關。要認眞看待這些文本，簡直是不可能的。當牧師想討論耶穌爲門徒洗腳（「我尚且替你們洗腳，你們也應該彼此洗腳！」）時，情況就更荒腔走板了。我一看見艾曼達那面露噁心的表情，就一直咯咯笑，笑到全身抽搐。

我的囚房裡也擺著一本聖經。到了第二週或第三週，有人（想必是蘇絲）問我，想不想見駐監牧師。我說好。答應總是比拒絕容易。消磨時間，讓他們領著我穿越走廊，依照警衛的手勢，穿過一道又一道門，在已拉開的椅子上坐定，就近取水杯喝水。

這位駐監牧師給了我一冊聖經，我將它帶回自己的囚室。當我躺在地板上，想到艾曼達的葬禮時，我就把聖經從架上取下翻閱。我和艾曼達曾讀到關於一名「身懷罪惡，猶如懷著身孕」男子的故事。他滿身的罪惡，竟如懷孕一般。邪惡就在他體內增長著、膨脹著，直到他將所有的罪惡都「生出」爲止。我們也爲此笑得樂不可支。然後，我們讀到一堆「哈利路亞」，許多頌讚聖主的讚美詩。艾曼達在床上起身，一手拿著聖經，另一手放在胸前，我笑到幾乎要噴屁了。當時，我覺得聖經眞是成篇的屁話；這一點，我現在也已明白。那名身懷罪惡的男子，跌進屬於自己的坑洞裡，他就是自己所有罪惡的受害者——而不是別人。我們堅信禮上的牧師認爲上帝是公正、良善的，他所讀到的故事裡，惡人死去，墮入地獄。而我則很好奇，艾曼達的葬禮上，牧師關於那位公正無私、深愛孩子的上帝，到底去他媽的說了些什麼。

罪惡，是毫無公平、正義可言的。現實中沒人會跌進自己爲自己所挖的坑洞裡。不到四十八小時，下週一就輪到薩米爾陳詞了。

我從來沒法對艾曼達多做遐思。自從我躺在地板上，努力想像她葬禮上的場景以來，我就無力再想到堅信禮的情景。自從那一天起，我也無力再花心思多想艾曼達的葬禮。

窗外，天氣相當好。也許我還是應該要求他們放我出去透透氣。我可以躺在像奶油蛋糕一樣的水泥塊上吸菸。上週末曾經下過雪，當我出去放風時，戶外滿是積雪，一片潔白，顯得輕蔑不已，卻又滿懷希望。隔天，白雪就化爲濕滑、水泥般暗灰的泥濘，風勢尖銳而刺骨，像要將玻璃迎面擊碎似的。但當時在戶外呼吸還比較容易——至少比在囚房裡容易一點。

我還保留著爲艾曼達葬禮製作的曲目表。我們曾經隨著這些歌曲翩翩起舞。那是我們同聲歡唱（音調是如此高，我們簡直唱到失聲）的歌曲，我們對歌詞更是熟悉。這些音樂一播出，我們就衝進舞池，兩個人像瘋子一樣跳舞。愛玩的派對女孩不會受傷，麻痺自己感受不到任何情感，我要什麼時候才能學會，我壓抑，再壓抑。教堂裡永遠不會播這種歌曲的。

堅信禮上，我高聲朗讀耶穌逃到教堂裡、「與自己的父」同在，以及他的雙親不知他的去向而擔憂不已的章節。

當我朗讀完畢時，我不得不針對青少年有時必須清靜獨處的重要性，發表一些見解（牧師「協助我」，整理出「我自己的看法」）。而教堂，就可以是這樣一個去處。

假如他們現在要求我說些什麼，我就會朗讀關於虛無的段落。這是唯一的眞理。一切都是虛無的。像是試圖捕捉風與影，永遠注定徒勞無功。牧師說我該讀一些會讓我覺得和我自己，以及與我生活有關的東西。我早該讀過這個的。關於「年輕眞好」的說法，我也早該置之不理的。那全是屁話。

不管怎樣，我還是按下電鈴。我會要求他們，讓我出去放風。我要帶著自己的 iPod 出去，邊聽著屬於我們的歌，邊抽菸，抽到感覺不舒服爲止。

事發的前一天晚上，距離凶殺案發生僅有數小時，瑟巴斯欽的老爸將除了我以外的所有人通通趕了出去。艾曼達親吻了自己的指尖，在跨出門外、將要下臺階之際，朝我揮揮手。

我假裝用手掌捕捉她拋來的飛吻，將她的吻抱在胸口。戲劇性，可笑，荒謬，和舞臺劇如出一轍——就像艾曼達一樣。

這是我們倒數第二次直視彼此的雙眼。我們周遭已經陷入一片混亂，瑟巴斯欽瘋了，克萊斯、薩米爾、丹尼斯，以及其他所有人全都瘋了。艾曼達向我拋來一個飛吻，告訴我：瑪雅，沒事的，一切都會好轉的，這個春天很快就會變成回憶。我也跟著演戲，而不戳破一個事實：我倆都心知肚明，她錯了。她可是大錯特錯，一切都不會好轉的。

艾曼達試圖撫慰我。我對她撒謊。我想，這只是對她好罷了。艾曼達對我，總是很好、很寬容。她對所有人都很好；大家都看扁瑟巴斯欽、瞧不起他以後，她還是相當寬容地對待他。

總是如此。

但是，等等，請你們現在先想一下。

妳已經提到過，自己有多麼討厭艾曼達。妳對丹尼斯厭惡至極。妳已經承認，自己痛恨克萊斯．法格曼。

而且，你們還對彼此說悄悄話：妳跟其他人不一樣。妳被關在這間囚室是有原因的。因爲你們不願想到：「我可能落到這步田地。」你們希望我頭腦壞掉、想錯了。你們希望能確保，我和你們沒有共通點。你們可不會到處走動，設身處地爲我著想；你們從來不會做我所做過的事、說我說過的話，老天哪，你們認爲發生在我身上的事情，永遠不會發生在你們身上。因爲我活該如此，我一頭栽進屬於自己的坑洞。我被瑟巴斯欽所迷惑，我缺乏同理心，嬌生慣養，脫離現實，也許我搞不好還有毒癮呢。我們難道不能假裝是這樣嗎？

你們沒有鬼迷心竅，你們沒嗑藥，你們會報警，你們不是我。

爲什麼瑟巴斯欽會看上我？總有原因吧！爲什麼他會在那天晚上，走進旅館找我？他怎麼會一路追蹤我，追到尼斯來？他爲什麼留下來？當我和他分手時，他爲什麼試圖自盡？

有人曾經說過：巧合，就是上帝保持匿名的方式。一切有意義的事物，都是中樂透的結果。這將決定你出身赤貧或權貴之家；是女性，還是人妖；會是一鳴驚人的藝術家，還是兩千五百萬克朗大樂透的得主。一切都是巧合。突然間，事情就發生了。事情就是這樣；如果好運會從古怪的後門翩然而至、拜訪我們，那罪惡也是一樣的。

我會說：巧合，證明上帝是不存在的。極其悲慘的事件可以是經過策劃或祖傳的，然而它也可能是因爲巧合。這是司空見慣，稀鬆平常的事。

邪惡，是沒有意義的。邪惡的定義就是如此。然而某件事物導致疼痛，並不意味疼痛的原因就是邪惡。

我做過的事情使許多人心痛，甚至痛徹心腑。我並不了解克萊斯、克利斯特、丹尼斯、艾曼達、瑟巴斯欽的死亡，或者我的存活，有什麼意義。我試圖拯救瑟巴斯欽，卻反而幫助他進行殺戮，也幫助他求死。我不懂。也沒有什麼好懂的。但是，我並不是邪惡的。或許我也並不良善，然而各位已經缺乏同理心，所以拒絕了解這一點。

警衛進來時，我從書桌上拾起晚報，請他把晚報拿出去。我不想讀。我希望他刪除掉所有關於爲青少年提供更優質心理醫療、校園槍械管制、監視器和掃毒措施的文章。我說，我想外出休息，放風。「我去看看作息表。」他邊說邊走了出去。他很是惱火，但卻不能拒絕，他是不能拒絕的；要是拒絕，菲迪南就會請國際特赦組織來關照他。

隨後，我在自己囚室的床上縮成一團，蓋上那條噁心的黃色毛毯，轉向牆壁哭了起來。這是第一千次了。

我知道，擊斃艾曼達的那幾槍是我開的。但我只想活命，我想制止瑟巴斯欽，我希望能阻止他，因此我才朝他開槍。我殺了瑟巴斯欽；這是真的，我殺了他，這是重點，不然我還能怎麼辦呢？我只能奢望：第一次射擊時就擊斃他，我只能奢望自己沒擊中艾曼達，這是我一輩子以來最希望的事。但是我在那之前，從來沒有擊發過那種槍械。我以前曾經射過幾次泥製飛靶，但這種槍械射速慢，也有重量，可以輕易握在手中。這太容易了，我幾乎什麼事都不用做。我只管拾起武器，當手指拉住那玩意兒時，我以為是要開保險，我不知道自己在想什麼，就按了下去，根據初步調查紀錄，我扣了五次。我的第一槍、第二槍都沒擊斃瑟巴斯欽，但隨後我就射殺了他。在那之前，我已經擊斃了艾曼達。這樣一來，我是誰、我給人的印象如何、發生的事情、以及一切是非與原因，還有什麼重要性呢？重點是我所做的事情，這是唯一重要的。我殺了艾曼達。

艾曼達再也無法翩翩起舞，無法歌唱，無法聽那些她從不喜歡、但知道大家「應該會」喜歡的音樂了。

艾曼達拋出飛吻給我，讓我接住它，我好喜愛這一幕。她膚淺，可笑，與現實脫節，自我中心；我愛艾曼達。我當然愛她。她是我最要好的朋友，我永遠不會傷害她的。永不，永不，永不。然而，我還是傷害她了。

瑟巴斯欽

37

我不知道關於最後那幾個星期該說些什麼。日子一天天過去，瑟巴斯欽的情緒越來越糟。因為他不再要求我隨時陪伴在旁，我比較常到學校去。然而我只是在教室最後一排的座位上聽講，上課時間結束後，即使瑟巴斯欽沒有要求，我還是會到他家去。他也曾經載我到學校自修。有一回，他甚至跟著我聽課。有時他就坐在外面，等著我下課。有一、兩次，老師過來，問他最近過得怎樣。他回答「還不錯」時，老師就會告訴他，他「得開始上學了」。他點點頭，然後他們就互道再見。克利斯特試圖使他「發憤圖強」。

之後克利斯特想到一個主意：我們可以在畢業典禮上來一場公演。他直到最後一刻才想到這主意，我們是否能湊出適當的劇組員人數，是不無疑慮的；然而克利斯特表示，這對於解決存在於「班上」，已經被確認的「衝突」，是很有幫助的。他每年都安排這樣的表演，而且總是「備受好評」。艾曼達喜歡這個點子；丹尼斯八成認為，這對他申請居留證有幫助；老師要求的一切，薩米爾完全配合；然而瑟巴斯欽覺得這就和冷笑話一樣難笑。克利斯特堅持己見。「不管怎樣，先來開會吧，我們來討論看看可以怎麼做。你們有什麼建議，都可以告訴我。」結果，我們只開成一次會。

另外一、兩位老師打電話給克萊斯，想談談瑟巴斯欽的「問題」。不管怎樣，這是在事發後他們被警方問到時的說法。根據初步調查報告書，「有一、兩次」，校長甚至親自找他。他沒能找到克萊斯，他「難以聯繫上」，不過校長留了言，也寄了信到他們家裡。瑟巴斯欽今年的成績，絕對只能留級，即使他已經成年，學校還是有義務通知他的雙親。

根據初步調查報告書，警方進行居家搜索時，在克萊斯的辦公室裡找到了校長的信。那封信從未被打開過。

那麼，瑟巴斯欽的媽媽呢？

桑德找到了她。八卦晚報媒體也找到了她，她在住家外被狗仔隊跟拍到，初步調查報告書也記錄了一次與她進行的問話。我知道桑德想過是否要請她出庭，讓她在法庭上發言。我知道他的構想在於，讓她描述克萊斯和瑟巴斯欽之間所發生的事，她將能夠說明父子倆的關係從一開始就已經「死刑定讞」（桑德沒這樣說）。也許能讓她說明，克萊斯有著什麼樣的問題，說明身爲人父的他，爲什麼是這樣一頭怪獸（桑德也沒這樣說），他爲什麼這樣做，以及爲什麼這樣對待瑟巴斯欽。菲迪南認爲這是個餿主意。事實上，除了我以外，如果還有讓菲迪南更加痛恨的對象，我想那就是瑟巴斯欽的媽媽了。她說這眞是「太超過了」。我想她的意思是，不管可能有什麼樣的解釋，眞相是躲不掉的：瑟巴斯欽的媽媽是個自我感覺良好的白痴，瑟巴斯欽的爸爸則患有情感障礙官能症。讓瑟巴斯欽的媽媽來「爲我」作證，絕不是什麼好主意，不管她說了什麼，沒人會想認同這老太婆說的話。這就像請希特勒的老媽，來爲你的人格作證一樣。

我相信一開始，桑德自認爲瑟巴斯欽的媽媽能證明他的假說，瑟巴斯欽不需要被我說服，就已經有殺父的動機。不過他之後就對這一點絕口不提，我相信他了解到，我會幫倒忙。當人們聽到這婊子試圖解釋爲什麼選擇離開自己的孩子時，會不由自主地感到反胃。所以，瑟巴斯欽的老媽只有再度消失的分兒——躲得越遠越好。

但是我讀過她的談話內容，她大部分都在談論自己。她談到無法和克萊斯同居（這點我算是有同感），她一開始認爲自己能「使他痊癒」（這措詞聽來似乎是某個心理治療師教她的），使他就算不太善於表達情感（想必也是治療師愛用的字眼），仍然能夠愛她。然而她「被迫」離開他，他就「拒絕」讓她得到孩子作爲「報復」。「我能怎麼辦？」她問道。她使用這種反詰問句，使她不得不自問自答，引出她所想要的答案。「克萊斯拒絕合作，我無能爲力。」

盧卡斯拒絕配合檢方調查，也不願和桑德合作。他不和任何一方談話。他繼承了家族企業，和所有受害者及其家屬達成和解。然而，他完全不提這件事。一字不提。

在桑德介紹了關於「邪惡的克萊斯」的故事以後，八卦晚報寫過關於他在寄宿學校的成長歷程，他能親近的是保母，而不是爸媽；是職員，而不是家人。從沒見過克萊斯、瑟巴斯欽或盧卡斯的心理醫師也表示：克萊斯始終無法建立和親生父母的連結，因此想必永遠無法建立和自己親生子女的連結。同一位心理醫師還說，瑟巴斯欽想必從老爸身上遺傳到了同樣的行爲。有人甚至跟著唱和起來：即使笨——小——孩在動物島的豪華別墅，有著自——己——的——房間，他們還是受——害——者。不過桑德永遠不會這樣唱和，他沒那麼笨。我們必須集中在妳做過的事，以及妳必須應答的問題。瑟巴斯欽的問題，除非能證明妳無辜，否則在法律層面上，和我們一點關聯都沒有。

但是，媒體可是很重視這些資訊的。他們如獲至寶。

我對瑟巴斯欽的媽媽，以及她爲什麼離開自己的孩子，非常好奇。我想過她是否患病，是否有毒癮，是否有其他的原因。也許這就是她從沒接受過「全世界最重要記者」的「獨家訪問」，談談「幕後的眞相」？她從沒接受過記者訪問，連一次訪談都沒有。也許她有不可告人的祕密，某些讓她感到可恥的祕密，克萊斯知道這些祕密，並藉此威脅她。或者，她也許說謊。也許她不想要自己的小孩，也許她迫使克萊斯照顧他們，我不知道。又或許她怕他怕得要命，受到壓迫與憎恨的程度，和瑟巴斯欽不相上下。沒人知道。在法律層面上，這一點意義都沒有。

對我來說，這還是很重要的。我至少部分相信，她愛自己的孩子，她眞的有不可告人的隱情。我希望一切都是克萊斯的錯，他其實死有餘辜。我寧願相信盧卡斯也是受害者，他和其他所有人一樣，對克萊斯怕得要命。但我唯一確知的是，就在瑟巴斯欽需要母親和哥哥的時候，在最後那幾個星期，他媽媽和盧卡斯都不在。那時我勢單力孤。我撐不住的。

有時除了陪伴瑟巴斯欽，我也嘗試做些別的事情。有時我想要離開他。出院返家時，那個沉靜、麻木的瑟巴斯欽早已變成了另外一個人。有時，他像個生氣的瘋子；有時，他擺出一副事不關己的樣子。某天，他可能因爲我沒先打電話給他就到他家，大罵我是白痴；隔天，他就將手機關機，然後罵我背叛他，不顧他的死活、他的處境，絕情無義，目空一切。因此我想過，我應該和艾曼達一起進城裡玩，講故事給蓮娜聽，和家人共進晚餐。但是，我已經忘記該怎麼做了。他們是最接近我日常生活的人，和他們相處，應該像呼氣、吸氣、感到疲累時睡覺一樣天經地義。但是，他們感覺上像是陌生人。因此我避免和他們接觸。艾曼達打來時，我不再回電；家裡如果有其他人在，我就直接上床睡覺；就算我去學校，我也孑然一身。

復活節連假期間，老爸、老媽和蓮娜出遊。我告訴他們，我要和瑟巴斯欽與克萊斯去法國的昂蒂布。但實際上，我和瑟巴斯欽窩在家裡。我們足不出戶，最常泡在游泳池裡，打電話叫外賣餐，邊抽菸，邊聽瑟巴斯欽選的音樂。丹尼斯有時會過來，他不會停留太久。當我見到老爸和老媽時，他們問我，我們玩得如何。

「很好。」我說。

「妳過得怎麼樣？」老媽問道。

「馬馬虎虎，」我邊說邊走進自己的房間。「我覺得自己快要病了。」

他們沒再提問，也完全不覺得我的臉色比離開時更加蒼白有什麼奇怪。

發生了什麼事？

眞相是：過去這幾個星期以來，沒有任何轉捩點，沒人說過什麼重要的話。日子一天又一天過去，情況不只沒好轉，簡直可說是糟透了。不過，隨著日子一天天到來、一天天過去，瑟巴斯欽有時不再高亢，不再發瘋。有時他不再生氣，有時我覺得，情況似乎有些好轉。不過我事後會這樣想：當時只是因爲情況沒有顯著的惡化，我才覺得有所好轉。

在許多日子裡，情況惡劣到慘不忍睹。週末更是如此。週末，整整四十八小時，我見到的活人就只有瑟巴斯欽和丹尼斯。但最糟的還是克萊斯在家的時段了。

我努力讓瑟巴斯欽了解這一點，但他不願了解，完全不予理會。他的感覺越糟，他的老爸就越噁爛。克萊斯．法格曼不斷地用言語凌辱他，一副事不關己的樣子；這讓兩人的關係更加惡劣。他毫不在乎，瑟巴斯欽崩潰時，他就更不在乎了。有時我覺得，他希望瑟巴斯欽自我了斷，這樣一來，問題——那個他一有機會就提到的問題，「幹，我該拿你怎麼辦？」可就迎刃而解了。

和電視節目主廚吃過晚餐、試著勸誡克萊斯以後，我也登上了克萊斯的「白痴名單」。想必是因爲我既無法讓瑟巴斯欽停止墮落，也無法逼使他開始做些本來就該做卻從不做的事情。我遇上克萊斯時，他不再打招呼。他只會用第三人稱提到我，從來不看我一眼。我和他兒子在一起，因此他輕視我。

是的，我認爲這是克萊斯．法格曼的錯。如果他表現得不一樣，如果他沒做他做過的事、沒說他說過的話，已經發生的事也就不會發生了。我告訴過桑德，我希望他死，我是說眞的。我說的每個字，都是認眞的。我一說再說，在簡訊裡寫到這件事。克萊斯．法格曼是瑟巴斯欽的爸爸，他本該疼愛他，卻沒盡到本分，我認爲他該死。

桑德說，這並不會讓我對殺父案負有責任。他說檢察官必須證明，我「唆使」瑟巴斯欽下手殺他。必須要能證明我說的話、做的事，和瑟巴斯欽的行爲之間有「因果關係」，有關聯性，兩者缺一不可才行。假如瑟巴斯欽本來就決定殺他，不管我怎麼想，即使我希望瑟巴斯欽殺他，關聯性仍然不足。對桑德來說，很明顯地，瑟巴斯欽是因爲克萊斯對待他的方式，決心殺掉自己的父親。

「最後的派對」也符合桑德判斷的模式。這場派對，讓人能更容易了解發生的事情。他表示克萊斯的行爲，把瑟巴斯欽攆出去，命令他搬家、滾出去、消失掉，這是壓垮瑟巴斯欽的最後一根稻草。他走投無路，在學校是個失敗者，一切與他有關的身分認同都被拔除了。我讓他在法庭上這樣說明，但桑德也僅能憑猜想，試圖接近眞相。而實情，可不是能用這種按表操課的模式說明的。

當我在庭上發言時，桑德說：「請談談瑟巴斯欽第一次毆打妳時的情況。」因爲這情節太噁爛，桑德希望所有人都聽聽；桑德希望法庭能對我心生憐憫。我談了這件事，但沒提到這沒什麼大不了，或是不格外重要。我任由他們覺得這件事很噁爛，令人髮指。

那時復活節剛過，我們在瑟巴斯欽家裡。當我到場時，克萊斯和瑟巴斯欽正坐在廚房，「規劃」瑟巴斯欽的「高中畢業舞會」（「我不確定那個週末會不會在瑞典」，「實際的安排，你要叫瑪雅幫忙」）。克萊斯在場時，我什麼都沒說，但當他離開時，我就再也克制不住自己了。

我們吵架了。這倒不是因爲瑟巴斯欽顯然根本沒法從高中畢業，我們不會吵那種事。但他放任克萊斯繼續假裝不用在晚餐上爲他致詞是正常的。這讓我很生氣。高中畢業派對不管花多少錢，他都出得起，然而他卻不打算到場。

我不懂，你爲什麼任由他對你棄如敝屣？瑟巴斯欽，他恨你，他一直都恨你。你不應該被他這樣對待的。

即使我看出瑟巴斯欽很難過，我還是這麼說了。我看得出來，這讓他很傷心。我看得出來，他永遠無法使自己的老爸感到滿意，甚至驕傲。然而，我還是這麼說了。這有幫助嗎？沒有。瑟巴斯欽總是被處罰，但永遠得不到照顧。我這麼說，也許是想讓他更難過。我對他實在有夠壞，我對此心知肚明，但我還是這樣。

我在挑撥他。我在他和他爸爸之間，挑撥離間。

這時瑟巴斯欽就當面賞了我一巴掌，一語不發。那並不特別痛，但我拔腿就跑，將自己關在浴室裡，卻無法從裡面把門鎖上。自從瑟巴斯欽從精神科病房出院返家以後，法格曼家裡的浴室都不再配置鑰匙了。

我在那裡坐了一會兒，他才進來。當我聽見他接近門邊時，我盡可能用力抵住門。門從外面打開，但瑟巴斯欽並沒有試圖拉動門把，強行破門（他比我強壯，其實完全可以這樣做的）。過了一會兒，大約幾分鐘，我才意識到他想幹什麼：隨後熱氣從他那一端的金屬把手，傳到我這一端來。瑟巴斯欽將它加熱。他用從廚房取來的加熱器，讓金屬把手變得滾燙。他全程一語未發，甚至連門都沒碰。當我不得不鬆開時，他用臀部推開門。

他來到我面前，剝掉我的洋裝，它糾結在我的頸上。然後他剝開我的胸罩，瞧著鏡中的我。

「我們難道不能把門關上嗎？」我耳語道。我聽見克萊斯就在樓下，打掃的女清潔工也在那裡。有人在草坪上用割草機除草，負責安全的警衛想必也待在停車場入口處他們的老位置。瑟巴斯欽沒答腔。他看起來甚至並不生氣。他的臉浮腫，眼下有黑眼圈，看起來疲倦但並不生氣。他解開褲子鈕釦，拉下拉鍊，脫下長褲。他用手背打我，無動於衷地掌摑，直接打在我的臉頰上。他的腕錶擊中我的顴骨，幾乎搆到耳朵。我倒在地板上，磁磚一片冰冷，我任由他褪去我的內褲，洋裝還在我的頸部。他吸吮我其中一隻乳頭，一隻手握住我另一隻乳房。他壓住我的乳房，再將它拉動。我可不想被強姦，而我也沒被強姦。我抓住他的手，將它帶向我的陰道，他將兩指塞進我的體內，我感到他壓著我的大腿。我不想被逼迫，就抬起腳抵住浴缸邊緣，然後他就進入了我。他完事不需要太多時間，之後他就走了。

桑德要我談談瑟巴斯欽打我的經過，我就說了。然而我沒說出口的是：事發時我全身充滿一種解脫感。我的血液奔騰，在腦中轟鳴著，那時我還以爲自己能夠控制住。如果他打了我，他就不能再對我做些什麼了。如果他打了我，將我打得面目全非，所有人都會看到，大家終於會看到他的眞面目，我將能夠被解放出來，甚至從他身邊解脫。我就有理由離開，不再回頭。沒人有權利要求我照顧他，愛撫他，服從他。連我都意識到：我得放手了。第一次挨打的時候就該走了，不要待在打人者的家裡，不管他道幾次歉，絕對是走爲上策。這點，大家都知道。

不過，瑟巴斯欽從來不道歉。我的臉頰有點腫，但幾乎看不出來，我要是不去碰，它甚至不會痛。沒人看得出來發生過什麼事，我該上哪兒去申冤呢？

38

最後一夜來臨了，那是五月的最後一週。瑟巴斯欽的「高中畢業派對」沒辦成，自從浴室裡發生那件事以後，我們絕口不提派對。他受邀參加拉伯的畢業派對，卻沒出席（我也沒去），而我也不覺得他會出席艾曼達的派對。

一個尋常的週四，隔天還是上課日，瑟巴斯欽表示，他想要辦派對。那天下午的空氣別有一番韻味，天空特別的藍，我很高興。我突然想起夏天就是這樣的情景。有那麼一會兒功夫，我想到在戶外烤肉的夜晚，裸泳，光著雙腳。

「會來很多人嗎？」我問道。

「不會太多。」瑟巴斯欽說。

天氣很熱，氣溫超過攝氏二十五度。我想我們可以窩在游泳池邊，如果一直這麼溫暖，還可以到海灘上。喝點酒，但別喝到爛醉；閒聊，聽音樂。這感覺幾乎就像去年夏天一樣。幾乎？當時，瑟巴斯欽只需要「我們沒別的事幹」這種理由。當時，「我們來開趴」還是一件超好玩的事情。桑德曾對我說過，他相信瑟巴斯欽那時已經下定決心，事實上，這將是他的「最後一夜」。他老爸所做的事，也許讓他從一般的自殺轉入其他的念頭；不過，瑟巴斯欽當時至少已經計畫要尋死了。如果瑟巴斯欽眞有什麼計畫，調查人員目前還沒找到和他計畫有關的證據。桑德只能臆測，沒人說得準。不過，我想桑德是對的。丹尼斯先到場，還帶了兩個朋友。瑟巴斯欽沒告訴我他會出現，但我並不驚訝，也許甚至並不失望。不過丹尼斯能帶朋友來，這就令人費解了。我們從沒和他的朋友們打過交道。一開始，他們兀自待在游泳池旁邊的露臺上。他們看來很放得開，通常只是在那兒笑著，彷彿無法相信自己肉眼所見，但是表現的方式不怎麼好。

然後，我從沒見過的妞兒出現了。她們並沒被邀請。看得出來，她們是用錢請來的。雇她們是會花一點錢，但也沒那麼貴（這也是看得出來的）。她們手上端著飲料，等著進一步的指示。

我覺得是丹尼斯帶她們到這裡的。但是即使丹尼斯先開始，向她們打招呼的還是瑟巴斯欽。

丹尼斯穿著短褲，彎下腰來，拉著左腳的圓筒短襪。襪子的鬆緊帶已經脫落了。他還是試著把襪子拉回定位，摘下棒球帽，把它倒立放在餐桌上。我站的地方和他有一小段距離，不過，我仍然能看見汗漬和皮屑所構成，那道顏色較深的印痕。丹尼斯和他的朋友們走進克萊斯的臥室。不過瑟巴斯欽沒這樣做，我心想，瑟巴斯欽永遠不會這樣做，他不做這種事。

「你們先。」瑟巴斯欽說。

你們先。我的心一沉，沉入了流沙。我看著離我最近的那個女孩，她黑色褲襪上有一處鉤破了，穿著尼龍襪實在太熱，鉤破之處很快就會鬆脫。她把自己的酒放到一邊，拇指指甲一路被咬到只剩粉紅色的皮膚。我希望她能盯著我看，但她沒有。如果她能看著我，如果我能望著她的眼睛，她就是個眞正的、活生生的人；我就會感到生氣、難過、抓狂或嫉妒，拔腿狂奔、逃離那裡。但是她避免接觸我的目光，和另外兩人一起進入房間。我的心越沉越深。我可以感覺到她的味道，廉價香水味夾雜著汗味。但我什麼都沒做，沒有尖叫，沒有哭泣。我什麼都不能做；要是我做了什麼，就只有溺死一途了。

丹尼斯和他的兩個朋友出來後，瑟巴斯欽走進房間。我想，中間隔了二十分鐘。我沒問爲什麼。我沒說：別這樣做。我沒哭。拉伯和艾曼達剛到。在瑟巴斯欽關上門以前，他轉過身看著我。他的雙眼一片漆黑，已經死氣沉沉。

「妳要來嗎？」

不過，他不待我回答，直接關上門。

我沒打人，也沒狂噴口水。我沒跟進臥室，拉回我的人生。我根本動彈不得。瑟巴斯欽不要我了，他已經下定決心了。

瑪雅，他想平靜地死去。他就是這樣離開妳的。

丹尼斯看到我的臉部表情，張嘴高聲大笑，笑得前仰後合。他從那條猥瑣不堪的短褲裡，掏出一個小塑膠袋。他把袋子裡的東西掏出來，那玩意兒還不比一張郵票大。很簡單，我需要做的，就是放手。我應該要能拋開這一切的。瑟巴斯欽不要我了。他問：妳要來嗎？這意味著：滾，瑪雅，妳已經無能爲力了。我呆若木雞。如果我現在放開，我會沉入流沙，讓黑暗覆蓋一切。那深不見底的黑洞。

「嘴巴張大。」丹尼斯說。我反而望著他。我想，他了解。他知道該怎麼做，才不至於溺死。

隨後屋內人聲鼎沸，音樂在游泳池建築裡轟鳴著，我坐在泳池畔，雙腳泡在水裡。有人點亮了迪斯可舞池的燈光，它閃動著，光線在房裡翻轉，倒映在牆壁上，照進我的腦海，然後引爆。我在泳池畔躺下來，我洋裝的側面已經濕透了，我瞥見池裡閃爍的波光。有人將一個香檳酒瓶扔進水裡，它載沉載浮著，和音樂的韻律很不協調。表面閃閃發光，我腦海中浮現的小火花，碩大、高張、呈藍綠色的烈焰。

丹尼斯給我的已經快要失效了，我很快就需要再補充了。

我不知道這中間過了多久。音樂翻騰著，我從胸中感受到音樂，它找到出口，炸了開來。瑟巴斯欽做了什麼，已經無關緊要，我不在乎了。但是，她模糊的身影映入我的眼簾。

「艾曼達，」我喊著，或者我至少努力喊著。她沒聽見我的聲音。我對自己耳語：「艾曼達。」她會幫助我，將我帶離這裡。幫我再多做一點，幫我接回瑟巴斯欽，幫助我回家。

她挽著拉伯的手，他們四處張望，他們在找某個人。直到拉伯將手搭在那人肩膀上，他轉過身來，我這才看到他。

是薩米爾，手上拿著手機。然後我看到他正在錄影的情況。

瑟巴斯欽站著背對他。他在地板上將古柯鹼分成幾份，三個赤身裸體的應召女郎中，有兩個跪下來吸古柯鹼。瑟巴斯欽抓住其中一個女孩的臀部，拉高她的屁股，將鼠蹊部壓向她。丹尼斯哈哈大笑。

薩米爾仍然在錄影。

我不知道自己是怎麼站起身的，但就在我拿到手機以前，拉伯攔住了我。我覺得自己並沒有尖叫，但艾曼達也抱住我，他們將我拖離現場，進入另外一個房間。音樂震耳欲聾；我見到的最後一幕，是正在吸食兩份古柯鹼的瑟巴斯欽。他用舌頭捲起剩下的部分，轉向另一個應召女，讓她舔乾淨。

我覺得我哭出聲來。薩米爾鐵定跟在我們後面，他手上仍握著手機，盯著我瞧。

「夠了，我們得阻止這一切。」是艾曼達說的嗎？也許吧。或是薩米爾。

「我們得把他送到條子那裡。」

這絕對是薩米爾。天殺的，該死的薩米爾。他想有所作爲，伸張正義。老天爺，他本來就不應該在這裡的。如果不是因爲瑟巴斯欽在忙的話，他根本就不可能被放進來。他不可以這樣搞，這解決不了瑟巴斯欽的問題。然後我害怕起來，怕得要死。這是我第一次爲了自己的緣故，怕得要死。

如果警察來了，一切就全玩完了。

「你不能這樣做，」現在我尖叫著：「你不能打電話報警，不能打他的小報告，你不能這樣。要是你打電話報警……」我把話重新整理一遍，心臟奔騰著，心跳太快了。「要是你打電話報警，不只瑟巴斯欽一人會去見條子。」

「我們得採取行動，不能放任他這樣搞。」

我拎起我的手機。一切發生得很快，簡直進入全自動程序。這就是我想要的，這就像是我一手策劃的。我找到那個電話號碼，把手機交給薩米爾。

「打給他。打給他！」

我眞覺得他敢這樣做嗎？我已準備好要逼迫他了。什麼都好，就是別報警。薩米爾把電話號碼輸入自己的手機裡。

「你幹嘛？」我問道。也許那時我才意識到我所幹的事，以及這將意味著什麼。薩米爾面帶驕傲，滿臉優越感。他眼中散發出「妳永遠想不到」的眼神，我想將他千刀萬剮。「你他媽的在幹嘛？」

音樂聲震耳欲聾，音量大到我們必須放聲尖叫才能聽見彼此。然而我仍然聽見了撥號聲，薩米爾的手機中，傳出克萊斯·法格曼私人手機語音信箱的聲音。薩米爾沒有在簡訊裡留下文字，只把他剛錄下的影片，做成附加檔案傳了出去。妳這該死的白痴，我現在這樣想了。打給警察！打給警察！我想從我的看守所囚室這樣大喊。求他打給警察，命令他打給警察。要是妳當時打電話報警就好了。

不到十分鐘後，地獄就炸開了。

案件代碼：
B 147/66 審訊

地方檢察官
對瑪麗亞·諾貝里的起訴

開庭第三週：星期一

39

薩米爾進入法庭時，他看來一如往常。不管怎樣，他看來幾乎一如往常，可能變得比較清瘦，也顯得有點老。他就座時，沒有看我，但是我望著他。我看了又看，看了又看；自從審判開始以來，我第一次感覺到和恐慌有所不同的情緒。他的頭髮比往常要長些，他將手在米色長褲上擦了擦，彷彿流著手汗似的。他不住地清喉嚨，藉以掩飾自己的極度緊張。

薩米爾還活著。這不只是他們說的，他真的活下來了。他倖存下來，就坐在這裡，距離之近，我彷彿只要起身，就能觸碰到他。我想，這無關緊要了，他在這裡的目的，就是要說我蓄意殺害艾曼達。重點是他還活著。

檢察官開始發言，她讓薩米爾心平氣和地陳述。

「請用你自己的話……」

薩米爾談到爲什麼自己會就讀動物島綜合高中，他如何認識瑟巴斯欽、艾曼達、拉伯，談到他怎麼認識我，是的，他談到我們之間有多麼熟識，他、艾曼達和拉伯都很擔心我和瑟巴斯欽，他們決定要

「採取行動」，以及事發前一天晚上派對中發生的事。

最先到場的是保全們。克萊斯．法格曼到場時，還帶了更多人來。薩米爾談到，其中一名跟著克萊斯到場的保全，拿走了他的手機。他得到一支更新、更漂亮、還未拆封的手機。

薩米爾的舊手機（還有克萊斯的），都被列爲調查中的證物。我們已經看過錄影內容（就在那之前，薩米爾還錄了另外一支，卻從沒寄給克萊斯）；現在，檢察官又播出這些影片內容。影片中可以看出我有多激動，當我察覺薩米爾在錄影時，簡直陷入瘋狂狀態。我尖叫著「操，你在幹嘛？你瘋了！」影片最後一幕，是我冒汗臉孔的影像。檢察官讓我的臉孔盯著全體觀眾好一陣子，才把畫面切掉。

薩米爾談到那團混亂。克萊斯失去控制，拋開那個習慣高高在上、冷酷的自我，將重新和應召女進房間打砲的瑟巴斯欽拖了出來。瑟巴斯欽全身赤裸，克萊斯的重拳當眾輪番擂在他臉上，他跌倒在地板上時，克萊斯狠踹他的肚子。

「我想，有三次，」薩米爾說，「也許兩次，我不太確定。」

其中一個保全將克萊斯從瑟巴斯欽身旁拉開，另一個保全從克萊斯的臥室裡，將丹尼斯和應召女抓了出來。丹尼斯被抓個正著，手上抓著長褲，粗肥、幾近於深藍色的大腿間還夾著脹得像蚯蚓的陰莖。

薩米爾談到，克萊斯手下的一名保全開車載他回家。他要求在離家有一小段路的地方放他下車，他不希望自己父母看見這輛車。不過保全堅持載他到門口，薩米爾的父母沒察覺異狀。

薩米爾用了近五十分鐘，來陳述教室裡發生的事。檢察官提出所有問題時，聲音都比平常來得低。每次薩米爾一哭起來（三次）時，檢察官就用同樣低的聲音問他，需不需要暫停。薩米爾只是搖搖頭，努力使聲音保持平穩。他想離開這裡，他想了結這件事，他不假思索地說出已經在警方問話時談過的事，遣詞用字幾乎完全一致。對於我所幹的事，他很「確定」，也「知道自己看到了什麼」。

輪到桑德時，薩米爾的額頭發亮著，雙頰各浮現出一道圓形的粉紅色暈，位置就在通常酒窩出現處的正上方。在桑德提出第一個問題以前，他就已經面有慍色。

「你在第一次接受問話時，曾表示幾小時後警方才到場。」

「嗯。」

「你記得嗎？」

「那感覺上像是好幾個小時。」

「實際上，那甚至還不到半小時吧？我手上有報告書，上面寫著，最後一槍擊發後十五到十七分鐘內，教室就被打開了。那離最初幾槍擊發時，也僅有十九分鐘。」

「那有什麼差別？」

「你也說到，克利斯特是第一個遭到槍擊的。」

「是啦……」

桑德的聲音變得低沉。

「你在下一次的問話中，就收回了這句話。」

「我那時神志還很不清醒，我才剛動完手術。我還在住院，他們就對我問話……我……」

「薩米爾，我了解。我了解這對你而言是很艱難的。但是，你後來就將自己在最初幾次問話中提到的許多內容，給收了回去。」

「完全不是這樣。」

「你過了幾天才接受問話？」

「四天。」

「那幾天你家人都跟你在一起吧？」

「對。」

「你們談到發生了什麼事，對不對？」

「那時我談得不多。」

「我了解，那時候你的狀態很糟。病歷上寫著，你用了大量的止痛劑。我了解，你當時很不舒服。但是，你爸媽……他們跟你談到這個？」

「我們當然有談到這個。我不懂，這一點怎麼會是個問題。」

「薩米爾，你要回答問題。」

「我媽媽一直在哭，她只是一直哭。」

「你和你的父母，說什麼語言？」

他猶豫著。

「阿拉伯語。」

煎餅圓臉男將幾份文件遞給桑德。桑德接過文件，翻到最後頁，繼續說著：

「我們和照護你的醫療人員談過。其中一位護士提到，你問瑪雅怎麼樣了。」桑德轉向首席法官，菲迪南則發著與那名護士進行問話內容的紀錄。「她也是說阿拉伯語。」

「嗯。」

「她也提到你爸爸的回答。」

「這有什麼奇怪的，我提了一個這麼簡單的問題，我爸總得回答吧？」

「你記得他的回答嗎？」

「她進了看守所吧，我想。」

「她說，你爸爸對你說，警方已經拘留了瑪雅，為了瑪雅對你所做的事，她真該在監獄裡徹底腐爛掉。」

「我爸爸很生氣，他覺得瑪雅應該為了她所做的事受到處分，你覺得這樣很奇怪嗎？」

「你爸爸說，警方已經在瑪雅的置物櫃裡找到一個手提袋。你爸爸也跟你提到手提袋裡裝了什麼，對不對？」

「他為什麼不能這樣做？警方也確實這樣做，他們在瑪雅的置物櫃裡找到手提袋，難道我爸應該對我說謊？」

「你爸爸告訴你，瑪雅和瑟巴斯欽是同夥的，她和瑟巴斯欽一起進行了槍擊。」

「他們一起犯案。」

「你爸爸是在警方第一次對你問話前兩天對你說這些的，不是嗎？」

「我不知道。也許吧。但他說的只是事實，我爸完全沒有胡說八道，這……」

「我不覺得你爸爸胡說八道，我想他是在報紙上讀到這些的，我也覺得他相信這些內容。瑪雅進了看守所，你爸爸和其他許多人一樣，認為她只是青少年，如果沒有罪，怎麼可能會進看守所。我認為你也掉進這個陷阱裡，你從教室裡留下的記憶，你在事發時所不了解的一切，都根據你隨後聽聞的進行了調整。」

「所以你覺得是我在無中生有？可是瑪雅進了看守所，因爲她槍殺了自己的……」

桑德打斷薩米爾的發言時，面露悲戚之色。

「是的，你爸爸，或者說你所有的家人，所有進醫院探視你的人，都必須遵守保密義務。你知道這意味什麼吧？」

「知道。」

「這意味著他們不能和你討論這些事情。」

「我爸什麼都沒和我討論。」

「你爸爸不能告訴你任何關於瑪雅的事情，或他在報紙上讀到的內容，甚至是他覺得自己知道的事。因爲警方要確保你不會受到關於瑪雅和罪行的傳聞所影響。他們希望在你對事件沒有自己見解、認知的前提下，對你進行問話。」

「事發時我就在現場，我是根據事發經過構成自己的認知的。我爲什麼要憑空……」

「薩米爾，我沒有覺得你存心憑空捏造。但是，我認爲你想……你最希望的，就是了解自己這段慘痛、創傷性的經驗，這樣的建構看來是最合乎邏輯的。」

「我爸沒說瑟巴斯欽和瑪雅一起犯案。」

桑德狐疑地抬起頭。

「但是他告訴你，她進了看守所。」

「是的。」

「他是否有告訴你，她爲什麼進看守所？」

「他不需要……」

「他也許不需要這樣做。說出瑪雅進了看守所，就足以使你了解，警方懷疑瑪雅做了什麼事了。但是，薩米爾，你爸爸這樣做了。他告訴你，他在報上讀到的內容，以及他所認爲的眞相。關於那位聽見你們對話的護士，我有她的聲明書。如果你願意，我們可以請她到這裡來。她聽見你爸爸非常震怒；她聽見，由於『瑪雅試圖謀殺你』，他想對瑪雅進行的處置。」

「這不是那麼簡單的……我爸只是希望我知道……」

「薩米爾，我了解。而這其實正是我希望我們該談談的。要說明發生了什麼事，並不是那麼簡單的。」

桑德讓自己的陳述在空氣中繚繞，同時取來水杯啜飲。

「你對自己遭到槍擊的理解是？」

「他……瑟巴斯欽槍殺了丹尼斯，然後是克利斯特，然後是……」薩米爾清了清喉嚨。「他說……」薩米爾開始哭泣，再次清了清喉嚨。「他說，現在你死定了。然後他就開槍了。我覺得，自己那時候已經死了。」他哭了一會兒。桑德讓他哭完，然後才繼續問。

「他開槍的時候，瑪雅站在哪裡？你記得嗎？」

「在門邊。」

「當時她手上是否有武器？」

「我不知道。」

「但是，瑪雅沒有對你射擊？」

薩米爾哼了一聲。

「我從沒說過，瑪雅有對我射擊。但是她……」

「你是什麼時候意識到自己沒死的？」

「當我聽到他們彼此交談的時候。」

「誰在交談？」

「瑪雅和……瑪雅和瑟巴斯欽。」

「你在問話中提到……」桑德翻閱著自己的文件，大聲讀出：「你說……『讓他們相信我已經死掉，我才能保命。』」

薩米爾拉高了音量。

「如果他們發現我沒死……」

桑德降低音量。

「你裝死，以避免再次遭到射擊。」

「是的。」

「你閉上了眼睛？」

「沒有完全閉上。」

「所以，你看著現場？」

「我看著，但沒完全睜開眼睛。是的。對，我是看得夠清楚。」

「你不害怕，他們會發現你在看著他們嗎？」

「我怕得要命。我這輩子，沒有比那時更害怕的了。」

「你當時是否感到疼痛？」

「我這輩子，沒有比那時感覺到更疼痛的了。」

「安靜不動地躺著裝死，想必是很困難的。」

「我走投無路。」

「你在問話中提到……」桑德掏出一份文件，鉅細靡遺讀著：「『他們是一起做的。』他們到底一起做了什麼？」

「他們……」

「當瑟巴斯欽對克利斯特，對丹尼斯，對你射擊的時候，瑪雅有沒有射擊？」

「沒有。她……」

「那時候，她手上有沒有武器？」

「沒有，我不這麼認爲。我不知道。」

「但是，當瑟巴斯欽對她說話的時候，她手上有一把武器。他……說了什麼？」

「他說『妳知道妳得這樣做』。」

「你知道，他這樣說是什麼意思嗎？」

「殺死艾曼達。」

「但瑪雅的意思是，瑟巴斯欽說『這樣做』的時候，是希望她殺了自己。她必須殺了他，自己才能保命。」

「那她爲什麼要殺艾曼達？不就是因爲瑟巴斯欽要她這樣做，她才射殺艾曼達的？」

桑德沉默片刻。然而，這倒不是因爲他覺得薩米爾說得有道理；他只是要吸引所有人的注意力，讓他們全神貫注。

「當警方重新建構槍擊案現場時，你是在場的。」

「是的。那時……」

「但是當我們重新建構犯罪現場時，你並不在場。」

「沒有，那時我並沒受邀到現場。而這又有什麼關係？事情發生的時候，我就在……」

「我不知道該怎麼稱呼他，但是那個扮演你的人——你知道，關於他從你所躺位置能看到的，他說了什麼嗎？」

「我怎麼可能知道？」

「他說，他看不見瑪雅。」

「我看見了瑪雅。」

「他看不見瑪雅。要想看見瑪雅，他就得扭過頭來。但是，要是他轉頭，他就無法看見瑟巴斯欽了。總而言之，他無法同時看見瑪雅和瑟巴斯欽，也無法同時看見瑪雅和艾曼達。當時你是否轉頭去看瑪雅？」

「我不知道。也許吧。」

「你裝死，不是嗎？」

「是的。」

「盡可能安靜地躺著？」

「是的。」

「你可知道，那位參與我們建構犯罪現場的先生還說了什麼？」

「見鬼去，我怎麼可能知道？」

「那位參與我們對犯罪現場重建、扮演你的先生還說，從你所躺位置能看見的是，艾曼達和瑟巴斯欽並不在同一條射擊線上，而是他倆站在彼此身旁。但從瑪雅的位置——也就是說，從另外一個角度能看見的是，瑟巴斯欽站在艾曼達的斜前方。你認為從你的位置所看見的，和從瑪雅的角度所能看見的，會有所不同嗎？」

「是瑪雅殺了艾曼達。」

「薩米爾，我們都知道是瑪雅殺死了艾曼達。但是，我們不知道瑪雅為什麼射擊她。」

「她要讓她死。」

「你確定？」

「她們沒有……她們沒……瑟巴斯欽和瑪雅已經變得……」薩米爾再度哭了起來。「艾曼達說，瑪雅不再打電話給她，她們不再有所往來，她變得非常古怪。艾曼達很擔心她，但瑪雅不想再跟艾曼達扯上關係。她只想和瑟巴斯欽在一起。她被瑟巴斯欽迷惑了。除了瑟巴斯欽，她什麼都不管了。」

「你是否有聽瑪雅說過，她希望艾曼達死？」

「沒有。」

「艾曼達是否有告訴過你，她對瑪雅感到很害怕？」

「沒有。但我不了解瑪雅想要……直到教室裡發生的事以後，我才了解。」

「當急救人員來到現場的時候……你還倒在教室裡，醫護人員首先開始檢視你狀況的時候，她對他們表示，你已經失去知覺了。」

薩米爾聳聳肩。

「你那時的狀態是這樣嗎？」

「我想是吧。」

「你是否記得，自己是什麼時候從教室裡被運走的？」

「不記得。」

「因爲你那時候已經失去知覺？」

「是的。我從沒說過我記得急救人員到場時發生了什麼事。」

「你昏迷了多久？」

「沒有很久。」

「我們和你的醫師談過，他表示，你可能從遭到槍擊時，就已經失去知覺了。」

「才不是這樣。」

「你確定？」

「我看到了我所看到的。」

「你看到了什麼？」

「我看到瑪雅瞄準……」

「但是，從你躺著的地方，無法同時看見瑪雅和瑟巴斯欽，也無法看見瑪雅和艾曼達。如果你轉頭，當然就能同時看見他們。但你自己說過，不想冒著被他們發現你還活著的危險，所以沒轉頭。而且從你所躺位置的視角，也無法看見瑪雅瞄準瑟巴斯欽或艾曼達。」

「瑟巴斯欽說……」

「他說『妳知道妳得這樣做。』瑪雅也承認他這樣說過。但你是否知道，他爲什麼這樣說？」

「我……」

「薩米爾，你得注意自己說的話，必須確切知道才行。你是否知道瑟巴斯欽爲什麼說這些話？」

「不知道。」

「你是否百分之百知道，瑪雅爲什麼這樣做？」

「我怎麼會……」

「薩米爾，我只是要你坦誠回答。你是否知道，瑪雅爲什麼對艾曼達開槍？」

「不知道。」

「你是否能確定，她是蓄意開槍的？她存心殺死艾曼達？」

「不確定。」

「謝謝，我沒有別的問題了。」

瑟巴斯欽

40

我在瑟巴斯欽家的玄關站了十一分鐘。我沒從那兒離開，我在等他。我聽見他打給警衛：「我爸今天要在家工作，他不希望有人吵他。」

警衛沒有提問，他想必沒感到這眞是不尋常，他沒有理由對此感到奇怪而做出反應。考量到那天晚上，那天半夜的事，克萊斯會想清靜一下，補個眠，很正常。

我可不想冒著撞見他的風險，我待在入口的玄關處。

瑟巴斯欽要我幫他提手提袋的時候，我憑什麼拒絕呢？我以爲他打包完畢，準備搬到遊艇上住一陣子。或者他想出國？想躲起來？住到旅館去？我不知道，除了「別撞見克萊斯」外，我沒有什麼別的念頭。然而，我不想放瑟巴斯欽一人獨處，我不想待在那裡，卻又不敢離開那裡。

有誰會相信，那兩個手提袋裡裝了武器（用床單包覆住）和爆裂物（用另一條床單包著）？要是手提袋裡裝了一千萬美金的現鈔或是皇冠上的寶石，我還沒那麼驚訝呢。

我沒問瑟巴斯欽他要做什麼，我沒針對手提袋提出任何問題。我沒問，因爲我已經無力再管那麼多了。

但是，你們各位同聲抗議。如果那眞是要搬到遊艇上的行李，他爲什麼想要將它帶進教室？他爲什麼想把其中一個手提袋留在妳的置物櫃裡？妳都不覺得奇怪嗎？我不知道。我什麼都不想知道。我爲什麼不問那是什麼？我為什麼沒有提出任何問題？我不想問琵巴斯欽任何問題。我累了。我只希望撐過那一天、那個學期，以及整段高中的學業。

如果我當時想過，我或許會發現，琵巴斯欽想到學校去，事有蹊蹺。他為什麼會突然想參加克利斯特那可笑的準備會議呢？但是我想從很久以前，我就不再問琵巴斯欽想要怎樣、不想要怎樣了。當我認為自己理解他的行為時，還是會出錯。我什麼都不了解。即使從來不想登上舞臺、和薩米爾與丹尼斯一起引吭高歌，他還是想到學校去，這也不是什麼不可理喻的事情。

也許我會懷疑，他想和薩米爾、艾曼達正面衝突。狂罵他們一頓？痛揍薩米爾一頓？還是我只覺得，他想去找丹尼斯弄來新的毒品，克萊斯的保全大軍已經把整棟屋子裡的毒品一掃而空。琵巴斯欽是需要和丹尼斯見面；如果我仔細思考過這件事，我會覺得他們事先約定在學校見面。

克利斯特想到讓我們在畢業典禮登臺的主意，這很符合他的個性。他相信再怎麼嚴重的青少年問題，都可以藉由強迫當事的青少年登上舞臺、分給他們三支麥克風，得到解決。然後，想想看，學校網頁上又可以多出美好、和樂融融的照片！多元，友愛，族群融合，團結一致。出事前兩星期的某天下午，克利斯特在走廊上提到自己的計畫時，琵巴斯欽說：「我們當中沒人坐輪椅，眞可惜。」而琵巴斯欽到學校的那一天，克利斯特看見了我們，就小跑步趕上前，又喊著站得比較遠的薩米爾和艾曼達，強迫他們也來聽。「我會跟丹尼斯談談，」克利斯特說，「不管怎樣，至少來開一次會。我們一定能想到大家都覺得好玩的點子。」艾曼達滿心歡喜，她熱愛歌唱，每學期學校結業式，她都登臺演唱。薩米爾保持和顏悅色；他的想法想必和我一樣，覺得不管怎樣，這件事最後一定成不了氣候。

但是，我們還是去開會了。瑟巴斯欽走在我前面，先進了教室。他將手提袋扔在門邊其中一張書桌上，像是將它甩在桌上。我知道，我聽到聲音便起了疑心。那聲音很不尋常，提袋裡藏著重物。

「妳去把門關上。」克利斯特對我說。當我關上門時，瑟巴斯欽已經亮出武器，站在教室中央。我放開門把時，他開始射擊。

武器聲轟鳴著，丹尼斯的臉部和胸部中彈。我在轉身同時，看見了這一幕。就在瑟巴斯欽對克利斯特和薩米爾開槍時，我睜大了雙眼望著。然後，他停頓下來。隨後我聽見丹尼斯發出三次氣喘般的「嘶嘶」聲，然後他就安靜下來。我覺得克利斯特在被擊中以前說了或喊了一句什麼，不過，我不確定。

我從沒聽過武器在室內擊發的聲音，那聲音眞是震耳欲聾，我幾乎沒能反應過來。這實在太荒誕、太不眞實了。當我察覺到瑟巴斯欽從提袋裡掏出武器時，我不知道自己在想什麼。我不知道他開了幾槍，他們大概問了我一千五百次，但我就是不知道。

當我離開丹尼斯身邊時，艾曼達坐了下來。我不知道瑟巴斯欽開始射擊時，她站在哪裡，也不知道她什麼時候移動位置的。不過，瑟巴斯欽停止射擊時，她就靠在窗口的牆邊。他尖叫起來，噢，不對，他沒有尖叫，我想，那時沒有人尖叫。他用一般的語調對我說話，我看見艾曼達在他後方，緩步向後退，每步彷彿只挪動一公釐的距離。她哭著，她的雙唇動著，不過當時我的耳朵裡尖銳地「嗶嗶」作響，而瑟巴斯欽對我說話，所以我不再看著艾曼達，轉而看著瑟巴斯欽，沒聽見她說了什麼。

瑟巴斯欽扛進教室的手提袋，就在我正前方；它敞開著，拉鍊一路被拉到底。當時的氣味，比槍擊剛發生時還要濃烈。我認為瑟巴斯欽只盯著我看，沒盯著艾曼達。我看見提袋裡還有一把槍，看得非常清楚。瑟巴斯欽再度開口說話時，艾曼達與他的距離已經變遠，但又沒那麼遠，因為她不想經過克利斯特倒斃的地點。我覺得她向內拐，貼著牆壁。瑟巴斯欽開始尖叫時，她就不再動彈，我沒再看見她的眼睛，沒看到她的嘴巴；我不知道她是否說了些什麼，我不覺得她有說什麼。我只聽見瑟巴斯欽對我發出的尖叫聲。就在幾小時前，他也曾經放聲尖叫過。

「閉上你的狗嘴，卑鄙的死垃圾！」當保全將瑟巴斯欽的老爸從他身邊拉開時，他朝薩米爾大吼。薩米爾也大聲罵回去，我不知道他在罵誰，但他暴吼著，像是已經抓狂，他已經喪心病狂了。大家都瘋了。克萊斯．法格曼拖著瑟巴斯欽出來的時候，薩米爾看起來就像個瘋子，幾乎和瑟巴斯欽一樣瘋狂，但克萊斯最無可救藥。如果保全人員沒有上前介入，他會不斷地對瑟巴斯欽拳打腳踢。

所有人都被趕走，克萊斯對瑟巴斯欽大吼，叫他滾蛋。他離開的時候，我便跟著他。我們離開那棟房子，我覺得他看來很平靜。我們對這天晚上的事，一字不提。我們絕口不提瑟巴斯欽做過的事情，不提那些應召女，還有瑟巴斯欽那死魚般的眼睛。我沒告訴他，是我把他老爸的電話號碼交給薩米爾的；不過，還會有誰呢？瑟巴斯欽心裡一定有數。這件事眞是「捨我其誰」。然而即使這是我的錯，是我招來了他老爸，他在散步時，還是顯得很平靜。瑟巴斯欽不想抱我，不想挽著我的手，但他看來並不生氣。他已經離開我了。他已經拋棄一切了。

手提袋敞開著，我拾起放在裡面的武器。起先，瑟巴斯欽沒有尖叫。但是，他馬上以前所未聞的高分貝大聲喊叫，我不知道他已經開了幾槍。但是我知道他爲什麼尖叫，我當然是知道的。他起先還用正常的方式講話，然後就開始尖叫。他用自己的武器指著我，我了解爲什麼。那時，我就開槍，再開槍，

再開槍，再開槍。不然，我還能怎麼辦呢？

我並不相信巧合，也不相信上帝。我相信發生的一切，都和先前發生過的事情密切相關，猶如連鎖效應。這是事先就注定的嗎？不。怎麼會事先就注定呢？但這和「會發生的事，就是會發生」的說法，還是不同的。地心引力可不是隨機的。水受熱而沸騰，遇冷則凝結。這不是隨機，也不是關於天意的證據。實情就是這樣。

有次一位老師說，一切都可以源自於各種氣體的爆炸性。我到現在還覺得他眞是個白痴，宇宙大爆炸和我從手提袋裡掏出武器，有什麼關係？和艾曼達、瑟巴斯欽又有什麼關係？幾分鐘後，也許僅有幾秒鐘後，一切都從教室內被掃射得支離破碎以後，只有我腕錶的指針還在飄浮，無動於衷地指著數字，這跟宇宙的起源又有什麼關係？瑟巴斯欽爲什麼不對我開槍，這樣艾曼達就可以繼續活命？那位無能又沒用的老師，根本就解釋不了這一點。

一切都寂靜、沉默、荒誕而不眞實。瑟巴斯欽已經從我旁邊倒下，他死了，我殺了他，但我又將他拉近，盡可能地拉近我。艾曼達死了，而我沒有抱住她。

我沒看見瑟巴斯欽從提袋裡掏出武器。但是，當他握住槍開始射擊時，我望著他。那聲音感覺非常不眞實，震耳欲聾，房間裡容不下這些聲音，它在我腦中爆炸，我看見了發生的一切，但我無法理解。

我拿起另一把武器，因爲我走投無路。我知道他想死，我得殺了他，否則他就會殺了我。我沒看到自己擊中了艾曼達。然而，看見她倒斃時，我知道是我射殺了她。愛情萬歲。人們一天到晚這麼說，有些人甚至還相信這是眞的。檢察官說：因爲深愛瑟巴斯欽，我才會幹下自己所幹下的事。對我來說，我對他的愛是最重要的，其他任何事情都不重要了。然而，這不是眞的。最重要的是恐懼，是對死亡的恐懼感。當你感到自己的大限將至時，愛情根本不值一提。

我知道，我應該要能說明這一切爲什麼會發生。我應該要能像桑德那樣，將事情區分成合乎法條、以及不合乎法條的部分。我應該說明，一開始事情是這樣，然後是這樣，最後變成這樣。這不是我的錯，我是無辜的。或者說：這是我的錯，我有罪。但我做不到。你們各位爲了所發生的事而憎恨我，而我爲了自己無法提出說明，更加憎恨自己。這一切是無法說明的。這一切，是毫無意義的。

案件代碼：
B 147/66 審訊

地方檢察官
對瑪麗亞・諾貝里的起訴

開庭第三週：最終日

41

開庭最終日的前一天晚上，我試著保持清醒。因爲謊言在晚上是不存在的。我想，這都是寂靜的錯。連飛鳥都陷入沉默、夜空一片漆黑時，夢境就會出現，這些夢不會依循任何規則，沒有人能規定它們要包括什麼內容，它們是無情的。我的記憶寂靜無聲地飛舞著，成群的烏鴉直接飛進我體內，我的脊椎化成礫石、沙粒、塵土。我試著讓自己不要睡著，但我無法動彈，疲倦感徹底征服了我。睡眠是無法消除疼痛感的，睡眠不是解放者，在夢境中，我得面對眞相。

沒有，我沒有預謀計畫要殺任何人。沒有，我沒有希望丹尼斯和克利斯特死掉。是的，我是希望瑟巴斯欽的老爸死掉，但我不希望瑟巴斯欽殺他。是的，我殺了瑟巴斯欽；沒錯，我是蓄意殺他，我多麼希望自己沒有這樣做。是的，是我殺了艾曼達。沒錯，我願意付出一切，只要時間能夠倒流。

當我們一起到學校時，我並不知道瑟巴斯欽準備要做什麼，他什麼都沒對我說。薩米爾告訴我，瑟巴斯欽不需要我時，我認爲他是錯的。我認爲瑟巴斯欽需要我，才活得下去，我堅信對他來說，我的重要性無人能取代。然而眞相是，即使我殺了他，他都不需要我，我對他沒有任何用處，甚至不能拿來尋死。

我唯一還保有的是，瑟巴斯欽需要我，但我毫無意義。

人們總是說，人命都是等價的，人人平等。他們只是出於禮貌、有教養、甚至只是出於有高等教育文憑，才這麼說；然而，這並不會讓這句話成爲眞理。實際上，大家都心知肚明：沒有人人平等這種事情。一架飛機在印尼外海墜毀，死了四百人，假如機上有一個瑞典人，新聞報導就會加倍；這就是原因了。一個本來微不足道、汗流浹背、到印尼買春的瑞典遊客，價值是四百個印尼人總合起來的兩倍。一個年輕健美、事業有成的女性死於雪崩引起的意外時，新聞會以跑馬燈（附上照片）的方式輪番報導；一個大小便失禁、離婚、膝下無子的老年人從捷運站出來，在返家路上被搶匪殺害，你只會在報上關於新電影首映、隆乳手術廣告旁，看到一小則告示。這，就是原因了。所有關於「動物島大屠殺慘案」的文章，至少都會擺上一張艾曼達的照片，丹尼斯的照片卻絕少出現。這，就是原因了。

只有白痴才會假裝你是誰、你所做的事，是無關緊要的。他們針對「生命價值」夸夸而談，假裝這不是我們瞎掰出來的假議題。

生命價值是至高無上的，吧啦吧啦……它是永恆，顚撲不破，無法被取代的。我們大家都是生而平等的，吧啦吧啦。希特勒的命和德蕾莎修女的命，可都是等價的。

不過，瑟巴斯欽才不吃這一套。他心知肚明。他成長的別墅旁邊就有私人專屬的白色沙灘，從法國前殖民地出發的專機和私人遊艇，會將他專程載到別墅裡。他會覺得自己就是天神，至高無上，無人能出其右。不然，他還要怎麼想呢？瑟巴斯欽每天的生活都證明了眞理，他比其他任何人都要有價值。金錢比瞎掰出來、關於至高無上生命價值的僞哲學，更淺顯易懂。

瑟巴斯欽的問題在於他也知道，他的價值依附在他老爸之上。沒有他老子，他就一文不名了。所有放任他遲到的老師，所有不禁止自己家小孩和他來往的家長，所有他可以直接插隊的場合，他所有的朋友，所有為他照相的人，談論他、分享關於他八卦的人，都只是為了他的老子才這樣做。克萊斯・法格曼的兒子。當他老爸告訴他，不想再跟他扯上關係，他一文不名，當他對他吐口水、狂踹他的時候，瑟巴斯欽知道克萊斯是對的。沒了克萊斯，他的人生也就走到了盡頭。

他倒是很在行一件事：殺戮。他可是打獵的好手。他用武器就可以憑一己之力創出成績，還會獲得誇獎。

把克萊斯電話號碼告訴薩米爾的人，就是我。拜託薩米爾別打電話報警的人，就是我。就是我。也許我想對瑟巴斯欽報復；我知道，克萊斯對瑟巴斯欽的處分比任何人都來得凶狠。也許，這就是我為什麼想讓克萊斯瞧瞧，他和那些應召女玩的爛花樣。也或許我嗑了藥，當時非常嗨，害怕自己被警方纏上。然而，就在這最後一夜，晨曦初探，我其中一手提著高跟鞋，另一手握著浸著手汗的手機（很快地，這支手機就要被絕望的簡訊塞爆），離開瑟巴斯欽家，動身回家時，我和瑟巴斯欽都知道：我再次背棄了他。顯然地，他沒對我提這件事；然而光憑這件事，就足以使他殺了我。

在那些夜晚，我就像某個日子裡，失去了風的空氣，一切陷入沉寂，無法飛離。我記得太多事情了。真相，假如各位還有興趣知道的話，真相就是：我有罪。

42

開庭第三週：最終日

總檢察官麗娜・派森按下麥克風開關，清了清喉嚨，開始陳述聲請事項，也就是將她所有想說的內容作出總結。這時，她的聲音聽來幾乎有那麼一絲悲戚感，她彷彿不願待在那裡。

「早晨送走自己的小孩去學校，但傍晚卻等不到他們回家……這是每一位為人父母者最慘痛的惡夢。」

然而，悲戚感很快就消失了。講了沒幾句，她的聲音就回到堅決、憤怒的基調。那聲音說：你們想這麼輕易逃掉？沒這麼簡單。

「年輕人滿懷仇恨進行這樣的殺戮，是很難了解，幾近於不可理喻的。然而我們必須正視所發生的一切，這不能阻撓法律的適用性。今天法院的職責在於對被告的罪責做出判決。法院必須勇於做出正確的行動，判決被告犯下教唆殺人、協助謀殺及謀殺罪。被告的刑事責任已經排除一切合理的懷疑。」

她的聲音聽來越來越強硬，她一再陳述自己的論點。才過一分鐘左右，她的口氣就已充滿了勝利的優越感。

有兩件事情是非常清楚的：其一，針對桑德向薩米爾提出的問題，她絲毫不為所動。其二，她堅信我應該被判處法律上最重的刑罰。

「至於解讀……」她輕哼一聲，然後說：「要提出合乎眞相的解讀不是那麼容易的。然後……」她遲疑著，不知道該怎麼稱呼他們：「辯護律師聘任專家所做的解讀，只是眾多可能解讀的其中之一。這不意味他們得到的結果是正確的。」

辯護律師聘任的專家。大家都知道她希望我們了解的事情。我付錢聘用他們。被告想用銀彈攻勢，換取人身自由。

該死的小富婆。

「警方的調查人員可是很專業的。他們深知自己的職務，這也不是他們第一次進行調查工作了。不是第二次，也不是第三次。沒人指示他們該查看哪些細節，需要什麼結果。他們進行公正、沒有預設立場的調查，他們和被告沒有聘任關係。請記住，」她說，「請記住薩米爾一開始所說的，在初步調查全程中所說的，以及隨著時間流逝，他仍然確切陳述的事項。薩米爾身歷其境。在那夢魘般的幾分鐘裡，他清楚地目睹了教室裡所發生的事，他能夠描述被告做了什麼事。他是否得轉頭才能看到一切？也許是如此。那很重要嗎？他看到了他所看到的。薩米爾對於被告所扮演的角色，說法可是毫不含糊的。考量到第一次問話內容得到技術鑑定的佐證，我們絕不能低估第一次問話內容的重要性。在警方方面，技術鑑定調查可是由瑞典中央法醫鑑定中心所執行的。」

她強調了「中央」這個詞，彷彿這個詞就足以使人理解：誰是對的，誰又是錯的。中央政府的專家。他們可不是桑德的業餘打手，不是被告聘的雇傭兵團。

總之，檢察官堅持自己從頭到尾不曾動搖的說法。然而有件事不太一樣了；我花了片刻才察覺這一點，但第一次想到這一點時，這個念頭竟無法擺脫。當她說起自己編的故事，講到我和瑟巴斯欽與外界隔離，策劃大屠殺意圖報復時，她不再對著首席法官發言。她看著不具法學背景、但仍能參與判決的參審們發言。

「這對被告而言是非常艱辛的，對此，我相當確信。現在，瑪麗亞．諾貝里一定非常懊悔。當她在教室裡見到死亡的眞正面貌時，可能就已經感到懊悔。她想必感到恐懼。瑟巴斯欽．法格曼死時，她就不再想尋死了。但是，這對求刑的問題沒有任何影響。」

要是麗娜．派森飾演美國電視影集裡憤怒的檢察官角色，現在她早就屈身靠向陪審團成員的座席了。她會逐一瞪著每一名陪審團成員的雙眼，瞧瞧他們會不會想開始大哭。現在，她傾全力操作感情牌；她知道，只要能說動參審們，我就永無翻身機會。法院做出判決時，每一名參審和法庭的首席法官是同等重要的。他們每人一票，不多也不少。首席法官和他所倚靠的法條，可能很容易就被推翻。

我瞧著參審們，試圖從他們臉上解讀他們在想什麼、意見如何。然而我什麼都沒看見，什麼都不了解，什麼都解讀不了，我只看見一張張臉孔。

麗娜．派森說完以後，首席法官向她表示謝意。沒有人提出任何問題。然後，就輪到桑德了。請。桑德並沒有馬上開始發言，他讓菲迪南開啓投影機。她點出一份報導的標題：

動物島綜合高中屠殺慘案——少女遭到拘留。

然後，她換到下一張圖。一份新標題赫然出現：

克萊斯．法格曼遇害。兒子的女友要求：「他非死不可！」

下一個新標題。

出處證實：她殺了自己最好的朋友。

下一個新標題，然後再一個。

第六個標題閃到螢幕上時，桑德輕咳一聲。他高聲朗誦標題的前半段：

每個人都得死，沒有例外。

不過，我們倒是可以自己讀底下的小標題：

現在，她住在這裡——七頁關於動物島殺人少女看守所生活第一手報導。

然後，他繼續說下去：

「我曾經想過，我應該爲各位說明，究竟有多少關於瑪雅的文章，在本案開始審判以前就已經寫成了。然而我辦不到這一點。文章多到數不清。謀殺案發生後最初十四天，我的委託人持續出現在瑞典全國前三大報所有的標題上。是所有的標題。犯行發生後三天裡，《即時快訊》、《新聞橋》和瑞典國家電視臺四號頻道的新聞，都把她本人或是她被指稱參與的罪行，當成號外和頭條新聞處理。在接下來八天，它仍是頭條新聞之一。動物島綜合高中事件發生後不到二十四小時，警方發布克萊斯・法格曼的死訊，同樣在國際媒體上引發爆炸性的關注。在此之前，他們對本案的興趣也絲毫不減。我的同事們告訴我，本案開審前一夜，他們使用『瑪雅・諾貝里』作爲關鍵字在Google網站上搜尋，找到超過七十五萬個條目——而在當時，許多瑞典媒體甚至還沒公布她的姓名。『動物島大屠殺』一詞能產生超過三十萬個條目；瑟巴斯欽・法格曼和瑪雅・諾貝里的姓名組合，能找到的條目總數大致相同。」

他嘆了一口氣，長嘆了一口氣。對於不得不講到這些，他感到很遺憾。他望著首席法官。和「醜八怪麗娜」不同的是，他望著首席法官。身為法學人士，我們不讓自己被八卦晚報、網際網路、職業時事評論員、辯論節目、國外新聞和其他族繁不及備載的瑣事影響。桑德全身上下散發出「就靠你了」的氣息，但也說明假如有必要，首席法官有義務為參審們說明這一點。

「教唆殺人：我的委託人被起訴，遭指控教唆了克萊斯．法格曼的凶殺案。這一部分的起訴，也包括我的委託人和已死的瑟巴斯欽．法格曼共同預謀，一起於當天在動物島綜合高中執行謀殺的說法。」

我的委託人。審訊期間，除了少數幾次例外，桑德都沒使用「委託人」一詞稱呼我。但是現在，他的聲音乾涸猶如沙漠。那是法學人士典型的講話聲音。

「檢察官必須要能證明我的委託人有動機教唆針對克萊斯．法格曼的凶殺案，我的委託人所說的話或所做的事，與該起凶殺案之間必須存在直接關聯，教唆的指控才能成立。我的委託人在事發前一天晚上與事發當天早晨傳了數封簡訊給瑟巴斯欽．法格曼，檢察官引用了這些簡訊，將我的委託人在簡訊中所表達的內容解讀為鼓勵殺人，試圖證實此一指控。」

我不懂桑德為什麼還要針對這一段繼續嘮叨。他明知我很厭惡需要聽見自己寫的內容，卻還是固執己見。現在，菲迪南又站回投影機旁邊。她在大螢幕上點出一張圖。那張圖顯示的是全瑞典最多人追蹤的 Instagram 帳戶，一個似乎來自波蘭吉[46]的十六歲女孩，照片是一球撒著糖霜的冰淇淋。貼文內容是「叫我捨棄美食，我寧可去自殺」。我聽見背後傳來一、兩聲簡短的輕笑。首席法官沒笑；不過，兩名

46 Borlänge，瑞典中部達拉納省的城市，人口約四萬一千人。

參審面露微笑。

她繼續點下去。照片顯示一塊被端到湯鍋邊緣的雞肉，彷彿在探頭探腦；旁邊是另一張在雞肉加工廠裡拍攝的照片。貼文是：「肉食者，全都是凶手！」

桑德無奈地垂下雙臂，菲迪南則繼續翻著圖片。

「我們的遣詞用字都不適當，就連成年人，對此也都含糊帶過。我總是告訴我太太：我寧願死，也不想再看一集《瑞典歌謠祭》的預選賽。然而我還是將它們全看完，而沒有在廣告休息時間自殺。有時候只因為我的孫子們告訴我，我得用電話投票，選出歌謠祭最惹人厭的歌曲，我就這樣做了。我常常指控他們，你們想看到我死掉嗎？然而，我並不覺得這是他們眞正的意圖，至少不是主要意圖。」

他們找到一堆範例，像是某些青少年在網上宣稱，想要「殺死」聽他們不喜歡音樂的其他青少年，或是鼓動，宣稱應該對某個對伴侶不忠的名演員施以「公開鞭刑」的言論。菲迪南也擺上關於某位參加瑞典國家電視臺《偶像》節目選拔者部落格的評論，以及三、四張似乎摘自應用軟體Snapchat，關於足球賽看板標語的圖片。

然後，桑德不勝惱怒地揮了揮手。這手勢在說：關掉，這堆垃圾我看不下去了。盡是些蠢事情。他的聲音再次變得無比嚴肅。

「這可不是開玩笑的。現在我們必須做出評斷的情況，完全不是鬧著玩的。瑪雅沒有任何理由開玩笑；她在最後幾小時內傳給瑟巴斯欽的簡訊，一點都不好笑。我只是試圖點出很明顯的事實：我們使用和死亡有關的言語、措詞，而本意並非如此。青少年的措詞不只常常相當隨便，更非常不適當。這樣算是犯罪嗎？這是否意味著，這就符合法律上關於教唆的要件？答案是否定的。」

大螢幕趨於黑暗，菲迪南坐回自己的位置。

「但是，我們可以假想一下。」桑德說。「讓我們假設，瑪雅說的每句話、每個字都是認眞的。她身陷絕境，認爲克萊斯．法格曼的死亡，是瑟巴斯欽獲得救贖的唯一機會。讓我們假設，她是眞心希望瑟巴斯欽能親手弒父。這樣，她是否就符合了教唆的要件？答案是否定的。換言之，檢察官仍然必須證明，不管瑪雅對這件事做何想法，她的行爲都具有關鍵性，能夠左右瑟巴斯欽決定是否弒父。檢察官是否已經證明其中的因果關係？答案是否定的。」

桑德指出，能針對最後一夜瘋狂派對作證的，不只薩米爾一人。他們傳喚過拉伯，傳喚過那些應召女，傳喚過保全們，當時曾在場而隔天沒死掉的人，他們全都傳喚過了。當然，每個人都有自己的看法，這些陳述難免有所出入；但每個人都提到，克萊斯．法格曼怒氣攻心。他對瑟巴斯欽不斷拳打腳踢，直到他們將他拉開爲止。他們能夠描述當時的情景，瑟巴斯欽血流不止，他面帶震驚，或許有怒意，但沒人能說得準，他到底有什麼感覺。我之前已描述了自己的看法，不過你們卻很難相信我。

「浮現而出的，反而是一段傷痕累累的關係：受傷的小男孩，還有他的爸爸。當天凌晨，克萊斯．法格曼死時的情景，我們不知道詳情。但我們知道，當瑟巴斯欽射殺克萊斯時，父子倆是獨處的。我們也知道在此之前，他們打過一架，場面非常暴戾。我們也知道，瑟巴斯欽．法格曼受藥效強烈的毒品影響。他有長期藥物濫用以及精神方面的問題。瑪雅無心傳的簡訊，對瑟巴斯欽的行動是否有關鍵性的影響？或者，根據克萊斯．法格曼與瑟巴斯欽．法格曼之間的關係，以及瑟巴斯欽．法格曼的精神狀態，是否更有可能找到原因？我很確信，法庭得到的結論和我是一致的。」

隨後，他談了一會兒這點對其他指控可能造成的影響；本庭「必須」能夠得出，我沒唆使瑟巴斯欽親手弒父的結論。然後，那乾涸的聲音又回來了。他逐條探討檢察官對我提出的各項「具體」證據。

「能夠顯示我的委託人和已死的琵巴斯欽．法格曼一同策劃、執行動物島綜合高中犯行的事證、證詞或其他證據，是否存在？答案是否定的。是否存在事證、證詞或其他證據，能顯示我的委託人察覺到琵巴斯欽的計畫？答案是否定的。」

桑德重複他在審判全程中早已說過的話。重申在手提袋內側、拉鍊上、武器櫃上，都沒有我的指紋。桑德（又）提到，琵巴斯欽老早在我還沒跟他熟識以前，就已經弄來（沒法引爆的）爆裂物了。

「瑪雅和琵巴斯欽密集的電話通聯紀錄中，是否有跡象顯示，瑪雅在琵巴斯欽下手犯案前，就知道琵巴斯欽有殺父的企圖？沒有。瑪雅回到琵巴斯欽家時，離克萊斯．法格曼死亡已有近兩小時。調查報告書中是否有紀錄證明，琵巴斯欽在瑪雅到來前就已通知她此事？沒有。瑪雅待在別墅內時，是否有證據顯示，她獲悉克萊斯．法格曼已死，獲悉琵巴斯欽已經殺了自己的爸爸？都沒有。檢察官準備的資料中，完全沒有這種證據。我反而得用我的時間來提醒各位，檢察官所無法證明的事情。檢察官無法證明，瑪雅事先知道藏有這些槍械的武器保險櫃的密碼。那只保險櫃上以及內側，也都找不到她的指紋。然而，技術鑑定人員倒是能夠從保險櫃的外部與內側，確認琵巴斯欽．法格曼與克萊斯．法格曼的指紋。總而言之，技術鑑定並未能證明，瑪雅曾親手協助從武器櫃中取來武器。兩只提袋上以及拉鍊上都未能找到瑪雅的指紋，只有在其中一只提袋的提把和底側才採到瑪雅的指紋。也沒有跡象證明，瑪雅和在她置物櫃裡找到的爆裂物有所關聯。瑪雅的指紋出現在她稍後使用的那把槍械上，但琵巴斯欽所使用的武器扳機上，則沒有她的指紋。」

桑德暫停一下，翻閱著文件，喝了一小口水。他不疾不徐，然後才繼續發言。

「是否存在事證、證詞或其他證據，能顯示我的委託人協助瑟巴斯欽·法格曼犯案？她是否有謀殺或協助謀殺的意圖？是的！證據其實是存在的。」他面露驚訝，但那是刻意誇大、帶有反諷意味的驚訝。「檢察官提出一段證詞。這段證詞是在模稜兩可的情況下，由一名受重傷的男孩提供的。爲求保險，這名男孩在第一次接受問話以前，就已被告知，我的委託人因爲做了男孩即將被問到的事情，已經被收押禁見。在那次問話中，男孩宣稱他所觀察到的瑪雅的舉動，和瑪雅自己的說詞有所矛盾。他並進一步表示，他聽見我的委託人和已死的瑟巴斯欽·法格曼討論，以及他隨後看見我的委託人蓄意射殺了其中一名罹難者。」

他談到他針對薩米爾的證詞所進行的調查細節。我們已經聽過那些細節。

「這項調查所得到的結果，顯然對我的委託人有利。對此，檢察官如何表示？喏，檢察官表示：做成這項調查的條件不夠客觀、不夠公正，調查人員欠缺專業素養。」桑德從文件前抬起頭來，緩緩地搖了搖頭。然後，他從文件堆中抽出一份報告，開始鉅細靡遺讀著。

這是一份關於參與的調查人員、參與調查人員的學經歷、所使用檢測方式的說明，裡面盡是一堆技術性專業詞彙，眞是無聊斃了。

然後，他又依據同樣的風格再講了一會兒。他的聲音越來越單調低沉，我難以呼吸。我攤開手中皺巴巴的紙巾，又將它揉成一團。我想起身，衝到那些參審面前。聽著，我眞想尖叫，你們聽見他說的話沒有？我感到自己在措手不及下被直接擂了一拳，因爲我意識到，我想相信桑德。當他表示我不應該被定罪、我有權利開啓自己前途的時候，我想要相信，他是對的。

我希望他是對的。

你們各位可能甚至不記得，這場審判是怎麼結束的；我是否被定罪，以及被判處了什麼樣的刑罰。幾年後你們會在某場派對上談到我，表示「事情就是那樣」或者「她從來沒被指控這一點」，以及「奇怪，你確定嗎？我記得她……」除了審判中成冊的文件被歸檔在一個冰冷地下室的檔案以外，我的眞相，很快就要不復存在了。

你們將必須用 Google 網站搜尋，才能確知事情是怎樣，過程又是怎樣。或者你們會說：這項判決寫得眞是洋洋灑灑，或是警方怠忽職守，或者「她還是坐牢比較好」——只是想表現出你們很了解情況。

不管各位要採信哪種版本，我將以凶手的形象爲你們所記住。但是，我才不鳥你們，以及你們那些該死的偏見。我仍然想離開這裡。我希望，法院相信桑德。

*

我允許自己這樣想時，疲倦感徹底制伏，甚至癱瘓了我，我首先覺得，自己可能會從椅子上跌落。但是，我牢牢坐定在椅子上。我必須熬過去，我不想待在這裡。我想離開這裡。

我的外祖母有過一把搖椅。她坐在搖椅上前後擺動，邊看書邊做點縫紉工作；它還保存在外祖父家裡，我想再坐在上面前後搖晃。我希望外祖父能在我耳邊低語「妳的前途一片光明」，我會點點頭讓他開心。一切都會成眞的。我想讓別人感到開心。一切都是可能的。

我不希望自己需要想到什麼時候一切才會成眞，所有的大門何時才會敞開、通風良好，它們何時又會砰然關上、門庭深鎖。我已經年滿十八歲，我想變成迪士尼樂園裡的公主，高亢、淒厲地尖聲叫喊：

「我想隨心所欲，感到快樂。」請別誤認我會像白雪公主的繼母那樣壞心、邪惡，狠下心謀殺別人。我想繼續深造，在辦公室上班，直通二十八層樓、地板穩固牢靠、我腳下的建築物不會崩塌，我也不會墜落。我想去一個免於讓群眾俯在我身上，埋葬我軀體的地方。

請聽桑德說的。首席法官、參審們、各位記者諸公們，請同意他所說的。讓我自由吧。桑德的老花眼鏡下推到鼻梁處，他逼視著首席法官。我想，就是現在。他現在所說的話會讓大家都理解，那些話將迫使他們放我走。不過，他沒這麼說。

「檢察官並未能針對罪責充分舉證。」他只這麼說。

在這之後他就沒多說什麼了。反而是法官發言。

然後，就結束了。一切都結束了。

43

開庭第三週：最終日

我們進入一間新的等候室，我坐在一張圓凹的塑膠椅上。即使我沒在這裡坐得特別久，屁股的一側還是麻痺了。我端在手上的咖啡混濁如泥漿。顯然我同意他們在我的咖啡裡摻糖和奶精，可是我卻記不得自己是幾時被問起的。

我覺得，我們會被載回看守所。我們大家都這麼覺得，這也是本來的規劃，我的接駁車已經等在門口。然而法官有別的規劃。他準備收尾時表示：「吧啦吧啦，本案審訊在此結束，本庭將獨立進行短暫審議，隨後將會發布判決或裁決。」他轉向桑德，對總檢察官點點頭，表示：「各位可以在這裡等候，我們完成後，會宣布本案的結果。」

法庭裡嗡嗡作響，像是在說，*這是哪招？*所有人轉向彼此張望，等待進一步說明。我只轉向桑德。*這是什麼意思？*老媽轉向老爸。*這是什麼意思？*不過，沒有人回答，沒有人知情，畢竟大家都知道：這還屬於簡單、好判的案子，只管趕快把噁心的罪犯送進死牢裡，趕快把罪犯定罪就是了。

這發生得太快了。我不要。

我們起身，我們所有人都起身走出去。

結束了。一切都結束了。

我覺得自己快要吐了，直接吐出來或是陷入窒息；但我只是坐了下來，而且顯然接受了一杯咖啡。

桑德沒坐下來。煎餅圓臉男在外面，避免回答媒體的問題。菲迪南瘋狂地在手機鍵盤上打字；我不知道她在打些什麼，也不知道她要傳簡訊給誰。

桑德對別人的招呼理都不理。他看來很緊張，以前，我從沒見過他如此緊張。他試圖握住一杯咖啡，但塑膠杯滑了一下，咖啡灑在桌面上。桑德高聲大罵，搞什麼鬼！

我想，這還是我第一次聽見他咒罵。

我們等了一小時，一點動靜都沒有。五分鐘後，桑德坐了下來，低頭看著手機。菲迪南瞧著我，將口含菸盒遞過來。我搖搖頭，她遞給我一整條尼古丁嚼片。我拆了四顆下來，放進嘴裡開始嚼。

我們又等了二十分鐘。

我問：「我們到底還要再等多久？」沒人答話，我又問了一次。「還要多久？」我的聲音聽起來就像個囉嗦、不耐煩的小鬼。到了沒啊？

「這個問題無法回答。」最後桑德說，卻頭也沒抬地一直看手機。他怎麼看得下去？他在看什麼？

等待時間已經長達兩小時又十一分鐘。

然後，擴音器傳出了刮擦聲。叫出了我們的案件編碼。

桑德站在我正後方，用手推著我的後腰，像要把我帶到桌前，還是要把我帶往刑場？頭部還被一個布袋罩住。我們要上哪兒去？我們到了沒啊？

＊

我們走到座位前。法官們已經就位，麗娜．派森已經拉出椅子，雙腿緊併，雙腳拘謹地緊貼著。她的雙手緊握，放在膝上。首席法官開始講話時，我的耳朵裡一片嗡嗡作響。我聽不到，我不知道這意味什麼，我看著桑德。首席法官則繼續說下去。

「書面判決將於稍後公布，它將更詳盡地說明判決的理據。」

這是什麼意思？他說什麼？

我聽見老爸屏住呼吸，聽起來他感到疼痛，像是被人在肚子上擂了一拳。有那麼一秒鐘的功夫，我以爲他很生氣；我以爲他會像平常情緒失控那樣尖叫。但是，我隨後聽見他的哭泣聲。他哭了又哭，老媽安撫著他，她的聲音也很沙啞；這時，我察覺到自己的淚水。新聞記者們的喃喃聲，音量越來越大。很快地他們直接用正常音量講話，打斷彼此，法庭裡已經不再寂靜。法官面前有一份文件；不過他不需要看著文件，就知道自己該說什麼。

「地方法院認定：起訴內容之所有罪狀均應予以駁回。檢察官未能證明，被告有任何形式之動機犯下謀殺、謀殺未遂或協助謀殺罪行，或符合教唆殺人之要件。因此，應立即將被告無罪開釋。」

44

在桑德座車的後座，老爸和老媽坐在我的兩旁。老爸用手臂環抱我，挺直著背脊，用嘴巴短促呼吸；自從法官允許我回家以後，他就一直挽著我，沒有鬆手過。當老爸擁抱桑德時，他甚至還挽著我，兩根手指搭在我的襯衫袖口上；他和煎餅圓臉男握手時，擠壓著我的肩膀；當他把菲迪南拉向自己時，手還搭在我的脖子上。要是菲迪南有及時搞清楚老爸要抱她，我們本來可以來個團體大擁抱的。

老媽全身暖熱，她微微顫抖地拉住我的雙手，摩挲我的手指、指甲、關節，彷彿需要數過一輪，確保它們都在，確定我真的在這裡，確認這一切不是她的胡思亂想。她三不五時就趨身靠向我，一隻手伸進我的安全帶下方，把我衣服上的皺紋撫平。她拍拍我的臉頰，對著我的頭髮呼吸。我們並未特別多談。我們沒說：我們覺得「很開心」。我們沒說「我愛你」，我們沒說「感謝上帝」。老爸呢喃了無數次的謝謝、謝謝、謝謝、謝謝。他對遇到的任何人都說謝謝。老媽擁抱我時，則向我耳語對不起，每次低語的內容都一樣。對不起、對不起、對不起。只有我聽見她的話；她的聲音低得就像呼吸聲，我則回給她一個擁抱。對不起。

我什麼都沒說。說不出口。講不出口。

我的媽媽。

＊

桑德提過，我們可以在他鄉間的小屋住個一、兩天，迴避媒體。那座小屋位於河邊，最後一小段是水路，我們必須搭船。那是一艘體積稍大的渡船，不過我們是船上僅有的乘客，那想必是提供直接包租服務的載客船。他怎麼有時間安排這個？

這裡沒有新聞記者，沒人會問我感覺怎麼樣，問我高不高興，問我會不會上訴。他們問檢察官：「您是否會提出上訴？」麗娜．派森聽來一肚子火：「我必須先讀過判決理據，才能回答這個問題。」桑德聽來就確定多了：「我們對結果感到滿意。對於釋放我的委託人，法院並未有太多疑慮。如果檢察官認為這個判決還有上訴空間，我會感到很驚訝。」

是否因為回答記者提問，桑德聽來才這麼有信心？我不這麼覺得。他不會無故這麼有信心。他把場子留給煎餅圓臉男，露出一副「我該解開領帶放鬆一下了」以及「我們眞該死的厲害」的微笑。

我登上甲板，腹部抵住欄杆。風迎面吹來，面對冰冷的空氣，我閉上眼睛，雙眼泛出淚水。風，我之前還沒意識到，我多麼想念風的吹拂；氧氣的味道，冰冷感彷彿從海上直接釋放出來，它是不會凝聚在混凝土裡、鐵絲網和刺繩上的。我在那裡站了一會兒，雙頰感到一陣扎刺；隨後，我察覺桑德站在我旁邊。他穿著一件我從未看過的厚重外套，戴著軟質皮手套以及一頂絨帽，絨帽的耳罩在風中顫動著。

他讓我想起外祖父。

「外祖父在等妳。」老媽在車上時說過，「他很開心，也很想妳。」

桑德遞給我一條陳舊的優質棉手帕，我小心翼翼地擦拭鼻子和眼睛。手帕微微散發菸草味，我在手中把它摺疊起來。

大律師彼得．桑德，你抽菸嗎？

我對你所知太少了。我可以稱呼你彼得嗎？

「現在，事情結束了嗎？」我反而這樣問。他沒答腔，望著我，臉上掠過一抹微笑。然而微笑沒維持太久，他沉住氣，拍拍我的肩膀。

「是的。」他說。他拍了我的肩膀三下，拍完以後，手掌放在我肩膀上。他也許是全瑞典最好的律師。但是我仍然看得出來，他在說謊。「現在，事情結束了。」

我握住他的手，向前跨了半步擁抱他。在冰冷的寒風中，這是相當漫長的擁抱，力道比我所敢表現的還要強烈。至少對他而言，事情已經結束了。他拯救了我的性命，請款單也寄給了法院。我將手帕塞進口袋裡。

我們在一處私人碼頭靠岸，下船時引擎還在運轉。這裡位於鄉間、郊外，比市中心寒冷。現在天空在飄雪，海面像鋼板一樣灰暗，黃昏的暮色籠罩小島，沿著山壁悄悄向上蔓延。我的私人物品還留在看守所，沒有提袋要拿。我沿著階梯向上朝小屋走去，在臺階上看見了她。

她坐在門廊上，比我記憶所及還要高。頭髮似乎沒梳理，一綹細長鬈曲的瀏海紊亂地垂落在前額。我小跑步跑完最後一小段路。我蹲坐在她身邊，察覺到她上頷的兩顆乳牙已經脫落。但是，她並沒有正視著我。她的目光游移，宛如閃動的日光無法捉摸。

「妳現在回家啦？」她問道。

我點點頭，無法信任自己的聲音。她爬進我懷裡，用纖細的雙臂抱住我，雙腿環住我的腰，緊緊攀著我，對著我的領口大哭起來。那長期以來，猶如利爪盤據在我內心的僵硬情感，此時終於融化崩堤，漫出我體內。

「是的，我回來了。」

致謝

律師論理，作家則發揮想像力。我擔任律師的時間，是作家生涯的兩倍以上。律師務求正確無誤，而作家卻能爲所欲爲。

本人願向閱讀手稿並回答問題的彼得・亞爾林和理查・萊爾致上謝意。如果有時我沒聽從你們的建議，請怪到作家身上吧。假如是過往擔任律師的莫琳・派森・吉莉特，可能會比較從善如流。

感謝我的摯友和最重要的讀者，瑪麗・艾伯斯坦和艾薩・拉森。

作家不僅深陷狂想天地，他們也是有夢想的。感謝 Wahlström & Widstrand 出版社的奧莎・席林與卡特琳娜・恩爾馬克・倫奎斯特，Ahlander 版權代理的愛絲翠・馮・雅賓・阿蘭德、克莉絲汀・艾德赫爾與凱莎・帕爾羅；以及 Simon & Schuster 的蘇珊娜・巴伯諾和出版團隊其他人。因爲你們，我才敢築夢遠大。

感謝爸爸，媽媽，赫妲，愛莎，娜拉，碧翠絲，還有克里斯托佛。法語的「謝謝」（Merci）和拉丁文的恩典一詞語出同源。我想你們會說，這的確是一種恩典。

虛構053

流沙刑
QUICKSAND

作者　莫琳・派森・吉莉特 Malin Persson Giolito
譯者　郭騰堅

出版者　愛米粒出版有限公司
地址　台北市10445中山北路二段26巷2號2樓
編輯部專線　（02）25622159
傳真　（02）25818761
【如果您對本書或本出版公司有任何意見，歡迎來電】

總編輯　莊靜君
編輯　葉懿慧
企劃　葉怡姍
校對　黃薇霓、鄭秋燕
印刷　上好印刷股份有限公司
電話　（04）23150280
初版　二〇一七年（民106）十月十日
定價　480元
總經銷　知己圖書股份有限公司　郵政劃撥：15060393
（台北公司）台北市106辛亥路一段30號9樓
電話：（02）23672044／23672047　傳真：（02）23635741
（台中公司）台中市407工業30路1號
電話：（04）23595819　傳真：（04）23595493
法律顧問　陳思成
國際書碼　978-986-93954-9-6　CIP：881.357/106006474

愛米粒出版有限公司
Emily Publishing Company, Ltd.

因為閱讀，我們放膽作夢，恣意飛翔——
成立於2012年8月15日。不設限地引進世界各國的作品，分為「虛構」、「非虛構」、「輕虛構」和「小米粒」系列。在看書成了非必要奢侈品，文學小說式微的年代，愛米粒堅持出版好看的故事，讓世界多一點想像力，多一點希望。來自美國、英國、加拿大、澳洲、法國、義大利、墨西哥和日本等國家虛構與非虛構故事，陸續登場。

愛米粒出版
Emily

廣告回信
台北郵局登記證
台北廣字第04474號

平 信

To：愛米粒出版有限公司 收

地址：台北市10445中山區中山北路二段26巷2號2樓

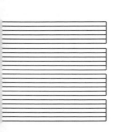

＊請沿虛線剪下，對摺裝訂寄回，謝謝！

當讀者碰上愛米粒

姓名：＿＿＿＿＿＿＿＿＿＿ □男 / □女 出生年月日：＿＿＿＿

職業 / 學校名稱：＿＿＿＿＿＿＿＿＿＿＿＿＿＿

地址：＿＿＿＿＿＿＿＿＿＿＿＿＿＿＿＿＿＿

E・Mail：＿＿＿＿＿＿＿＿＿＿＿＿＿＿＿＿＿

＊請沿虛線剪下，對摺裝訂寄回，謝謝！

● 書名：流沙刑

● 您想給這本書幾顆星?

☆☆☆☆☆

● 這本書是在哪裡買的?

a.實體書店 b.網路書店 c.量販店 d. __________

● 是如何知道或發現這本書的?

a.實體書店 b.網路書店 c.愛米粒臉書 d.朋友推薦 e.____________

● 會被這本書給吸引的原因？

a.書名 b.作者 c.主題 d.封面設計 e.文案 f.書評 g.____________

● 對這本書有什麼感想？想對作者或愛米粒說什麼話？

※ 只要填寫回函卡並寄回，就有機會獲得神祕小禮物！

讀者只要留下正確的姓名、E・mail和聯絡地址，
並寄回愛米粒出版社，即可獲得晨星網路書店$30元的購書優惠券。
購書優惠券將mail至您的電子信箱（未填寫完整者恕無贈送！）

得獎名單將公布在愛米粒Emily粉絲頁面，敬請密切注意！
愛米粒Emily: https://www.facebook.com/emilypublishing

愛米粒出版有限公司
Emily Publishing Company, Ltd.